图 1　王原祁《仿王蒙山水》，设色纸本立轴，102.4cm×54.3cm，北京故宫博物院藏

图 2　王原祁《仿王蒙松溪山馆图轴》，纸本墨笔，28.5cm×54.5cm，北京故宫博物院藏

图 3　王原祁《西岭云霞图卷》局部，纸本设色，38.8cm×344.6cm，辽宁省博物馆藏

图 4　王原祁《山水图册》之二，49cm×31.2cm，北京故宫博物院藏

图 5　王原祁《仿宋元山水图册》之一，绢本水墨设色，36.8cm×26.1cm，北京故宫博物院藏

山川出雲
為天下兩
朱家華洽

图 6　王原祁《卢鸿草堂图册》之仿米，纸本水墨，29cm×29.5cm，北京故宫博物院藏

图 7　王原祁《山水图册》之二，纸本设色，60.5cm×35cm，北京故宫博物院藏

图 8　王原祁《仿倪瓒山水图轴》，纸本墨笔，112cm×47cm，上海博物馆藏（副本）

王原祁诗文辑注

（清）王原祁◎著

蒋志琴◎辑注

中国国际广播出版社

图书在版编目（CIP）数据

王原祁诗文辑注 /（清）王原祁著；蒋志琴辑注. —北京：中国国际
广播出版社，2020.10（2022.8重印）
ISBN 978-7-5078-4725-3

Ⅰ. ① 王… Ⅱ. ① 王… ② 蒋… Ⅲ. ① 中国文学－古典文学－作品
综合集－清代　Ⅳ. ①I214.92

中国版本图书馆CIP数据核字（2020）第150008号

王原祁诗文辑注

著　者	（清）王原祁	
辑　注	蒋志琴	
责任编辑	尹春雪	
校　对	张　娜	
封面设计	周　晨	

出版发行	中国国际广播出版社有限公司 ［010-89508207（传真）］
社　址	北京市丰台区榴乡路88号石榴中心2号楼1701
	邮编：100079
印　刷	河北文盛印刷有限公司

开　本	710×1000　1/16
字　数	450千字
印　张	29.25
版　次	2021 年 2 月　北京第一版
印　次	2022 年 8 月　第二次印刷
定　价	68.00 元

序言

　　王原祁（1642—1715）字茂京，号麓台。明崇祯十五年生于江苏太仓，明代首辅王锡爵（1534—1611）之后，清初画坛领袖王时敏（1592—1680）长孙。其父王揆为王时敏仲子，顺治十二年（1655）与王士禛、宋德宜等同成进士，一生未仕。基于"世情渫恶，非冠裳曷支巨阀"（见王时敏《周太夫人行略》）这一家族观念，以及清初王原祁家族渐趋贫困的事实，使他从小被寄予了家族复兴的厚望。

　　《论语》中有段话非常有名，李零先生称为孔子"七十自述"，即"子曰：'吾十有五而志于学，三十而立，四十而不惑，五十而知天命，六十而耳顺，七十而从心所欲，不逾矩。'"如果我们借用圣人自道的年龄段概括王原祁的人生经历，多有相近之处：15岁，王原祁补博士弟子员，堪称有志于学；29岁成进士，通籍里居十年间，跟随祖父王时敏学画。这为他进入仕途、画坛都奠定了坚实的基础；40岁以吏部铨选进士身份成为顺天乡试同考官，其后铨选得任县知县，由此正式进入仕途；51岁丁忧服阕，补礼科掌印给事中；60岁由礼科给事中改入翰林，任右春坊右中允，其间荣任《佩文斋书画谱》修撰官；71岁升户部左侍郎，74岁卒于位。从冠裳支巨阀的角度看，他与位至相国的八叔王掞为康熙年间王氏家族的复兴做出了重要贡献。

　　作为画家王原祁，童年时受家庭环境的熏染，除了有读书天分外，也喜欢作画，显示出卓越的艺术天资和绘画才能。史料记载，有一次，王时敏无意中发现粘在书斋墙上的《竹石图》颇有风致，询知为年幼的麓台所作，大为惊讶，感慨画学家传后继有人。1670年，29岁的王原祁成为三甲进士后，曾观政吏部（如康熙十七年）以谋求仕途发展，此外，他更多地将精力转向书画学习，这与王时敏有一定的关系。他说："汝幸成进士，宜专心画理，以继我学。"（唐孙华《王原祁墓志铭》）为了将王原祁培养成自己优秀的接班人，王时敏主要做了两方面的工作：一是将长孙领入画学前沿，即指出以宋元经典真迹得宋元诸家之神（尤其是黄公望）的努力方向，以及以劲利取势、虚和取韵为得宋元诸家之神的方法。为此，他将自己珍藏多年的宋元经典真迹缩本《小中见大册》赠予长孙，供其揣摩。二是利用自己的人脉关系提升长孙在画坛的地位。如 1675 年，王时敏将三王（王时敏、王鉴、王原祁）作品合卷寄给冒襄祝寿。当然，王原祁能成为继王时敏之后清初画坛的领袖，与其两次丁忧期间专心作画、出游鄱阳湖一带、观赏宋元经典真迹等也有很大关系。可以说，从继承王时敏画学的角度看，他与三叔王撰成为太仓王氏家传画学中承前启后式的人物。

官员与画家身份的合一，家学渊源（《春秋学》和《画学》）以及对董其昌的推崇，也使王原祁的绘画思想具有了强烈的经典意识和道统意识。在沟通宋元绘画经典内在联系的过程中，他提出了一系列的画学教学理论，至今仍具有价值。此外，王原祁还留下了大量具有独创性的艺术作品，围绕他的艺术创作形式形成的一些新的方式仍然具有生命力。可以认为，作为"四王"中最具开拓性的画家，对三百多年来中国绘画的发展产生了重要影响。

对于王原祁绘画中的开拓性特征，我们可以从两方面进行理解。理论上，他借鉴宋儒理学的理气框架，吸收元代以来山水画以势评画的理论成果，针对当时多数士人将笔墨晕染获得的烟润效果视为"气韵生动"的现状，对传统的"气韵生动"命题做出了新的阐释，即将"气韵"（或"龙脉"）视为画学本体，"气韵生动"所形成的"气势"视为画学现象；"气韵"本体不可用功，只可涵养，而开合起伏等为得绘画气势的方法。实践中，他将宋画类型（尤其是北宋）的理性秩序感和元画类型的笔墨表达性情的特征紧密结合，并巧妙运用积墨法，创造了一种刚健含婀娜、富于阳刚之气的审美新风尚，为清初主流绘画的发展奠定了基调。

王原祁一生的思想探讨和画学创作留下了大量的文献。这些文献和他的绘画作品同样重要。清初刻书业发达，加上王原祁参与或主持编撰丛书的便利，他在生前就出版了《罨画集》。王原祁去世后，王掞因多次上书立储之事得罪康熙和雍正，尤其是雍正对王掞集团的清算，使王氏家族遭受严重打击。随着家族官宦势力和经济实力的衰落，以及文网日密的时局态势，王原祁的大量诗文题跋以稿本和抄本的形式流传。直到嘉庆至民国年间，《雨窗漫笔》《麓台题画稿》《王司农题画录》等书才陆续刊刻。到目前为止，2018年毛小庆点校的《王原祁集》，将王原祁诗文整理的完整性提升到一个新的水平。

这本《王原祁诗文辑注》是在充分吸收前辈研究成果的基础上形成的。编订此书时，笔者主要关注以下问题：（1）尽可能全面收集王原祁的诗文、画跋。（2）尽可能使选入此书的文字可靠。王原祁的传世作品真伪参半，本书所辑是在《王原祁年谱》基础上形成的。此外，少数伪托之作可能来自对失传真迹的模仿，或为代笔作品，其题识具有参考价值，这些内容也被选入书中。（3）为了有助于对王原祁诗文的理解，本书做了一些注释和文字校对工作。

全书共分八个部分：《罨画集》校注、《王麓台司农诗集》校注、《麓台题画稿》校注、《雨窗漫笔》注释、《王司农题画录》校注、王原祁散佚诗文辑注、王原祁传记辑注、王原祁师友诗文贻赠辑注等相关资料辑注。附录部分有王原祁家族谱系、王原祁年谱简编以及三篇王原祁研究论文，意在增加资料理解的完整性。除了附录外，王原祁诗文编排基本以时间为序，时间未定者，依据其内容大致推定。

由于自己的水平所限，也由于王原祁传世文献本身的复杂，本书定然存在不少错误、遗漏之处，期待读者多加指教，在此谨致以真诚的感谢。

目录

二 《王麓台司农诗集》校注 /073

一 《罨画集》校注

　　（上缺）又如是耶？因拔其尤者，合前后之作共若干，录为二卷，名其集曰罨画，然后知茂京不学则已，学则无往而非其性之所近也。优于性而襛之以艺，当无弗至焉。况其于民生利病，筹之既熟，发于事业，要必有过人者。区区诗与画，奚不可兼而能之哉？彼荀卿子之言，吾固未敢以为信。康熙癸酉春修禊日叔摅序。

校注　　　康熙癸酉，康熙三十二年（1693）。存世《罨画集》共三卷，而
　　　　　王摅此序中称"二卷"，或为写序时有两卷，刊刻时多出一卷内容。

《罨画集》目录

《罨画集》卷一

渡江

天堑谁教疏凿成，茫茫终古客心惊。帆樯影似鸥凫乱，波浪声从风雨争。源发三巴盘楚塞，流分九派接湓城。蛟龙窟宅虽云险，自信平生掠柂行。

校注　　　此诗或写于康熙二十一年（1682）春。此时王原祁41岁。

康熙十七年（1678），王原祁辞中秘官（观政吏部），与陈奕禧等以候选进士身份在京（《古缘萃录》卷七《王员照仿赵大年山水卷》陈奕禧跋）。康熙二十年（1681）八月，吏部铨选进士王原祁以同考官身份，与正考官翰林编修归允肃、副考官编修沈衍共同主持顺天乡试。归允肃《归宫詹集》卷一《辛酉八月初六日奉命典试入闱纪事》称，此次各考官"竭志奉公，勿通关节"，被誉为"得士"。此事当为康熙二十一年麓台能议叙授知县提供了一定的帮助。史料显示，康熙二十一年二月，王原祁在太仓与王掞、王抃、王摅等各以诗贺王撰六十大寿（《罨画集》卷二《和随庵叔自寿六首》），其后北上任县。面对滔滔江水，想到自己即将面临的困难，如邑小民穷，他以"蛟龙窟宅虽云险，自信平生掠柂行"这句诗句，表达了自己治理好任县的信心和决心。能有此信心，源于王原祁身边有辅佐人才：随任人员中有前任任县县令幕僚陆琐［详注见《罨画集》卷三《题画赠陆石渠（号云壑布衣）》］，以及即将赶赴任县的父亲王揆（《端峰诗选·五言律·癸亥春，次韵奉送王芝廛先生赴渚阳，兼柬茂京明府》)。史料称，王揆善于处理政务，治水颇有经验。

王揆字端士，号芝廛。万历四十八年（1620）生，康熙三十五年（1696）十二月卒，年77。王揆受业于太仓名士赵自新，为人号称"周详练达"，有声于公卿间。《（嘉庆）直隶太仓州志》卷三十六《人物》称其"通籍四十年，虽未入仕，而志切民生。如芦洲税课蠹弊，力请当事厘之；刘家河久淤，上书巡抚，为之浚凿"。吴伟业《梅村文集》收录了王揆《请浚浏河疏》一文。曹煜与王原祁家族关系密切，他也极为推崇王揆的治理能力。如康熙二十二年（1683），他在《绣虎轩尺牍》二集卷六《再复王茂京明府》中写道："弟素性愚戆，未娴吏事。莘俗夸诈，抚御较难。冀叩君家治谱为玉律金科，老年台垂爱有素，谅不惜谆谆提诲也。"

署中南轩落成敬和家大人韵二首

南轩两字擘窠成，对此能令道气生。闭阁中宵思疾苦，敢将琴鹤寄闲情。

板屋新泥草草成，窗前槐叶绿初生。绳床棐几堪留客，话尽巴山夜雨情。

校注　　　此轩名为"荫碧轩"（见王原祁《溪山高隐图》款）。

康熙二十二年（1683）四月，王揆夫妇前往任县（《王巢松年谱》"癸亥五十六岁"），王揆、毛师柱等以诗相送。见《西田集》卷二《送芝廛兄之茂京侄任所三首》其一："鹿车同载逐征尘，领略关河四月春。到日渚阳传盛事，锦衣拜迎白头人。"以及毛师柱《端峰诗选·五言律·癸亥春，次韵奉送王芝廛先生赴渚阳，兼柬茂京明府》其一："一纸来花县，扁舟去故乡。喜当春渐暖，及此路方长"；其四："此地吾频到，传闻政一新。几曾临事易，只似在家贫。县僻科条简，官闲翰墨亲。古来惟禄养，堪慰白头人（往曾三过渚阳，戊午冬遇茂兄，聚首三宿）。"

闻比部奉命勘水感赋

新纶捧出凤城东，下吏劳劳手版通。雁叫寒汀秋水白，马嘶断岸夕阳红。折腰今日思陶令，发粟何人是汲公。大陆几时疏故道，悲凉心事望洋中。

校注　　王原祁《大陆泽图说》："丙寅五月，余放棹泽中，周行细访。"

新乐道中怀鞠振飞

一程高角晓风催，路踏霜花冻不开。雁起沙汀人渡去，鱼吹烟浪马惊回。山从代北云中出，水自恒阳地里来。五帝祠前堪纵目，怀人不觉更徘徊。

渡滹沱

古树荒亭畔，长河落照间。战争何日定，来往几时闲。雁过云迷浦，人归雪满山。劳劳问津者，空使鬓毛斑。

校注　　此诗选入《娄东诗派》。与之相比，诗歌中的异文有："鬓毛"为"鬓毛"。

观吴道子画水

柏林遗墨妙，两壁水纵横。湍激看飞动，潆洄见性情。蛟龙疑有窟，风雨若闻声。怪得千年后，犹传道子名。

尧山晚泊同景韩

出郭日云夕，钟声千里闻。孤城一片月，暮岭几重云。火入深村暗，鸦翻落叶纷。中宵尔我共，应不怅离群。

校注　　"景韩"在诗集中出现四次。从《哭景韩三首》中"渚阳真薄宦，小阮喜周旋。地瘠且余拙，时艰仗汝贤"看，他是王原祁渚阳官署中的幕客。

元夕富城驿即事

两邑驱驰类转蓬，更教佳节走西东。马嘶暗踏莎间月，鸟宿惊飞树杪风。扶倦懒行村径黑，消寒强醉腊醅红。老亲此际偕儿女，银烛清樽笑语中。

校注　　王原祁子三：王暑、王谔、王闿。王暑、王谔俱夫人李氏出，王闿侧室沈氏出。女某，婿曹培源。

中山道中得大人寄示元夕诗，遵韵遥和

火树星桥恨不逢，马蹄古驿路重重。人因薄醉贪看月，天作余寒好送冬。夜静长空闻一雁，春阴残雪满千峰。高堂应念征途苦，屈指归期话去踪。

哭盛寒溪夫子

坐风立雪已无缘，天夺人师岂偶然。终老丘园逢此日，回思模楷在当年。招魂何处凭归鹤，讲道真成叹逝川。记得叮咛高士传，名山珍重一遗编。

校注　　此诗写于康熙二十四年（1685）。是年十一月，盛敬卒于太仓，年76。

盛敬字圣传，号寒溪，江苏太仓人，与陆世仪、陈瑚、江士韶号称"太仓四先生"。王原祁、沈受宏等皆受教于盛敬门下（《白溇先生文集》卷一《盛寒溪师六十寿序》："宏少闻吾娄有四先生云。四先生者，一为陆桴亭先生，一为陈确庵先生，一为江愚庵先生，其一则为吾师盛寒溪先生。一时振兴理学，海内之士，奔走响慕。"）

盛敬之学主"诚""敬"。从王原祁三子的名字（暮、谔、闇）看，诚敬之学对王原祁产生了深刻的影响。沈受宏《白溇先生文集》卷二《寒溪先生墓志铭》云："（盛敬）尝制一苧衣，书'谨言慎行'四字于绅。是时桴亭陆先生、确庵陈先生、药园江先生相约为体用之学，先生见而悦之，请与同事。乃以元旦，焚香拜告天地祖宗，矢进道德，而日与诸子为讲会。其要以'存诚主敬'为本，以'穷理致知'为功。设考德、课业二录以相勉励。……同里及四方之士闻而慕之，先后过从者日益众，先生于是创举三簋约，每同志相过从，设肉菜三簋，饭一餐，酒数行。自晨至暮，娓娓谈论不倦，宾主欢然，归则各赋诗一章，以志是日时地景物，率以为常，题曰'山斋纪事'。……先生生前明万历庚戌（万历三十八年，1610）正月初七日，卒清康熙乙丑（康熙二十四年，1685）十一月二十三日，年七十有六。……先生之道，主于躬行；先生之学，曰敬曰诚。不谋其利，不要其名。"

乐城晓发，时景韩之临城，寄怀宋性存

侵晓荒鸡入梦催，暂时分手尚徘徊。马冲宿雾山城去，雁带残星泽国来。客路病随风月减，新年愁向弟兄开。舫斋书画春宵酒，醉折何郎阁外梅。

校注　　　宋广业字性存，号澄溪，江苏苏州人。相国宋德宜侄，著有《兰皋诗钞》，编撰《罗浮山志会编》。作为宋德宜最为器重的侄子（陈元龙《兰皋诗钞·序》），他与德宜之婿王掞、王原祁七叔王摅、王原祁等关系亲密。如康熙二十三年（1684）十一月，王摅饮山东

临城宋广业署中（《芦中集》卷五《长至饮临城宋性存署中》）。凭借宋德宜的关照和自身的努力，宋广业以明经入仕，康熙二十一年（1682）由拔贡知山东临城县（《兰皋诗钞》卷四《房子小草·大水》），后补商南县县令，政治皆有声。整个康熙朝，宋广业兄弟、子侄辈登仕籍者多达十余人[《白溇先生文集》卷四《宋母管太夫人八十寿序（代京江张相国）》、沈受宏《白溇先生文集》卷一《宋大参性存六十寿序》]。

侍大人于沙河洛阳社观梨花，遵和大人原韵

翠暖红香得胜观，皑皑西望正弥漫。千村素影翻成艳，十里清光不带寒。山气平连云作障，冰华旋绕玉为盘。春郊载酒亲颜喜，白发婆娑倚醉看。

东山草堂歌

城隅卜筑草堂静，斜插疏篱障花影屏。多君情重屡招邀，扫地焚香出杯茗。余虽骑马非山翁，倒著接篱醉酩酊。王谢风流始于此，是时江左称晏如。君之名堂此意否，祖德孙谋两不虚。吟成共惊白雪高，嗟余官此心郁陶。田园荒芜不归去，耻为五斗常折腰。茫茫大麓水为归，万落千村没庐舍。无端圣主忽见征，平生窃禄殊无能。行色匆匆将去此，念君历落青云士。不尽凄其怆别情，桃花千尺水盈盈。吾知东山必一出，忧时未肯忘苍生。觞咏欣同胜侣集，满壁淋漓墨痕湿。为君画却草堂图，碧树红泉试添人。

自怜下吏风尘中，来此心融俗务屏。闲征雅令迭劝酬，坐待黄昏月升岭。君家太傅典午初，高卧东山以自娱。围棋赌墅示整暇，秦军百万摧须臾。谢氏子孙皆凤毛，分题即席看挥毫。何幸胜地偕游遨，饮惟文字真吾曹。况今仕路吁可怕，兹邑洪流每妨稼。为民请命心有余，窃恐一官或遭罢。纵得优游脱簿领，终难恝阔辞友朋。虽然治行惭吴公，当以贾生荐天子。

　　　《王麓台司农诗集·东山草堂歌》中"怒阔"为"契阔"。从文意看，当为"契阔"。

　　据诗中"自怜下吏风尘中""行色匆匆将去此"可知，此诗写于康熙二十五年（1686）末或康熙二十六年（1687）春。

　　"况今仕路吁可怕，兹邑洪流每妨稼"：任县地势低洼，常遭洪水之害，士民穷困。作为一个穷县县令，王原祁的生存状况可从邻县县令曹煜《绣虎轩尺牍》二集卷八《复王茂京明府》中略窥一斑。曹煜这样写道："弟鹿鹿粗质，待罪于莘，捉襟露肘，景况不堪自问。今年渐入深潭，沉溺有期，昂首无日，知老年台青云不远。不知振衣霄汉之日，尚能回忆我辈苦海否？弟常有三不如之叹。一不如人奴。人奴一主耳，我辈有十余主，处处奴颜婢膝，一不当，则呵叱随之矣。二不如娼女。娼女媚客以取客钱，我辈则以钱媚人，不能媚则怒；媚之不以财，犹不媚也；媚之以财，而不及人则又怒；媚之财及于人，而后时则又怒，直是置身无地，即忧死，犹云乐死也。三不如盗贼。盗贼偷劫财物，与窝主平分，事败则窝主同死。我辈不能分文入已，事败则窝主先为捕役，功令严于与受，至死不敢一言。嗟乎！何其至此极也。作令一年，受俸不过四十五两，即一介不取，予仍须令全家尽化鸣蝉，餐风吸露。除阴檄取馈外，有昭昭之檄。今日命设法修城，明日令设法修庙；今日命补藩库，明日命送部费。立限森森，如雷如电。不知四十五两外，从何设法，而纷纷征取也。弟尝自愤云：'莫道银钱即是蛆虫，亦须人死肉烂，方取蛆出。我未死未烂，蛆从何来。'九月十六夜，几不复在人间。世作奴、作娼、作贼，不意家人救醒，则西楼戏文所谓'孽障未完，魔君不肯饶我耳'。"

别任邑士民二首

　　襆被趋程拜命初，郊原父老拥行车。离情转恨征书急，谢事犹惭制锦疏。半绶五年劳缱绻，一祠双爱藉吹嘘。临分尚有低徊处，大陆沉沦赋未除。

征衣旋着泪痕斑，回首琴堂隔万山。相送依然同子弟，临行浑似别乡关。柳添离恨何须折，辕转羁心莫再攀。此去旧游难恝置，耕桑愿尔各闲闲。

校注　　"半绶五年"：康熙二十五年（1686）九月，王原祁补刑科给事中。十月十二日，母患脾疾卒，闻丧归里。诗中所谓"五年"，是指康熙二十一年（1682）至康熙二十五年。

　　　　王原祁在任县期间，以宽治民。陆锁跋麓台所赠《溪山高隐图》云："昔者添幕宾，回思尚颜汗。渚阳莽荆榛，洪波日淫涝。君以宽治民，不兴古法叛。旷达浩无忧，心安若禅观。老夫性多愁，旁观实心懦。诵君灾眚文，笔力殊雄健。辞感庙堂尊，蠲租农有饭。"

　　　　《王原祁墓志铭》："公莅任之明年（康熙二十二年，1683），秋潦大作，旁近州县皆被水灾。部使者按视民田，他邑皆得免征，独任县一望弥漫，不辨阡陌，疑为川泽。公据县志力争，始得蠲免。公念邑小民贫，今虽暂免，后患无已，力请巡抚，疏请得允永免岁供三千余金，民困得纾，至今尸祝焉。"

秋日君实、宗岐见过

客来萧寺欹双荆，人坐金天爽气生。愧我清谈非辅嗣，多君联句似弥明。香分桂子樽前影，风引梅花笛里声。江上鲈鱼秋正美，此时应起故乡情。

校注　　唐孙华字君实，号东江。崇祯七年（1634）生，雍正元年（1723）卒，江苏太仓人（顾陈垿《抱桐轩文集》卷二）。王原祁去世后，应王薯之请，唐孙华撰写了《王原祁墓志铭》。唐孙华"幼有神通之目"[《（嘉庆）直隶太仓州志》卷三十六《人物》]，成名很早。康熙二十七年（1688），唐孙华54岁，与陆毅、吴暻、沈宗敬、汤右曾等同成进士[《（嘉庆）直隶太仓州志》卷三十《人物》]。《（嘉庆）直隶太仓州志》卷三十六《人物》载，其后唐孙华"选陕西朝邑知县，会上问博古之士，阁臣举以对，招试诗赋称旨，迁礼部主事，调吏部考功司。三十五年（1696）充浙江主考官，嗣以挂误归。孙华体貌清癯，博闻强记，言论风采倾一时，尤熟于史事，人有叩，则口竟原委数十行如注。为诗、古文，引笔洒洒，千言不竭。年既耄，穷经，日有课程。居乡，遇事辄昌言得失。尝谓苏松民力宜恤，官司亏空宜宽，州县城隍宜修浚，欲寓书于大学士朱轼，会疾作不果"。

赠梅仙用放翁九月三日韵

老来诗酒任疏狂，身世东西不系航。正是乡心逢候雁，还惊吟鬓有秋霜。步檐天作黄花气，剪烛人亲绿蚁香。此日放翁佳句在，笑他风雨近重阳。

校注　　钱梅仙，太仓人，与王原祁叔辈王撰、王抃等关系友善。曾为曹煜幕客。见《绣虎轩尺牍》二集卷六《复王茂京（讳原祁，庚戌进士，太仓人，见任任县）》："十载娄江，荷承鼎谊，……梅老（钱梅仙）及舍弟（曹延懿）舟行颇迟，尚未入境，俟到日当达尊意也。"以及同卷《再复王茂京明府》："梅老一札附启，九咸舍弟（曹延懿）偶往历下，归当趋造。"康熙二十六年（1687）春，曹煜致书御史钱三锡（此时钱梅仙在京，馆于钱三锡家中），力陈梅仙人品、学问十倍于己（《绣虎轩尺牍》三集卷一《复钱御史葭湄》）。

上于大中丞五十韵

畿辅金瓯固，天心简大贤。中朝推柱石，百尔荷陶甄。附凤乘洪运，抟鹏秉化权。建牙光海宇，曳履动星躔。清操关西并，高门定国传。大才非止棘，初政试烹鲜。花满潘安县，琴鸣宓子弦。仁声千里遍，民瘼一时痊。自拙阳城政，将归彭泽田。每因吏议诖，独得圣心怜。才守平时著，贤能破格铨。州分潞水近，郡领石城专。甘雨随朱毂，飞花拂锦鞯。草生三国垒，山锁六朝烟。杜母宜民日，文翁化俗年。忠因宸念注，名自御屏镌。绩奏仁心外，风闻惠政先。福星才一路，雄臬即三迁。象服荣亲赐，箕裘赖孝全。河流冲浩荡，淮口困连绵。国赋凭千艘，漕渠重八埏。难成瓠子塞，空费水衡钱。柳岸高于屋，金堤直似弦。夏王功万世，贾让策三篇。凤诏膺隆眷，龙墀拜肆筵。御庖陈玉脍，仙醴酌银船。周召今重见，皋夔实比肩。股肱资佐理，锁钥制衮延。故事除文具，新条见静便。芒寒箕尾色，气爽太行巅。正谊消贪墨，威棱绝蚁蟓。农皆安绿野，士各奋青毡。薄俗还淳厚，浇风顿洗湔。袞衣谣远近，章甫颂联翩。汪濊流侯服，谟猷达细旃。渚阳为壑久，大麓尾闾堙。故道难疏浚，无方可泄宣。怀襄凌北渚，泛滥失南阡。赤县成芜没，苍生忍弃捐。哀鸿真可念，剜肉正堪悁。有泪含中夜，无阍叩九天。爱民思请命，拯溺为题蠲。泽自同偏覆，心先解倒悬。人情欣再造，吏道脱屯邅。谬作嘉禾植，羞为香草搴。吹嘘恩浩浩，感激意拳拳。颂祷非徒尔，高深敢忘焉。筹时勋莫并，致主道无偏。众论推调烛，群心许济川。他时书史传，说命与同编。

校注　　　刻本中"金堤直似弦"之"弦"字避讳，缺最后一笔。"于大中丞"为于成龙。

　　　　此诗约作于康熙二十五年（1686）。康熙二十三年（1684）、二十四年（1685），任县连遭大水。从《兰皋诗钞》卷四《摄理渚阳，水泊为害，余先请蠲赋，随浚漳、滏二河以疏下流，不两月而水归故道，奉旨蠲免荒粮，人民乐业喜赋》以及《别任邑士民二首》中"襆被趋程拜命初，郊原父老拥行车。……临分尚有低徊处，大陆沉沦赋未除"可知，蠲免钱粮之事至麓台离任、宋广业临时摄政时，才最终得以实现。

家书至，闻两大人南归赋此

　　千里关山两地违，音书犹喜到庭闱。遥思明月秋江好，竟逐西风画舫归。南浦白云看霭霭，故园黄菊正依依。明年觐省知何日，春水桃花忆钓矶。

校注　　　　此诗写于康熙二十五年（1686）九月后。

　　　　康熙二十五年九月，王揆夫妇从任县归，王抃父子入城迎接（《王巢松年谱》"丙寅五十九岁"）。据《山水正宗》下卷第482页王揆《致铭老贤弟信劄》或《南宗正脉》第268页王揆等《清人手札册（七开）》中"祁儿……听到矣。愚夫妇同两孙即于中秋后由陆登舟，至菊月杪始平安抵家"可知，王原祁先行北上；从任县至太仓由陆登舟，约半个月。

别马和景韩

不逢伯乐叹飘蓬，声价何如都护骢。芳草路闲金勒去，高秋人对锦鞍空。胜游忆踏青郊雨，失伴惊嘶白练风。惜尔骁腾应万里，品题谁是浣花翁。

盆鱼

水贮名磁曲槛阴，锦鳞点点任浮沉。光辉似有金银气，游泳常怀荇藻心。敢借微波扬尾鬣，聊依拳石作山林。一朝放去离盆盎，风浪江湖恐正深。

寄题宋澄溪宛在轩四绝

分明傍水一吴航，夜月笙歌梦半塘。最喜山城留画舫，依依花木近江乡。

绕郭平沙泒水清，乘风欲借一帆行。欧公题壁苏公石，笑听船头雪浪声。

越水吴山正忆家，红栏乌榜暂看花。莫嫌入馔江鱼远，此地忘归有菜虾。

三年宦海厌尘喧，愁苦如闻三峡猿。秋水蒹葭何处是，君留宛在我南轩。

校注　　　康熙二十一年（1682），宋广业由拔贡知山东临城县，王原祁由候选进士知河北任县。据"三年宦海"可推知，此诗写于康熙二十三年（1684）。

玉河行

玉河河水清且涟，太液分流不纪年。金鳌玉蝀横空起，冉冉云霞尺五天。五龙亭畔东风细，花萼楼开春日丽。紫艳红芳绕苑墙，一枝流出天潢裔。中有伊人在水湄，搜来二酉通六艺。倚马惊传绣虎才，探骊耻学雕虫技。更见云山满纸奇，二难兄弟看唐棣。我欲从之登瀛洲，蓬莱风隔三山头。几度望洋长太息，琪花瑶草何从求。迢迢天上支矶石，不得乘槎问消息。闭门酌酒对黄花，青鸟衔书到几席。开缄读之心骨莹，字字琅玕动秋碧。仙人近在彩云端，神交便足清心迹。君不见，梁园丝竹满繁台，宾从风流安在哉？又不见，陈思篇章盛邺下，寥落黄初良可哀。吾侪道义以相勖，视彼浮艳轻如埃。读书正谊本忠孝，功名自不同蒿莱。玉河风高且勿渡，指日春回冰雪开。

校注　　　原文"视彼"误为"视被"。
　　　　　"绣虎"指《绣虎轩尺牍》作者曹煜。"二难兄弟看唐棣"，可能指任县继任县令宋广业和王原祁自己。曹煜与王原祁、宋广业三人关系亲密。如康熙二十四年（1685）六月，曹煜致书王原祁，告知已缉获任县一案犯（《绣虎轩尺牍》二集卷八《与任县王明府茂京》）；康熙二十五年（1686），王原祁离任，请宋广业代政。

保和殿御试二十韵

横空翔铁凤，旭日正曈昽。迹寄王畿久，心依魏阙崇。趋从闾阖下，来自薄书丛。意取知民瘼，名惭达帝聪。分题观素蕴，敷对竭丹衷。许国诚无术，临轩乃至公。是非千载上，利病万言中。必藉昌言益，毋矜剿说工。事期经史合，议与古今通。下吏瞻尧颡，芜词彻舜瞳。策惟求贾谊，赋不尚杨（扬）雄。既辱谘诹切，兼叨礼数隆。瑶笺青玉案，宝炬碧纱笼。杯泛琼浆满，盘堆玉馔餗。圣图成海宴，主德兆年丰。宇内无鸣镝，边隅有挂弓。平生甘饮檗，仕路等飘蓬。茅拔逢休运，葵倾效小忠。才知非倚马，技耻是雕虫。所幸时方泰，康衢击壤同。

校注　　"迹寄王畿久"，指康熙九年（1670）王原祁成进士后观政吏部或担任内阁中书期间在京之事，即康熙九年至康熙十七年（1678）间。"杨雄"应为"扬雄"，当为刊误。

康熙二十五年（1686）八月初六，王原祁到京，初七日至吏部听到［见《南宗正脉》第268页王揆等《清人手札册（七开）》］。《任县志》载，八月，王原祁通过保和殿试策后，以科员用。从曹煜《绣虎轩尺牍》三集卷一《与钱高士梅仙》可知，王原祁此时为工科给谏。

康熙二十三年（1684）五月，王原祁八叔王揆服阙还朝（《王巢松年谱》"甲子五十七岁"、《颛庵府君行述》），途中专访麓台父子于渚阳（《西田集》卷三《渚阳署中留别芝麓兄、茂京侄》、《芦中集》卷五《过渚阳留别芝麓兄》）。康熙二十三年秋，王揆岳父宋德宜入相（《西田集》卷三《外舅宋公入相喜而有作二首》、《芦中集》卷五《贺长洲相公四首》）。同年十二月，王揆改授右春坊右赞善。一个月后，充日讲官起居注。不久，王揆以翰林官身份视学两浙（《颛庵府君行述》、《西田集》卷三《奉视学两浙之命口占二首》）。由此可知，王原祁能"举卓异"、保和殿试策后以科员用等事，与相国宋德宜、八叔王揆等有一定的关系。

怀徐东白姊丈

萧萧深巷掩柴门，契阔多年系梦魂。赋急顿荒三亩宅，诗工甘老一山村。灌畦屐齿粘花片，补屋书窗积雨痕。姊弟暌违看六载，空函惭愧到家园。

校注　　"暌违"当为"暌违"。

从沈受宏《白溇集》卷一《早春眉照上人半楼分得忘字（同朱立云、周翼微、毛亦史、邹乾一、姚襄周、叶桐初、王宏导、宪尹、徐东白、柳次勉、若暨、辨轮、仍岳二上人分韵赋诗，竟日彻夜）》诗题可知，徐东白与毛师柱（亦史）、王吉武（宪尹）、沈受宏等为密友。

《王时敏集》第 401 页《题仿黄子久笔》："近东白孙丈从他处以重金购得之，重装见视。"

哭景韩三首

渚阳真薄宦，小阮喜周旋。地瘠且余拙，时艰仗汝贤。清依三径月，愁共九秋烟。到此成长别，招魂欲问天。

闻道辞家日，牵衣不忍分。笔耕思负米，病渴为修文。梦断江南月，魂飞蓟北云。依闾情倍痛，可使九原闻。

旅榇城东寺，凄凄阴火青。家书经月断，闺梦几时醒。有妇啼孤枕，无儿继一经。哀词和泪写，哭罢叫苍旻。

校注　　南北本《王麓台司农诗集》的《哭景韩三首》与《罨画集》卷一《哭景韩三首》相比，北本"宜余拙"与《罨画集》同，南本为"且余拙"。从文意看，当为"地瘠且余拙"。

释服述哀四首

幽忧三载恨终天，恸哭晨昏对几筵。风木无端乖凤愿，劬劳未报痛余年。繐帷又见宵来撤，翟茀空教画里传。无限伤心追往事，泪枯还向北堂悬。

薄宦迎亲到渚阳，三年事事断人肠。愁颜不为看花破，征檄偏当戏彩忙。冷署关心缠药里，长河放艇历风霜。可堪回首牵衣日，送我登车泪几行。

深秋才入掖垣扉，为探平安遣讯归。阙下迟回瞻日近，云边消息望鸿稀。风寒江路人初到，月冷泉台事已非。尤痛哀哀垂白叟，开缄呼抢泪沾衣。

楚雨凄风入暮春，忆将归泪洒江津。漫看松菊如前日，欲拜椿萱少一人。去国岂知天渐远，还家翻与死为邻。流光回首成驹隙，泣血三年剩此身。

校注　　"薄宦迎亲到渚阳，三年事事断人肠"，指王揆夫妇在任县就养之事。即康熙二十二年（1683）四月至康熙二十五年（1686）七月间，王揆夫妇与王原祁二子王暑、王谔在渚阳官舍。"深秋才入掖垣扉"显示，王原祁正式具有工科给谏的身份在康熙二十五年深秋。康熙二十六年（1687）十月十五日，王原祁母因脾病兼受风寒而卒（《王巢松年谱》"丁卯六十岁"）。清代丁忧守制27个月。因此，据诗中"楚雨凄风入暮春"可知，《释服述哀四首》作于康熙二十九年（1690）暮春。

云间访家俨斋总宪观大痴富春长卷歌

桃花水涨春潮急，路指茸城片帆入。槐堂主人春昼闲，觞咏追陪胜流集。示我子久富春图，风雨能惊鬼神泣。此图曾经劫火烧，幸不焦烂无门逃（韩诗陆浑山水"神焦鬼烂无逃门"）。转展流传三百载，连城购者东南豪。一朝神物得所适，焦尾来自中郎宅。晴窗展卷白云生，桐江移入空堂碧。水抱山回重复重，石边孤亭立万松。浩渺江流环洞壑，渔庄蟹舍苍茫中。兀然一山又崒嵂，槎枒怪木吹天风。烟岚吞吐阴晴变，此身疑在严滩东。董巨齐驱风格老，取胜不独在纤巧。平中求奇神骨高，南宋工妍尽排扫。逼塞夷旷两天然，惨淡经营匠心造。金牛丹嶂开五丁，荒率苍莽非草草。细探神妙入秋毫，满堂观者开怀抱。吾家曾藏石田笔，苦心追摹称入室。今见元本通真宰，乃知化工莫能匹。归舟想象不可求，高山流水空悠悠。若得天机入骨髓，便令作述堪同游。

校注　　　　南北本《王麓台司农诗集》的《云间访家俨斋总宪观大痴富春长卷歌》中，"元本"为"原本"。

　　　　王鸿绪字季友，号俨斋，擅书法，富收藏。此诗作于康熙三十二年（1693）四月（王原祁《富春山图》跋，《王原祁精品集》第 51 页图录）。"茸城"，松江的别称。

寿冒巢民八十

　　昂藏海鹤见精神，鬓角光生四座春。手尽万金终好客，胸余千卷不知贫。词高黄绢无前辈，业继青箱有后人。此日汉庭崇宪乞，征书应得载蒲轮。

校注　　　　冒襄字辟疆，号巢民，江苏如皋人。是王时敏、王揆父子的故友。康熙七年（1668）三月，王揆游楚，经邗上，冒襄招饮红桥［《王巢松年谱》、冒襄《同人集》卷七《戊申客邗上巢民先生招饮红桥赋谢（王揆）》］。康熙十四年（1675）九月，王时敏将三王合卷（王时敏、王鉴、王原祁）寄赠冒襄（冒襄《同人集》卷三《跋》）。

　　　　康熙二十七年（1688），冒襄八十。冒襄《同人集》卷十二《八十寿赠言》收录孙在丰《丁卯（康熙二十六年，1687）春日寿巢翁先生》，未收麓台《寿冒巢民八十》，不知何故。

　　　　《王时敏集》第 430 页《题自画寄冒辟疆》："惟揆儿草木臭吐，幸尔诈合，而敝亲亦史（毛师柱）从珂里归，备述先生肆力于词赋，……既小孙邂近邗关，复得奉教长者，且承以盘礴小技孜孜下问。……聊致案头，用博都卢一笑，庶几少寄心期，工拙且不暇计耳。"

题邹裕来秋水阁

南湖潋滟浸长堤，杨柳丝丝蘸碧溪。话雨平添春水阔，放船恰趁夕阳低。胜游他日樽前忆，好景今朝画里题。辛苦留宾陶母事，还家急为报莱妻。

校注 此诗作于康熙三十四年（1695）正月。毛师柱《端峰诗选·七言律·次韵寄题嘉禾邹山樵秋水阁》其二："梦里春帆过旧路，图中秋水入新题（王麓台都谏有《秋水阁图》）。"

邹裕来与王摅、沈受宏、徐东白等都有交往。康熙十五年（1676）三月，邹裕来登第，时王摅在京，与之相识（《芦中集》卷十《赠临江李述斋太守二首》）。二十年后，王摅再登邹裕来秋水阁，访钱遵王（《芦中集》卷十《登邹裕来秋水阁次壁间韵》、《访钱遵王留饮牡丹花下》）。沈受宏《白溇集》收录两首与邹裕来相关的诗：卷六《次韵寄题邹裕来秋水阁二首（阁在鸳湖上）》、卷五《嘉禾冬夜邹裕来湖亭对月，同王次谷、徐东白、毛鲁公舅氏分韵得天字》。

范少伯祠

少伯遗踪此地寻，亡吴青史未销沉。扁舟不作鸱夷去，一剑难消乌喙心。顿使苏台归越绝，长令祠庙枕湖阴。功成身退留余技，货殖逃名意更深。

校注　范蠡字少伯。范少伯祠在浙江嘉兴。

同山止上人、外父李恒圃、赵松一过枫树岭至天竺下憩三生石

尽日探奇兴未穷，灵峰西上又从东。天高木落鸟飞外，寺冷泉流僧定中。云散苍崖开晚色，人沾白法当春风。三生石畔频兴感，喜得相亲支许同。

校注　　　康熙二十七年（1688）十月，王原祁与赵贞同游武林，宿杭州
昭庆寺，为赵氏作《仿大痴富春图》(《中国绘画全集27》第3页或
《王原祁精品集》第48页《仿大痴富春图》图录）。据此推测，当时
同游者还有王原祁的岳父李恒囲。王揆与楚人李伏元关系亲密，不
知是否为此人，待考。

　　　《(嘉庆)直隶太仓州志》卷三十六《人物》："赵贞字松一，工
诗文，当道争罗致之。性清淡，工言词，饶晋人风致。"

游韬光赠山止上人

　　　扪萝曲折径添幽，乘兴还需到上头。云树半从空外见，江湖都在阁中
收。山僧欲话当年事，刺史空传昔日游。为爱峦光应惜别，吟君佳句更
淹留。

校注　　　王抃《巢松集》卷六有《游韬光赠山止上人用高中宪公韵》《拜
于忠肃墓》等诗，或为和诗。

　　　从沈受宏《白溇集》卷四《武林留题韬光庵示尺玉、山止二上
人》可知，山止为杭州韬光寺僧。康熙四十二年（1703），王原祁重
游西湖，过韬光寺，山止上人出迎。归后，作《西湖图》，为康熙第
五次南巡做准备[《白溇集》卷十《简送王颛庵少宰扈从还都，兼送
麓台中允六首，有序。余……乘暇偕其犹子麓台中允为西湖泠泉之
游。……中允亦别余三年，去冬十二月，以扈驾奉命先归者也》。其
二："重寻林壑孤峰胜，一看亭台十里新（西湖十景各置亭台，以备
巡幸）。留带尚逢禅院老（韬光僧山止出迎），解貂犹忆酒垆人（山
店旧有当垆者）。"]

　　　厉鹗《增修云林寺志》收录王原祁《游韬光赠山止上人》。与
《罨画集》相比，异文："曲折径"为"历磴倍"；"半从空外见"为
"平分云外出"；"峦"为"岗"；"吟"为"爱"。

岳王坟

天意分南北，君心倚寇仇。十年隤一旦，三字恨千秋。谷响军声动，湖明战气浮。燕云收未得，汴水泪同流。

于忠肃墓

不杀无名恨未穷，千秋碧血化长虹。闭关却是回天力，存国方成复辟功。山夜神归飘怒雨，湖晴旗卷动灵风。废兴莫问当年事，故国铜仙汉祚终。

游紫阳山

居然城市里，洞壑白云横。石有飞来意，人传化去名。林梢千嶂合，栏外一湖平。此地堪招隐，令余冷宦情。

同上水开士泛舟湖心亭

破晓同僧泛六桥，湖亭今作虎溪邀。芰荷霜冷香仍在，杨柳烟和色未凋。沙鸟远投晴嶂去，山钟时共晚风飘。高吟白传勾留句，一半名心未易消。

宿云栖竹窗

溪光山色昼阴阴，百丈清规在竹林。人去威仪思古德，天留苍翠见禅心。窗虚下瞰松云合，径曲高悬佛火深。试向中宵听梵唱，幽栖那复恋朝簪。

十八涧理安寺

路入西泠第六桥，寺门苍翠认前朝。清溪竹密鸟声静，古涧松多人语遥。谷口云屯藏佛火，峰头泉落接江潮。湖天斤斧搜应遍，喜剩幽深未采樵。

飞来峰

青山无去住，绀宇有兴衰。塔影悬双岭，泉声落一池。洞荒猿化后，僧定鸟归迟。花雨今常散，终存慧理思。

寄汉阳张寿民明府

无边汉水正悠悠，才子严城久宦游。嶓冢源流千里合，晴川风景一江收。冰霜夜判如山牍，杭稻香清对月楼。梓里关心期奏最，槎头虽美莫淹留。

校注　　康熙十三年（1674）八月，王揆、王原祁、宋广业、宋骏业诸兄弟与七郡同仁集玉壶堂，为宋父、宋母捧觞称祝五十双寿。参会者近两百人，其中有张寿民（《兰皋诗钞》卷三《都下偶编·甲寅教习官学，乞假南归，为两大人寿》，同卷《两大人五十双寿，江浙二省苏、松、常、镇、嘉、湖、杭七郡同人捧觞称祝，中秋谯集虎丘山塘，家君用吴梅村先生癸巳修禊原韵，赋诗唱和，广业敬成四首》；《兰皋诗钞》卷十八《北行草·陶然亭谯集诗并序》）。

游石壁次黄忍庵先生韵

到湖山势折，石壁见风旛。绕屋梅花瘦，侵窗竹影繁。云开波作镜，崖抱树为门。极目心空处，翻嫌双翠痕。

校注　　黄与坚字庭表，号忍庵，江苏太仓人。他与王抃、王揆、王撰等有"太仓十子"之称。《巢松集》王摅序云："太仓旧有十子之刻。十子者，为周新淦东冈、黄宫赞忍庵、许子九日、顾子伊人、家芝麈、随庵、惟夏、次谷以及兄与予。"康熙二十八年（1689），王原祁丁忧期间作《仿黄公望山水》（《山水正宗》上卷第54—56页图录）。黄与坚引首："笔参三昧。麓台能于画理伐毛洗髓，得其神奇。至摹仿大痴，传自家学而更加超诣。此卷磊落不群，睥睨千古，笔墨间又能以萧散之致相为变化，非得画家三昧，未易臻此妙境也。紫崖年翁精于绘事，故麓台作此赠之。余展玩再三，深为叹绝，因题于首。忍庵黄与坚。"康熙四十一年（1702），黄与坚卒，唐孙华以诗哭之（《东江诗钞》卷六《挽黄忍庵宫赞》）。由此可见，唐孙华、王原祁家族、毛师柱等与黄与坚的关系非常密切。

　　此外，《吴越所见书画录》卷六收录《王司农赠王［黄］忍庵横幅二立轴》。其一："仿大痴笔意。忍翁先生文章重海内，著述之余兼精六法，每珍密不肯示人。近见闽游二册，笔墨劲逸，方知文人游戏无所不可。忆戊午（康熙十七年，1678）岁先生偶见拙笔，谬加奖借，以古人相期许。后十年复见拙笔，曰：'近之矣，犹有进。'客冬过访，以所仿宋元六帧奉教，先生击节不置，力索二图。余钝拙茫昧，自顾宛如初学，而先生三十年品题似有次第，即以为印证可乎？遵命呈政。王原祁。"从跋文内容看，"王忍庵"为"黄忍庵"之刊误。

白云洞

　　忽讶临奇境，千峰对沇濛。嶵屼尘迹少，苍翠衲衣消。新竹疏泉眼，枯藤锁石腰。禅心如可定，风雨钵龙朝。

赠王石谷二首

　　乌目山头自曳筇，丹青老去兴偏浓。墨飞不数嘉陵壁，笔落犹如洪谷松。仙掌阴晴移一障，鹅溪尺寸削千峰。大痴酒醉河桥后，五百年来访旧踪。

摩诘传来董巨雄，四家伯仲继宗风。于今此道无知己，当代名人独与公。妙笔直追唐宋上，苦心将辟雾云中。回思弱冠论交日，深荷他山玉可攻。

校注　　　王翚字石谷，号耕烟，江苏常熟人。王时敏弟子。康熙三十年（1691）至康熙三十八年（1699）在京。王原祁赠王翚的诗文、画跋收入《清晖赠言》者较少，而充满溢美之词的求画诗却比比皆是。综观《清晖赠言》，"当今画坛谁第一"的竞争意识贯穿始终。

别同年徐健庵先生留饮二首

华国文章信少双，故应砥柱厌惊泷。耆英年恰齐司马，风度人还拟曲江。身列台星悬北极，家分藜火照西窗。匆匆欲别难为别，小户因君倒玉缸。

忆自陈辞出禁林，高怀知不计升沉。即看柱史千秋业，已尽江潭三载心。梅雨尊怜乡梦远，桃花水记别情深。玉山山下分襟去，何处黄鹂听好音。

校注　　　徐乾学字原一，号健庵，昆山人。崇祯四年（1631）生，康熙三十三年（1694）卒。康熙二十九年（1690）至康熙三十一年（1692）间，他邀姜宸英、查慎行等同至洞庭东山修撰《大清一统志》。

徐乾学比王原祁大9岁，与王掞、李光地等同为康熙九年进士。当年徐乾学一甲，王掞二甲，皆入选翰林院庶吉士。其后，两人仕途顺畅。尤其是尚书徐乾学，一度权势煊赫。至康熙二十五年（1686），尚书徐乾学以收召后进为己任。正如方苞《望溪集》卷八《四君子传》所言："刘齐，……康熙丙寅（二十五年）以选贡入太学。方是时，昆山徐尚书乾学方以收召后进为己任。而为祭酒司业者，多出其门。海内之士有为尚书所可者，其名辄重于太学；有为太学所推者，则举京兆进于礼部。犹历阶而升，鲜有不至者。"

因为王原祁奉行老师盛敬的"谨言慎行"之教，他与徐乾学的交往并不多。《罨画集》中仅有《别同年徐健庵先生留饮二首》。

登岱五十韵

驱车至东鲁，烟霞兴难遏。炎暑不登山，登岱乃午月。四更上篮舆，坡陀路昏黑。荡荡天门开，蜿蜒磴道密。上有聚仙楼，翚飞矗峰缺。迢遥初跻攀，仰面入寥沈。沿壑势渐高，参差宰树列。窈窕逐云根，侵晨草露滑。岚容黯淡开，日气空濛出。所经尽林麓，十里莽奔逸。喘息上岭巅，回马标高碣。山腰仙掌平，玲珑壮金阙。横崖亘且长，迤逦径三折。红泉落深涧，青霭聚幽窟。平野至天半，已与尘宸别。万仞忽削成，雄哉李范笔。看山蹑云梯，苍岩更诡特。精舍结数椽，朝阳洞深郁。青峰与户齐，飘渺荡胸膈。不知何峰顶，拱立如朝谒。登陟御帐岩，石坪大于室。广容千人坐，湍泉迸清漱。传自宋祥符，封禅曾驻跸。摩娑大夫松，尚忆秦皇烈。到此山益奇，云松合为一。翠壁挂虬枝，孤筇凌木末。肤寸起浓阴，相顾忽相失。龙口益峭拔，石笋从万笏。巉绝仅容趾，肉薄争战栗。高高十八盘，直与星辰逼。别径稍萦纡，险峻行踪绝。空谷望窅冥，云涛翻溟渤。罡风木叶摧，青泥点石骨。嵯峨障苍穹，飞鸟不能越。一线漏日车，通天若箭筈。绝顶广而平，朗然心目豁。珠宫耀碧城，元君香火设。殿庭锁鐍严，郡国金钱溢。摩崖旧迹存，开元镌嵂崒。穹碑屹秦观，篆籀岂湮没。翼然日观亭，东望天柱突。灏气虚无中，五色罗万物。九点辨青齐，千里铺蚁垤。近视敖徕峰，兀兀未及膝。远瞩长河水，细如衣带裂。大地尽一瞬，荒荒杳无隔。平生所游览，灵异罕其匹。日晡身惫劳，仓皇下山疾。回顾尚惝恍，奇眈难尽述。明辰将戒途，伫想再游意。

校注 《王麓台司农诗集·登岱五十韵》中"明辰"为"明晨"。从文意看，当为"明晨"。

康熙三十二年（1693）六月，王原祁以陕西乡试副考官身份偕姐夫徐东白典试秦中。史料见《大清圣祖仁（康熙）皇帝实录》卷一百五十九:"己亥,以翰林院编修汪灝为陕西乡试正考官,礼科掌印给事中王原祁为副考官。詹事府少詹事李录予为江南乡试正考官,户部郎中强兆统为副考官。"以及《端峰诗选·五言律·得东白书,知从麓台给谏至秦,拟即还里,书到次日旋闻复已入都,感而有寄》。康熙四十九年(1710),王原祁为弟子王敬铭作《为丹思作仿古山水》册四跋:"余癸酉(康熙三十二年,1693)秦中典试,路经潼关、太华直至省会。仰眺终南,山势雄杰,真百二钜观也。"据此可知,《登岱五十韵》作于康熙三十二年六月至八月间。

怀隰州钦四兄

吾家五马政如何?雨过春郊烟树和。秦晋咽喉连上党,山川形胜属西河。官经三仕讴歌遍,麦有双岐积贮多。一别十年成契阔,伫君丹陛共鸣珂。

校注　　《王麓台司农诗集》命名此诗为《寄隰州王》。由此可知,王原祁此诗赠予王钦四。

半舫和同年钱廷尉荙湄韵

宛然画鹢水中横,占尽幽闲胜阆瀛。不见白鸥眠渚晚,尚余红蓼傍檐清。浮家只在长安住,载石如从百粤行。虾菜五湖虽可羡,功成未许拂衣轻。

校注　　"半舫"为"半云舫"简称,主人钱三锡。《(民国)太仓州志》卷二十《人物四》:"钱三锡字宸安,号荙湄。康熙十五年(1676)进士……升户部侍郎。"

　　　　王掞《西田集》卷四《和钱荙湄奉常半舫诗次原韵》:"烟波移兴自纵横,一室居然泛八瀛。从此济舟兰楫稳,传来载石桂江清。

闲凭便作临流想，安坐浑如鼓世行。不见署斋名画舫，知君师此意非轻。"从诗歌韵脚看，当时参加宴会者除了钱三锡、王原祁，还有王掞等人。因为《西田集》诗歌按时间顺序编排，《和钱葭湄奉常半舫诗次原韵》后接《除夜喜沈台臣（受宏）入都》《壬申（康熙三十一年，1692）除夕次钱葭湄廷尉韵》。据此可知，《和钱葭湄奉常半舫诗次原韵》《和钱葭湄半舫韵》当写于康熙三十一年。

此外，沈受宏《白溇集》卷六《次韵钱葭湄大理半舫四首》云："书画倏然几榻横，坐来疑是泛沧瀛。"此诗题显示，钱葭湄在大理也有以"半舫"命名的书斋。

寄广信崔太守

牧民到处有贤声，喜得南州露冕行。百粤西分千嶂秀，九江东下一溪平。山高鹤向天边舞，日暖人从岭上耕。遥想公余吟咏处，翠微楼上晓风清。

题画

绿萝阴下满苍苔，斜立柴门向浦开。屋后小山遮半面，青松深处有人来。

《罨画集》卷二

题博将军园林十四首

东皋草堂

　　不到东皋路，闻开向野堂。绿齐含岭色，红近挹荷香。辋水名堪并，濠梁兴自长。林园贪日涉，十亩傍幽塘。

浣溪

　　门外三篙绿，清流得浣溪。不随横浦去，分入小桥西。灌木冈头合，垂杨水面低。濯缨坐磐石，闲听鸟声啼。

香界庵

　　拈花传教外，此道几人求。白业香风净，一庵松影秋。妙音随竹响，静理发渔讴。筑室同莲社，相期慧远游。

怀远堂

　　华表云深处，天然卜筑宜。衣冠陈享室，风雨护穹碑。宿垅苍藤绕，平溪古木垂。郁葱佳气在，松柏有余悲。

一枝阁

小阁忘机坐，悠然天地宽。频来三径好，聊借一枝安。春岭云含翠，荒村日落寒。凭栏穷远目，如入画图看。

晕香亭

幽篁分曲径，亭子带山家。雨过红香润，风来绿影斜。庭阶盈蕙草，几席映梅花。宝鸭何劳炷，氤氲隔绛纱。

竹坞

平冈一带绿，万竹晓烟侵。倒影晴溪暗，吟风午榻阴。经寒犹翠色，无雨亦清音。与可当年画，萧疏共此深。

红蓼滩

水浅岸痕高，轻红染嫩条。影垂双鹭立，枝动一船摇。露重欹寒渚，风多倚画桥。夕阳前浦下，返景最妖娆。

啸台

地迥山云静，天空木叶清。登高试一啸，余响发深情。玩世悲嵇子，临风忆阮生。台空砧杵急，四野落秋声。

川上

亭皋一徐步，极目望晴波。渔唱夕阳乱，征帆秋水多。津梁通地轴，输挽接天河。会得川流意，盈虚发浩歌。

杏墅

闻说桃源路，何如杏墅中。一枝含夜雨，十里艳春风。燕掠平芜绿，莺啼芳树红。花村来往惯，卖（买）药问仙翁。

校注　　　　与《王麓台司农诗集·杏墅》相比，异文："卖药"为"买药"。从诗文内容看，当以"买药"为是。

北濑

为爱东田景，来看北濑泉。沙虚云淡淡，渚净月娟娟。绿藻游鱼唼，青蒲乳鸭眠。隔溪渔艇系，疏柳板桥边。

蓝泉

爱此一泓净，汲来珠满瓶。寻源通别涧，辨味得中泠。松下安茶具，窗前注《水经》。文园待消渴，簇火唤樵青。

老是庵

出郊贪晏息，择地绝烦喧。倚杖临流树，诛茅背郭村。晞光侵幌隙，月影上衣痕。消尽闲中趣，庞公老闭门。

校注　　　　博尔都字问亭，号东皋渔父，著有《白燕栖诗草》。据《白燕栖诗草》卷五《寄怀王麓台》《索王麓台画》《题王麓台仿倪高士画》等可知，康熙三十年（1691）左右，博尔都与王原祁交往频繁，并向其索画。或是康熙二十九年（1690）八月至九月间，王原祁在京候补多暇，始与富于收藏的权臣博尔都交往。王原祁赠博尔都《仿古山水图册》跋云："余本不知画，而问亭先生于余画有癖嗜。此册已付三年而俗冗纷扰，无暇吮毫拨（泼）墨。"结合《题博将军园林十四首》可知，王原祁以其高超的画艺与博尔都交往频繁。康熙三十年（1691）二月，博尔都邀请石涛与王原祁合作《兰竹》（石涛画竹，王原祁补坡石），意在借王原祁之名为石涛扬名京城文化圈。

宝刀篇

吾闻宝刀铸欧冶，价重千金无识者。夜来光气尝上腾，神物岂在干将下。斩蛟长桥血不干，提出六月空堂寒。若与公孙大娘舞，秋林飞尽木叶丹。有客藏自亲身匣，与人报仇非所怯。丈夫志在清风尘，立功沙场还献捷。扁舟腊月兰陵归，冰华簌簌霜满衣。舟行数里天未晓，水面贼舸如云飞。短槊长矛竞相向，开舱迎敌气方壮。挥刀削肉江水红，贼势披靡莫敢抗。明朝江上见浮尸，知是宝刀之所为。有材如此世不用，老骥伏枥良可悲。未许轻随秦女休，直须西取郅支头。莫以沉埋频自叹，时危早去觅封侯。

题晴云书屋

为爱平津邸第闳，萧斋结构喜功成。人来坐石停双屐，客到烹泉沸一铛。阁外烟浮芳树色，溪边风衬落花声。留连莫惜归鞭晚，坐待仙郎出凤城。

校注　　"晴云书屋"主人乃索芬。索芬、博尔都、高士奇、梁清标号称当时的书画收藏名家。吴雯《莲洋诗抄》卷三《小集晴云书屋》云："爱尔读书处，晴云绕舍斜"，风景美；"为趁凉风至，陶然共绿樽"，索芬好客。很多穷处士、进士曾寓居此地。

上宛平相公二十四韵

元老千官表，天工一柱擎。青箱推世业，黄阁擅家声。曳履治谋远，垂裳倚毗荣。廿年尊德位，四国仰忠贞。帝念深弥注，臣心宠若惊。棻榆频赐沐，鼎铉遂调羹。犹忆三方动，曾调九伐征。庙谟销字彗，文德扫欃枪。重译共球集，中朝藻鉴清。丝纶同阊辟，门第独峥嵘。道积心逾下，功高眷不轻。经邦添素发，报国尽丹诚。帷幄兼师传，訏谟重老更。星辰依黼座，霖雨慰苍生。寿域期方永，洪钧化更宏。凉风吹玉律，湛露挹金茎。座对西山迥，台连北斗横。露桃千岁熟，昼锦五云晴。事业书金管，讴谣满碧城。樗材叨世讲，兰谱仰宗盟。奕世交尤渥，频年意转倾。祗缘蒙奖借，遂使窃微名。献纳回清鉴，高深冀曲成。南山行献颂，长见泰阶平。

校注　　"宛平相公"乃王熙。王熙字子雍，宛平人。尚书王崇简长子，顺治四年（1647）进士。康熙二十一年（1682）以兵部尚书居官近二十年，康熙四十年（1701）以病致仕。从《上宛平相公二十四韵》"廿年尊德位"和《清实录·圣祖实录》卷二零六（第92页）"康熙四十年九月庚戌，太子太傅礼部尚书保和殿大学士王熙以衰病乞休，……命以原官致仕"可知，王原祁此诗写于康熙四十年（1701）王熙以病致仕之时。王熙在位期间"务宽平、持大体"。见《香祖笔记》卷二以及《江南通志·王熙传》。

春游即事四首

左安门外好春光，一路青溪红杏香。爱杀板桥新柳下，游人几簇醉斜阳。

珠宫金碧古塘隈，半里松阴夹道开。无数香车南陌上，人人说是进香来。

浮萍荇叶正田田，几处名园绿水边。听说淮王时载酒，笙歌小醉落花前。

三月花枝照眼明，大堤多少卖花声。迎香亭畔铺歌席，犹喜今朝未送春。

花朝

一官辜负此良辰，忽见天街嫩绿匀。花信正从今日始，春光还较去年新。乡书久阔常穿眼，家酿轻寒易入唇。闻道西山风景好，殷勤说向未归人。

怀同年开建张明府虎臣

种松岁久起龙鳞，江上穷经秋复春。不作汉廷簪笔吏，暂为岭峤看花人。弹琴月照桃榔暗，开径风清薜荔新。越徼燕台千万里，音书莫惜往来频。

三槐行

君家文正真宗朝，君臣鱼水成泰交。执政中书十八载，兵革不动民殷饶。世称阴德惟王氏，皇考遗言载青史。逆知后世必有兴，手植三槐识于此。推诚保顺盖有公，名显景德祥符中。庙庭配食光奕禩，天子报功礼亦隆。万事仓皇在南渡，繁华艮岳嗟非故。惟时太尉从銮舆，偏安移向姑胥住。留得空堂在有莘，西风花落自成阴。垂垂一树天南北，从此相思秋复春。未识君为孙几叶，五百年后琼枝发。常工奏记诸侯门，把酒邢台醉明月。惭愧余非制锦才，折腰曾莅渚阳来。赖君幕下周旋久（兄在郡伯鲁公幕），异地埙篪亦快哉。忆从囊国同游宴，倏忽云流还雨散。焚草余方备掖垣，携琴君自之花县。南服雄藩是邵陵，独于剧邑擅能称。循良奏最同黄霸，旦晚飞书下见征。塞路歌谣树佳政，它时合得高门庆。未必今人让古人，后先并著勋猷盛。回首三槐世泽多，风前长忆舞婆娑。只缘祖武君能继，会见新条布旧柯。

校注　　　《王麓台司农诗集·三槐行》中"庙庭配食光奕襈"为"庙庭配食光奕襈"。从文意看，当以"奕襈"（世代）为是。

和随庵叔自寿六首

德星中朗少微星，上寿添筹卜鹤龄。世重老成常问礼，身为犹子久观型。论交蒋诩开三径，稽古桓荣守一经。更喜严亲共晨夕，花前小酌醉还醒。

读易窗前叹遇屯，刘蕡屡踬困风尘。三年不作窥园客，一枕方为卧雪人。白璧每羞轻自玷，青山终老竟甘贫。分明被放江潭上，渔父相亲愿卜邻。

门封函谷一泥丸，尽却尘嚣肯耐寒。老去精神如鹤健，愁来风味带梅酸。园荒扫径留僧住，窗冷摊书对酒欢。附郭虽抛心自乐，献椒人喜坐团圞。

诗律能将愁思攻，高怀那复计途穷。崇情淡远宗陶令，炼句精严拟放翁。兴到楼头邀岭月，吟成纸上落松风。当今若重轴轩采，隐逸明征亦至公。

翰墨源流世莫知，菁华采撷是吾师。规摹虞楮书能瘦，出入倪黄笔不痴。登阁解衣尘事远，寻山蹑屐古人期。胜情寄托谁堪比，摩诘风流或在兹。

不慕声华不博名，翛然到老薄肥轻。饮醇座上人皆醉，乐道庭前草自生。剩有清贫安故辙，惟将书卷对寒檠。尽忘巧拙随时命，杖国犹高月旦评。

校注　　　王撰字异公，号随庵。王原祁三叔。天启三年（1623）生，康熙四十八年（1709）卒。康熙二十一年（1682）春，王撰六十初度，作自寿诗。王掞（《西田集》卷二《寿随庵兄六十二首》）、王抃（《巢松集》卷三《赠异公六十》）、王摅（《芦中集》卷四《醉歌行赠随庵兄》）、王原祁等各有诗为贺。

其中，《芦中集》卷四《醉歌行赠随庵兄》："吾兄老作文章伯，自寿诗词好风格。是时梅花冻未拆，素萼红苞映岩石。招邀胜侣为欢娱，觥斝交飞宴终夕。吾兄酒圣兼诗豪，酒垒诗坛群辟易。自言读经并读史，少小功名志所喜。岂意终如马少游，善人仅得称乡里。贫老萧然屋数间，有似洛城玉川子。古来盛名坎壈缠，我则胡为亦至此。我闻兄言还语兄，人生所贵不朽耳。我父平山三绝兼，追想风流能者几。如兄才弗坠弓裘，谢氏超宗众称美。临池挥洒千人惊，上法钟王下苏米。诗格开元大历间，意取清真裁伪体。有时乘兴画沧洲，宋元诸家供驱使。文章憎命古有云，兄胡抱才耻不仕。维时客座兴未阑，举头仰视白玉盘。望舒三五光团团，吟成险语鬼胆寒。盛筵乐事不常有，有酒且尽今宵欢。洗盏更酌明星残，毛锥三寸自足乐。何必峨峨进贤冠，呜呼此意知者难。"

《巢松集》卷三《赠异公六十》："少壮无多时，兄年已六十。日月虽如流，一一犹能悉。伯仲年相如，早岁才名匹。三凤傶河东，论交尽侨盼。余方在髫龄，未知好纸笔。继而齿渐加，升沈遂不一。仲兄隽两闱，伯兄就世秩。兄也处其间，犹然事呫哔。余亦列诸生，追随迹更密。余自愧驽骀，何敢怨得失。以兄卓荦才，致身亦无术。十踏省门霜，有司终见黜。从此厌浮名，长吟独抱膝。子敬爱挥毫，虞卿躭著述。觅句必惊人，染翰盈缃帙。乡里称善人，少游今复出。虽生阀阅家，箪瓢等陋室。壮志殊未申，犹赖有吾侄。阿咸千里驹，伫看飞腾日。余虽有两儿，长者婴奇疾。频年辄废书，安否未可必。少者庸下资，焉能望成立。穷困与兄同，后人迥不及，愿兄进一觞，且莫叹萧瑟。"

观棋

墨白纵横间道分，精严如列鹳鹅军。移时声逐庭花落，一局敲残起暮云。

鸿沟划界立雄关，南北中分指顾间。审局机先争一着，天然布就小江山。

乘虚侵绰破坚城，拔帜惊看入壁行。鼓角不闻先设伏，东南风急出奇兵。

奇谋溃腹在攻坚，局促偏安殊未然。保障中原须胜算，先令飞将急防边。

恍如楚汉夺荥阳，日落孤军转战忙。不道危机留寸地，只争一子决兴亡。

已入重围恐震邻，巧思绝地忽逢春。相持且作三年计，诸葛当时在渭滨。

机深一错便成乖，恋子孤危事不谐。图大莫令贪小利，边隅决计弃朱崖。

短兵相接阵云昏，首尾长蛇势欲吞。转败为功须巧换，阴符八面有奇门。

四战争强恐不禁，锐师攻角老谋深。一丸从此封函谷，想见英雄割据心。

一局将成百战终，机关到此益求工。桑榆收拾应留意，好在残山剩水中。

数通河洛有真传，小技中藏先后天。火候到时成九品，也须熟读十三篇。

小窗竹雨夜生寒，客到挑灯醉后欢。岂有禅心同一行，围棋只作雾中看。

校注　王原祁好下棋，家中馆师徐司民善棋。康熙十七年（1678）九月，麓台观韶九下棋，欣然有会心处，漫作《仿梅道人山水》。见《美国顾洛阜藏中国历代书画名迹精选》第337页："昔吴道子见裴旻舞剑，放笔作画壁；张旭见担夫争道，草书益精进。余观韶九棋，欣然有会心处，漫作此图。虽古今人迥不相及，然心得手应，其义一也。赠之以博一笑。康熙乙亥九秋，仿梅道人笔。麓台祁。"康熙三十九年（1700），王原祁为徐司民作《仿小米笔》。

赋得退食迟回违寸心

退食迟回违寸心，萧斋寂历对春阴。班联敢道居官苦，封事谁能报国深。夜直风传宫漏静，早朝星带晓钟沉。虚縻廪禄惭无补，不及山城抱一琴。

茧花

乍离蚕箔斗鲜华，隋苑当年未足夸。不待抽丝成美锦，顿教裁玉发奇葩。辟兵插处符分彩，长命悬来缕似霞。赢得云鬟添妩媚，回眸认取一枝花。

茧虎

于菟巧傍绿云生，纤手春蚕着意成。偶尔剪裁仍跳跃，虽然束缚亦狰狞。髦边插却岷同负，钗畔横来剑有精。闻道茧丝时世重，早驱乳虎上头行。

校注　　与《王麓台司农诗集》卷二《蚕虎》相比，异文："髦边"为"髻边"；"剑有精"为"目有精"。按文意看，"髦"乃鬓，与"髻"指头发的不同部位，皆可；"钗畔横来剑有精"却不如"钗畔横来目有精"。

题卓火传传经堂二首

文章尊一代，俎豆祀千年。宅是高人住，经随后裔传。琴樽存手泽，礼乐载芸编。此地临秋水，门前好泊船。

儒术榛芜久，斯文萃一门。孤忠推远祖，纯孝得文孙。宾从人千里，诗书日万言。请看劫火后，堂构几家存。

校注　　卓天寅字火传，号亮庵，顺治十一年（1654）举人，著《静镜诗集》等书。其家有三世藏书，父卓人月早丧，寡母抚养成人。及长，建藏书楼曰"传经堂""月波楼"，广邀名士如朱彝尊、王士祯、孔尚任、查慎行、李邺嗣、吴绮、陈廷敬、姜宸英等撰写序跋、碑记、诗词，编成《传经堂集》十卷。如康熙二十二年（1683），查慎行为卓次厚赋传经堂诗（查慎行《敬业堂诗集》卷四《遄归集》《傅经堂歌卓次厚属赋》）。康熙二十七年（1688），吴绮诗赠卓火传归隐计筹山升元观。见吴绮《林蕙堂全集》卷七《送卓火传归隐计筹山升元观序》："予与同年火传卓君联半世之交，于戊辰（康熙二十七年）之冬相见邗江之上。"又，张玉书《张文贞集》卷六《书卓氏传经堂集后》载："卓子火传建祠于塘栖里第，奉其先入斋、左车、珂月三先生而名其堂曰传经。海内文章之士皆以卓之子孙世守侍郎忠贞公之教，以克绍其先烈为能不愧于传经之义。争为诗文以纪之，越数年裒成一帙。"

赋得虚心高节雪霜中

霜欺雪压傍檐分，不改清阴尚出群。心以中通能协律，节因外直欲凌云。萧萧影向闲堦见，簌簌声从静夜闻。试看琅玕真比玉，琐窗无语立斜曛。

题钱葭湄待漏图二首

玉立长身迥出群，彤墀香霭望氤氲。当年封事曾同我，此日披图忽见君。铁凤横空衔曙色，玉龙迎日卷晴云。清卿奏对多平允，不寝书思到夜分。

未央宫树晓苍茫，红日三竿忆故乡。踏月影随庭燎火，戴星寒点鬓毛霜。班联心喜天颜近，登降身劳御路长。好待功成归洛社，园林花鸟任徜徉。

钱三锡字宸安，号葭湄，江苏太仓人。康熙八年（1669），他与王原祁、王黄立、徐秉义等同成举人 [《王巢松年谱》"己酉四十二岁"、俞天倬《太仓州儒学志》卷二《科名》、《（民国）太仓州志》卷十《选举》]。

《（嘉庆）直隶太仓州志》卷二十八《人物》："钱三锡字宸安，康熙十五年（1676）进士，授罗池令。邑多奸民，潜结洞獠为害。三锡以计擒巨魁，戮之，遂讋服，终其任，无哗扣者。缮学舍，集士子亲为讲授，人始知学。二十四年（1685）充同考，以治行擢江西道监察御史，巡视东西城，掌江南浙江道事皆称职，累升太常寺少卿，主粤东乡试。历大理寺左右卿。明法不阿，多所平反。陟光禄及太常卿、宗人府府丞，晋都察院左副都御史，旋升户部右侍郎，转左。严核积弊，奸吏患之，构衅连染，会将对簿，三锡慨然引大臣不辱之义，遂自缢，事亦寻解。"

此外，康熙二十六年（1687），钱三锡在御史任上 [曹煜《绣虎轩尺牍》三集卷一《复钱御史葭湄（讳三锡字宸安，太仓人）》]。康熙二十九年（1690），廷尉钱三锡招同麓台、王掞等饮半舫（《罨画集》卷一《半舫和同年钱廷尉葭湄韵》、《西田集》卷四《和钱葭湄奉常半舫诗次原韵》）。康熙三十一年（1692），钱氏仍在廷尉任上 [《西田集》诸诗按时间编排，集中《和钱葭湄奉常半舫诗次原韵》后接《除夜喜沈台臣（受宏）入都》和《壬申（康熙三十一年）除夕次钱葭湄廷尉韵》]。康熙三十七年（1698），王掞由户部右侍郎转左侍郎，以都察院左副都御史钱三锡为户部右侍郎（《居易录》卷三十）。

颛庵叔有阁学之命赋以贺之

昔者谢临川，赋诗述祖德。为于太元始，一战秦师克。时惟神宗朝，储位几屡易。藉我文肃公，屹然安磐石。国本既云固，功德曷有极。流庆及曾元，宜乎绵世泽。家塾少追随，长而共通籍。叔入承明庐，时号登瀛客。既以扇枕归，东山自偃息。鞅掌薄书劳，仕路我逼仄。天子忽见征，备员厕左掖。叔侄官京华，联镳长安陌。叔今大位登，身在日月侧。密勿相周旋，朝廷多裨益。转眼即三迁，功名将枋国。宗族邀宠光，鲍系资生色。如今方渴贤，圣明尝侧席。何以慰旁求，饥溺同禹稷。

校注　康熙三十年（1691）十一月，王掞升内阁学士兼礼部侍郎（《颛庵府君行述》《端峰诗选·七言律·奉寄王阁学颛庵先生》）。

寄答程乡曹九咸

多君寄我数行书，喜得开缄慰索居。将母心方宽负米，看花操不改悬鱼。槟榔味佐官厨薄，椰叶阴遮讲舍虚。闻道天南经指授，韩门弟子复何如。

校注　《王麓台司农诗集·寄程乡曹九咸［盛］》诗二首之其一为《罢画集》中所无。其一："花开上苑傍丹霄，制锦羊城万里遥。江月秋高人已远，岭梅寒动雪初消。云连海峤供诗料，瘴暗风林仗酒瓢。新政何心邀众誉，南田深处听渔樵。"

曹延懿字九咸，号蘧园（《端峰诗选·七言律·怀曹蘧园邑令程乡》），金坛人。其兄曹煜，康熙十二年（1673）至康熙二十二年（1683）间为太仓学博，其后迁山东莘县令（《绣虎轩尺牍》二集卷六《与王诵侯》）。曹延懿与王原祁、沈受宏为同学，受教于太仓盛敬、陆世仪。他与钱梅仙、王掞等人关系密切。如康熙十七年（1678）正月，曹延懿参与王掞所倡文酒会，与当地师友唱和［《端峰诗选·七言古·人日寄怀王虹友诸同学（有序，戊午人日，王子虹友首倡文酒之会，同集为费天来、钱梅仙、江位初、顾伊人、周翼微、张庆余、顾商尹、曹九咸、沈台臣及余，共十一人。时赵松一客修武，王弘导客都门，即事寄怀，各成七古一首。后七年乙丑，余与松一同客商尹荥阳署斋，曾有人日忆旧游之作。今辛未人日，余复客商尹咸阳幕中，庆余亦客陇州，而虹友、弘导、九咸皆在都下，松一且将入燕。回首昔游，欻逾一纪，真不啻如雪中鸿爪，散而未易聚也。适际灵辰，复成长句，伤离思远，情见乎词）》]。

康熙三十年（1691），曹延懿与王奕清同成进士。成进士前，曹延懿已谒选得程乡令[《（民国）太仓州志》卷十《选举》、《端峰诗选·七言律·曹九咸进士获隽南官，先已谒选得程乡令，闻而志喜》，《（嘉庆）直隶太仓州志》卷三十《人物》："曹延懿字九咸，明副使逵裔孙。康熙三十年（1691）进士，选程乡令。严保甲，练乡壮，访讼师，置之法。复增设义学，教其秀良。程乡故水陆冲，供亿浩繁，前令按亩倍科，民不堪命。延懿条其弊于上司，节费宽征，力反积习。以母忧归，立宗祠，置祭田。越四年卒。延懿未第时，佐浙江总督李之芳幕，驻衢州，剿平耿逆多所赞画。"]康熙三十二年（1693）秋，王原祁贻书程乡令曹延懿（《麓画集》卷二《寄答程乡曹九咸》）。康熙三十六年（1697）三月，唐孙华、黄与坚、钱右文、王吉武、曹延懿等在黄与坚堂中观伎（《东江诗钞》卷四《三月十八日同忍庵宫赞、钱瞿亭舍人、王宪尹太守、曹九咸明府邀韩州牧集忍庵堂中观伎》）。

康熙三十八年（1699），曹延懿卒于岭南（《东江诗钞》卷五《哭曹九咸明府》、《白溇集》卷八《哭曹九咸明府》）。《东江诗钞》卷五《哭曹九咸明府》四首，其一有"曾报初春病，俄闻朝露捐。三年岭海吏，廿载孝廉船"；其二有"桐乡遗惠在，尚说长官清"。由此可知，曹延懿曾在浙江桐乡为官，后又至岭海一带为官。《白溇集》卷八《哭曹九咸明府》："本为求官去，翻教死客中。……濂洛接儒风（君与予受学桴亭、寒溪两先生）。……一飞腾北海，十上困南宫。晚节才登第，退荒乍缩铜。"

又，俞天倬《太仓州儒学志》卷一《李煜传》："李煜复姓曹，号凝庵，金坛人。少负不羁之才，客游于邳，李翁异之，延为师，随以女妻之。继而李氏子就童子试，适病，凝庵冒之，得售。次年丁酉举于乡，复试称旨，连上公车，就选学正。莅任首严月课，尝请轮贡生，假公服坐二门点名，自坐堂上，散卷咸受约束，肃如场规。平日投窗稿会课者络绎，批答如流，广交游，暇即著书。有

《绣虎轩》诸集，理学、经济为时钦服。凡学中废堕，悉力修复，乙卯（康熙十四年，1675）浙江同考，升山东莘县令。临行，诸生以谦不受贺，哀金盖生祠于学官，塑像立石，每诞辰诸生集祠遥祝，后或以非典礼，移奉于文昌祠旁，春秋私祀。"康熙二十三年（1684），曹煜致书王原祁，告知到任诸况。《绣虎轩尺牍》二集卷六《复王茂京（讳原祁，庚戌进士，太仓人，见任任县）》："十载娄江，荷承鼎谊，而尊翁年伯尤极提撕之雅。……今幸密迩花封，深慰阔念。方拟岢人驰悃，忽接好音，不啻坐空谷而闻钧天之响也。况承厚贶，下颁荣庆无似。虽借使拜璧，而谨领尊谊，永勒五中矣。谢谢。弟十五日走马到邑，陆在老至止时，才隔一宵耳。梅老及舍弟舟行颇迟，尚未入境，俟到日当达尊意也。拙刻一种附呈台教，尊翁年伯不敢琐渎，叱名是荷。"同卷《再复王茂京明府》："……莘俗夸诈，抚御较难。冀叩君家治谱为玉律金科，老年台垂爱有素，谅不惜谆谆提诲也。……九咸舍弟偶往历下，归当趋造。"

兴安李□□世兄

复试牛刀别帝京，去年酌酒送君行。红花历乱山城小，白石嶙峋沙水清。三辅讴思犹在口，两江弦诵已先声。金门夜月相思处，不尽天南旅雁情。

校注　　"李□□"之"□□"处未雕刻，非缺损。

赠沈、周二生三首

君能顾曲亦能诗，白雪人称绝妙词。赆得青山留一笑，莫教红豆惹相思。

傅粉何郎绝代无，双鬟小立又当垆。丰姿绰约柔无骨，仿佛前身是玉奴。

敛笑凝眸四座惊，当歌争让遏云声。一时艳冶倾京洛，周沈齐名是二生。

校注　　　沈生、周生与陈七都是擅长唱曲的子弟。康熙二年（1663）冬，王时敏始延苏昆生教家僮以昆曲为娱老计（《奉常公年谱》卷四"二年癸卯七十二岁"）。在他的影响下，王原祁家族好曲者较多，如叔父辈王揆、王抃、王抑等，子侄辈如王原祁长子王薯尤好昆曲，还因养家班诸事而废产、去官。

　　　　康熙四十七年（1708）三月，杨守知在袁浦见到了落魄戏子陈七。杨守知《意园诗集选钞》载："陈七郎者，故合肥相国李公之家伶也。相国既殁，归于都御史兴化李公仆忝二公门下。曩者客游燕中，追陪杖履，屡与燕游。是时七郎与平采官齐名，年十四五尔。风流云散，弹指十年。兴化公已下世，仆潦倒无状，于役河干。戊子闰三月，复遇七郎于袁浦。酒阑话旧，不胜今昔之感，赋此赠之：'最好风光是闰春，征歌选舞赴良辰。灯前一顾添惆怅，认得何戡是旧人。雪泥鸿爪一伤怀，回首名园半绿苔。我是公门旧桃李，当初亲见好春来。'"文中"合肥相国李公"即李天馥。康熙四十八年（1709）八月，作《题仿梅道人（与陈七）》。据此可知，王原祁以《题仿梅道人》赠陈七具有救济性质。此事也可见王原祁并未以世俗的眼光看待沈生、周生、陈七等梨园子弟。

送魏□□世兄之任高州

燃藜曾读石渠书，五马旋趋粤峤车。欲为炎方扶弊俗，故教学士领新除。梅花信报春风候，椰叶阴开晓瘴余。蓟北岭南天万里，关心凭雁问何如。

校注　　　"魏□□"之"□□"处未雕刻，非缺损。

　　　　史料显示，魏象枢与王原祁关系密切。如王昶等纂《（嘉庆）太仓州志》卷二十八《人物》称："王原祁字茂京，……除任县令。任故古大陆，为九河下流。时大潦，部使者按视，原祁力请弛赋。又请于台使，奏减岁赋三千余两。在任四年，尚书魏象枢巡查畿南，凡大案必委鞠焉。"

总体而言，魏象枢与王原祁有两点相似：一是主诚敬之学。如康熙十八年（1679）十月，康熙询问都察院左都御史魏象枢关于性、理关系，他回答说："诚者，物之始终。"二是谨言慎行，严操守。康熙十一年（1672），冯溥疏举贤才，称魏象枢"清能矫俗，才堪任事"。魏象枢奉旨入京引见，旨以科员用。初，其困于资斧，不欲就选，妻兄李云华助公三百金，岁以为常。魏象枢遂得严绝交际，恪守清白（《魏敏果公年谱》"壬子五十六岁"）。

送宪尹弟出守绍兴二首

衔恩新守越州城，秋水之官一棹轻。屏障旧为才子地，琴书今喜使君清。雨来秦望双旌入，潮送钱塘五马行。此去知君能卧理，讼庭帘卷翠峰横。

河桥疏柳尚垂阴，南浦依依话别心。童叟江头争望岁，弟兄辇下惜分襟。兰亭修禊觞频泛，剡曲移舟雪正深。胜地吾家多胜事，风流太守重追寻。

校注　　王吉武字宪尹，号冰庵。顺治二年（1645）生，雍正三年（1725）卒，江苏太仓人。《王吉武传》见顾陈垿《洗桐轩文集》卷七。《（民国）太仓州志》卷二十《人物四》："王吉武字宪尹，发祥次子。康熙十五年（1676）进士，中书舍人迁国子博士，擢工部主事，升员外郎，寻以户部侍郎出守绍兴。忤大吏意，甫二岁，卒年八十一。王吉武与唐孙华合称'唐王'。"

康熙三十一年（1692），沈受宏《白溇集》卷七《赠绍兴王宪尹使君三十韵》云："吾党论友交，如君号俊良。……八年参胄教，三载历曹郎。……通门兼二宋（声求、念功），盛族共诸王（虹友、颛庵、麓台、幼芬），……已满中台秩，还分太守章。"同年中秋，王原祁为王吉武作《仿黄大痴富春山图》。其跋云："壬申中秋，仿黄大痴富春山笔意奉送宪老二弟荣任并正。"见《吴越所见书画录》卷六《王司农仿黄大痴富春山图立轴》。据以上资料可知，此诗作于康熙三十一年，时王吉武以户部侍郎出守绍兴会稽。

八叔新斋落成，同宋坚斋、药洲、台臣、七叔、九叔、幼芬弟夜饮

屋外青山对落晖，相随二仲敞双扉。室陈法物图书满，厨出乡蔬笋蕨肥。桂月窥檐光照座，菊花摇壁影侵衣。樽前相顾皆相识，此夕忘形快息机。

校注　　　王掞，王原祁八叔，位至相国。王抃，王原祁七叔，与王揆同母。王抑，王原祁九叔。王掞长子王奕清字幼芬。宋德宜长子宋骏业字声求，号坚斋、坚甫。生年不详，康熙五十二年（1713）五月卒，江苏苏州人。与王掞为妻舅关系。康熙二十九年（1690）八月，王原祁抵都，候补多暇，每与宋骏业以笔墨相商。当时宋骏业受命主持绘制《南巡图》，王原祁向其推荐王翚，并力邀王翚上京（《清晖同人堂尺牍汇存》卷一）。沈受宏字台臣，当时馆于王掞家中，与王掞为布衣交。

计暗昭扇头匡吉画桃花一枝，索余补石因题

庭前草绿肥，惜春春已失。纨扇写红桃，一枝留艳质。片石补其旁，云根间疏密。愿子努力焉，早入熙筌室。

校注　　　李为宪字匡吉，江苏昆山人。王原祁外甥。康熙三十二年（1693）左右，跟随王原祁学画（《王司农题画录》卷上《仿北苑笔为匡吉》）。

史料显示，李为宪深得王原祁的喜爱，一生中为他示范多幅作品。如康熙三十六年（1697），麓台为其写"百年地僻柴门迥，五月江深草阁寒"（《吴越所见书画录》卷六《王司农用高尚书法写少陵诗意立轴》）；康熙三十九年（1700），为其作《仿云林山水轴》（《清王原祁画山水画轴特展》第86页图录）；康熙四十二年（1703），邗道舟中，麓台为匡吉作《王司农用高尚书法写少陵诗意立轴》（《吴越所见书画录》卷六《王司农用高尚书法写少陵诗意立轴》）；康熙四十九年（1710），为其作设色大痴（《王司农题画录》卷上《仿设色大痴巨幅李匡吉求赠》）；康熙五十二年（1713），王原祁为其仿北苑（《王司农题画录》卷上《仿北苑笔为匡吉》）。

自题画册六绝句

蟹舍渔庄略彴边，柳丝荷叶斗清妍。十年零落荒园景，仿佛当时赵大年。

青柯枰上翠重重，秋染霜林一样浓。屋外飞泉云外寺，西瞻天半插芙蓉。

重冈侧面出烟鬟，云树周遭鸟去还。半幅峦容写荒率，晓来剪取富春山。

皴皴分明篆籀垂，吴兴变化笔端奇。苦心欲会山樵意，春晓丹台是我师。

大家董巨是前身，独辟纵横笔有神。学得梅花真面目，苍山秋霁夕阳新。

高士纤尘不肯留，墨痕何处写清幽。萧萧佳趣时能得，林影山光象外求。

校注　　　第1—3首诗选入《娄东诗派》，诗题为《自题画册绝句》，诗歌内容同。

王士祯《带经堂诗话》分别命名《自题画册绝句》，并赞麓台"自题绝句多工"。

题赫澹士听枫书屋

萧疏结构桂堂东，不与山林野趣同。霜叶移来新筑下，秋声只在数枝中。琴书影带帘前月，蕉雪毫挥砚底风。赢得高人诗思好，更迟青女作霞红。

校注　　《八旗画录》前编卷上《赫奕》条称，赫奕字淡士，号南谷，别号碧岩。满洲正白旗人。满洲贵族弟子中，除了赫奕外，宗室柳泉也曾学画于麓台。

上平原总宪

铁冠当日著丰标，保障东南七载遥。江表至今思节钺，柏台重喜傍云霄。运储萧相功应并，开府羊公德自饶。身在朝端方执法，霜威炎暑不能消。

校注　　结合《王麓台司农诗集·呈平原总宪董老师》诗题与诗歌内容看，"平原总宪"乃董讷。

董讷字兹重，号黙庵，平原人。"总宪"即"御史"。康熙二十六年（1687）三月，康熙帝赐董讷"存诚"匾额，从董讷文中"夫诚之用大矣，毋欺之学，刚柔协应，流行之理，体物不遗。参天地、赞化育，不思而得，不勉而中"等言论可知，他也主诚敬之学（董讷《柳村诗集》卷一《御赐存诚扁书》）。

次男谔南归漫成

间关北上不辞辛，朔雪炎风道路频。家远最思垂白老，官贫难遣欲归人。林边系马休沽酒，雨后逢村好问津。努力莫嗟登涉苦，明春盼汝踏京尘。

校注　　　王谔字忠贻，王原祁次子。康熙三十五年（1696）八月，王谔与长兄王薯同成举人［《(民国) 太仓州志》卷十《选举》]。《外家纪闻》称其"文思敏捷，一饭之顷，成文一篇。工六法，得自家传。喜饮酒，终日一卷兀坐。屡试南宫，危得危失，贡志以没，年四十有二"。史料显示，康熙三十一年（1692）冬，王谔入都。康熙三十五年（1696）正月，王原祁为其作《仿大痴山水》(《中国古代书画图目 22》京 1- 4838)。

雪后与东白夜话

今宵且莫怅离群，把酒论诗我共君。积雪影侵孤树月，浓香篆结半窗云。推原时代风骚合，商确源流正变分。泻竹摧檐听不尽，孤鸿嗷嗷岂堪闻。

校注　　　徐东白为王原祁姐夫。从毛师柱《端峰诗续选》卷六《赠徐东白表弟七十》［诗作于康熙四十七年（1708）]可知，徐东白生于崇祯十二年（1639），长王原祁 3 岁。从《王麓台司农诗集·怀徐东白姐丈》"赋急顿荒三亩宅，诗工甘老一山村。……姐弟睽违看六载"可知，徐东白工诗善文。康熙三十一年（1692）初夏，徐东白北上京城。康熙三十二年（1693）六月二十七日，王原祁担任陕西乡试副考官，偕徐东白同行。

和东坡雪韵二首

薄暮花飞六出纤，忽听寒鼓傍城严。飘来作阵疑霏玉，扫去成堆似积盐。几处渔舟横野渡，一群饥雀噪低檐。山庄霁后真图画，敢与诗人斗笔尖。

栗烈风吹散晓鸦，红炉宫炭进千车。寒光不夜疑同月，小点先春欲作花。漠漠青山迷地脉，高高白玉见天家。愿依岳麓寻禅客，煨芋欣看拨火叉。

校注　　　　王原祁好苏东坡诗文，曾在跋文中多处引用。如《仿大痴山水》跋："东坡诗云：'安心是药更无方'，以此论画，良有味也（见《中国古代书画图目15》辽2-181图录）"；《麓台题画稿·题仿大痴为轮美作（癸巳夏五月笔）》："东坡诗云：'论画以形似，见于儿童邻。'甚为古今画家下箴砭也"；《为石帆表叔作仿古山水》跋："东坡《宝绘堂记》云：'君子寓意于物而不可留意于物。'"图见《山水正宗》中卷第302页或《王原祁精品集》第124—137页。此外，还有《仿古山水图册》第十一帧跋："余扈从风阻江上，读坡公诗有感写此（《王原祁精品集》第292—303页图录）"等。

和沈台臣留别原韵即送归里

京雒相依慰平生，师传共喜侍康成。学将求禄还师古，心切宁亲不恋名。君去冲寒驰驿路，我留退食对棋枰。腊消春涨桃花水，把酒频深怅望情。

校注　　　　沈受宏字台臣，号白溇，江苏太仓人。他与王原祁同时受教于盛敬门下，与王掞为布衣交。

和东坡馈岁、别岁、守岁三首

辛盘有馈遗，筐筥榛栗佐。交道贵悃诚，而乃重食货。蓬户与朱门，往来随小大。囊无一物献，羞涩掩门卧。干糇礼数愆，难厕亲朋座。杂沓纷交衢，浑如蚁附磨。嗟此真薄俗，较量多责过。岁暮偶感怀坡诗勉为和。

严冬趋阙下，待旦日出迟。驹隙忽除夕，羲驭不可追。念彼贫贱者，饥驱走天涯。我今非落魄，云胡不趋时。肉食藉攀附，乘策何坚肥。闭门咏伐檀，局促良可悲。送穷当今夜，为我前致辞。三阳启泰运，勿使世道衰。

秋冬鹰隼疾，过时纵虺蛇。春日煦万物，莫令云雾遮。明辰履端始，晞光竟若何。夜半天衢静，驺从尚不哗。浊酒聊自酌，羯鼓且复樋。爆竹声未歇，星斗已西斜。从此欲奋翮，失足恐蹉跎。英才早致主，迂拙岂敢夸。

校注　王撼《芦中集》卷六载《和东坡馈岁、别岁、守岁韵三首》。

　　这些诗歌反映了当时京城下层官吏的穷苦境况。《圣主实录》卷一百二十九记载：康熙三十九年（1700）七月，上顾大学士等曰："观翰林官及庶吉士内有极贫者，衣服、乘骑皆不能备，翰林官内贫者月给银三两。"康熙年间官吏俸禄普遍较低，在俸额上先分满汉、后定高低，银两实际到手也分满汉。

壬申除夕

腊尽春催淑景舒，素餐自愧负居诸。律回黍谷寒方解，酒醉椒盘岁已除。彩胜又看今夜剪，斑衣还与老亲疏。徐闻街鼓频频转，趋向金门待漏初。

校注　"壬申"，康熙三十一年（1692）。是年，王原祁长子王蓍成贡生（《太仓州儒学志》卷二《贡士·王蓍》）。八月，麓台为王吉武作《王司农仿黄大痴富春山图立轴》（《吴越所见书画录》卷六）。九月，转礼科掌印给事中（《历代名人年谱》卷十《清》第74页）。秋，为庄令舆作《王麓台松溪仙馆图轴》（《虚斋名画录》卷九）。冬，王翚在京作《仿松雪青绿山水卷》，王原祁跋赞其画艺（《古缘萃录》卷九《王石谷仿松雪青绿山水卷》王原祁跋）。

《罨画集》卷三

癸酉元旦

螭头晓立玉绳横，又见长安节物更。趋阙得瞻天仗近，占年喜值岁朝晴。香闺颂献椒花暖，丈室参禅柏子清。好寄平安故乡去，任教华发镜中生。

校注　　"癸酉"，康熙三十二年（1693），王原祁52岁。癸酉三月，王原祁七叔王掞为其《罨画集》作序。

灯市歌

长安元夜多冶游，金鞍玉勒嘶骅骝。巨鳌海上三山浮，点缀丰年人不忧。鬼工灵妙集九州，珊瑚为树翡翠钩。越罗蜀锦皆见收，丹青金碧穷雕镂。仙人笙鹤来十洲，水天惝恍不可求。阵前万骑挥戈矛，龙骑虎帐风嗖嗖。沧江冰雪渔父愁，老树槎枒一叶舟。风亭月榭春复秋，花香鸟语传枝稠。造化奇文景物哀，移来一一晶光流。佳节天人弄彩球，珠玑错落花枝稠。我亦停骖倚画楼，望之烟雾迷双眸。黄尘十丈杂车牛，翠羽明珰委路沟。肩摩毂击难淹留，拥衾归卧萧斋幽。夜阑歌舞犹未收，不知何处弹箜篌。

元夕诵侯叔入都志喜

忽闻借寇阻行装，得免蚕丛道路长。京国重来喧语笑，征鞍才下共壶觞。一年灯月逢今夜，同集亲朋胜故乡。更喜寒暄相见后，频将健饭说高堂。

校注　　　王原祁九叔父王抑字诵侯，号南湖。顺治三年（1646）生，康熙四十三年（1704）卒，年59。康熙十六年（1677），朝廷特设一科，专考太学，闱期在九月。是年，王抑成举人。见《王巢松年谱》"丁巳五十岁"、《奉常公年谱》卷三。《（嘉庆）直隶太仓州志》卷三十《人物》王抑条称其为"康熙三十六年（1697）举人"，误。康熙三十四年（1695），王抑官山西太原府西路同知（俞天倬《太仓州儒学志》卷二《科名》）。因此，此诗或作于康熙三十四年。

此外，《（嘉庆）直隶太仓州志》卷三十《人物》载，王抑在官期间，颇有廉政。"王抑……太原府同知。屡决疑狱，上官以为能。摄忻州事，有遗尸在弃灰中，地当冲，故多逆旅。主人抑拘数十辈列跪堂下，徐察一人，面色稍异，即往勘其家，有血迹，一讯俱服，乃谋劫财而杀害者，众以为神明。三十八年（1699）以忧归，病卒。"

呈玉泉和尚用少陵谒旻公上方韵

栖禅山寺里，我亦爱山居。羁绊未能往，时与丈室疏。天风从东来，春萌欲暖舒。飞锡下云壑，还复顾我庐。轩然倚杖坐，相对障翳除。笑指庭草绿，宗风已无余。一宿高峰去，禅心迥如如。微言解粘缚，实义了不虚。贱子本钝根，榛芜岂有耡。偶尔沾微禄，软尘满襟裾。何时出世网，真宅免为墟。金篦藉开导，直指少室初。心香闻妙法，到处或逢渠。顾言逐龙象，努力烦吹嘘。

送吴商志之大梁

自古安危仗出群，奇才世共说参军。未容姓名尘中识，先有韬钤海外闻。上谷马嘶沿戍草，繁台人眺隔河云。信陵好士传千载，虚左于今又属君。

校注　　　"中州""大梁"皆河南古称。康熙三十二年（1693），王撝在京，诗送吴商志之中州［《芦中集》卷八《送吴商志之中州》、《芦中集》卷七《与潘双南、吴商志别》］。据此推知，麓台此诗或写于此时。

　　　　　此外，康熙三十一年（1692），吴商志与王撝等出京同游关外（《芦中集》卷七《与潘双南、吴商志别》）。康熙三十三年（1694），吴商志接受王士祯的邀请，与老友姜宸英等话旧（王士祯《分甘余话》卷二）。三年后，吴商志在京与王源、梁份、宋瑾、黄元治、蔡瞻岷、杨东里、许友、黄叔威、戴田有、孙幼服、钱名世、徐元文等诸友寿万斯同六十《（梁质人份先生年谱）第53页》。从查慎行《敬业堂诗集》卷四十《长告集·题亡友吴商志遗像》可知，吴商志卒于康熙五十一年（1712）。

送序璜兄南还葬亲

多年老弟兄，执手在渚阳。千日便判袂，我北君南翔。我归读礼日，君出谋稻粱。相思不相见，踪迹同参商。庚午来京邑，晤时飞秋霜。辛苦各慰劳，惊视鬓发苍。从此罢行役，不复走四方。元瑜工奏记，迂拙资匡襄。三年如一日，埙篪快同堂。日月坐云迈，游子心悲凉。思亲吟陟岵，望云每飞扬。欲别重惜别，方将理归装。仲冬家书至，开函摧肝肠。哀毁几灭性，朝夕惟呼抢。骨肉谊关切，唏嘘送奔丧。脱骖无可赠，中夜心彷徨。君行且强饭，勿以哭泣伤。君行须努力，勿忧道路长。还家告祭毕，尺素频寄将。临岐再三订，聚首在大祥。

校注　　　从《王麓台司农诗集·送序皇三兄奔丧南旋》看，《王麓台司农诗集》并非录自《罨画集》，而是抄自更早的稿本。因为《送序璜兄南还葬亲》是《送序皇三兄奔丧南旋》的修改版。

《送序皇三兄奔丧南旋》："多年老弟兄，执手在渚阳。平生话契阔，踪迹同参商。千日便判袂，我北君南翔。我归读礼日，君出谋稻粱。相思不相见，云树空苍茫。庚午来京邑，晤时飞秋霜。辛苦各慰劳，惊视鬓发苍。娱乐共樽［尊］酒，风雨连匡床。从此罢行役，不复走四方。清谈勖道义，健笔瞻文章。阮瑜工奏记，迂拙资匡襄。三年如一日，埙篪快同堂。日月坐行迈，游子心悲凉。思亲吟陟岵，望云每飞扬。欲别重惜别，方将理归装。仲冬家书至，开函摧肝肠。八旬白发翁，忽作修文郎。哀毁几灭性，朝夕惟呼抢。骨肉谊关切，唏嘘送奔丧。脱骖无可赠，中夜起彷徨。攀留恐乖养，情挚还相望。凄凄君去矣，春风吹衣裳。子道惟遵古，宧罗奉蒸尝。勤勤营马鬣，萧萧树白杨。九峰三泖间，佳城卜炽昌。牛眠龙耳地，储精毓麟凤。君行且强饭，勿以哭泣伤。君行须努力，勿忧道路长。还家告祭毕，尺素频寄将。临岐再三订，聚首在大祥。"

"庚午"为康熙二十九年（1690），据诗中"三年如一日""仲冬家书至"可知，时在康熙三十二年（1693）仲冬后。庞元济《虚斋名画录》卷九《王麓台仿大痴山水轴》著录："甲戌初秋，仿大痴笔似序老表兄正。"或此序璜兄阻于事未能立即回乡，或王原祁将画寄至序璜表兄家中。

撤棘后简汪文漪太史并留别诸当事

重重鱼钥棘闱深，萧飒帘栊夜雨侵。乍响丝桐欣叶律，初裁杞梓待成林。荣身分合酬书卷，报国心宁愧影衾。伫看蓬枢人四十，儒冠脱却换朝簪。

甲乙群才敢自宽，丹铅片纸惜孤寒。工逢良璞搜荆玉，人喜同心艺畹兰。漫道珊瑚收铁网，休矜砥石障狂澜。由来关陇多骐骥，幸附孙阳后乘看。

西陲饥馑亦天行，端赖朝廷教养成。本是化离秦子弟，已为礼乐鲁诸生。啼号岂忍鸿哀泽，献纳先看鹿食苹。仿佛魏公诗句好，神功收敛寂无声。

形神劳瘁怯秋光，未得闲游雁塔旁。仅免知交嗤月旦，敢言殿最有文章。凉生孤馆人看月，寒送邮亭马踏霜。折柳更逢亲故在，翻疑此地是江乡。

校注　　　汪灏字文漪，有《倚云阁诗集》一卷。康熙三十二年（1693），王原祁与汪灏同典陕西乡试。此诗当作于此时。

登华六首（有序）

余自庚申四月同弟迪文至秦谒华庙见老子遗迹，时以水涨不果游。癸酉秋，奉命典试关中，回至华阴，同行者为曾耳黄、徐东白、金明吉偕往登焉。新孝廉郭、雷二子候于莎萝坪，至青柯坪上回心石，以日晡道险未得穷历，怅然久之，抚今追昔，爰得六章以纪其胜。

秦山连陇蜀，太华镇西州。厚地裂石笋，摩天矗花楼。千峰才及膝，罗列儿孙稠。亭亭出云雾，菡萏金天秋。我年未四十，曾向咸阳游。驱车过巩洛，便见修眉浮。壮哉仙人掌，压关俯洪流。迢迢华阴道，绵亘青未休。崇墉严庙貌，典礼尊蓑收。古坛树梓骨，紫气躔青牛。神奇真面目，咫尺惊心眸。金晶翔凤翅，黝黑藏龙湫。拟竭攀跻力，云壑恣冥搜。百川惊泛滥，势与溟渤侔。乘桴急东下，方寸三峰留。

余也列簪缨，烟霞性成痼。一旦承主恩，往读西京赋。有若蚊负山，隥越转滋惧。行行过中条，岳莲又当路。云峰虽素心，衔命不敢顾。撤棘事则已，仆马乃暂住。十年役梦魂，胜游喜无误。先告白帝处，后访青崖趣。峭削凌虚空，猿猱愁欲度。投书哭昌黎，终古文人怖。苍翠沁肝脾，懦怯强一赴。如获九节杖，登高不却步。

青山萦梦思，五更起盥栉。启户昏雾垂，戒途恐迷失。鸟道虽崚崎，精诚与之一。仰瞻岳灵祝，俯向仆夫叱。十里越榛荆，历险行转疾。峰尖透白云，莲顶衔红日。云台锁寂寥，龙堂荡清漪。仄径石罅通，傍睨磴道出。初谓箭筈高，幽崖仅及膝。一转天井中，急湍沙石密。褰裳渡乱流，乃入希夷室。两壁郁岩峣，莎萝正崒崔。喘汗到松坪，登三尚余七。

莎萝有书屋，左右上方迎。毛女西南峙，云根尽奔崩。山空绝壁静，谿谷无鸟声。雷郭二子随，诵诗喜嘤鸣。径转岩千丈，珠箔银涛生。瀑流悬木末，殷雷万壑訇。客子多股栗，乱石踏纵横。仰空循一线，路无秋毫平。从此下篮舆，信步扪罗行。陡巘十八折，乃入青稞坪。苍翠围四面，丹黄满前楹。西峰插天表，当轩耀晶莹。千岩抱隙地，仿佛桃源耕。仙人居楼阁，可以听吹笙。

午余出东岩，移步洞壑美。缘溪花木繁，溪深不见底。石骨竞峻嶒，钩巾又脱屣。方之青柯下，险峻什倍蓰。砅崖无涯痕，巨灵擘其趾。郁葱飞黄叶，槎枒点红柿。一木跨断虹，行踪于此止。倾仄入撞峡，肉薄不容跬。铁索藉挽牵，呼吸判生死。二客顾谓余，振衣无惧葸。良久戒畏途，知足未为耻。出谷日将晡，秋空暮山紫。羡彼济胜资，飘然登危屺。独坐长松下，谅亦不我鄙。

岳形无古今，客心有去来。前者未登山，一日肠九回。登山不至顶，惜别空徘徊。屡折望崖退，寻径下崔嵬。次第历所过，秦川一望开。仓皇出油口，寺钟城角哀。昏昏觅归路，暝色填秋怀。金方并莲峙，凿破洪濛栽。神仙之都会，可以免劫灰。不记车箱谷，云拥痴翁回。古人多旷达，我独何为哉？天关驱虎豹，罔象空尘埃。玉女洗头处，万仞坐举杯。飘渺写奇胜，丹青老麓台。

校注　　"庚申"，康熙十九年（1680），王原祁39岁。二月，王原祁送弟王原博入秦就婚，毛师柱以诗赠别（《端峰诗选·七言古》《王茂京中翰偕弟迪文入秦，相遇山塘，口占志别》）。"癸酉"，康熙三十二年（1693）。

　　　　王原博字迪文，号潞亭。王揆次子。顺治十三年（1656）生（《奉常公年谱》卷三"十三年丙申六十五岁"、王抃《王巢松年谱》"丙申二十九岁"），乾隆五年（1740）卒，年85。《太仓州儒学志》卷二《贡士》载，王原博为康熙二十年（1681）副榜，康熙二十六年（1687）举人，后授顺天府武清知县。雍正二年（1724），以事谪戍陕西肃州之柳沟卫。在戍六年，后赎归，有示诸子诗云："身心须老实，文字尚风流。"

曾金吉字耳黄，江苏太仓人。康熙十七年（1678），太仓州仅曾耳黄一人中式举人（《王巢松年谱》"戊午五十一岁"）。康熙三十八年（1699），曾金吉卒于京（《东江诗钞》卷五《挽曾耳黄孝廉》二首、《白溇集》卷八《哭曾耳黄孝廉》）。其中，唐孙华《挽曾耳黄孝廉》二首其一："鬼伯偏摧旅客身，连翩池翠动归轮。已闻曹植归丘日，又值曾家执烛辰。学舍追随怜岁久，异乡依倚转情亲。天留后死浑无谓，屡望燕台哭故人。"其二："十年襥被滞长安，射策金门兴未阑（两月前书至，犹言来岁春闱尚图一决）。日暮壮心千斛在，河清皓首一官难。山妻形影悲遗挂（嫂夫人先亡），爱子驰驱尚跨鞍。忆就藜床常共宿，青绫夜雨话更残（君性爱闲静，每主人谶会，辄过予邸舍共宿）。"由此可见，曾金吉成举人后，一直以幕僚或馆师的身份滞留京城。

金永熙字明吉，江苏苏州人，王原祁弟子。康熙三十三年（1694）六月，王原祁为其作《仿倪瓒山水》（《归石轩画谈》卷五著录、《古代书画图目22》京1-4842图录）："倪高士画专取气韵，无矜张角胜之意，所谓平中求奇也。此图拟际明吉，有少分相应否？"康熙四十七年（1708）十二月，王原祁复为金永熙作《神完气足图》（《王原祁精品集》第215页或《中国绘画全集27》第64页图录）。《神完气足图》跋："学董巨画必须神完气足。然章法不透则气不昌，渲染未化则神不出，非可为浅学者语也。明吉问画于余，特作此图示之。惨淡经营历有年所，而终未匠心，方知入室之难。"

夜宿掖垣勘卷次同垣马衡围韵

甲乙群才到夜分，漏声寒入琐窗云。好龙可具探骊手，爱骏须知相马文。秦地风谣欣遍采，眉山人物藉今闻。双清应是同心迹，步月联吟我共君。

冬夜宿左掖望日早朝

霜重梧垣禁漏清，月轮鸦鹊转西明。千官剑履趋金阙，万国共求会玉京。羽仗晃凝初日色，云墩静落九天声。小臣近睹天颜喜，窃愿诗书佐太平。

自题画三绝句

十载师承重董源，笔端积铁墨无痕。吴兴学士曾题句，万壑松风着意论。

提刀四顾善踌躇，窾却能令刃不虚。洗却繁华真烂漫，分明碧海掣鲸鱼。

高山流水有知音，奇赏由来嗜癖深。可似晋卿逢米老，玲珑怪石发清吟。

料丝灯次史胄司韵三首

碧海珊瑚挂网丝，巧工制就最新奇。骨如冰雪抽千缕，气作金银闪万枝。簇锦团花无定样，含星伴月有兼宜。校书蔡阁遥相映，东壁惊疑未敢窥。

错落明灯画阁东，烟菲霞举映虚空。何如碧海涵秋月，可是冰壶漾晚风。傅粉生绡兼剪彩，悬珠照乘欲流虹。撤来宝炬光莹彻，同一繁华不染中。

高下寒芒迥隔尘，彩霓的烁映红茵。集灵台上施云幌，兴庆池边耀玉鳞。冰蚕隐腾冲斗气，金莲巧借饮光身。从知宝焰龙宫有，绝胜赓歌太液津。

清和望日，游丰台至家相国园观芍药，遇雨而返，越十日，同垣裘次张招饮，列瓶花数百，绚烂特甚，次刘禹美都谏韵

丰台池馆望联绵，绿野争看芍药田。人坐晚风金步幛，马嘶芳草铁连钱。霞明影散平沙路，雨过香凝别院天。胜事朝朝䗺尾会，往来士女见摩肩。

丰姿肯傍玉奴肥，绮席妆来斗夕霏。十里芳菲原足羡，一堂锦绣已成围。蔬珠历乱光摇座，薰麝氤氲香满衣。追忆广陵夸胜事，韩公千载和人稀。

校注　　"家相国"，王掞。

树百弟至京贻以葛扇作诗见赠和之

一官未得卧林丘，喜子南来慰我愁。岁月浮沉看老大，弟兄酬唱自风流。称身絺绤宜炎暑，障面清凉近蒻收。微物幸邀诗句好，琐窗寥泬不悲秋。

校注　　王晦字服尹，又字树百。顺治二年（1645）生，康熙五十八年（1719）后卒，嘉定人。王泰际孙，王翃子。王晦少秉家学，与赵俞、孙致弥、侯开国等号称"嫪城八子"。王晦馆于王原祁家中，其长子王敬铭为王原祁弟子。

和树百弟促画原韵

感慨风尘际，寄怀常读诗。愿言追正始，风雅兼骚辞。自顾惭薄劣，面墙何所之。吾宗有树百，磊落多奇姿。发响吐钟吕，斑藓胜云螭。负才不得意，牢落同丘为。扁舟访京洛，执手话别离。四家兼董巨，命我以管窥。公余试盘礴，惨淡心神驰。画理合禅理，南宗衣钵贻。髻珠各自宝，丰骨秉天

彝。师承近茫昧，遂令识者稀。舍学务从人，皴染徒尔疲。氛霾尽一扫，写出胸中奇。论画耻形似，坡公岂我欺。贻以答君咏，君今且勿嗤。

校注　此诗系画跋，作于康熙三十四年（1695）夏。见《故宫藏画大系十五》第26页或《清王原祁画山水画轴特展》第3页图录。与图录相比，异文如下："风尘际"为"风尘内"；"骚辞"为"骚词"；"何所之"与"吾宗有"之间少"以兹通六法，略有会心时"；"云螭"与"负才"之间少"阳春生绚彩，爽气动秋飔"；"话别离"与"四家"之间少"高山流水曲，忽起烟峦思"；"命我以管窥。公余试盘礴"为"令我次第窥。官闲试盘礴"；"禅理"为"禅定"；"秉天彝"为"禀天彝"；"氛霾尽一扫，写出胸中奇"为"氛霾尽一扫，并剪与哀梨"，其后少"置之屏障间，咫尺万里奇"；"坡公岂我欺"为"坡公意岂私"，其后少"层楼拟一构，写出胸中痴"；"贻以答君咏"为"挥洒答君咏"，其后未录"乙亥（康熙三十四年，1695）夏日，树百弟以诗促画，余为仿大痴笔并和原韵。麓台祁"。

茉莉花和树百弟韵

南海名花并夜来，琼枝应是玉为胎。清芬偏透冰纨细，莹洁先承珠露开。纤手摘香消暑盛，孤根得地耐寒回。繁华爱尔供幽赏，不惜金钱买笑栽。

庭前葡萄

庭院扶疏一架斜，传闻名种自乘槎。颗圆的皪垂珠箔，光逗晶荧润玉华。绿蘸虚窗成结绮，碧倾新酿羡流霞。摘来应共家丞赏，秋实由来胜似花。

校注　王晫《御赐齐年堂文集》卷一《家都谏都门寓斋架上葡萄赋》：

"（葡萄）移从绝域凉州……始植于禁苑，分种乎庭墀。"后接康熙三十九年（1700）事，可知麓台此诗写于京师，时在康熙三十九年前。

和博问亭东皋渔父图韵二首

桃源深处有仙舟，引得渔郎到此留。共识伊人在秋水，可知香国借春浮。雨红片落粘孤棹，风绿丝飘依画楼。垂钓王孙不归去，烟波来往狎闲鸥。

分明形影泛虚舟，拟向清泉白石留。蓑笠人依金谷暖，芰荷香醉玉山浮。乘船不羡冲尘马，举网偏宜近月楼。混迹扬波忘尔我，江头出入自盟鸥。

校注　　博尔都字问亭，号东皋渔父。

送九叔之任偏关三十韵

祖德纶扉重，家声江左传。当时惊虎变，奕叶庆蝉联。吾叔隆名誉，卿才振后先。火攻人是凤，玉琢器为璇。忆昔髫龄日，常随竹马肩。佩兰同臭味，舞勺各蹁跹。谈笑忘朝暮，搜稽事简编。嬉游多略节，拘束动成愆。惜下刘蕡第，惭先祖逊鞭。选场看折桂，仕路仁鹏骞。已捧成都檄，将浮锦水船。寇恂仍借蜀，郭隗再之燕。甲乙殊多弊，铨除遂久延。往来堪一笑，栖屑又三年。要地资良佐，岩疆正缺员。瓜期无复沮，蠖屈不终蜷。六月冲炎去，单车就道便。风清河曲水，雨润晋阳天。钩距通幽隐，烦苛悉弃捐。农夫皆秉耒，贾客尽归廛。更辖三千甲，恒縻十万钱。癸庚须擘画，腾饱仗机权。威惠兼行矣，兵民并赖焉。关偏人自正，刺半职能全。已见翱翔去，相期远大宣。佩刀因识吕，展骥合逢甄。酌水推三异，笼纱盼九迁。孙阂黄阁早，江总黑头妍。位必公侯复，名应钟鼎镌。将符子渊颂，圣主得贤臣。

校注　　　王抑，王原祁九叔。康熙三十年（1691），王抑官成都。唐孙华亦以诗赠行（《东江诗钞》卷一《送王诵侯之官成都》）。

七夕即事

令节今宵喜正晴，商飚袭袭夜凉生。人因乞巧诗还就，天为穿针月倍明。迢递银河牛女恨，纵横彩笔弟兄情（服尹弟在座）。会须烂醉葡萄下，莫负庭前绿荫清。

校注　　　王晦字服尹。

咏秋露如珠拟应制十韵

御苑当空净，垂膏碧草芳。凝酥看似乳，积润恰留香。一夜商飚肃，千枝合浦光。点荷浮径寸，湿桂欲流黄。聚散原无定，晶莹故有常。金盘擎掌重，玉宇泣鲛凉。照乘繁花里，探骊旭日傍。累累仍贯蕊，瑟瑟不归囊。在握应难久，餐霞或可方。蕙兰清沮处，翘首圣恩长。

种蕉

梦幻遗踪正惘然，萧斋移植助清妍。三秋点笔应成卷，一枕支窗别有天。雨摘翠翻荷叶外，风摇绿障竹枝前。若教雪后添幽趣，谁是骚人继辋川。

题计暗昭小像

萧疏野服葛天民，长躯伟干踏软尘。边腹便便狎鸥鸟，高谈扪虱公卿亲。有时吐吟咏，落笔江花新。有时试磅礴，青山得意真。诙谐臣朔饥欲死，襟怀磊落宁长贫。此图爱菊动幽趣，得非君是东篱人。君之貌，如有神；君之室，为比邻。愿得朝朝脱帽过，与君同醉松醪春。

校注　　康熙三十四年（1695）正月至六月间，查慎行《敬业堂诗集》卷十九《计闇昭索题看菊图》："十年客都邑，万事皆眼见。披君看菊图，使我发长叹。"

京江相公母夫人八裒为写南山图并题二律

九龄风度主知深，浴日兼怀爱日心。乌哺凤翔先得路，槐堂萱茂已成阴。欢承白发倾尧酒，颂及苍生感传霖。翘首台星映南极，起居八座盍朝簪。

葭莩何幸托兰芬，谬许吾家有右军。廿载恩私虚报称，一庭花萼竞缤纷。笺衔青鸟当筵见，乐奏灵璈入座闻。敬赋南山惭句拙，秋窗提笔扫晴云。

校注　　"京江相公"指张玉书。康熙三十年（1691），张玉书五十初度，王掞与陈廷敬、王士禛，以及选庶常者三十六人以壶觞称贺［《白溇先生文集》卷四《京江张相国五十寿序（代）》］。康熙三十四年（1695），王撖诗贺京江张太夫人八十（《芦中集》卷十《寿京江张太夫人八裒二首》）。据此推知，此诗作于康熙三十四年。

查夏仲以诗易余画次韵答之

龙山查先生，读书穷邺架。锤炼为文辞，等身与古化。瑰奇更清真，韩苏之流亚。兴来烂熳题，珠玉缤纷泻。余闻心折久，畏友敢并驾。雾豹窥半斑，骚坛战而霸。欲与共讨论，一官苦无暇。遂令鄙吝生，他山何所藉。小技试磅礴，每耻居人下。粉本追宋元，笔墨四家借。腕弱愧痴肥，

定为识者诧。譬彼窥月魄，余光逗壁罅。惨淡心神疲，甘苦方知怕。变化
理无穷，微茫得失乍。始觉吾祖高，宜为人脍炙。拙笔非许田，奚为拱璧
假。真宰虽难搜，勉力为君画。木瓜配琼瑶，何以云报谢。荒率惧覆瓿，
赖公以长价。置君怀袖间，秋风弄上舍。

校注　　　　查慎行字悔余，号他山。此诗作于康熙三十四年（1695）正月
至六月间，与查慎行《敬业堂诗集》卷十九《以诗乞王麓台给谏画
山水·附次韵》所录原文相校，有异文如下："读书穷邺架。锤炼为
文辞"为"峭壁青松架。读书百锤炼"；"瑰奇更清真"为"清健更
瑰奇"；"缤纷泻"为"缤纷洒"；"欲与共讨论"为"欲为访戴游"；
"遂令鄙吝生"为"坐令鄙吝生"；"变化理无穷"为"开阖变化间"；
"始觉吾祖高，宜为人脍炙"为"始觉吾祖高，至令人脍炙"、"置君
怀袖间"为"纨扇怀袖中"。

　　　　《以诗乞王麓台给谏画山水》："（太原老奉常）至今贤子孙，余
韵足潇洒。黄门早登第，群从俱方驾。朱紫接乌衣，丹青陋曹霸。
朝廷无阙失，邸舍多清暇。坐令拾遗官，风流资酝借。时时出余技，
落笔妙天下。屏幛满京华，林泉不吾借。……意从良友申，闲请披
垣假。朝来传好语，命以诗易画。"从"余以宣德纸，从吴元朗转乞
君画。君语元朗，是不可无夏重诗，诗来则画往矣"可知，以诗易
画的中介人是吴伟业之子吴暻（字元朗）。

　　　　又，《以诗乞王麓台给谏画山水》后接《次日麓台为余作巨然山
水并次昨韵见酬再叠韵奉谢》。

送瞻彤南归和韵

　　拟向江头卧宴裘，临歧尊酒重绸缪。青山无那成新别，华发相看话昔
游。驿路一鞭君独去，乡心两地我多愁。明年好看秦淮月，桃叶笙歌正
及秋。

和姜西铭索画元韵

昔年停舣娄江滨，随珠的烁燕石陨。今朝倾盖长安道，越水吴山不分畛。先生下笔动风云，义气肯为青衫尽。天禄校书藜火然，出入编摩寓忠荩。星驰电扫张吾军，老将攻坚敌不窘。学穿天心出月胁，书探二酉倾百困。谁辨六法计盈绌，我欲作书与平准。嗟哉笔墨少真虎，四顾床头无善本。欲写晴江践祖约，愧不如前窃自哂。漫言皱皴能古人，古人之意不我允。侧理光润倘见贻，不惜拙手夸完缜。瓦砾如何费珠玉，劝君此例且无引。

校注　　此诗作于康熙三十四年（1695）正月至六月间。

　　　　姜宸英字西铭、西溟，号湛园，浙江慈湖人。康熙五年（1666），姜宸英客娄，王揆常招其游西田，并请其为己诗集作序（姜宸英《苇间诗集》卷一《寄王端士进士，值余为其扬州唱和诗序》）。康熙二十九年（1690），徐乾学领《大清一统志》书局至苏州洞庭东山，查慎行与姜宸英随行（查慎行《敬业堂诗集》卷十二《橘社集》、《清史列传》卷七十一《姜宸英》）。

　　　　王原祁《和姜西铭索画元韵》是姜宸英《查夏重以诗乞画于王麓台给谏，守数日竟得之。余未见查诗，亦戏为长句投王，聊以寄兴尔，非真有求也》之诗的和诗。诗歌全文见本书第六部分"王原祁散佚诗文辑注"。

挽朱介垣二首

崔卢两姓结姻盟，胶漆由来廿载情。南北贤书叨附骥，后先琐掖愧称兄。夜台一去成终古，秋月将圆谢此生。痛哭西风凋玉树，凄凉丹旐断云横。

髩丝忧国点霜新，未卜牛眠更怆神（介垣欲南归迁葬）。才得陈情辞阙下，便思鼓辑向江津。心依故里身难到，骨冷他乡志未伸。长忆吴山好风景，画图空写杏花村（属黄葵园作《杏花春雨江南图》）。

和唐东江食蟹原韵

打鱼鱼眼红，缕切飞金错。渔人趁潮汐，白波荡青雀。西风芦荻秋，岸高水渐涸。截流制巧簖，插苇似丛薄。水犀介胄来，陷簺声落索。稻粱为香饵，敝笱燃一爝。攫取急烹鲜，压倒羹与臛。轮囷赤满堆，可以资大膫。瘦肥别尖团，对此群欢嗺。原野近滂沱，苦遭阳侯掠。湖泊水族佳，稍佐官厨薄。入市得霜螯，撑拒加束缚。净沫水火攻，解馋之良药。含黄半吐脐，解筐斫其脚。斫雪伈镂镂，十指如锥凿。诸君更罗致，费钱不惜橐。怪雨杂腥风，顷刻空形膜。甘美沁肝脾，积郁不病癯。石镜小如钱，弃之如远恶。无肠公子贤，雅集申后约。风味当及时，俗人漫咀嚼。传闻五侯鲭，瑰奇令人愕。翠釜水精盘，美膳珍羞各。何如食蟹会，剪烛飞觞乐。行将戒老饕，无以腹为壑。初晴月皎明，且理中秋酌。过此欲放生，归向江南醵。

送轮庵和尚还山

唱道今谁是，宗风振玉泉。紫衣宣到日，白发告归年。风暖河桥草，花明水驿船。赵州行脚惯，入境故依然。

咏石鼓十二韵

何年来石鼓，吉日溯渊源。宝气腾西野，星芒耀北门。岐阳遗迹在，周雅劫灰存。移作圆桥镇，应同郜鼎尊。蛟螭缠玉柱，蝌蚪动云根。诘曲多钳口，瘢胝但露痕。金绳纷黑铁，斑薜乱青璠。剥蚀穷探索，勾摹费讨论。鸿都真钜观，神物静忘言。不有韩苏笔，谁招史籀魂。观经常梦梦，解义益昏昏。能颂宣王圣，方知圣主恩。

鞠振飞入都见访，随同陆王在赴平阳送之三首

官舍相逢又几年，卖文常读蓼莪篇。远游不作青山梦，憔悴西窗有砚田。

春潮细雨驾吴艭，一路清吟到浦江。山色溪光看不足，重来把酒话秋窗。

一枝喜共陆郎栖，且逐斑雅走大堤。无限离心寄明月，照君颜色太行西。

题画赠陆石渠（号云壑布衣）

时清尚恬熙，无复事激劝。良弓挂高壁，大弨谁与献。栖屑将六年，青山负夙愿。故交绝音书，索居少气岸。吾友云壑生，松竹挺直干。涉世亦随流，诠要有真玩。昔在渚阳城，木榻穿一馆。素心期脱略，不因疏密换。襆被自南来，白发喜相看。寒暄无一语，迫促余染翰。谓余有旧逋，宿诺未偿半。况直甲子周，尔笔可益算。余一笑而起，不惜为挥汗。伸纸扫烟峦，笔墨骋汗漫。历历循畦径，敢与古人叛。貌似愧痴翁，妄作富春观。黄鹤与云林，学步肥而懦。赠君当卧游，与君祝老健。从今勿嗜痂，对面可喷饭。而我数日来，于此微知困。画学分古今，径庭岂尺寸。闲居穷冥搜，庶几合符券。此别订后约，山林卜肥遁。知音知君者，缣素可无恨。

校注　　　陆琰字石渠，号云壑。明天启五年（1625）生。康熙十七年（1678）至康熙十八年（1679）间，陆石渠客任县畹宜施君幕（《西田集》卷二《陆石渠客任县畹宜施君幕中，畹宜亡后，官事牵累，石渠闻讣，星驰为经纪其丧，诗以送之》）。康熙二十二年（1683）至康熙二十三年（1684）间，王原祁与陆琰相处甚欢，曾为其作

《溪山高隐图》(《山水正宗》上卷第 180—185 页或《王原祁精品集》第 33—47 页图录)。陆琏之徒周世樟亦随行为麓台幕僚。周世樟字章成，太仓人。有《五经类编》传世 [周世樟《五经类编·自序》："康熙甲子（康熙二十三年，1684）孟春，娄东周世樟章成氏题于渚阳官舍"]。

题翁康贻画

谁把炎歊为我开，云生断壑一溪回。层冰赤脚何须踏，纸上松风飒飒来。

校注　　翁嵩年字康贻，号萝轩。浙江钱唐人。《归石轩画谈》卷五载，康熙三十八年（1699）九月，王原祁为徐溶作仿倪瓒山水，上有翁嵩年跋："学云林法最难得其清气，此图似之。自是君身有仙骨，世人那得知其故。嵩年题。"

题沧浪亭赠宋大中丞三首

精舍城南剪废蓁，昔贤遗迹此重新。地幽可是同濠上，亭古依然在水滨。风月半湾供啸咏，文章千载仗经纶。分明浩荡烟波阔，赢得忘机鸥鸟亲。

棨戟清严意自闲，从容竹里更花间。居人不隔东西瀼，宾从时携大小山。傍水依依浮画鹢，钩帘历历数烟鬟。吴歈渐喜归风雅，采得新诗次第删。

劳人南北苦长征，胜地初经眼倍明。觞咏恰宜修禊事，清冷真称濯尘缨。飞虹桥掩旌旗色，妙隐庵沉钟磬声。独有斯文堪不朽，千秋俯仰动深情。

校注　　康熙三十七年（1698）夏，王原祁在太仓家中丁忧，为宋荦作《沧浪亭诗画》。

《山水正宗》上卷第 196—199 页或《王原祁精品集》第 82 页图录。与图录相比，异文有：（1）第一首中"水滨"为"涧滨"。（2）少第二首诗："余事经营水石中，高怀逸兴总春风。一泓润自沧滨借，丈室情怀广厦同。梅崦绿遮芳径转，桃溪红罨画桥通。舫斋更有观鱼乐，坐对平畴豁远空。"（3）少跋文："康熙戊寅长夏，写沧浪亭图意。麓台。"（4）少"赋题长句四律，敬呈牧翁老祖台世先生教正，娄水王原祁拜稿"。另外，此图左下方钤"对此融心神知君重毫素"（朱文正方）。

又，王翚也曾为宋荦画沧浪亭图卷（《吴越所见书画录》卷六《王石谷水墨沧浪亭图为商丘宋大中丞作》、《虚斋名画录》卷五《王石谷为宋牧仲写四段锦卷》之第四段《沧浪亭》）。

九日东园登高次东白韵

秋光辜负已秋深，令节家园试一寻。桥挂碧萝穿竹径，廊依红树抱山岑。登楼百感难消酒，促坐同心快盍簪。回念旧时开绿野，幸存松菊到如今。

雨中重过韬光

鹫岭幽栖涧户扃，重来恰值雨初零。倚阑烟锁长湖白，蹑屐衣沾绝壁青。池茁金莲穿石窦，泉流翠竹绕松亭。白云明月高风在，可有香山此再经。

题孟居易小照

潇洒丰姿白发新，蓬庐天地一闲人。高怀肯向风尘老，尺幅青松寄此身。

老友谈心重黯然，蓟门烟月楚江天。莫言今日成疏放，海内知名四十年。

至桐乡饮汪周士季清斋赋此

绿荫积润午风清，访旧梧溪一棹行。恰喜衔杯逢二妙，不妨话雨到三更。披襟助我湖山思，嗜古多君笔墨情。惆怅匆匆明又别，长川回首夕阳横。

题龚敬立意止斋二首

五柳先生爱此眠，萧斋清寂似林泉。名高自足光时论，意止还能淡物缘。鸟语窗幽真竹径，花香客到正梅天。前朝祖泽依然在，松下闲吟续旧编。

双桥桃柳映沙墟，可似幽人水竹居。领略风光诗思好，规摹粉本墨痕疏。荒庭草没抽书带，棐几窗明落蠹鱼。且待东篱花发候，送将白堕到君庐。

校注　　此诗与康熙三十七年（1698）王原祁在太仓为龚秉直作《王司农意止斋图卷》跋文同（《吴越所见书画录》卷六《王司农意止斋图卷》），第二首中有异文一处："规摹"为"规模"。《意止斋图卷》后有王原祁、宋曹、王掞、宫鸿历、王式丹、陈元龙、陆师、孙岳颁、王时鸿、宋大业、顾图河、赵廷珂、钱元昌等诸家题跋。

王原祁跋一："五柳先生爱此眠，萧斋清寂似林泉。名高自足光时论，意止还能谈物缘。鸟语窗幽真竹径，花香客到正梅天。前朝祖泽依然在，松下闲吟续旧编。　双桥桃柳映沙墟，可似幽人水竹居。领略风光诗思好，规模粉本墨痕疏。荒庭草没抽书带，排几窗明落蠹鱼。且待东篱花发候，送将白堕到君庐。　题意止斋二律似敬老表叔并正。"王原祁跋二："意止斋记。余性不求适，然意之所之，罔不适也。家茜溪之阳，地僻隘，老屋数椽，仅蔽风雨，其为余读书、吟啸之地，才两楹耳，往往多为之名。曰'韦斋'，以寓园夫子赠歌有云'柔克韦在编'也。曰'余斋'，取三余意也。斋面东，颇疏快，前辟小圃，溪光竹影中老梅数株，兀崒可喜，故取陶杜诗及古乐府句，名之曰'静寄'、曰'颇宜'、曰'悟香'。余素有山水癖，披地志得石帆、浮玉之胜，心向往之，曰'石帆山房'，又曰'浮玉山房'。余性疏慵，简酬接，忆'习静宜秋'之句，曰'宜秋书屋'。余雅好金石之学，拟一名，必刻一印以实之，曰'印斋'。然是数者，皆以意设之，而叩其地仅二楹而已，故统名之曰'意设斋'。今夫为亭台、池馆之胜者，必度地鸠工、征材辇石，阅岁月而后成。或非意所适，则又撤而更者比比也。而予直取材于文史，丹艧于笔墨。心为之匠而神为之游，视世之斤斤焉求适其适者，其劳逸相去何如哉？虽然，人役于物，吾役于意，均役也。世侈于财，吾侈于意，均侈也。且天下财与物有穷期，而意无穷期。由余命斋之意极之，将井干之楼可以意造，凌云之台可以意成，穆王化人之宫、黄帝华胥之国并可意而游也。则是予之所役、予之所侈且有什百于人世者矣。惧入于妄而不知返也，妄岂适之谓乎？夫意，动机也。《易》曰：'物不可以终动，故受之以止。'改为意止斋，于道庶有合焉，作《意止斋记》。"

《（嘉庆）直隶太仓州志》卷三十六《人物》："龚秉直字敬立，州诸生。少负异才，游王掞之门，每岁科试，常冠侪偶，诗歌闳博，一时有名士称。所著《石帆集》，唐孙华序之。"其学诗于沈受宏[《（民国）太仓州志》卷二十《人物四》]，康熙三十六年（1697）贡士（《太仓州儒学志》卷二《贡士》）。

《吴越所见书画录》卷六《王司农意止斋图卷》前按："（此图）为龚石帆作。石帆名秉直字敬立，乃吾乡之耆旧名宿。修《镇洋县志》，《儒林》《文学耆硕》中俱不载，是何意也。"从以上史料可推知，诸书俱不载其名的原因或在于其人品堪忧。

寿朱立云

壮志蹉跎两髩星，栖迟陇畔守遗经。长贫性自耽书画，玩世身还任醉醒。老爱逃禅留白社，人多问字到云亭。粤装陆贾输君富，秋月诗成漱晚汀。

校注　　　康熙四十年（1701）至康熙四十二年（1703）间，太仓毛序在龚秉直斋中观麓台画。毛序《娄东诗派》卷二十《龚石帆斋观王麓台画送稗亭，今培用丹青引韵》："（奉常）荆关画品亦第一，粉墨宝惜今犹存。有孙中允髦绝伦，规模大小李将军。游戏偶尔出新意，往往落纸生烟云。近来珍密稀得见，供奉天家清暑殿。流传半杂朱鹓笔，庐山从此非真面。龚生堂悬五幅图，斧劈麻皴劲如箭。"由此可知，朱鹓是麓台的主要代笔者。从麓台诗文集看，符合朱姓、善画、与麓台关系亲密这三个条件者，只有朱立云。

　　　朱鹓字立云，又字璜师[《端峰诗选·七言律·赠朱立云（时年七衮）》自注："立云亦字璜师。"]，太仓人。生于天启七年（1627），卒于康熙三十八年（1699），年73[《端峰诗诗·七言律·赠朱立云（时年七衮）》、《东江诗钞》卷四《寿朱立云七十》]。

　　　朱鹓与毛师柱、唐孙华、恽寿平、王摅等关系亲密。康熙二十一年（1682）秋，朱立云与恽寿平、毛师柱、沈受宏等诗送山禅师东归[《端峰诗选·五言律·山禅师东归韵（同将乐余不远、毗陵恽正叔、新安胡汝舟、同里周允冀、许九日、王次谷、朱璜师、周修暗、沈台臣）》]。康熙三十三年（1694），王摅游粤，朱鹓同行（《芦中集》卷九《渡钱塘》）。毛师柱《端峰诗选·七言绝·题立云画梅》也记载了朱立云游粤之事。如《题立云画梅》其二："寒香疏影动春愁，驿骑曾过庾岭头。归卧山斋闲写得，可无清梦到罗浮（立云旧冬曾游惠州，归途复道经庾岭）。"康熙三十五年（1696），朱鹓七十，毛师柱、唐孙华等以诗贺之[《端峰诗选·七言律·赠朱立云（时年七衮）》、《东江诗钞》卷四《寿朱立云七十》]。

　　　康熙三十八年三月，王抃、王撰同朱鹓集安处禅房（《巢松集》卷六《小春望后一日，同立云、随庵兄集安处禅房次随庵兄韵》）。不久，朱鹓卒，年73。王抃、毛师柱等以诗哭之。如《巢松集》卷六《哭朱立云》："贫为多男甚，愁因急赋滋。山阳如再过，笛声莫轻吹。"《端峰诗续选》卷二《挽朱立云》，其一："三绝声名比郑虔，穷来未肯受人怜。夜台一去风流尽，零落生平旧简编。"其二："谿南十亩绿成阴，卜筑犹存未了心。此日老梅修竹畔，有谁叉手更行吟。"其三："老守弥陀共一龛，嗟君累转为多男。辛勤作茧三眠后，丝尽原无不死蚕。"其四："层叠缥缃介寿词，早梅香暖护春卮。溪边冷蘂今开未，肠断东风第一枝。"其五："四十年中过水云，半缘休己半缘君。存亡聚散惊非故，惟有枯桐挂夕曛。"其六："腊残握手朔风酸，白酒三杯也御寒。即此与君成永诀，至今回忆泪漫漫。"

二 《王麓台司农诗集》校注

凡例

1.《王麓台司农诗集》有国家图书馆藏本、南京图书馆藏抄本、上海图书馆藏抄本。本书将国家图书馆藏本简称"北本",南京图书馆藏抄本简称"南本",上海图书馆藏抄本简称"上本"。本书以"北本"为底本。

2.《王麓台司农诗集》与《罨画集》有部分诗文相同。依据史料,凡是抄本出现异字时则标入注,并把对此诗所作考证一并纳入以减少注数。

3.凡是南本、北本都有误时,用〔〕标出,如"博〔傅〕"表示"博"正"傅"误。漏字用括号补上,如"花(香)",表示抄漏"香"字。

命议河工启事有作

晓日夔龙集禁林，东南昏垫国忧深。频年胼胝河臣事，此日平成圣主心。加筑淮堤应奏绩，欲疏禹道故难寻。险工只在防洪泽，何用多支内府金。

校注　　　　这首诗主要记录了王原祁参与讨论黄淮河运治理方案中的"险工只在防洪泽，何用多支内府金"立场。从康熙十六年（1677）河臣靳辅所作《经理河工八疏》看，这是一个耗资、耗时的巨大工程。河务是康熙帝为政的头等大事。他说："（朕）听政以来，以三藩及河务、漕运为三大事，夙夜廑念，曾书而悬之宫中柱上。"康熙二十年（1681）后，内乱已定，国家一统，然而由于连年军耗，国库空虚。河务工程上能减少开支是他最大的心愿。康熙二十六年（1687）正月至三月，康熙与靳辅、汤斌等在商讨是否堵塞高家堰之坝。康熙认为，可以暂塞一年，挑浚下河。因为这种方案花钱少。靳辅等主张修理正河（《圣主实录》卷一百二十九）。他们代表了当时的"堤筑"与"修堰"立场。王原祁主张"堤筑"，李光地、戴名世等主张"修堰"。

　　　　王原祁何时有机会参与这类讨论？从笔者收集的相关资料看，康熙二十五年（1686）初，因相国王熙荐举，河北任县知县王原祁"举卓异"。九月，补授刑科给事中。十月，其母卒。当时从太仓至京约一个月时间。因此，此事最早在康熙二十六年八月至十一月间。此时王原祁为刑科给事中，有机会参与讨论。

　　　　此外，王原祁在太仓家中所作《仿古山水图册》第九帧、第十帧钤有"原祁启事"（朱文正方）印。图见《王原祁精品集》第292—303页（《中国绘画全集27》第114—121页图录不全）。康熙五十一年（1712），王原祁友人汤右曾《怀清堂集》卷十四《壬辰九月十一日行在启事恺功都宪以近诗见示，循讽周咏因作小诗八章》，诗题中"启事恺功"即揆叙。由此可知，王原祁曾担任"启事"一职。

雪后与东白夜话

今宵且莫怅离群，把酒论诗我共君。积雪影侵孤树月，浓香篆结半窗云。推原时代风骚客，商确源流正伪分。泻竹摧檐听不尽，孤鸿嗷嗷岂堪闻。

校注　　《耄画集》卷二《雪后与东白夜话》同。南本抄"与东白"为"作东白"，误。与《耄画集》相比，异文："风骚客"为"风骚合"（从文意看，当为"风骚合"）；"正伪分"为"正变分"；"嗷嗷"为"嗷嗷"。

用友人留别原韵即送归里

京雒相依慰平生，师传共喜侍康成。学将求禄还师古，心切宁亲不恋名。君去冲寒驰驿路，我留退食对棋枰。腊消春涨桃花水，把酒频深怅望情。

校注　　《耄画集》卷二《和沈台臣留别原韵即送归里》与此诗题有异，内容相同。

康熙二十九年（1690），因满族、汉族在语言、文化和社会地位等方面的巨大差异，出现了"目前朝局，当以调和满汉为急"的局面。不结党、避免参与权力斗争，是王原祁在官场免祸的主要方法。《王麓台司农诗集》中以名字相称者多为麓台至亲挚友（以叔侄、姻亲者居多，其次多为品行端正的同乡或同年），其他应酬诗作则简称对方为"友人"，或以地名代称，如《寄沔阳》。这种做法当与雍正朝以王掞为首的王氏家族成员所遭受的巨大打击有关。它使诗稿保存者或抄写者保持了谨慎避祸的心态。沈起元《敬亭文稿》卷三《翰林院检讨王秋崖先生家传（丙辰）》云："先生讳遵厇字箴六，号秋崖。……辛卯（康熙五十年，1711）举于乡，壬辰（康熙五十一年，1712）成进士，改翰林院庶吉士，时年四十有五。相国西田公于子姓中独深器先生。自先生为诸生，时西田公暨两子俱在朝，里中族大势盛，童奴千指，虑不戢则悉委之先生。……及先生登朝之岁，西田公由尚书拜新命，参阁务，深以得先生在左右为喜。先生居相邸，不事造请，慎接纳，惟与嘉定张征士云章、桐城方阁学苞、宝应乔征士崇修、同郡杨编修绳武、金坛王吏部澍交最契。客求谒相国者，争欲谒先生，常不获。然洞烛亿事辄中，人莫测其所由。癸巳（康熙五十二年，1713）冬，授职检讨，未一月，引疾归里。阅一载，相国奉命总裁纂修《春秋》，因荐先生。先生至京，益罕所酬接。当是时，先生从兄原祁官户部侍郎，奕清官詹事，从弟奕鸿官户部郎中，从子蓁官编修，族叔祖时宪官检讨。一门冠盖辉耀日下，而先生独萧然无宦情。……《春秋》纂成，相国将疏荐先生。先生既不欲仕，力辞疏荐，而身留邸第十年，至雍正甲辰（雍正二年，1724）始归。归时相国赠以诗有云：'国是资高见，家艰仗远图。'此固外人不及知也。相国于康熙六十年春密疏请建国本也，几致不测，赖圣祖鉴其忠诚，旋予宽贷。明年相国以老乞致政，蒙世宗恩旨，留京备顾问。是时，侍郎公已谢世，编修蓁视学陕西，相国长子宫詹奕清、次子湖南参议道奕鸿先后奉命赴台站。相国杜门谢客，朝士亦无复起居故相者，门生故吏烟消雨散，户庭阒然，相国左右，惟先生一人而已。先生归里，长孙痘殇，次子继夭，未几相国薨问旋至。先生俯仰盛衰，悲痛怆恻，意气遂为之尽。次子俊弱冠登贤书，三试礼部不第，就荐得河南阌乡县，以图禄养。先生贻书戒之有云：不问地方难易、大小，总以全副精神为之。不可悖于今，亦必不戾于古。……先生家居日益困。向嗜书画、古磁、玉器，善别真赝，至是则悉弃以给，甚惜之。又每念相国为太平宰相十年，殁后孤榇在堂，未就窀穸；宫詹昆弟，垂老滞边无归期，时时独饮泣。而群从子姓，又无复循循如旧时太常家法，私为叹息不乐，然终无可告语。比得微疾，遂频年不出户限。所居晚清轩前，一老梅屈曲如盖，后枯其半，至甲寅（雍正十二年），余一枝复萎。先生指之曰：'此树生意尽矣，我能久于世耶？'未几，以疾卒。遗命不用浮屠，不鼓乐，敛以布衣，勿治丧受吊，勿乞文人哀挽，勿刻行述。"

和东坡雪韵二首

薄暮雪飞六出纤，忽听寒鼓傍城严。飘来作阵疑霏玉，扫去分堆似积盐。几处渔舟横野渡，一群饥雀噪低檐。山庄霁后真图画，敢与诗人斗笔尖。

栗烈风吹散晓鸦，红炉宫炭进千车。寒光不夜疑同月，小点先春欲作花。漠漠青山迷地脉，高高白玉见天家。愿依岳麓寻禅客，煨芋欣看拨火叉。

校注　与《罨画集》卷二《和东坡雪韵二首》相比，异文："分堆"为"成堆"。其中，南本误"叉"为"后"。

此诗或作于康熙三十年（1691）冬。同年二月，麓台与石涛为博尔都合作《兰竹》，石涛画竹，麓台补坡石（图见《清王原祁画山水画轴特展》第 102 页）。

晴云书屋

为爱平津邸地闳，萧斋结构喜初成。人来坐石停双屐，客到烹泉沸一铛。阁外烟浮芳树色，溪边风衬落花声。留连莫惜归鞭晚，坐待仙郎出凤城。

校注　与《罨画集》卷一《题晴云书屋》相比，诗题少"题"。内容异文："邸地"为"邸第"；"初成"为"功成"。

范少伯祠

少伯遗踪此地寻，亡吴青史未销沉。扁舟不作鸥夷去，一剑难消乌喙心。顿使苏台归越绝，长令祠庙枕湖阴。功成身退留余技，货殖逃名意更深。

八叔新斋成，同宋坚斋、药洲及台臣、七、九两叔、幼芬［芳］弟夜饮

屋外青山对落晖，相随二仲欹双扉。室陈法物图书满，厨出乡蔬笋蕨肥。桂月窥檐光照座，菊花摇碧影侵衣。樽前相顾皆相识，此夕忘形快息机。

校注　　　　与《罨画集》卷二《八叔新斋落成，同宋坚斋、药洲、台臣、七叔、九叔、幼芬弟夜饮》相比，异文："斋成"为"斋落成"；"及台臣"为"台臣"；"七、九两叔"为"七叔、九叔"；"幼芳"为"幼芬"；"摇碧"为"摇壁"。

和钱葭湄半舫韵

牵船补屋兴纵横，小筑如舟似汛瀛。不见白鸥眠渚晚，尚余红蓼傍檐清。闭门想象迎风住，卷幔依稀掫柁行。金屋未成青翰在，可能醉月往来轻。

宛然画鹢水中横，吕画悠闲胜阆瀛。不见白鸥眠渚晚，尚余红蓼傍檐清。浮家只在长安住，载石如从百粤行。虾菜五湖良可羡，功名未许拂衣轻。

校注　　　　与《罨画集》卷一《半舫和同年钱廷尉葭湄韵》相比，多第一首。此外，第二首中异文："吕画悠"为"占尽幽"；"良可羡"为"虽可羡"。

馈岁和东坡

辛盘有馈遗，筐筐榛栗佐。交道贵恂诚，而乃重食货。蓬户与朱门，

往来随小大。囊无一物献，羞涩掩门卧。干糇礼数愆，难厕亲朋座。杂沓纷交衢，浑如蚁附磨。嗟此真薄俗，较量多责过。岁暮偶感怀坡诗勉为和。

校注　　　《罨画集》卷二《和东坡馈岁、别岁、守岁三首》。

王撝《芦中集》卷六载《和东坡馈岁、别岁、守岁韵三首》。

别岁

严冬趋阙下，待旦日出迟。驹隙忽除夕，羲驭不可追。念彼贫贱者，饥驱走天涯。我今非落魄，云胡不趋时。肉食藉攀附，乘策何坚肥。闭门咏伐檀，局促良可悲。送穷当今夜，为我前致辞。三阳启泰运，勿使世道衰。

守岁

秋冬鹰隼疾，过时纵虺蛇。春日照万物，莫令云雾遮。明辰履端始，晞光竟若何。夜半天衢静，驺从尚不哗。浊酒聊自酌，羯鼓且复槌。爆竹声未歇，星斗已西斜。从此欲奋翮，失足恐蹉跎。英才早致主，迂拙岂敢夸。

校注　　　与《罨画集》卷二《和东坡馈岁、别岁、守岁三首》相比，异文："照万物"为"煦万物"。

题画

五柳门前桑苎斜，水村山郭有人家。中间若个逃名客，徙倚溪头看落花。

绿萝阴下满苍苔，斜立柴门向浦开。屋后小山遮半面，青松深处暮烟来。

芳草芊芊水面齐，竹凉荷净小桥西。溪边路折云深处，石蹬高盘殿角低。

校注　　第二首与《鬓画集》卷一《题画》相比，异文："暮烟"为"有人"。其他两首为《鬓画集》中所无。

壬申除夕

腊尽春催淑景舒，素餐自愧负居诸。律回黍谷寒方解，酒对桃盘岁已除。彩胜又看今夜剪，斑衣还与老亲疏。徐闻街鼓频频转，趋向金门待漏初。

校注　　与《鬓画集》卷二《壬申除夕》相比，异文："酒对桃盘"为"酒醉椒盘"。

癸酉元旦

螭头晓立玉绳横，又见长安节物更。趋阙得瞻天仗近，占年喜值岁朝晴。香闺颂献桃花暖，丈室参禅柏子清。好寄平安故乡去，任教华发镜中生。

校注　　与《鬓画集》卷三《癸酉元旦》相比，异文："桃花"为"椒花"。

寄程乡曹九咸［盛］

花开上苑傍丹霄，制锦羊城万里遥。江月秋高人已远，岭梅寒动雪初消。云连海峤供诗料，瘴暗风林仗酒瓢。新政何心邀众誉，南田深处听渔樵。

多君寄我数行书，喜得开缄慰索居。养母心方宽负米，看花操不改悬鱼。槟榔味佐官厨薄，椰叶阴遮讲舍虚。闻道天南经指授，韩门弟子复何如。

校注　　　第二首与《耄画集》卷二《寄答程乡曹九咸》相比，异文："养母"为"将母"。此诗题南、北本皆误。"盛"当为"咸"。南本先抄成"盛"，后在原字旁改"咸"。

寄高州府魏

燃藜曾读石渠书，五马旋趋粤峤车。欲为炎方扶弊俗，故教学士领新除。梅花信报春风候，椰叶阴开晓瘴余。蓟北岭南天万里，关心凭雁问何如。

校注　　　与《耄画集》卷二《送魏□□世兄之任高州》相比，诗题异，内容同。

寄临江李

宵衣深念借恂难，特简欣弹贡禹冠。坐使玉堂挥翰手，远为江表牧民官。云横碧嶂春偏静，水接章江夜不澜。闻有昭明遗庙在，更将文教挽凋残。

校注　　　据王掞《西田集》卷一《李述修编修书至招予入都赋答》、《西田集》卷四《送李述修编修出守临江》推知，此处《寄临江李》之"李"为李述修。此外，徐釚《南州草堂集》卷三收录《赠李述修前辈》。

寄沔阳

突兀孤城楚泽西，一麾出牧正凄凄。沧浪人去秋天远，梦泽云深春水低。赋急转愁新谷枲，官闲只听夜乌啼。绘图早为通民隐，好把书屏姓氏题。

校注　　康熙四十年（1701），郭琇《华野疏稿》卷四："湖北虽属腹地，但沔阳、荆门、江陵二州一县地界江湖，民多刁健，节年钱粮拖欠未清。历年奏销处分有案，官斯土者视为畏途。"可见此地贫困且难治。

寄荆州

家世平津凤擅名，雄州江上领专城。山从巴蜀连云断，水接瞿塘急浪平。黯黯青烽屯戍列，呜呜画角客愁生。由来三户称难治，好集流亡买犊耕。

寄汉阳

无边汉水正悠悠，才子严城久宦游。嶓冢源流千里合，晴川风景一江收。冰霜夜判如山牍，糠稻香清对月楼。梓里关心期奏最，槎头虽美莫淹留。

校注　　与《罨画集》卷一《寄汉阳张寿民明府》相比，诗题少"张寿民明府"。其他异文："糠稻"为"秔稻"。

寄安远

修禊兰豪家世传，风流仙令正翩翩。二难旧属乌衣望，群从今推小阮贤。

花气侵帘多岭树，稻香绕郭半江田。赣东旧有濂溪迹，共道文翁化俗年。

校注　　　　此处"寄安远"或寄安邑令陈奕禧。康熙十七年（1678），王原祁在京师，辞中秘官（内阁中书），与陈奕禧同时待选邑宰。[《古缘萃录》卷七《王员照仿赵大年山水卷》陈奕禧跋："予十四五时见家世父简斋求太守（王鉴）画屏十二扇，……戊午（康熙十七年）在京师，太常之孙茂京阁老携太守水墨山水长卷《仿大痴作》，苍秀古淡。太常有跋其上，……茂京告余曰：'此太守绝笔也。'是时，茂京辞中秘官，需次邑宰，予亦为选人。"]由此可知，两人关系亲密。康熙二十五年（1686），王原祁离开任县，陈奕禧以诗送别（陈奕禧《春蔼堂集》卷一《送任守宪解组归里》）。此外，康熙三十八年（1699）陈奕禧《春蔼堂集》卷三《题梅太仆桐荫小影》显示，陈奕禧曾任职安邑。

　　　　陈奕禧字子文，号香泉，浙江海宁人，擅书法，撰有《金石遗文录》十卷。

寄宜黄

　　流水寒山捧檄新，廿年兄弟慰沉沦。路经千嶂连青霭，邑近清江覆白苹。买犊课耕初试雨，看花行部独先春。相思莫厌频相讯，同拜欧阳只两人。

寄兴安

　　复试牛刀别帝京，去年酌酒送君行。红花历乱山城小，白石嶙峋沙水清。三辅讴思犹在口，两江弦诵已先声。金门夜月相思处，不尽天南旅雁情。

校注　　　　与《罨画集》卷二《兴安李□□世兄》相比，诗题少"李□□

世兄"，诗歌内容同。

寄高要

符剖东南此牧民，一官粤峤簿书亲。放衙卢橘乡中晓，视事梅花岭外春。天界端溪犹有贡，地邻蛮俗未全淳。长才早晚邀明试，阙下看啣凤诏新。

寄开建张虎臣

种松岁久起龙鳞，江上穷经秋复春。不作汉庭簪笔吏，暂为岭峤看花人。弹琴月照桃榔暗，开径风清薜荔新。越橄燕台千万里，音书莫惜往来频。

校注　　与《罨画集》卷二《怀同年开建张明府虎臣》相比，异文：诗题"寄"为"怀同年"；诗歌内容"汉庭"为"汉廷"，"越橄"为"越徽"。

寄安陆

江上雄城旧建藩，郡中形胜带湘沅。栽培兰芷春风暖，啸咏山川化雨繁。径野喜无鸿叫泽，驱车应有鹿乘幡。政成早下明光诏，会见扶摇使节骞。

寄广信守

牧民到处有贤声，喜得南州露冕行。百粤西分千嶂秀，九江东下一溪平。山高鹤向天边舞，日暖人从岭上耕。遥想公余吟咏处，翠微楼上晓风清。

寄镇平

濂溪声望著当时，花柳山城卧理宜。击壤人安新教令，吹幽俗有古风规。琴堂晓拥云千叠，绣野春扶雨一犁。想见桄榔椰叶畔，焚香书掩读书帷。

校注　　　　南本"春扶"抄为"香扶"。查慎行《敬业堂诗集》卷三十六《秀野草堂图歌次顾十一侠君原韵》旁注云："王麓台仿董文敏卢鸿草堂笔意，朱竹垞有记。"秀野草堂主人为《元诗选》编撰者顾嗣立。康熙三十八年（1699）北榜及第。

寄桐城

木落天高系远思，德星悬处绛帷垂。钱唐雨过谈经后，皖上风清判牒时。泽遍邑人推众母，感深吾弟得明师。家书邮寄频频问，可是循良奏最期。

赠华子千南归

京华寄迹褐衣宽，风雅留心肯自安。愧我涂墙偏好懒，多君立雪竟忘寒。为山奇笔游堪卧，如水清才秀可餐。此去五湖烟月好，奚囊粉本伴渔竿。

校注　　　　华鲲字子千，江苏无锡人。王原祁弟子之一，在京与博尔都、宫鸿历、史亦右等交往密切，康熙三十四年（1695）卒于京。

　　　　博尔都《白燕栖诗草》刻于康熙三十五年（1696），其卷六收录《送华子千南归和元少韵》《又呈子千》。另外，宫鸿历《怒堂诗》卷一（甲戌）《喜晤华子千》云："廿年车笠重心期，天路红香望渺迷。闻说名驹辞下泽，便同高隼拂晴霓。一春庙市花如堵，五斗官厨醉似泥。倘使客游能到此，乡庐谁不悔鸡栖。"同卷康熙三十四年（1695）《华子千拟明春归梁溪，同人赠行之什颇富，次史亦右先生韵二首》有："慧岭山泉供论茗，侯家池馆罢传餐。入门细浣缁尘服，饱看捎云竹数竿。……冰雪三年细细餐。"从"入门细浣缁尘服"句显示华鲲仍是秀才；"冰雪三年细细餐"可知华鲲在京城滞留三年。本卷中另有《再送子千》，其"丰台花放号将离"句说明，华鲲将离京时间定在春季。不久，诗集中出现《哭子千》诗。因此，康熙三十二年（1693）、康熙三十三年（1694）、康熙三十四年（1695）间华鲲在京，或为参与《康熙南巡图》的江南画家之一。

东皋草堂（题博［傅］将军草堂）

不到东皋路，闻开向野堂。绿齐含岭色，红近挹荷香。辋水名堪并，濠梁兴自长。林园堪日涉，十亩傍池塘。

校注　　　与《罨画集》卷二《题博将军园林十四首》之《东皋草堂》相比，北本、南本都误"博"为"傅"，且将总标题放入第一首诗题后，即《东皋草堂（题博［傅］将军草堂）》，且诸诗顺序多有不同。这些差异说明:《王麓台司农诗集》并非抄自《罨画集》，而是录自更早的王氏家藏稿本。第一首诗中的异文有:"堪"为"贪";"池塘"为"幽塘"。

香界庵

拈花传教外，此道几人求。百叶香风净，一庵松影秋。妙音随竹响，静理发渔讴。筑室同莲社，相期慧远游。

校注　　与《瓯画集》卷二《题博将军园林十四首》之《香界庵》相比，异文："百叶"为"白业"。

怀远堂

华表云深处，天然卜筑宜。衣冠陈享室，风雨护穿碑。宿垄花藤绕，平溪古木垂。郁葱佳气在，松柏有余悲。

老是庵

出郊贪宴息，择地绝烦喧。倚杖临流树，诛茅背郭村。晞光侵幌隙，月影上衣痕。消尽闲中趣，庞公老闭门。

晕香亭

幽篁分曲径，亭子带山家。雨过红香润，风来绿影斜。庭阶盈蕙草，几席胜梅花。宝鸭何劳炷，氤氲隔绛纱。

校注　　与《瓯画集》卷二《题博将军园林十四首》之《晕香亭》相比，异文："胜梅花"为"映梅花"。

再和送子千韵

京华留滞褐衣宽，驿路凄凉袷被安。春送马蹄三月暖，风吹花信一江寒。频年车笠嗟同老，此去烟霞许独餐。渔隐恰如松雪画，桃红岫翠好持竿。

浣溪（题博将军园林）

门外三篙绿，清流得浣溪。不随横浦去，分入小桥西。灌木冈头合，垂杨水面齐。濯缨坐盘石，闲听鸟声啼。

校注　　与《耄画集》卷二《题博将军园林十四首》之《浣溪》相比，诗题多"题博将军园林"。异文："水面齐"为"水面低"；"盘"为"磐"。

一枝阁

小阁忘机坐，悠然天地宽。频来三径好，聊借一枝安。春岭云含翠，荒村日落寒。凭栏穷远目，如入画图看。

杏墅

闻说桃源路，何如杏墅中。一枝含夜雨，十里艳春风。燕掠平芜绿，莺啼芳树红。花村来往惯，买药问仙翁。

啸台

地迥山云静，天空木叶清。登高试一笑，余响发深情。玩世悲嵇子，临风忆阮生。台空砧杵急，四野落秋声。

校注　　与《耄画集》卷二《题博将军园林十四首》之《啸台》相比，异文："一笑"为"一啸"。

竹坞

平冈一带绿，万竹绕烟侵。倒影清溪暗，吟风午榻阴。经寒犹翠色，无雨亦清音。与可当年画，萧疏共此深。

校注　　与《麓画集》卷二《题博将军园林十四首》之《竹坞》相比，异文："绕烟侵"为"晓烟侵"；"清溪"为"晴溪"。

川上

亭皋一徐步，极目望晴波。渔唱夕阳乱，征帆秋水多。津梁通地轴，挽运接天河。会得川流意，盈虚发浩歌。

校注　　与《麓画集》卷二《题博将军园林十四首》之《川上》相比，异文："挽运"为"输挽"。

北濑

为爱东田景，来看北濑泉。沙虚云淡淡，渚静月娟娟。绿藻游鱼唼，青浦乳鸭眠。隔溪渔艇系，疏柳板桥边。

蒝泉

爱此一泓净，汲来珠满瓶。寻源通别涧，辨味得中泠。松下安茶具，窗前注《水经》。文园待消渴，簇火唤樵青。

红蓼滩

水浅岸痕高，轻红染嫩条。影垂双鹭立，枝动一船摇。露重欹寒渚，风多倚画桥。夕阳前浦下，返景最妖娆。

和东白重阳登高

九日登台秋气高，晴空一望客心劳。云开野寺千寻塔，风冷重城一带濠。亲远未能随采菊，官闲犹喜漫持螯。

关陇时艰目正蒿

校注　　　此诗仅抄诗题。

茧花

乍离蚕箔斗鲜华，随苑当年未足夸。不待抽丝成异锦，顿教裁玉发奇葩。辟兵插处符分彩，长命悬来缕似霞。赢得云鬟添妩媚，回眸认取一枝花。

校注　　　与《罨画集》卷二《茧花》相比，异文："随"为"隋"；"异锦"为"美锦"。此诗当作于太仓。

茧虎

于菟巧傍绿云生，纤手春蚕着意成。偶尔剪裁仍跳跃，虽然束缚亦狰狞。髻边插却崷同负，钗畔横来目有精。闻道茧丝时世重，早驱乳虎上头行。

校注　　　与《罨画集》卷二《茧虎》相比，异文："髻边"为"髫边"；"目有精"为"剑有精"。

人日题诗寄草堂

人日题诗寄草堂，江天云树正茫茫。微官羁绊将三载，好友分飞各一方。帆挂夕阳思楚塞，雁动寒雨忆钱塘。故园梅信春应早，倍觉乡心入梦长。

西苑

相如赋上林，铺扬汉宫室。五柞与长杨，绚丽罕其匹。西苑规模实祖述。波漾太液长，树隐华清密。龙亭柳阴阴，玉泉流活活。双桥左右横，天半飞彩霓。白塔傍旖檀，如入灵鹫窟。所至皆瑰奇，金银壮瑶阙。寻常启闭严，不时传警跸。献岁春王正，大酺驰禁律。士女竞喧阗，连朝车马溢。伏处江海滨，目睹惟蓬荜。一旦涉阆瀛，心神多战栗。巨观得未曾，归向亲朋说。口所不能言，直欲书诸笔。胜境弗跻攀，管窥慨终失。因思紫闼尊，万方为表率。穆清奉宸居，乾坤以宁谧。阳气贵乘时，吉日无妨出。补助有深心，畅春又其一。

校注　南本抄"罕其"为"罕甚"，"大酺"为"大脯"，或皆为笔误。

呈玉泉和尚用少陵谒文公上方韵

栖禅山寺里，我亦爱山居。羁绊未能往，时与丈室疏。天风从东来，春萌欲暖舒。飞锡下云壑，还复顾我庐。轩然倚丈坐，相对障翳除。笑指庭草绿，宗风已无余。一宿高峰去，禅心迥如之。微言解粘缚，实养了不虚。贱子本钝根，榛芜岂有锄。偶尔沾微禄，软尘满襟裾。何时出世网，真宅免为墟。金篦借开导，直指少室初。心香闻妙法，到处或逢渠。顾言逐龙象，努力烦吹嘘。

元夕九叔入都志喜

忽闻借寇阻行装，得免蚕丛道路长。京国重来喧笑语，征鞍才下共壶觞。一年灯月逢今夜，同集亲朋胜故乡。更喜寒暄相见后，频将健饭说高堂。

校注　　与《耄画集》卷三《元夕诵侯叔入都志喜》相比，异文："笑语"为"语笑"。

寄隰州王

吾家五马政如何？雨过春郊烟树和。秦晋咽喉连上党，山川形胜属西河。官经三仕讴歌遍，麦有双岐积贮多。一别十年成契阔，仁君丹陛共鸣珂。

校注　　《耄画集》卷一《怀隰州钦四兄》相比，诗题有异，内容相同。

寄芮城

牧民声誉早飞腾，欲蹑丹梯试一登。两地云山成远别，十年师友愧无能。帘分晓岫千岩雨，心结长河十丈冰。自是君才非百里，渊源忝附望鲲鹏。

春郊即事

左安门外好春光，一路青溪红杏香。爱杀板桥新柳下，游人几簇醉斜阳。

珠宫金碧古塘隈，半里松阴夹道开。无数香车南陌上，人人说是进香来。

浮萍荇叶正田田，几处名园绿水边。听说淮王时载酒，笙歌小醉落花前。

三月花枝照眼明，大堤多少卖花声。迎香亭畔铺歌席，犹喜今朝未送春。

校注　　与《罨画集》卷二《春游即事四首》相比，诗题"郊"为"游"，少"四首"，诗歌内容相同。

观棋

墨白纵横间道分，精严如列鹳鹅军。移时声逐庭花落，一局敲残起暮云。

鸿沟划界立雄关，南北中分指顾间。审局机先争一着，天然布就小江山。

乘虚侵绰破坚城，拔帜惊看入壁行。鼓角不闻先设伏，东南风急出奇兵。

奇谋溃腹在攻坚，局促偏安殊未然。保障中原须胜算，先令飞将急防边。

恍如楚汉夺荥阳，日落孤军转战忙。不道危机留寸地，只争一子决兴亡。

已入重闱恐震邻，巧思绝地忽逢春。相持且作三年计，诸葛当时在渭滨。

机深一错便成差，恋子孤危事不谐。图大莫令贪小利，边隅决计弃珠崖。

短兵相接阵云深，首尾长蛇势欲吞。转败为功须巧换，阴符八面有奇门。

数通河洛有真传，小技中藏先后天。火候到时成九品，也须熟读十三篇。

小窗竹雨夜生寒，客到挑灯醉后欢。岂有禅心同一行，围棋只作雾中看。

一局将成百战终，机关到此益求工。桑榆收拾应留意，好在残山剩水中。

四战争强恐不禁，锐师攻角老谋深。一丸从此封函谷，想见英雄割据心。

校注　　与《耄画集》卷二《观棋》相比，最后四首诗歌顺序不同。此外，有异文多处：第六首"重闹"为"重围"；第七首"便成差"为"便成乖"，"珠崖"为"朱崖"；第八首"阵云深"为"阵云昏"。

和题秋水阁赠邹裕来

小阁晴开湖上烟，客来笑语望中仙。四围花气沾人好，一半春光对我怜。鸥鸟迎风归渚畔，笙歌带月出城边。当门绿涨三篙水，几夜横塘系画船。

南湖潋滟浸长堤，杨柳丝丝蘸碧溪。话雨平添春水阔，恰船却趁夕阳低。胜游他日樽前忆，好景今朝画里题。辛苦留宾陶母事，还家急为报莱妻。

校注　　与《耄画集》卷一《题邹裕来秋水阁》相比，诗题有异，且第一首为《耄画集》中所无。

十八涧理安寺

路入西泠第六桥，寺门苍翠认前朝。清溪竹密鸟声静，古涧松多人语遥。谷口云屯含岭气，树头泉落接江潮。湖天斤斧搜林遍，喜剩幽深未采樵。

校注　　与《耄画集》卷一《十八涧理安寺》相比，异文："含岭气"为"藏佛火"，"树头"为"峰头"，"搜林"为"搜应"。

寄代州守卞

州城广武接山根，戍鼓悲笳起缭垣。子弟五原经战斗，关河四塞重屏藩。讼庭案牍春风静，墟里牛羊夕照喧。旦暮明廷廉问及，雁门贤牧看飞骞。

无题

退食迟回违寸心，萧斋寂历对春阴。班联敢道居官苦，封事谁能报国深。夜直风传宫漏静，早朝星带晓钟沉。只今忝职惭无补，不及山城抱一琴。

校注　　与《罨画集》卷二《赋得退食迟回违寸心》相比，诗题不同。诗歌异文："只今忝职"为"虚縻廪禄"。

送吴商志之大梁

久负澄清志不群，奇才世共说参军。肯操筝瑟王门去，剩有韬钤海外闻。上谷马嘶随地草，繁台人眺隔河云。信陵好士传千古，虚左于今为荐君。

校注　　北本、南本和上本同。与《罨画集》卷三《送吴商志之大梁》相比，异文："久负澄清志不群"为"自古安危仗出群"；"肯操筝瑟王门去"为"未容姓名尘中识"；"剩"为"先"；"随地草"为"沿戍草"；"千古"为"千载"；"为荐君"为"又属君"。

花朝

一官辜负此良辰，忽见天街嫩绿匀。花信正从今日始，春光还较去年新。乡书久阔常穿眼，家酿轻寒易入唇。闻道西山风景好，殷勤说与未归人。

校注　　　与《罨画集》卷二《花朝》相比，异文："与"为"向"。

送顾小谢南归祝母夫人寿

十载词华重帝京，彩衣将母向南行。才高少奉慈闱教，节苦今成令子名。花发春城催玉勒，堂开秋月进琼觥。即看鸠杖初携日，海内争传彤管声。

校注　　　从《敬业堂诗集》卷十九《酒人集·王服尹见和乞画诗三叠前韵奉答》"……忆昔隔墙居，淋漓濡酒炙（己巳寓居上斜街，与孙恺似编修近隔一垣，长从服尹饮）。六年一醉梦，岁月不我假。青山憔悴容，此景岂堪画。君归约髯孙，吾亦偕小谢（来诗及家德尹）"可知，顾小谢与查慎行、王晦等关系密切。

灯市歌

长安元夜多冶游，金鞍玉勒嘶骅骝。巨鳌海上三山浮，点缀丰年人不忧。鬼工灵妙集九州，珊瑚为树翡翠钩。越罗蜀锦皆见收，丹青金碧穷彤镂。仙人笙鹤来十洲，水天惝恍不可求。阵前万骑挥戈矛，龙骑虎帐风嗖嗖。沧江冰雪渔父愁，老树槎丫一叶舟。风亭月榭春复秋，花（香）鸟语传枝头。造化奇文景物哀，移来一一精光流。佳节天人弄鬼球，珠玑错落花枝稠。我亦停骖倚画楼，望之烟雾迷双眸。黄尘十丈杂车牛，翠羽明珰委路沟。肩摩谷击难淹留，拥衾归卧萧斋幽。夜阑歌舞犹未休，不知何处弹箜篌。

校注　　　与《罨画集》卷三《灯市歌》相比，异文："彤镂"为"雕镂"；"槎丫"为"槎枒"；"花（香）鸟语"处漏"香"字；"鬼球"为"彩

球"；"谷"为"穀"；"未休"为"未收"。

题钱葭湄待漏图

玉立长身迥出群，彤墀候晓望氤氲。当年封事曾同我，此日披图又见君。金铺晓风开曙色，玉钩斜月拥寒云。清卿奏对多平允，不寝书思到夜分。

趋朝午〔五〕夜路微茫，红日三竿忆故乡。踏月影随庭燎火，戴星寒点鬓毛霜。班联心喜天颜近，登降身劳御路长。好待功成身退后，园林花鸟任徜徉。

校注　　　与《麓画集》卷二《题钱葭湄待漏图二首》相比，诗题少"二首"。第一首"候晓"为"香霭"；"又"为"忽"；"金铺晓风开曙色"为"铁凤横空衔曙色"；"玉钩斜月拥寒云"为"玉龙迎日卷晴云"。第二首"趋朝午〔五〕夜路微茫"为"未央宫树晓苍茫"；"功成身退后"为"功成归洛社"。

和三叔自寿诗六首

德星中朗少微星，上寿添筹卜鹤龄。世重老成常问礼，身为犹子久观型。论交蒋诩开三径，稽古桓荣守一经。更喜严亲共晨夕，花前小酌醉还醒。

读易窗前叹遇屯，刘蕡屡踬困风尘。三年不作窥园客，一枕方为卧雪人。白璧每羞轻自玷，青山终老竟甘贫。分明被放江潭上，渔父相亲愿卜邻。

清高雅爱服冰丸，门第谁怜范叔寒。老去精神如鹤健，愁来风味带梅酸。园荒扫径留僧住，窗冷摊书对酒欢。附郭虽抛心自乐，献树人喜坐团圞。

诗律能将愁思攻，高怀那复计途穷。崇情淡远宗陶令，炼句精严拟放翁。兴到楼头邀岭月，吟成纸上落松风。当年若重輶轩采，隐逸明征亦至公。

翰墨源流世莫知，菁华采撷是吾师。规摹虞楮书能瘦，出入倪黄笔不痴。登阁解衣尘事远，寻山蹑屐古人期，胜情寄托谁堪比，摩诘风流感在兹。

不慕声华不博名，翛然到老薄肥轻。饮醇坐上人皆醉，乐道庭前草自生。剩有清贫安故辙，惟将书卷对寒檠。尽忘巧拙随时命，杜国犹高月旦评。

校注　　　与《罨画集》卷二《和随庵叔自寿六首》相比，诗题改"随庵叔"为"三叔"，"自寿"后多"诗"。第三首"清高雅爱服冰丸，门第谁怜范叔寒"为"门封函谷一泥丸，尽却尘嚣肯耐寒"；"献树"为"献椒"。第四首"年"为"今"。第五首"感"为"或"。第六首"坐"为"座"。

题卓火［太］传传经堂

文章尊一代，俎豆享千年。宅是高人住，经随后裔传。琴樽存手泽，礼乐载芸编。此地临秋水，门来李郭船。

儒术榛芜久，斯文萃一门。孤忠推远祖，纯存得文孙。宾从人千里，诗书日万言。请看劫火后，堂构几家存。

校注　　　与《罨画集》卷二《题卓火传传经堂二首》相比，南北二本中诗题皆误"火"为"太"，且少"二首"。诗歌内容中的异文：第一首"享"为"祀"；"门来李郭船"为"门前好泊船"。第二首"纯存"为"纯孝"。

三槐行

君家文正真宗朝，君臣鱼水成泰交。执政中书十八载，兵革不动民殷饶。世称阴德惟王氏，皇考遗言载青史。逆知后世必有兴，手植三槐识于此。推诚保顺盖有功，名显景德祥符中。庙廷配食光奕禩，天子报功礼亦隆。万事仓皇在南渡，繁华艮岳嗟非故。惟时太尉从銮舆，偏安移向姑胥住。留得空堂在有莘，西风花落自成阴。垂垂一树天南北，从此相思秋复春。未识君为孙几叶，五百年后琼枝发。常工奏记诸侯门，把酒邢台醉明月。惭愧余非制锦才，折腰曾莅渚阳来。赖君幕下周旋久（兄在郡伯鲁公幕），异地埙篪亦快哉。忆从囊国同游宴，倏忽云流还雨散。焚草余方备掖垣，携琴君自至花县。南服雄藩是邵陵，独于剧邑擅能称。循良奏最同黄霸，旦晚飞书下见征。塞路歌谣树佳政，它时合得高门庆。未必今人让古人，后先并着勋猷盛。回首三槐世泽多，风前长忆舞婆娑。只缘祖武君能继，会见新条布旧柯。

校注　　宋代王氏谥号"文正公"者为王旦、王曾。资料显示，南渡后王旦后裔曾移居江浙一带。

和刘都谏禹［裕］美清明日韵

携尊郭外酒盈瓶，佳节花飞红满岗。插柳觞流泱细细，野烟人踏草青青。思亲每望云边树，忆弟还听原上鸽。纵有春明好风景，晨昏无日忘趋庭。

校注　　《瓢画集》卷三收录《清和望日，游丰台至家相国园观芍药，遇雨而返，越十日，同垣裘次张招饮，列瓶花数百，绚烂特甚，次刘禹美都谏韵》。

宝刀篇

吾闻宝刀铸欧冶，价重千金无识者。夜来光气尝上腾，神物岂在干将下。斩蛟长桥血不干，提出六月空堂寒。若与公孙大娘舞，秋林飞尽木叶丹。有客藏自亲身匣，与人报仇非所怯。丈夫志在清风尘，立功沙场还献捷。扁舟腊月兰陵归，冰华簌簌霜满衣。舟行数里天未晓，水面贼舸如云飞。短槊长矛竞相向，开舱迎敌气方壮。挥刀削肉江水红，贼势披靡莫敢抗。明朝江上见浮尸，知是宝刀之所为。有材如此世不用，老骥伏枥良可悲。未许轻随秦女休，直须西取郅支头。莫以沉埋频自叹，时危早去觅封侯。

校注　　与《瞢画集》卷三《宝刀篇》同。

东山草堂歌

城隅卜筑草堂静，斜插疏篱障花影。自怜下吏风尘中，来此心融俗务（屏）。多君情重屡招邀，扫地焚香出杯茗。闲征雅令迭劝酬，坐待黄昏月升岭。余虽骑马非山翁，倒著接篱醉酩酊。君家太傅典午初，高卧东山以自娱。王谢风流始于此，是时江左称晏如。围棋睹墅示整暇，秦军百万摧须臾。君之名堂此意否，祖德孙谋两不虚。谢氏子弟皆凤毛，分题即席看挥毫。吟成共惊白雪高，嗟予官此心郁陶。田园荒芜不归去，耻为五斗常折腰。茫茫大陆水为归，万落千村没庐舍。无端圣主忽见征，平生窃禄殊无能。纵得优游脱簿领，终难契阔辞友朋。行色匆匆将去此，念君历落青云士。不尽凄其怆别情，桃花千尺水盈盈。吾知东山必一出，忧时未肯忘苍生。觞咏忻同胜侣集，满壁淋漓墨痕湿。为君画却草堂图，碧树红泉试添人。

校注　　与《瞢画集》卷一《东山草堂歌》相比，"俗务"后漏"屏"
　　　　字。此外，异文有："睹墅"为"赌墅"；"子弟"为"子孙"；"嗟予"
　　　　为"嗟余"；"真我胄"为"真吾曹"；"大陆"为"大麓"；"契阔"
　　　　为"恝阔"；"忻同"为"欣同"。

送春

寻春酿得绿阴浓，今日春归意转慵。不住韶华随落照，漫将心事惜芳踪。因风娱飏迎人柳，出谷云来对面峰。草木不知时序改，晓窗花影尚重重。

送序皇三兄奔丧南旋

多年老弟兄，执手在渚阳。平生话契阔，踪迹同参商。千日便判袂，我北君南翔。我归读礼日，君出谋稻粱。相思不相见，云树空苍茫。庚午来京邑，晤时飞秋霜。辛苦各慰劳，惊视鬓发苍。娱乐共樽［尊］酒，风雨连匡床。从此罢行役，不复走四方。清谈勖道义，健笔瞻文章。阮瑀工奏记，迂拙资匡襄。三年如一日，埙篪快同堂。日月坐行迈，游子心悲凉。思亲吟陟岵，望云每飞扬。欲别重惜别，方将理归装。仲冬家书至，开函摧肝肠。八旬白发翁，忽作修文郎。哀毁几灭性，朝夕惟呼抢。骨肉谊关切，唏嘘送奔丧。脱骖无可赠，中夜起彷徨。攀留恐乖养，情挚还相望。凄凄君去矣，春风吹衣裳。子道惟遵古，宅兆奉蒸尝。勤勤营马鬣，萧萧树白杨。九峰三泖间，佳城卜炽昌。牛眠龙耳地，储精毓麟凤。君行且强饭，勿以哭泣伤。君行须努力，勿忧道路长。还家告祭毕，尺素频寄将。临岐再三订，聚首在大祥。

校注　　北本、南本、上本皆为"尊酒"。语义上，"樽酒"（酒杯）与"匡床"对仗。因此，当为"樽酒"。此诗乃《罨画集》卷三《送序璜兄南还葬亲》的早期稿本。

登岱五十韵

驱车至东鲁，烟霞兴难遏。炎暑不登山，登岱乃午月。四更上篮舆，坡坨路昏黑。荡荡天门开，蜿蜒磴道密。上有聚仙楼，翚飞矗峰缺。迢递初跻攀，仰面入寥泬。沿壑势渐高，参差宰树列。窈窕逐云根，侵晨草路滑。岚容黯淡开，日气空濛出。所经尽林麓，千里莽奔逸。喘息上岭巅，回马标高碣。山腰仙掌平，玲珑壮金阙。横崖亘且长，迤逦径三折。红泉落深涧，青霭聚幽窟。平野至天半，已与尘宸别。万仞忽削成，雄哉李范笔。看山蹑云梯，苍岩更诡特。精舍结数椽，朝阳洞深郁。青峰与户齐，飘渺落胸臆。不知何峰顶，拱立如朝谒。登陟御帐岩，石坪大于室。广容千人坐，湍泉泮清潏。传自宋祥符，封禅曾驻跸。摩挲大夫松，尚忆秦皇烈。到此山益奇，云峰合为一。翠壁挂虬枝，孤筇凌本末。肤寸起浓阴，相顾忽相失。龙口益峭拔，石笋从万笏。巉绝仅容趾，肉薄争战栗。高高十八盘，真与星辰逼。别径稍萦纡，险峻行踪绝。空谷望窅冥，云涛翻溟渤。罡风木叶摧，青沧点石骨。嵯峨障苍穹，飞鸟不能越。一线漏日车，通天若剪筈。绝顶广而平，朗然心目豁。珠宫耀碧城，元君香火设。殿庭锁鐍严，郡国金钱溢。摩崖旧迹存，开元镌嶙峋。穿碑屹秦观，篆籀岂湮没。翼然日观亭，东望天柱突。灏气虚无中，五色罗万物。九点辨青齐，千里铺蚁蛭。近视傲徕峰，兀臬未及膝。远瞩长河水，细如衣带裂。大地尽一瞬，荒荒杳无隔。平生所游览，灵异罕其匹。日晡身惫劳，仓皇下山疾。回头尚惝恍，奇观难尽述。明晨将戎途，伫想再游意。

校注　　与《罨画集》卷一《登岱五十韵》相比，异文："坨路"为"陀路"；"迢递"为"迢遥"；"路滑"为"露滑"；"千里"为"十里"；"落"为"荡"；"泮"为"迸"；"挲"为"娑"；"云峰"为"云树"；"凌本"为"凌木"；"真与"为"直与"；"沧"为"泥"；"剪"为"箭"；"蛭"为"垤"；"傲"为"敖"；"回头"为"回顾"；"观"为"眺"；"明晨"为"明辰"；"戎"为"戒"。

送宪尹弟出守会稽

唧恩新守越州城，秋水之官一棹轻。屏障旧为才子地，琴书今喜使君清。雨来奏望双旌入，潮送钱塘五马行。此去知君能卧理，讼庭帘卷翠峰横。

河桥疏柳尚垂阴，南浦依依话别心。童叟江头争望岁，弟兄辇下惜分襟。兰亭修禊觞频泛，剡曲移舟雪正深。胜地吾家多胜事，风流太守重追寻。

校注　　　与《罨画集》卷二《送宪尹弟出守绍兴二首》相比，诗题"出守会稽"为"出守绍兴二首"。其他异文："唧恩"为"衔恩"。

同年徐健庵先生留饮途次奉别二首

华国璠瑜信少双，故应砥柱厌惊泷。耆英年恰齐司马，风度人还并曲江。身列台星联北极，家分藜火照西窗。更须折东频邀醉，别思于今未易降。

珥笔陈辞出禁林，高怀那复计升沉。即看柱史千秋业，用尽江潭三载心。梅雨尊前乡梦绕，桃花水畔客情深。玉山山下分襟去，一路怀人对夕阴。

校注　　　北本、南本和上本同。与《罨画集》卷一《别同年徐健庵先生留饮二首》相比，诗题有异。此外，诗歌中的其他异文有：第一首中"璠瑜"为"文章"；"并"为"拟"；"联"为"悬"；"更须折东频邀醉，别思于今未易降"为"匆匆欲别难为别，小户因君倒玉缸"。第二首中"珥笔"为"忆自"。"那复"为"不知"。"用尽"为"已尽"；"绕"为"远"；"畔客"为"记别"；"一路怀人对夕阴"为"何处黄鹂听好音"。

题五叔传奇绝句六首

洛阳春色好，携酒踏花香。白发婆娑醉，耆英重太常。
花柳帝乡满，佳人锦瑟傍。风流狂学士，恼乱两鸳鸯。
党祸分牛李，筹边事转荒。西陲一片月，空照塞沙黄。
千钧挽一线，碧血化虹长。百粤孤臣死，崖山事可伤。
玉貌无怜者，罗帷秋夜凉。只应悲薄命，不敢望君王。

兰陵贤父子，漂泊为沧桑。一笑相逢处，云峰对讲堂。

校注　　　康熙二年（1663）冬，王时敏始延苏昆生教家僮以昆曲为娱老计（《奉常公年谱》卷四"二年癸卯七十二岁"）。在他的影响下，王原祁父王揆常以票友的身份登台表演；五叔王抃除了好为山水游，间倚声度曲，有杂剧《玉阶怨》、传奇《浩气吟》等作品。王摅《卢中集》有《观鹤尹兄玉阶怨戴花刘新剧》。康熙三十年（1691），王抑官成都。唐孙华《东江诗钞》卷一《送王诵侯之官成都》云："君作中书不中书，……板舆奉母方闲居。雪儿玉颊善歌舞，当筵一曲飘红裙。""雪儿"即王抑所纳歌姬。

别任邑士民

襆被趋程拜命初，郊原父老拥行车。关情转恨征书急，谢事犹惭制锦疏。半绖五年劳缱绻。一祠双爱借吹嘘。临岐尚有低徊处，大陆沉沦租未除。

征衣旋着泪痕斑，回首琴堂隔几山。相送依然同子弟，临行浑似别乡关。柳添离恨何须折，辕转羁心莫再攀。此去旧游难慭置，耕桑愿尔各闲闲。

校注　　　与《耄画集》卷一《别任邑士民二首》相比，诗题少"二首"。其他异文："关情"为"离情"；"绖"为"绥"；"借"为"藉"；"歧"为"分"；"租"为"赋"；"几"为"万"。

呈平原总宪董老师

铁冠当日著风标，保障东南七载遥。江表至今思节钺，柏台重喜傍云霄。运储萧相功应并，开府羊公德自饶。身在朝端方执法，霜威炎暑不能消。

校注　　与《罨画集》卷二《上平原总宪》相比，诗题异，内容异文："风标"为"丰标"。

听枫书屋（为赫澹士题）

萧疏结构桂堂东，不与山林野趣同。霜叶移来新筑下，秋声只在数枝中。琴书影带帘前月，蕉雪挥毫砚底风。赢得高人诗思好，更逢青女作霞红。

校注　　与《罨画集》卷二《题赫澹士听枫书屋》相比，诗题异，内容异文："挥毫"为"毫挥"；"逢"为"迟"。

咏庭前葡萄

庭院扶疏一架斜，传闻名种自乘槎。颗圆贯累垂珠箔，光逗晶莹润玉华。绿蘸虚窗成结猗，碧倾新酿羡流霞。摘来应共家丞赏，秋实由来胜似花。

校注　　与《罨画集》卷三《庭前葡萄》相比，诗题多"咏"字。此外，诗歌中的异文有："贯累"为"的皪"；"晶莹"为"晶荧"；"结猗"为"结绮"。

次儿南归漫成

闲关北上不辞辛，朔雪炎风道路频。家远最思垂白老，官贫难遣欲归人。林边憩马稀沽酒，雨后逢村好问津。努力莫辞登涉苦，明春盼汝踏京尘。

校注　　与《罨画集》卷二《次男谔南归漫成》相比，诗题异。其他异文有:"闲关"为"间关";"憩马稀沽"为"系马休沽";"辞"为"嗟"。

寿沈太翁七十

承欢门内只常情,独冒干戈岭外行。得奉庭帏真幸事,重□邱垄是余生。宫袍彩胜班衣乐,凤诰光添鹤发荣。满泛流霞酌春酒,华堂日永听迁莺。

寄朝阳县张

相韩家世本仙才,暂领专城作牧来。膏雨渐教培瘠卤,仁风早为挽凋瘵。官闲不乏看山赋,天远难同醉月杯。最是关心频怅望,一行书劄□徂徕。

寄馆陶县钱

忆自都亭捧别觞,卫河地远溯洄长。操刀技善征三异,制锦才高报七襄。阴雨黍苗开绣野,春风桃李满琴堂。于今汉室求良吏,早晚鸾书荷宠光。

怀徐东白姐丈

萧萧深巷掩柴门,契阔多年系梦魂。赋急顿荒三亩宅,诗工甘老一山村。灌畦屐齿粘花片,补屋书窗积雨痕。姐弟睽违看六载,空函惭愧到家园。

校注　　与《罨画集》卷一《怀徐东白姊丈》相比,诗题"姐丈"为"姊丈"。其他异文:"姐弟"为"姊弟";"睽违"为"暌违"。

哭景韩三首

渚阳真薄宦，小阮喜周旋。地瘠且[宜]余拙，时艰仗汝贤。清依三径月，愁共九秋天。到此成长别，招魂欲问天。

闻道辞家日，牵衣不忍分。笔耕思负米，病渴为修文。梦断江南月，魂飞冀北云。依间情倍痛，可使九原闻。

旅亲城东寺，凄凄阴火青。家书经月断，闺梦几时醒。有妇啼孤枕，无儿继一经。哀词和泪写，哭罢叫苍冥。

校注　　　南北本《王麓台司农诗集·哭景韩三首》与《甓画集》卷一《哭景韩三首》中，北本"宜余拙"与《甓画集》同，南本为"且余拙"。从文意看，当为"地瘠且余拙"。此外，与《甓画集》卷一《哭景韩三首》相比，其他异文有：第一首中"九秋天"为"九秋烟"；第二首中"冀北"为"蓟北"；第三首中"旅亲"为"旅榇"。

释服述哀四首

幽忧三载恨终天，恸哭晨昏对几庭。风木无端乖凤愿，劬劳未报痛余年。穗帷又见宵来撤，翟茀空教画里传。无限伤心追往事，泪枯还向北堂悬。

薄官迎亲到渚阳，三年事事断人肠。愁颜不为看花破，征檄偏当戏彩忙。冷署关心缠药里，长河放艇历风霜。可堪回首牵衣日，送我登车泪数行。

深秋才入披垣扉，为探平安遣信归。阙下迟徊瞻日近，云边消息望鸿飞。风寒江路人初到，月冷泉台事已非。尤痛哀哀垂白叟，开缄呼抢泪沾衣。

楚雨凄风入暮春，忆将归泪洒江津。漫看松菊如前日，欲拜椿萱少一人。去国岂知天渐远，还家翻与死为邻。流光回首成驹隙，泣血三年剩此身。

　　　　与《匔画集》卷一《释服述哀四首》相比，诗题同。其他异文有：第一首"几庭"为"几筵"，"穗帷"为"繐帷"；第二首"薄官"为"薄宦"，"数行"为"几行"；第三首"信"为"讯"，"迟徊"为"迟回"，"飞"为"稀"。

云间访家俨斋总宪观大痴富春长卷歌

　　桃花水涨春潮急，路指耳城片帆入。槐堂主人春昼闲，觞咏追陪胜流集。示我子久富春图，风雨能惊鬼神泣。此图曾经劫火烧，幸不焦烂无门逃。展转流传三百载，连城购者东南豪。一朝神物得所适，焦尾来自中郎宅。晴窗展卷白云生，桐江移入空堂碧。水抱山回重复重，石边孤亭立万松。浩渺江流环洞壑，渔庄蟹舍苍茫中。兀然一山又岢崒，槎丫怪木吹天风。烟岚吞吐阴晴变，此身疑在严滩东。董巨齐驱风格老，取胜不独在纤巧。平中求奇神骨高，南宋工妍［研］尽排扫。逼塞夷旷两天然，惨淡经营匠心造。金牛丹嶂开五丁，荒率苍茫非草草。细探神妙入秋毫，满堂观者开怀抱。吾家曾藏石田笔，苦心追摹称入室。今见原本通真宰，乃知化工莫能匹。归舟想象不可求，高山流水空悠悠。若得天机入骨髓，便令作述堪同游。

校注　　　　南北本与《匔画集》卷一《云间访家俨斋总宪观大痴富春长卷歌》相比，首先，"无门逃"后少"韩诗陆浑山水'神焦鬼烂无逃门'"。其次，其他异文有："耳城"为"茸城"，"展转"为"转展"，"槎丫"为"槎枒"，"苍茫"为"苍莽"，"原本"为"元本"。此外，南本"工妍"误为"工研"。"展转"，当为"辗转"。

　　　　又，此诗被选入《娄东诗派》。在"幸不焦烂无门逃"处自注："韩诗神焦鬼烂无门逃。"

寿冒巢氏八十

　　昂藏海鹤见精神，鬓角光生四座春。手尽万金终好客，胸余千卷不知贫。

词高黄绢无前辈，业继青箱有后人。此日汉庭崇宪乞，征书应得载蒲轮。

校注　　与《毟画集》卷一《寿冒巢民八十》相比，诗题有异，诗歌内容相同。

同山止上人、外父李恒圃、赵松一过枫树岭至天竺下憩三生石

尽日探奇兴未穷，灵峰西上又从东。天高木落鸟飞外，寺冷泉流僧定中。云散苍崖开晚色，人沾白法当春风。三生石畔频兴感，喜得相亲支许同。

校注　　与《毟画集》卷一《同山止上人、外父李恒圃、赵松一过枫树岭至天竺下憩三生石》同。

游韬光赠山止上人

扪萝曲折兴偏幽，乘兴还需到上头。云树半从空外见，江湖都在阁中收。山僧欲话当年事，刺史空传昔日游。为爱峦光应惜别，吟君佳句更淹留。

校注　　与《毟画集》卷一《游韬光赠山止上人》相比，诗中"曲折兴偏幽"为"曲折径添幽"。

岳王坟

天意分南北，君心倚冠仇。十年溃一旦，三字恨千秋。谷响军声动，湖明战气浮。燕云收未得，汴水泪同流。

校注　　与《毟画集》卷一《岳王坟》相比，南北本有两处笔误："冠仇"为"寇仇"，"溃"为"隤"。

此外，此诗被选入《娄东诗派》。

于忠肃墓

不杀无名恨未穷，千秋碧血化长虹。开关却是回天力，存国方成复辟功。山夜神归飘怒雨，湖晴旗卷动灵风。废兴莫问当年事，故国铜仙汉祚终。

校注　　与《罨画集》卷一《于忠肃墓》相比，异文有："开关"为"闭关"。

又，此诗被选入《娄东诗派》。

游紫阳山

居然城市里，洞壑白云横。石有飞来意，人传化去名。林梢千嶂合，栏外一湖平。此地堪招隐，令予冷宦情。

校注　　与《罨画集》卷一《游紫阳山》相比，异文有："予"为"余"。

同上水开士泛舟湖心亭

破晓同僧泛六桥，湖亭今作虎溪邀。芰荷霜冷香仍在，杨柳烟和色未凋。沙鸟远投晴嶂去，山钟时共晚风飘。高吟白传勾留句，一半名心未易消。

校注　　与《罨画集》卷一《同上水开士泛舟湖心亭》同。

宿云栖竹窗

溪光山色昼阴阴，百丈清规在竹林。人去威仪思古德，天留苍翠见禅心。窗虚下瞰松云合，径曲高悬佛火深。试向中宵听梵唱，幽栖那复恋朝簪。

校注　　与《麓画集》卷一《宿云栖竹窗》同。

飞来峰

青山无去住，绀宇有兴衰。塔影悬双岭，泉声落一池。洞荒猿化后，僧定鸟归迟。花雨今常散，终存慧理思。

校注　　与《麓画集》卷一《飞来峰》同。

游石壁次黄忍庵先生韵

到湖山势折，石壁见风旛。绕屋梅花瘦，侵窗竹影繁。云开波作镜，崖抱树为门。极目心空处，翻嫌双翠痕。

校注　　与《麓画集》卷一《游石壁次黄忍庵先生韵》同。

白云洞

忽讶临奇境，千峰对沉寥。巉岏尘迹少，苍翠衲衣消。新竹疏泉眼，枯藤锁石腰。禅心如可定，风雨钵龙朝。

校注　　与《麓画集》卷一《白云洞》同。

赠王石谷二首

乌目山头自曳筇，丹青老去兴偏浓。墨飞不数嘉陵壁，笔落犹如洪谷松。仙掌阴晴移一阵，鹅溪尺寸削千峰。大痴酒醉河桥后，五百年来访旧踪。

摩诘传来董巨雄，四家伯仲继宗风。于今此道无知己，当代名人独与公。妙笔直追唐宋上，苦心将辟雾云中。回思弱冠论交日，深荷他山玉石攻。

校注　　与《罨画集》卷一《赠王石谷二首》相比，第一首中诗歌中的异文有："一阵"为"一障"。当以"一障"为是。

上宛平相公二十四韵

元老千秋表，天工一柱擎。青箱推世业，黄阁擅家声。曳履贻谋远，垂裳倚畀荣。廿年尊德位，四国仰忠贞。帝念深弥（注），臣心宠若惊。枌榆频赐沐，鼎铉遂调羹。犹忆三方动，曾调九伐征。庙谟销字彗，文德扫欃枪。重译共球集，中朝藻鉴清。丝纶同阖辟，门第独峥嵘。道积心逾下，功高眷不轻。经邦添素发，报国尽丹识。帷幄兼师传，訏谟重老更。星辰依黼座，霖雨慰苍生。寿域期方永，洪钧化更宏。凉风吹玉律，湛露挹金茎。座对西山向，台连北斗横。露桃千载熟，昼锦五云晴。事业书金管，讴谣满碧城。樗材叨世讲，兰谱仰宗盟。奕世交尤渥，频年意转倾。祇缘蒙奖借，遂使霭征名。献纳回清鉴，高深异曲成。南山行献颂，长见泰阶平。

校注　　与《罨画集》卷二《上宛平相公二十四韵》相比，诗题异。其他异文有："千秋"为"千官"，"贻谋"为"诒谋"，"畀荣"为"毗荣"，"丹识"为"丹诚"，"西山向"为"西山迥"，"千载"为"千岁"，"霭征名"为"窃微名"，"异曲"为"冀曲"。此外，南北本"帝念深弥注"后漏抄"注"字。

三 《麓台题画稿》校注

本文以昭代丛书本（壬集）《麓台题画稿》为底稿，参以光绪三年（1877）无住精舍重刻本（见《清代诗文集汇编》第160册）。

题丹思画册仿叔明

画如四始与六义，未扫俗肠便为累。青山幻出平中奇，刚健婀娜审真伪。此理山樵深得之，扛鼎力中有妩媚。老而笃好不知疲，譬如小户饮则醉。写以赠君君一噱，僧寮又听钟声至。

校注　　　民国刻本《麓台题画稿》改诗题为《画如四始与六义》，《清代诗文集汇编》册160《麓台题画稿》无诗题。

王敬铭（1668—1721）字丹思，号未岩、味闲。江苏嘉定人。《迟鸿轩所见书画录》称其工小楷，山水松秀，书卷之气溢于楮墨，有砚癖，索画者投以佳石立应。康熙四十四年（1705）五月，查慎行等扈从过青石梁新开路，王敬铭分咏春、夏、秋、冬四季。康熙四十六年（1707），玄烨南巡，行在召试，王敬铭入考，称旨。康熙四十九年（1710）春，监生王敬铭作《芍药赋》，结语有"开时不用嫌君晚，君在青春最上头"，查慎行因此戏呼其为"王芍药"。康熙四十九年十一月开载《佩文韵府》纂修监造官员职名中，丛阅人员为吏部尚书陈廷敬、李光地，户部尚书王鸿绪、工部尚书徐元正、侍讲学士查升、励廷仪，侍讲钱名世，检讨蒋廷锡、张廷玉、编修查慎行；校录官生中有贡生顾蔼吉、监生王敬铭。康熙五十一年（1712），王敬铭父王晦与王澍同成进士。康熙五十二年（1713），恰逢玄烨六十万寿，于八月举行会试、十月廷试，赐王敬铭（状元）等一百九十六名及第出身。查慎行贺诗云："喜闻王芍药，秋后领群芳。"同年，参与老师王原祁主持的《万寿盛典初集》编校。两年后，充会试同考。康熙五十六年（1717）主试江西，先后侍直十年。康熙五十八年（1719），王晦夫妇年皆七十四，圣祖赐"齐年堂"额。弟辅铭字翌思，善音律。王敬铭随王原祁在武英书局校书，查慎行戏称其为"蹉跎留画苑，潇洒赴文场"。王敬铭传世作品通常款"王敬铭恭画"，印"臣敬铭"，未见长篇论及绘画理论者。

《皇朝掌院学士题名》载，康熙五十二年，掌院学士王原祁主持接续宋骏业已经着手的《万寿盛典文集》，并改为《万寿盛典初集》。他在奏折中说，子编修王蓍、修撰王敬铭"向随臣学画，亦宜一体效力。前掌院学士任内素知编修查嗣瑮、嵇曾筠、储在文，修撰王世琛、皆勤慎，可任纂修"。同时参与人员有詹事府王奕清、修书修撰冷枚、画图人员徐玫、万寿科武会元金昆等。康熙五十三年（1714）六月，《古缘萃录》卷十《王麓台仿大痴山水轴》跋："六法之妙，一曰气韵，二曰位置。若能气中发趣，虽位置稍有未当，亦不落于俗笔也。"《王司农题画录》卷上称之为《丹思代作仿大痴》。状元王丹思在麓台心目中具有重要地位，其去世后未竟作品《环滁皆山》由王敬铭补完。从画状元唐岱《绘事发微·正派》中"未知将来谁拔赤帜"也隐含了王原祁去世后，其弟子们对画坛领袖地位的期待。

仿黄子久笔（为张南荫作）

西岭春云。　　余闻粤西多山少水，拔地插天与此迥别。及遇此寒山流水，另有一番登临气概矣。大痴得董巨三昧，平淡天真不尚奇峭，意在富春、乌目之间也。吟樵奉命远行，出守大郡，嘱余仿此置行箧中，揽峰岩之独秀，思湖山之佳丽，两者均有得也。特惭笔墨痴钝，不足为燕寝凝香之用耳。

校注　　　无住精舍本，"嘱"为"属"。

　　　　　上海朵云轩 2003 年 8 月 9 日春季拍卖古代书画专场《西岭春云》（镜心，绢本，设色，94.5cm×46cm，养苏斋旧藏）的题识与此跋相似："大痴得董巨三昧，平淡天真，不尚奇峭，意在富春、乌目间也。余闻粤西多奇山水，拔地插天，与此迥别。及于此者，另有一番登临气概矣。吟樵世兄奉命远行，出守大郡，嘱余仿此，置行箧中。揽峰岩之独秀，思湖山之佳丽，两者均有得也。特惭笔墨痴钝，不足为燕寝凝香之用耳。爰归清秘，以博一粲。康熙庚寅（1710）夏五，王原祁画并题。"

题仿大痴巨幅（为李宪臣作）

余见子久大幅，一为《浮峦暖翠》，一为《夏山图》。笔墨、位置尽发其蕴。余向欲采取二轴运以体裁，汇成结构。以腕弱思浅动而辄止，未能与之鏖战也。宪臣先生与予同事数年，惆幅无华，气谊敦洽，予之知音也。向以此见委，怯于作大幛，迟回久之。迩来功力稍进，不敢匿丑，经营惨淡者一载余矣。今奉命为粤东之行，迫促难辞，十日一山，五日一水，何以副好友之意乎？急作此图归之行箧中以供清玩。余老来乐而不倦。南华羊城多奇山，先生归述所见，予将为先生再索枯肠，千岩万壑别开生面，艺苑中亦一美谈也。书之以为后订。

校注　　　无住精舍本中，"乐而不倦"为"乐此不倦"。

"宪臣"或指督学官而非人名，即李姓粤东督学官，曾与麓台同为谏官。

烟峦秋爽仿荆关（金明吉求）

元季四家俱宗北宋，以大痴之笔、用山樵之格便是荆关遗意也。随机而趣生，法无一定，丘壑云烟惟见浑厚磅礴之气，北苑《夏景山口待渡图》用浅绛色而墨妙愈显，刚健婀娜隐跃行间墨里。不谓六法中道统相传不可移易如此，若以臆见窥测便去千万里，为门外伧父，不独径庭而已。明吉以小卷问画，余为写荆关秋色并以源流告之，并嘱质之识者以余言为不谬否？

校注　　　无住精舍本，"千万"为"万"，少"千"。此外，"嘱"为"属"。

仿梅道人（司民求）

世人论画以笔墨，而用笔用墨必须辨其次第，审其纯驳。从气势而定位置，从位置而加皴染，略一任意，便疥癞满纸矣。每于梅道人有墨猪之诮。精深流逸之致茫然不解，何以得古人用心处。余急于此指出，得其三昧即得北宋之三昧也。

―――――――

校注　　　此为台北故宫博物院藏麓台康熙甲申（1704）初秋所作《秋山晴霁图》跋（轴，纸本墨笔，122.5cm×51.3cm）。司民徐姓，善弈，吴门人。康熙三十六年（1697）至太仓，尝馆于麓台宅第者数年。嘉定王晦《御赐齐年堂文集》卷三《题徐司民雪门招隐图》云："吴兴徐子司民，东海清风，南州雅望。族著严陵之泽，未怕衾寒；生当沈约之卿，不嫌腰瘦。童年陟岵，长留泪叶于松门；壮岁读书，时策吟鞭于马上。过长安而索米，居亦何难；偕开府以登楼，兴复不浅。肯落神仙小劫，寄雄情于王子枰中；惯逢诗酒欢场，开笑口于红香栏畔。然而身游京洛，梦绕江湖。锄烟种药之畦，三洞竹屋；绘月吟风之地，一架芸编。雪门之尘论霏霏，茗水之文澜垒垒。用是览兹风物，肖以丹青。境地清幽，略比一丛蕉雪；襟期旷渺，直同满壁沧洲。臣不如人，卿能念我，共作天涯之客。倾盖论交，将回江左之装攀。条增感索，题长句辨三毫于耄画之溪；倘忆同心，投片羽于种松之里。"

乾隆三十年（1765），乾隆《题王原祁秋山晴霁图》跋："是帧原祁仿吴镇笔意。其自识云'世人论画以笔墨，必须辨其次第，审其纯驳，一任意便疥癞满纸。每于梅道人有墨猪之诘，余于此指出得其三昧'云云。不离不即诸峰朗，曰色曰空一意真。溪落宽中坦呈镜，泉从仄处迥垂绅。既然悟得超三昧，笔墨何须言以谆。"

仿小米笔（为司民作）

米家画法品格最高，得其衣钵惟高尚书，有大乘气象。元人中如方方壶、郭天锡皆具体而微者也。庚寅春暮夏初余在畅春入直，晨光晚色，诸峰隐现出没，有平淡天真之妙，方信南宫遗墨得此中真髓。揣摩成图可以忘倦，可以忘老。诸方评论云，可与北苑颉颃，虽大痴、山樵犹逊一格，不虚也。

《麓台题画稿·仿倪黄设色小卷（为司民作）》："司民少有文誉，弈更擅场。自丁丑（康熙三十六，1697）至娄，馆于余家数年。余试以画叩之，若金石之于节奏，林泉之于声响无不应也。余方知斯理可以一贯。无怪乎司民之弈所至辄倾倒也。庚寅（康熙四十九年，1710）秋入楚，暌阔者五年。今复来京，弈学更进。画理明了，不减于昔。为人风雅惊座殆又过之。以后相识满天下，见其风韵犹存，恨知心之晚耳。作是卷以赠之。"由此可见，徐司民为麓台棋友。

仿黄子久（为宗室柳泉作）

清光咫尺五云间，刻意临摹且闭关。漫学痴翁求粉本，富春依旧有青山。　大痴画至富春长卷笔墨可谓化工，学之者须以神遇，不以迹求，若于位置皴染研求成法，纵与子久形模相似，落落从上诸大家，不若是之拘也。此图成后偶有会心处，向上拈出平淡天真之妙，可深参而得之。

校注　　　无住精舍本，"落落从上"为"已落后尘"，"向上"为"特为"。

穆熙，姓爱新觉罗，初名马熙字柳泉，别号晚闻堂主人。满洲皇族，镶蓝旗。早年曾从王原祁学画，善作山水。与唐岱齐名，时称"东唐西柳"。

题仿大痴笔（为毗陵唐益之作）

要仿元笔须透宋法。宋人之法一分不透，则元笔之趣一分不出，毫厘千里之辨在，此子久三昧也。益翁文章政事之余，旁及艺事，笔墨一道亦从家学得之，相值都门论心深为契合。今将制锦南行矣，写此奉赠。

校注　　　唐益字益之。

仿大痴秋山

大痴爱佳山水，至虞山见其颇似富春，遂侨寓二十年。湖桥酒瓶至今犹传胜事。吾谷枫林为秋山之胜。痴翁一生笔墨最得意处，所谓峰峦浑厚、草木华滋，于此可见古人之匠心矣。余侍直办公之暇，偶作此图。有客从虞山来，遂以持赠。质之具眼有少分相合否？

仿大痴（为钱长黄之任新安作）

新安，形胜地也。余前至秦中，驱车过洛阳，渡伊洛，四围山色崚嶒，巨石俯瞰，河流曲折迤逦者数里。方知大痴《浮峦暖翠》《天池石壁》二图之妙，过此而新安至矣。今长黄官于兹土，与崔峒寒山流水之句恰相符合。可不作此为贺乎？此行身在图画中而又领略诗意。古称花县，何以过之。发轫可以卜报最也。请以拙笔为左券。

校注　　　无住精舍本，"与崔峒"为"崔峒"，少"与"。

　　　　　钱汝骏字长黄，晋锡子。与王原祁侄王奕清为姐丈关系。由贡生任宿迁教谕，后迁凤阳教授，升河南新安知县、户部主事等职（《（民国）太仓州志》卷二十《人物四》）。《（雍正）河南通志》卷三十七称，康熙四十九年（1710），钱汝骏任怀庆府新安知县。据此可知，此画跋作于康熙四十九年。

仿黄大痴长卷（为郑年上作）

画法莫备于宋，至元人搜抉其义蕴，洗发其精神，实处转松、奇中有淡而真趣乃出。四家各有真髓，其中逸致横生、天机透露，大痴尤精进头陀也。余弱冠时得先大父指授，方明董巨正宗法派，于子久为专师，今五十年矣。凡用笔之抑扬顿挫，用墨之浓淡枯湿，可解不可解处，有难以言传者。余年来渐觉有会心处，悉于此卷发之。艺虽不工而苦心一番，甘苦自知。谓我似古人我不敢信；谓我不似古人我亦不敢信也。究心斯道者或不以余言为河汉耳。

仿大痴（为汉阳郡守郝子希作）

　　笔墨一道同乎性情。非高旷中有真挚，则性情终不出也。余与子希先
生论交垂三十年，回思渚阳襄国时，政事之暇校艺论文，流连无虚日。年
来又同官于京，过从为更密矣，先生出守汉阳，以画属余，蹉跎年久，终
未践约，犹幸筋力未衰，可以应知己之命。庚寅秋日久雨初晴，办公稍暇，
键户息机，吮笔挥毫者数日，方成此图。虽未敢与作家相见，而解衣磅礴
以研求之思发苍莽之笔，间亦有得力处也。因风邮寄以志远怀。

仿梅道人（为雪巢作）

　　余忆戊寅冬从豫章归。溪山回抱村墟历落，颇似梅道人笔，刻意摹仿
未能梦见。十余年来心神间有合处，方信古人得力以天地为师也。雪巢大
弟就幕闽中，此行为道所必经，奚囊中试携此图渡钱塘江，过江郎山，蹦
仙霞岭时一展观，亦有一二吻合处否？

校注　　　　戊寅，康熙三十七年（1698）。

　　　　　　吕履恒《冶古堂文集》卷上《王雪巢诗序》云，康熙二十八年（1689），杭州虎丘千人石上，吕履恒初识王雪巢。"时明月在天，林影在地。因风传声，忽有高吟自清光中出，则雪巢与杨、陈二君咏古也。"康熙四十九年（1710），两人相遇于京师，"方而税驾于燕将之七闽，犹矍铄自雄。……雪巢以太原名族，学有渊源。余既羡雪巢之壮游，且感盛年不在"。若此人为王雪巢，则此画跋或作于康熙四十九年。此外，保培基《西垣集》中有《赠棠湖王雪巢》。

仿大痴

　　画中设色之法与用墨无异，全论火候，不在取色而在取气。故墨中有色，色中有墨。古人眼光直透纸背，大约在此。今人但取傅彩悦目，不问节奏，不入窾要，宜其浮而不实也。余作此图偶有所感，遂弁数语于首。

仿大痴九峰雪霁意（为张朴园先生作）

　　画中雪景，唐以前但取形似而已。气韵生动自摩诘开之，至宋李营丘画法大备，雪景之能事备矣。大痴不取刻画，平淡天真，别开生面，此又一变格也。余于雪景未经攻苦，诸家虽曾探索，终未梦见。此图应朴园先生之命，客冬至秋经营磅礴，乘暇渲染，冀得匠心之作而心与手违。即于子久专师，以宋法未合，觚棱转折处每为笔使，何以得其三昧乎？质之识者，幸有以教我。

校注　　　　张榕端字子大、子常，号朴园、兰樵，磁州人。张潝子。康熙十五年（1676）进士，授翰林院编修。康熙三十一年（1692），以庶子充侍读。康熙三十三年（1694），康熙帝命侍读张榕端等八人教授满、汉庶吉士诗赋古文。同年五月，因祭酒吴苑假归，康熙即以张榕端为国子监祭酒。康熙三十四年（1695），张榕端升内阁学士兼礼部侍郎（王士禛《居易录》卷二十三、二十七）。康熙三十五年（1696），张榕端视学江南，衡鉴精审，凡所识拔皆能文之士。康熙三十六年（1697），任提督，官至内阁学士兼礼部侍郎（《大清一统志》卷二十一、《江南通志》卷一百四《职官志》）。张榕端善书，乾清宫曾藏其临诸家书（《石渠宝笈》卷五《张榕端临诸家书》）。康熙万寿，他进贡"书画玉器十八种"（《万寿盛典初集》卷五十九《贡献六》）。可见他喜好文玩收藏。

仿大痴（为顾天山作，号南原）

余与南原年道兄定交已十年矣。南兄诗文士林推重，余一见心折。间一出余技点染山水，与倪黄心传若合符节。其天资、笔力迥异寻常画史也。篆学不轻示人，近余始得三四石刻，浑脱流丽，精严高古，无美不备。远宗文三桥，近师顾云美，更有出蓝之妙。犹忆甲寅秋，步月虎丘，与云美相遇，谈心甚洽，嘱留塔影园一日，以二章易余便面，宝惜者三十余年，正虑其漫漶失真，得南兄重开生面，方信知过于师矣。南原酷嗜余笔，因追昔年佳话，促余作此图，即用新章亦不可不记也。

校注　　　无住精舍本，"定交"为"订交"；"嘱"为"属"。

　　　　　　"甲寅"，康熙十三年（1674）。此画跋约作于康熙四十六年（1707）左右。顾蔼吉字天山，号南原，有《隶辨》传世。康熙四十六年四月，杭州行在奏准校刊《佩文斋书画谱》官生中有顾蔼吉、王世绳、孙起范、蒋深、吴暄、裘严生。

仿设色大痴（为贾毅庵作）

画法和诗文相通，必有书卷气，而后可以言画。右丞诗中有画，画中有诗，唐宋以来悉宗之。若不知其源流，则与贩夫、牧竖何异也。其中可以通性情、释忧郁，画者不自知，观画者得从而知之，非巨眼卓识不能会及此矣。毅庵博学好古，于拙笔有癖嗜。余不敢自任而不能却其请，为仿大痴笔意。其中妍媸知者自能辨之。

校注　　　无住精舍本，"从而知之"为"从知之"，少"而"。

清康熙年间贾姓且号毅庵者，笔者未见。鄂尔泰号毅庵，康熙
十六年（1677）生，雍正十年（1732）卒，满洲镶蓝旗。

仿设色倪黄

壬辰春正望后灯事方阑，料峭愈烈。衔杯呵冻放笔作此图，似有荆关笔
意而风趣用元人本色。此倪黄寞臼未能纯熟脱化也，傅以浅色恐益增其累耳。

校注　　　壬辰，康熙五十一年（1712）。

题仿大痴笔（己丑年二月十一日画，归缪文子）

古人用笔意在笔先，然妙处在藏锋不露。元之四家化浑厚为潇洒，变
刚劲为和柔，正藏锋之意也。子久尤得其要，可及可到处，正不可及不可
到之处。个中三昧在深参而自会之。

校注　　　此为康熙乙未（1715）暮春麓台所作《草堂烟树》跋。己丑，
康熙四十八年（1709）。

缪曰藻字文子，号南有居士（《瓯钵罗室书画过目考》），江苏
吴县人。翰林院侍讲缪彤之子。康熙四十四年（1705），缪曰藻成举
人，年仅24岁（沈受宏《白溇先生文集》卷二《与王司寇书》）。据
此可知，缪曰藻生于康熙二十年（1681）。康熙乙未（五十四年）榜
眼，官洗马。工书，精鉴定（沈起元《敬亭诗草》卷六《临清寄怀
缪文子洗马》诗中有"下直凭梧几，披图入辋川"句）。沈起元《敬
亭文集》卷四《故行人司行人玉停顾子墓志铭》称，王奕鸿与顾玉
停（陈埼）、缪文子曰藻为同年友，又有乡谊。当年试京兆时，曾寓

居王揆府中。

送厉南湖画册十幅

　　画虽一艺而气合书卷，道通心性，非深于契合者不轻以此为酬酢也。宋元诸家俱有源委，其所投赠无不寄托深远，仿其意者旷然有遐思焉，而后可以从事。南湖先生与余同直畅春，积有岁月，著作承明扬扢风雅。先生之所以自得，与余之所以受教于先生者，久欲倾倒。戊子冬日值其四十悬弧之辰，非平常祝嘏之词所能尽也。东坡诗云："我从公游非一日，不觉青山映黄发。"爰写一册志冈陵之盛云。

校注　　　戊子，康熙四十七年（1708）。励廷仪字令式，号南湖，直隶静海人。康熙八年（1669）生，雍正十年（1732）卒。由查慎行《送励南湖前辈奉旨归省尊甫少司寇公病》（《敬业堂诗集》卷三十《随辇集》，康熙四十二年（1703）五月至十二月）诗作可推知，麓台此画跋作于康熙四十二年。

题仿万壑松风（丹思三十幅之一）

　　万壑松风，百滩流水。意在机先，笔随心止。声光闪烁，宋人之髓。溯流董巨，六法如是。松雪偶题，莫辨朱紫。标识辉煌，千秋有美。须审毫厘，莫辨远迩。极深研几，竿头一纵。　此图以赵松雪题，董宗伯遂目之为赵作，识者驳之，至今为疑。余以为此鉴赏家之言，若论画法惟求宗旨，何论宋元。兹特取画中之意写出示丹思，以见羹墙寤寐云尔。

校注　　　无住精舍本，"目之为"为"目为"；"莫辨"为"莫别"。

题仿范华原（三十幅之一）

　　终南亘地脉，远翠落人间。马迹随云转，客心入嶂间。晴沙横古渡，槲叶满深山。领略高秋意，归来但闭关。余癸西秦中典试，路经函谷、太华，直至省会。仰眺终南，山势雄杰，真百二气象也。海淀寓窗追忆此景，辄仿范华原笔意而继之以诗。

校注　　　　癸酉，康熙三十二年（1693）。

画设色高房山（三十幅之一）

房山画法传董米衣钵而自成一家，又在董米之外。学者窃取气机，刻意摹仿，已落后一着矣。尝读《雪宝颂古》云："江南春风吹不起，鹧鸪啼在深花里。三级浪高鱼化龙，痴人犹戽夜塘水。"解此意者可以学房山，即可以学董米也。

仿松雪大年笔意（为服尹作）

"天空浮修眉，浓绿画新就。"此昌黎诗也。余和树百弟一绝句，以广其后，二语有合处，并仿松雪、大年笔意，并录拙咏于后："眼饱长安花欲燃，却教愁路绝三千。竹深处处莺啼绿，输与江南四月天。"

校注　　　　无住精舍本，"花欲燃"为"花欲然"。

王晦字服尹，又字树百，顺治二年（1645）生，康熙五十八年（1719）后卒，嘉定人。王泰际孙，王翃子。晦少秉家学，与赵俞、孙致弥、侯开国辈称疁城八子。康熙三十五年（1696），王晦年五十一，始举乡试。六十七成进士，授庶吉士。康熙五十二年（1713），王晦子王敬铭登第，遂告归。《（嘉庆）直隶太仓州志》卷五十六《艺文志》著录王晦诸多诗文集（《尔雅堂诗集》《御赐齐年堂诗文集》《虋云堂文集》《约分斋续集》《补亭诗集》）。其中，《御赐齐年堂文集》有王薯序。

康熙三十三年（1694），经好友吴璟介绍，查慎行以诗乞画于麓台。次日，麓台所作仿巨然山水便送至查处，同时附有麓台与王晦之和韵诗。查慎行回赠《王服尹见和乞画诗三叠前韵奉答》："米家书画船，秋荫傍藤架。为君下一榻，四壁烟云化（服尹时下榻麓台斋中）。京洛少名园，精庐乃其亚。可无一斗墨，兴到供挥洒。君才况如江，衮衮高浪驾。偏师压小敌，势欲战而霸。篇终味深稳，语妙神闲暇。平生绩学功，授受有承借。渊源大可溯，派自震川下。幸生君子乡，师友不外借。何当谬引重，恐被识者诧。昨日乞画诗，细声风出罅。蒲牢悬我前，欲扣吒可怕。强颜托凤契，结袜交非乍。忆昔隔墙，居淋漓濡酒炙（己巳寓居上斜街，与孙恺似编修近隔一垣，长从服尹饮）。六年一醉梦，岁月不我假。青山憔悴容，此景岂堪画。君归约髯孙，吾亦偕小谢（来诗及家德尹）。披图赋招隐，尚可长诗价。忍负好溪山，挑灯向客舍。"由此可知，康熙二十八年（己巳1689）时，王原祁居住在上斜街，与孙恺似编修仅隔一垣；服尹于康熙二十八年至三十三年一直下榻麓台斋中，或为馆师。康熙四十一年（1702），王原祁曾用"天空浮修眉，浓绿画新就"诗意绘制《昌黎诗意图》，或许这两幅画在时间上比较接近。

题画仿王叔明长卷（武清三弟）

都城之西层峦叠翠，其龙脉自太行蜿蜒而来，起伏结聚，山麓平川，回环几十里。芳树甘泉，金茎紫气，瑰丽郁葱，御苑在焉。得茅茨土堦之意而仍有蓬莱阆苑之观，置身其际，盛世之遭逢也。余忝列清班，簪笔入直，晨光夕照领略多年。近接禁地之清华，远眺高峰之爽秀，旷然会心，能不濡毫吮墨乎？有真山水可以见真笔墨，有真笔墨可以发真文章。古人如是景行而私淑之，庶几其有得焉。此图经年而成，颇费经营，识者流览此中瑕瑜应有定鉴耳。康熙戊子长夏，题于海甸寓直。

校注　　　无住精舍本，"土堦"为"土阶"。戊子，康熙四十七年（1708）。

题仿大痴手卷

董巨画法三昧一变而为子久，张伯雨题云"精进头陀以巨然为师"，真深知子久者。学古之家代不乏人而出蓝者无几，宋元以来宗旨授受，不过数人而已。明季一代惟推董宗伯得大痴神髓，犹文起八代之衰也。先奉常亲炙于华亭，于《陡壑密林》《富春》长卷为子久作诸粉本中探骊得珠，独开生面。余少侍先大父，得闻绪论，又酷嗜笔墨，东涂西抹将五十年。初恨不似古人，今又不敢似古人，然求出蓝之道，终不可得也。又今人多喜谈设色，然古人五墨法如风行水面上，自然成文，荒率苍莽之致，非可学而至。余故数年前作此长卷，久弄未出，今敢以公诸同好。

校注　　无住精舍本，"真深知"为"真知"，少"深"。

题仿淡墨云林

仿云林笔最忌有伧父气，作意生淡又失之偏枯，俱非佳境。立稿时从大意看出，皴染时从眼光得来，庶几于古人气机不相径庭矣。

题仿梅道人长卷

画有五品，神逸为上。然神之与逸不能相兼，非具有扛鼎之力，贯虱之巧，则难至也。元季梅道人传巨然衣钵，余见《溪山无尽》《关山秋霁》二图，皆为得其髓者。余初学之茫然未解，既而知循序渐进之法。体裁以正其规，渲染以合其气。不懈不促，不脱不粘，然后笔力墨花油然而生。今人以泼墨为能，工力为上。以为有成法，此不知庵主者；以为无成法，亦不知庵主者也。于此研求，庶几于神逸之门，不至望洋。明季惟白石翁最得梅道人法，诗云："梅花庵主墨精神，七十年来未用真。"可谓深知而笃信者矣。

校注　　王原祁72岁所作《仿吴镇山水图轴》亦引用石田诗："梅花庵主墨精神，七十年来未用真。"

题学思翁仿子久法

董宗伯画不类大痴，而其骨骼风味则纯乎子久也。石谷尝与余言："写时不问粗细，但看出进大意，繁〔烦〕简亦不拘成见，任笔所之，由意得情，随境生巧，气韵一来便止。"此最合先生后熟之意。余作此图以斯言弁其首。

校注　　　无住精舍本，"题学思翁"为"学思翁"，少"题"。诗中"烦"
　　　　　当为"繁"。

题仿赵大年（推篷四页之一）

惠崇《江南春》写田家、山家之景，大年画法悉本此意，而纤妍淡冶中更开跌宕超逸之致。学者须味其笔墨，勿但于柳暗花明中求之。

题仿董巨笔

画中有董巨，犹吾儒之有孔颜也。余少侍先奉常并私淑思翁，近始略得津涯。方知初起处从无画看出有画，即从有画看到无画，为成性存存宗旨。董巨得其全，四家具体，故亦称大家。

题仿小米笔

山水苍茫之变化，取其神与意。元章峰峦以墨运点，积点成文，呼吸浓淡，进退厚薄，无一非法，无一执法。观米家画者止知其融成一片而不知条分缕析中，在在皆灵机也。米友仁称为小米，最得家传，结构比老米稍可摹拟，而古秀另有风韵，犹书中羲、献也。宋太宰为收藏名家，闻有名画，余未之见。尔载世兄以同里得观，嘱笔亦仿米意。余未经寓目，古人神髓岂能梦见？以意为之，聊博喷饭可尔。

题仿大痴设色秋山（与向若）

　　大痴《秋山》向藏京口张修羽家。先奉常曾见之云："气韵生动，墨飞
色化，平淡天真包含奇趣，为大痴生平合作，目所仅见。"兴朝以来，杳不
可即。如阿闪佛光，一见不复再见，几十年间追忆祖训，回环梦寐。兹就
见过大痴各图参以管窥之见点染成文，愚者千虑或有一得，不至与痴翁大
相径庭耳。

题仿梅道人（与陈七）

笔不用烦，要取烦中之简；墨须用淡，要取淡中之浓。要于位置间架处步步得宜，方得元人三昧。如命意不高，眼光不到，虽渲染周致，终属隔膜。梅道人泼墨学者甚多，皆粗服乱头，挥洒以自鸣其得意，于节节肯綮处全未梦见，无怪乎有墨猪之消也。己丑中秋乍霁新凉，兴会所适，因作是图，并书以弁其首。

校注　　己丑，康熙四十八年（1709）。杨守知《意园诗集选钞》："陈七郎者，故合肥相国李公之家伶也。相国既殁，归于都御史兴化李公仆忝二公门下。囊者客游燕中，追陪杖履，屡与燕游。是时七郎与平采官齐名。年终十四五尔。风流云散，弹指十年，兴化公已下世，仆潦倒无状，于役河干。戊子（康熙四十七年，1708）闰三月，复遇七郎于袁浦。酒阑话旧，不胜今昔之感，赋此赠之：'最好风光是闰春，征歌选舞赴良辰。灯前一顾添惆怅，认得何戡是旧人。雪泥鸿爪一伤怀，回首名园半绿苔。我是公门旧桃李，当初亲见好春来。'"由此可见，王原祁以画赠陈七有救济性质，类似其入冬时节赠门客画以备制裘。

仿设色小米

宋元各家俱于实处取气，惟米家于虚中取气。然虚中之实，节节有呼吸，有照应，灵机活泼，全要于笔墨之外有余不尽，方无挂碍。至色随气转，阴晴、显晦全从眼光体认而出，最忌执一之见、粗豪之笔。须细参之。

仿大痴秋山

己丑九月之秒。寒风迅发，秋雪满山，黄叶丹枫，翠岩森列。动学士之高怀，感骚人之离思，正其时也。余以清署公冗，久疏笔砚。今将入直，兴复不浅，作《秋山图》，寓意上林簪笔与湖桥纵酒处境不同，而心迹则一，识者取其意，恕其学可尔。

校注　　陆时化《吴越所见书画录·王司农仿子久秋山立轴》著录。与之相比，有四处异文："清署公冗"为"清署贫冗"；"作秋山"为"作秋山图"；"上林簪笔与"为"上林簪笔"；"处境不同"为"处境不同而"。

仿梅道人

贫且劳，人之所恶也，然为贫与劳之所役，以之移性情、堕意气则与道渐远，无以表我之真乐矣。余碌碌清署，补衣节食，忘老办公。时以典礼候直，寄迹萧寺，篝灯挥洒，长笺短幅不问所从来，偶忆古人得意处，放笔为之，夜分乐成，欣然就寝，一枕黑甜，不知东方之既白矣。因仿梅道人笔识之。

题仿大痴水墨长卷

笔墨一道用意为尚而意之所至，一点精神在微茫些子间隐跃欲出，大痴一生得力处全在于此。画家不解其故，必曰某处是其用意，某处是其着力，而于濡毫吮墨，随机应变，行乎所不得不行，止乎所不得不止，火候到而呼吸灵，全幅片段自然活现，有不知其然而然者则茫然未之讲也。毓东于六法中揣摩精进，论古亦极淹博，余虑其执而未化也，偶来相访而拙卷适成，遂以此言告之，恍然有得。从此以后眼光当陵轹诸家，以是言为左券。

校注　　康熙四十五年（1706），王原祁有《仿大痴山水图轴》赠唐岱（字毓东）。

画家总论题画呈八叔

画家自晋唐以来代有名家，若其理趣兼到，右丞始发其蕴。至宋有董巨，规矩准绳大备矣。沿习既久，传其遗法而各见其能，发其新思而各创其格，如南宋之刘、李、马、夏，非不惊心炫目，有刻画精巧处，与董巨、米老之元气磅礴则大小不觉径庭矣。元季赵吴兴发藻丽于浑厚之中，高房山示变化于笔墨之表，与董巨、米家精神为一家眷属，以后黄、王、倪、吴阐发其旨，各有言外意，吴兴、房山之学方见祖述不虚，董巨、二米之传益信渊源有自矣。八叔父问南宗正派，敢以是对，并写四家大意汇为一轴以作证明。若可留诸清秘。公余拟再作两宋、两元为正宗全观，冀略存古人面目，未识有合于法鉴否？推篷系宣和裱法，另横一纸于前，并题数语。此画始于壬辰夏五，至癸巳六月竣事。

校注 　　壬辰，康熙五十一年（1712）。是年四月，麓台升户部左侍郎（《历代名人年谱》卷十《清》第79页），八叔王掞总理南书房（《颛庵府君行述》）。癸巳，康熙五十二年（1713）。

仿设色大痴长卷

古人长卷皆不轻作，必经年累月而后告成，苦心在是，适意亦在是也。昔大痴《富春》长卷经营七年而成，想其呕毫挥笔时，神与心会，心与气合，行乎不得不行，止乎不得不止，绝无求工、求奇之意，而工处、奇处斐亹于笔墨之外，几百年来神采焕然。余前日于司农处获一寓目，顿觉有会心处，方信妙境亦无多子也。云征不学画而性喜画，每以论文之法论画，教学相长无倦也，更喜观余泼墨，侍侧竟日不移，非深知笃好者能如是乎？余故为作长卷，云征有馆课，余点染时辄来指摘微茫，推求精奥。余恐其妨帖括之功，亦时作而时辍，竟历三四年之久。余心思学识不逮古人，然落笔时不肯苟且从事，或者子久些子脚汗气，于此稍有发现乎？识之者以博一粲。

校注　　　　除此《仿设色大痴长卷》外，麓台还以画册赠云征。康熙五十一年（1712）春至康熙五十二年（1713）四月，他为云征作《山水图册》（《王原祁精品集》第252—263页图录）：第一帧："北苑墨法。壬辰（康熙五十一年，1712）春日在海淀寓直作。"第二帧："荆关遗意。癸巳元日试笔。"第三帧："山川出云，为天下雨。米家笔法。"第四帧："赵令穰《江村花柳图》。"第五帧："壬辰秋日，写黄鹤山樵《夏日山居图》墨法。"第六帧："落花流水杳然去，别有天地非人间。仙山春晓，仿松雪翁笔。"第七帧："用笔平淡之中取意酸盐之外，此云林妙境也。学者会心及此，自有逢源之乐矣。"第八帧："泉声咽危石，日色冷青松。仿大痴笔写右丞诗意。"第九帧："梅华庵主有《溪山无尽》《关山秋霁》二图，皆称墨宝。此帧摹其梗概，有少分相合否？"第十帧："房山画法与欧波并绝，在四家之上。此帧略师其意。"第十一帧"山庄雪霁，用李营丘笔。"第十二帧："仿设色倪黄小景。癸巳清和朔日，仿古十二帧，为云征年道契作。"

仿王叔明（为周大酉作）

元画至黄鹤山樵而一变。山樵少时酷似赵吴兴，祖述辋川，晚入董巨之室，化出本宗体，纵横离奇，莫可端倪，与子久、云林、仲圭相伯仲，迹虽异而趣则同也。今人不解其妙，多作奇幻之笔，愈趋而愈远矣。癸巳秋日，大酉从潞河来，偶谈山樵笔墨写以归诸奚囊。周兄将为岳游，携杖着屐水滨木末，出是图观之，未必无契合之处也，亦可以解好奇之惑矣。

校注　　　　癸巳，康熙五十二年（1713）。程梦星《今有堂集》杜诏序称："偕秦药师、周大酉两同年秉烛山行，过寄畅园，饮天香阁下。"王士禛《居易录》卷三十："梁溪秦靖然字药师，宫谕从子。"康熙五十年（1711），杜诏、程梦星、王遵岵、王瞻、王晦与梁溪周金简、秦靖然同中进士为同年友。由此可知，周大酉即周金简。周金简字大酉，号燕岩，无锡人。官翰林院编修，著《爇香小圃诗草》。

题仿大痴设色秋山（为邹拱宸作）

大痴《秋山》，余从未之见。先大父云于京口张子羽家曾寓目，为子久生平第一。数十年时移物换，此画不可复睹，艺苑论画亦不传其名也。癸巳九秋，风高木落，气候萧森，拱宸将南归。余正值悲秋之际，有动于中，因名之曰《仿大痴秋山》。不知当年真虎笔墨何如，神韵何如，但以余之笔写余之意，中间不无悠然以远、悄然以思，为秋水伊人之句可也。

校注　　　癸巳，康熙五十二年（1713）。

为凯功掌宪写元季四家

余二年前奉命修撰《书画谱》，见大痴论画二十则，不出宋人之法，但于林下水杪、沙碛木末，极闲中辄加留意，归于无笔不灵，无笔不趣，在宋法又开生面矣。余幼学于先奉常赠公，久而得其藩翰，见此二十则，方知子久得力处，益信华亭宗伯及家奉常所传不为虚也。题仿子久。

王叔明笔酷似其舅赵吴兴，进而学王摩诘得离奇奥突之妙。晚年墨法纯师董巨，一变而为本家体，人更莫可端倪，师之者不泥其迹，务得其神，要在可解不可解处。若但求其形云某处如何用笔，某处如何用墨，造出险幻之状以之惊人炫俗，未免邈若河汉矣。题仿黄鹤山樵。

北宋高人三昧惟梅道人得之，以其传巨然衣钵也。与盛子昭同里闬而居，求盛画者填门接踵，庵主惟茅屋数椽，闭门静坐，人有言者笑而不答。五百年来重吴而轻盛，洵乎笔墨有定论也。然人但知其淋漓挥洒，不知其刚健而兼婀娜之致。亦未思一笑之故耳。题仿梅道人。

宋元诸家各出机杼，惟高士一洗陈迹，空诸所有，为逸品中第一。非创为是法也，于不用工力之中为善用工力者所莫能及，故能独臻其妙耳。董宗伯题倪画云："江南士大夫家以有无为清俗。"余迩来苦心揣摩，终未能得其神理，有无清俗之言，洵不虚也。题仿云林。

校注　　　无住精舍本，第一首，"得力"为"深力"。第三首，"刚健而兼婀娜"为"刚健而含婀娜"。第四首，"创为是"后少"法也"，"臻奇妙"后少"耳"字。

凯功，纳兰明珠次子纳兰揆叙。他和王原祁、王掞等与废太子胤礽关系密切。揆叙《益戒堂诗集后集》卷五《谢王麓台詹事惠画册兼呈他山先生四首》，时间为康熙五十年。绘制第一幅《题仿子久》的时间当为康熙四十六至康熙四十八年之间。

仿黄子久设色为沛翁殷大司马

画自家右丞以气韵生动为主，遂开南宗法派，北宋董巨集其大成，元高、赵概（暨）四家俱宗之。用意则浑朴中有超脱，用笔则刚健中含婀娜，不事粉饰而神彩出焉，不务矜奇而精神注焉，此为得本之论也。沛翁以政事钜公风雅宗盟，其识力必有大过人者，每见必惓惓下问，余虽钝拙不敢自匿，竭其薄技幸有以教之。

校注　　　无住精舍本，"概"为"暨"。从文意看，当为"暨"。

仿设色大痴秋山

六法一道，非惟习之为难，知之为最难；非惟知之为难，行之为尤难也。余于此中磨炼有年，方知古人成就一幅必以简炼为揣摩，于清刚浩气中具有一种流丽斐亹之致，非可以一蹴而至，学大痴者宜深思之。

校注　　　无住精舍本，"磨"为"摩"。

题仿大痴为轮美作（癸巳夏五月笔）

东坡诗云："论画以形似，见于儿童邻"，甚为古今画家下箴砭也。大痴论画有二十余条亦是此意。盖山无定形，画不问树。高卑定位而机趣生，皴染合宜而精神现。自然平淡天真如篆如籀，萧疏宕逸无些子尘俗气，岂笔墨章程所能量其深浅邪？轮美问画于余，余以此告之，即写是图以授之，意欲于大痴心法窃效一二耳。虽然画家工力有不得不形似者，遇事、遇时摹拟刻画以传盛事，方见发皇蹈厉之妙，但得意、得气、得机则无美不臻矣，谁知之而谁信之？轮美亦极于此中留心，勉旃勉旃。

校注　　　癸巳，康熙五十二年（1713）。

又仿大痴设色（为轮美作）

大痴画以平淡天真为主，有时而傅彩粲烂，高华流丽俨如松雪，所以达其浑厚之意、华滋之气也。段落高逸，模写潇洒，自有一种天机活泼隐现出没于其间，学者得其意而师之，有何积习之染不清，微细之惑不除乎？余弱冠时得闻先赠公大父训，迄今五十余年矣。所学者大痴也，所传者大痴也，华亭血脉金针微度在此而已。因知时流杂派、伪种流传犯之为终身之疾，不可向迩。特作此图以授轮美，知其有志探索，又明慧过人，自能为宋元大家开一生面，无负我意。勉旃勉旃。

校注　　　无住精舍本，"又仿大痴设色"少"又"字。

仿设色倪黄（为刘怀远作）

声音一道未尝不与画通。音之清浊，犹画之气韵也；音之品节，犹画之间架也；音之出落，犹画之笔墨也。刘兄怀远于吴中少有盛名，游于省会，自齐鲁而迄京师，所至俱推绝诣。余观其为人静深有致，无刻不辨宫商、别声调，间一出其技，举坐倾倒。公卿大夫俱为美谈，非思深而力到能至此乎？余性不耐与人画，至怀远而不觉技痒，亦宗先反后和之意也。

校注　　　无住精舍本，"思深"为"深思"。

大横批仿设色大痴为明凯功作

　　余于笔墨一道，少成若天性，本无师承。诵读之暇，日侍先大父赠公，得闻绪论。久之于宋元传授贯穿处，胸中如有所据。发之以学文，推之以观物，皆用其理。每至无可用心处，间一挥洒成片幅便面。无求知于人之心，人亦不吾知也。甲午秋间奉命入直，以草野之笔日达于至尊之前，殊出意外。生平毫无寸长，稍解笔墨，皇上天纵神灵，鉴赏于牝牡骊黄之外，反复益增惶悚。谨遵先贤遗意，吾斯之未能信而已。都门风雅宗匠所集，间有知我者，余不敢自诿，亦不敢自弃，竭其薄技归之清秘以供捧腹，不敢以此求名邀誉也。

校注　　　无住精舍本，"日达"为"日进"。明凯功，纳兰明珠次子纳兰揆叙。揆叙《益戒堂诗集后集》未见有谢诗。甲午，康熙五十三年（1714）。

拟云林设色小幅

　　学画至云林，用不着一点功力，有意无意之间，与古人气运相为合撰而已。至设色更深一层，不在取色而在取气，点染精神皆借用也。推而至于别家，当必精光四射，磅礴于心手，其实与着意、不着意处同一得力。学者无过用其心，亦无误用其心，庶几近之。

校注　　　无住精舍本，"气运"为"气韵"。

仿倪黄设色小卷（为司民作）

　　司民少有文誉，弈更擅场。自丁丑夏至娄，馆于余家数年。余试以画叩之，若金石之于节奏、林泉之于声响，无不应也。余方知斯理可以一贯，无怪乎司民之弈所至辄倾倒也。庚寅秋入楚，暌阔者五年。今复来京，弈学更进，画理明了不减于昔，为人风雅惊座，殆又过之。以后相识满天下，见其风韵犹存，恨知心之晚耳，作是卷以赠之。

校注　　丁丑，康熙三十六年（1698）。庚寅，康熙四十九年（1710）。

仿黄鹤山樵巨幅山水（寄依文）

黄鹤山樵元四家中为空前绝后之笔。其初酷似其舅赵吴兴，从右丞辋川粉本得来，后从董巨发出笔墨大源头，乃一变本家法，出没变化，莫可端倪。不过以右丞之体，推董巨之用。而学者拘于见闻，谓山樵离奇夭矫，别有一种新裁。而董巨之精神不复讲求，山樵之本领终归乌有，于是右丞之气运生动为纸上浮谈矣。闻亲家为新安风雅巨擘，今寓维扬，意欲昌明斯道而虑振兴之无人也，飞书来问山樵笔并寄侧理。余就所见作此图并以是语告之。

校注　　无住精舍本，"气运"为"气韵"。

汪世清先生《石涛诗录·岑山松风堂》解题云：松风堂主人程浚（1638—1704）字葛人，号肃庵。歙县岑山渡人，往来于淮扬经商。二子名启字衣闻，号蓉槎。季子程鸣字友声，号松门，从石涛学画。汪先生称，康熙三十五年（1696），程启年三十。由此可知，程启生于康熙六年（1667）。麓台长子王蓍生于康熙九年（1670）。如果此跋文中"依文"即程鸣，从年龄上看，他或与麓台子女间有姻亲关系。

唐孙华《东江诗钞》卷十二《维扬程衣闻招同吕藻南、李荆涛、家弟薪禅、改堂、婿吴符邺载酒游平山堂，登眺即事》诗题显示，"维扬程衣闻"很有可能是《仿黄鹤山樵巨幅山水》的受赠者"依文"。

题仿董北苑（玉培赠司民）

余从大痴入门，渐有进步，欲竟其学，公余辄究心董巨，此得本莫愁末之意也。先定体势，后加点染，俱要以气行乎期间，如风行水上，自然成文。用笔、运墨之间岂可强而致，躁而得耶？玉培有佳纸，藏弃数年，出以索画。余亦经营经岁垂成而忽归司民，缣素辗转各有所属，不可不纪其始。

校注　　　　无住精舍本，在"气行乎期间"后，少"如风行水上，自然成文。用笔、用墨之间"。

吴玉培是麓台早年的朋友，赠画有多幅。康熙三十八年（1699）夏，丁忧期间，玉培过访太仓，麓台赠以《潇湘夜雨图》；康熙四十一年（1702）冬，麓台以《仿曹云西山水轴》赠玉培；两年后，吴玉培与姚文侯、邹元焕、陈位公、释焦士访麓台于京城。同年秋，玉培南归，坚索《王麓台仿黄鹤山樵山水卷》携归吴门。从其跋文"玉培吴兄晨夕寓斋二十年，时见余画"看，吴玉培与王晖都曾长期馆于麓台府邸。

四 《雨窗漫笔》注释

本文录自《艺术丛书·45种·翠琅轩馆丛书》。

论画十则

六法古人论之详矣，但恐后学拘局成见，未发心裁，疑义意揣，翻成邪僻。今将经营位置、笔墨设色大意，就先奉常所传及愚见言之，以识甘苦。后有所得，当随笔录出。

注释　　　此段关注如何正确理解"六法"这一古法。以离"邪僻"、归正统为立场，其关注点主要在经营位置、笔墨设色两个方面。

　　　　　王原祁弟子王昱《东庄论画》有"作画先定位置，次讲笔墨"。

明末画中有习气恶派，以浙派为最。至吴门、云间大家如文、沈，宗匠如董，赝本混淆。以讹传讹，竟成流弊。广陵、白下，其恶习与浙派无异。有志笔墨者切须戒之。

注释　　　此段承接第一段主旨，解释何谓"邪僻"及其"邪僻"、恶习的成因：因所见为赝本而非唐宋元名迹真品，因此他们对存于其中的经营位置、笔墨设色之古法茫然，妄以己意炫奇，失却前辈典型。

　　　　　康熙三十八年（1699），石涛指出："今天下画师，三吴有三吴习气，两浙有两浙习气，江楚两广中间、南都秦淮、徽宣、淮海一带，事久则各成习气。古人真面目实不曾见，所见者皆赝本也。"[1]

　　　　　王昱《东庄论画》云："学画者先贵立品。立品之人，笔墨外自有一种正大光明之概。否则，画虽可观，却有一种不正之气隐跃毫端。"

　　　　　据此可知，在麓台心目中，知去邪、得正，是学画者的首要任务。

意在笔先为画中要诀。作画于搦管时，须要安闲恬适，扫尽俗肠，默对素幅，凝神静气，看高下、审左右；幅内、幅外；来路、去路，胸有成竹，然后濡毫吮墨。先定气势，次分间架，次布疏密，次别浓淡，转换敲击，东呼西应，自然水到渠成，天然凑拍，其为淋漓尽致无疑矣。若毫无定见，利名心急，惟取悦人，布立树石，逐块堆砌，扭捏满幅，意味索然，

---

[1]　蜜亚杰注，石涛《石涛画语录·石涛画跋》，西泠印社，2006年版，第106页。

便为俗笔。今人不知画理，但取形似。笔肥墨浓者谓之浑厚，笔瘦墨淡者谓之高逸，色艳笔嫩者谓之明秀，而抑知皆非也。总之，古人位置紧而笔墨松，今人位置懈而笔墨结。于此留心，则甜邪俗赖不去而自去矣。

注释　　　此段仍然承接第一段主旨，解释何谓"经营位置"、如何理解"笔墨设色"，以及经营位置与笔墨设色之间的位置紧而笔墨松的正确关系。何谓"位置紧"？就是指各笔墨元素之间在结构转折关系上的合乎理性、逻辑性。从麓台传世作品看，"笔墨松"则与用笔、设色的苍润感有关。因为在他心目中，表达"画理"高于"取形似"。山水画成为他表现山水理趣的工具。

王昱《东庄论画》追思师训云："何谓位置？阴阳向背、纵横起伏、开合琐结、回抱勾托、过接映带须跌宕欹侧，舒卷自如。何谓笔墨？轻重疾徐，浓淡燥湿，浅深疏密，流利活泼。……位置须不入时蹊，不落旧套。胸中空空洞洞，无一点尘埃。丘壑从性灵发出，或浑穆，或流利，或峭拔，或疏散。贯想山林，真面目流露毫端，那得不出人头地。"

画中龙脉、开合、起伏，古法虽备，未经标出。石谷阐明后学，知所矜式。然愚意以为，不参体用二字，学者终无入手处。龙脉为画中气势源头，有斜有正、有浑有碎、有断有续、有隐有现，谓之体也。开合从高至下，宾主历然，有时结聚，有时淡荡，峰回路转，云合水分，俱从此出。起伏由近及远，向背分明，有时高耸，有时平修欹侧，照应山头、山腹、山足，铢两悉称者，谓之用也。若知有龙脉而不辨开合、起伏，必至拘索失势；知有开合、起伏而不本龙脉，是谓顾子失母。故强扭龙脉则生病；开合逼塞、浅露则生病；起伏呆重、漏缺则生病。且通幅有开合，分股中亦有开合；通幅有起伏，分股中亦有起伏，尤妙在过接映带间。制其有余，补其不足，使龙之斜正、浑碎、隐现、断续，活泼泼地于其中，方为真画。如能从此参透，则小块积成大块，焉有不臻妙境者乎？

注释　　　此段中，王原祁提出了画学"龙脉"说。关于此说的详细解释，

详见拙著《王原祁"龙脉"说研究》。

张庚《国朝画征录》卷下《王原祁传》记录了克大观看麓台作画的过程。他这样写道:"(麓台)折简招克大过从曰:'子其看余点染。'乃展纸审顾良久,以淡墨略分轮廓,既而稍辨林壑之概;次立峰石层折、树木株干。每举一笔,必审顾反覆,而日已夕矣。次日复招过第,取前卷少加皴擦,即用淡赭入藤黄少许,渲染山石,以一小熨斗贮微火熨之干,再以墨笔干擦石骨,疏点木叶,而山林、屋宇、桥渡、溪沙瞭然矣。然后以墨绿水,疏疏缓缓渲出阴阳向背。复如前,熨之干。再勾,再勒,再染,再点。自淡及浓,自疏而密,半阅月而成。发端混仑,逐渐破碎;收拾破碎,复还混仑。流灏气,粉虚空,无一笔苟下,故消磨多日耳。"

作画但须顾气势轮廓,不必求好景,亦不必拘旧稿。若于开合、起伏处得法,轮廓气势已合,则脉络顿挫、转折处,天然妙景自出,暗合古法矣。画树亦有章法,成林亦然。

注释　　　此处"好景"与"旧稿"统一于画理。画理可从"气势轮廓"中显示出来。而"气势轮廓"又可从开合、起伏、转折等结构转换关系中得以具体展现。从文中"天然妙景自出,暗合古法"可知,是否合于古法是王原祁评价绘画的一条重要标准。

　　　　　《东庄论画》:"自唐宋、元明以来家数画法,……惟以性灵运成法,到得熟外熟时,不觉化境顿生,自我作古。不拘家数,而自成家数矣。"

临画不如看画。遇古人真本向上研求。视其定意若何、结构若何、出入若何、偏正若何、安放若何、用笔若何、积墨若何。必于我有一出头地处,久之自与吻合矣。

注释　　　临画真不如看画?绘画实践证明,临画能帮助学习者更深入地看画。王时敏《跋虞山王石谷画卷》称,画家若能将平时所见真迹

蕴之胸中、趋之笔下，则气韵往往逼真。因此，这里的"看画""临画"分别代表了肖形、肖神两种学习目标。而肖神之法，王原祁主要立足于画面元素之间各种结构转换关系的把握。他不太关注古画图像与其所绘客观物象之间的各种关系，而是假设古画真本作为一个完美的图像表达，值得后学深入研究。此外，此处"真本"与第二段中"赝本"对比，意在强调自己的画学正派立场、正统身份。

《东庄论画》："画虽一艺，其中有道。试观古人真迹，何等章法，何等骨力，何等神味。学者能深造自得，便可左右逢源。……凡画之起结最为紧要。一起，如奔马绝尘，须勒得住，而又有住而不住之势。一结，如众流归海，要收得尽，而又有尽而不尽之意。"

古人南宋、北宋各分眷属，然一家眷属内，有各用龙脉处，有各用开合、起伏处，是其气味得力关头也，不可不细心揣摩。如董巨全体浑沦，元气磅礴，令人莫可端倪。元季四家俱私淑之。山樵用龙脉多蜿蜒之致。仲圭以直笔出之，各有分合，须探索其配搭处。子久则不脱不粘，用而不用、不用而用，与两家较有别致。云林纤尘不染，平易中有矜贵，简略中有精彩，又在章法、笔法之外，为四家第一逸品。先奉常最得力倪黄，曾深言源委，谨识之，为鉴赏之助。

注释　　　此段以画学"龙脉"为线索，梳理了古法的主要创造者：董源、巨然、元四家。此处将唐末五代画家董源视为北宋画家，有悖于史实。当然，此处麓台想表达的要点是：诸家的"用龙脉"各不相同，但其"龙脉"本体为一，即"气韵生动"古法。

用笔忌滑、忌软、忌硬，忌重而滞，忌率而混，忌明净而腻，忌丛杂而乱。又不可有意着好笔，有意去累笔，从容不迫，由淡入浓。磊落者存之，甜俗者删之，纤弱者足之，板重者破之。又须于下笔时在着意、不着意间，则觚棱转折，自不为笔使。用墨、用笔相为表里，五墨之法非有二义。要之，气韵生动端在是也。

此段回归主题：为了正确理解、表达"气韵生动"这一古法，用笔运墨时要时刻远离"邪僻"之举，如用笔之滑软、用色之浑浊。

设色即用笔、用墨意。所以补笔墨之不足，显笔墨之妙处。今人不解此意，色自为色，笔墨自为笔墨，不合山水之势，不入绢素之骨，惟见红绿火气，可憎可厌而已。惟不重取色，专重取气，于阴阳向背处逐渐醒出，则色由气发，不浮不滞，自然成文，非可以躁心从事也。至于阴阳显晦、朝光暮霭、峦容树色，更须于平时留心，淡妆浓抹，触处相宜，是在心得，非成法之可定矣。

注释 此段承接上段，继续阐释"气韵生动"与用笔、用色之间的相生关系。

文中所谓"取气"，是指画家当在画面无处、空白处作功夫。《东庄论画》载："尝闻夫子有言：'奇者，不在位置，而在气韵之间；不在有形处，而在无形处。……位置落墨时，能于不画煞处忽转出别意来，每多奇趣。正如摩诘所云：'行到水穷处，坐看云起时'是也。麓台夫子尝论设色画云：'色不碍墨，墨不碍色。又须色中有墨，墨中有色。'"

张庚《国朝画征录》载，进士温仪述麓台师训曰："勾勒处，笔锋须若触透纸背，则骨干坚凝；皴擦处，须多用干笔，然后以水墨晕之，则厚而有神。又曰：用墨如设色，则姿态生；设色如用墨，则古韵出。画家积习不扫自除矣。"

麓台作画过程中重视画面无形处的特点，与其深厚的印学修养有关，见附录五《论王原祁的印学修养对其绘画的影响》。

作画以理、气、趣兼到为重，非是三者，不入精妙神逸之品。故必于平中求奇、绵里有针、虚实相生。古来作家相见，彼此合法，稍无言外意，便云有伧夫气。学者如已入门，务求竿头日进，必于行间墨里，能人之所不能，不能人之所能，方具宋元三昧，不可稍自足也。

注释　　　此文以"理、气、趣兼到"这一作画目标和"宋元三昧"评价标准结题。

合而言之，所谓画学"龙脉"古法，它是王原祁对六法"气韵生动"的新理解、新表达。其新在二：一是从理学的体用关系角度理解"龙脉"（即"气韵生动"），区分"龙脉"本体和"用龙脉"之现象，指出两者之间生（母）与被生（子）的关系。作品中，这种关系常常被具体化为统摄画面的气穴。二是将画学"龙脉"理论具体落实到经营位置、笔墨设色两个方面，并且将两者定性为"取气"特征，定位为位置紧而笔墨松的关系。

五 《王司农题画录》校注

凡例

本文与王原祁《麓台题画稿》（昭代丛书本）同者用★标识，与陆时化《吴越所见书画录》同者用●标识，与庞元济《虚斋名画录》同者用▼标识，文字异同，详见按注。未见著录者以〇标识。

《王司农题画录》卷上

★仿大痴设色长卷

古人长卷皆不轻作，必经年累月而后告成，苦心在是，适意亦在是也。昔大痴《富春》长卷经营七年而成，想其吮毫挥笔时，神与心会，心与气合，行乎不得不行，止乎不得不止，绝无求工、求奇之意，而工处、奇处斐亹于笔墨之外，几百年来神采焕然。余前日于司农处获一寓目，顿觉有会心处，方信妙境亦无多子也。云征不学画而性喜画，每以论文之法论画，教学相长无倦也，更喜观余泼墨，侍侧竟日不移，非深知笃好者能如是乎？余故为作长卷，云征有馆课，余点染时辄来指摘微茫，推求精奥。余恐其妨帖括之功，亦时作而时辍，竟历三四年之久。余心思学识不逮古人，然落笔时不肯苟且从事，或者子久些子脚汗气，于此稍有发现乎？识之者以博一粲。

校注　　　录自《麓台题画稿·仿设色大痴长卷》。标题有异：变"设色大痴"为"大痴设色"。原为《麓台题画稿》第 40 跋。

仿大痴设色为绥成叔祖

古人之画立意于笔墨之先，取意于笔墨之外。一丘一壑俱有原委，一树一石俱得肯綮。所以通体灵动，无美弗臻。今人之专心师古者，钩剔刻画，铢两悉称，未免失之于拘矣。有格外好奇者，脱略古法，私心自喜，未免失之于放矣。拘固不可，放尤不可也。绥成叔祖见余旧作，特以侧理命仿大痴。余于大痴画法虽于先大父前略闻绪论，然得其形而未得其神，得其体而未得其韵，宜乎原委之未清、肯綮之未当也。涂抹成幅，以俟识者之品题可也。

校注　　此跋用词、语气不类《麓台题画稿》。"原委"，当为"源委"。

★仿王叔明为周大酉

元画至黄鹤山樵而一变。山樵少时酷似赵吴兴，祖述辋川，晚入董巨之室，化出本宗体，纵横离奇，莫可端倪，与子久、云林、仲圭相伯仲，迹虽异而趣则同也。今人不解其妙，多作奇幻之笔，愈趋而愈远矣。癸巳秋日，大酉从潞河来，偶谈山樵笔墨写以归诸奚囊。周兄将为岳游，携杖着屐水滨木末，出是图观之，未必无契合之处也，亦可以解好奇之惑矣。

校注　　录自《麓台题画稿·仿王叔明（为周大酉作）》。标题有异，少"作"。原为《麓台题画稿》第41跋。

仿高尚书山川出云图为毛元木

元木毛兄以医行于吾娄之隐君子也。与余从未识面。大酉周兄入都，极道其酷慕拙笔，闻声相思，来必拳拳谆属，老而弥笃，何嗜痂之深耶？爰作是图以赠。

丹思代作仿大痴

六法之妙，一曰气韵，一曰位置。若能气中发趣，虽位置稍有未当，亦不落于俗笔也。余长夏消暑，偶作是图，东涂西抹，自顾无稳妥处，取其粗服乱头中尚有书卷气，存之以俟识者。

仿大痴设色为穆大司农寿

余与穆老先生曾在垣中同事将二十载，练达勤慎，皈仰甚久。以圣主特达之知简命司农，近复命余佐之。素心契合，同堂金石。亦余一生之奇逢也。兹中秋八日为先生八秩大庆，中堂家叔以农部阘署诸公之请，既为祝嘏之词以纪其盛。先生之丰功厚泽可以炳耀千古矣。余不文，再附会为烦言何足彰美于万一乎？尝读诗而赓天保之章则曰九如，美申甫之生则曰岳降。方知山水清音，可以涵养太和，发抒元气，庶几可以表仁寿之性情，而颂祷之微意，隐跃发现于笔墨之间，不可谓非称祝之一助也。昔元之痴翁外和而内介，不设城府，与人交如饮醇，寿至九十有六，登华山而飞升。先生与大痴虽隐现不同，学识器量有不侔而合者，亦可卜功成国老焉。异日无疆之庆矣，爰作此图以供清秘，为釐然而进一觞。

仿大痴设色为张运老司农

西蜀地形，山川灵秀之所萃也。从南至北，凿山而开栈；由西至东，溯源以达江。地灵人杰，甲于天下，文章政事代有传人。吾宽宇年老先生，盖当代之传人也。先生之忠诚可以格天日，先生之才略可以理繁剧，先生之学识可以通古今。圣天子雅重公，由总河而迁司农，倚毗者深矣。旋用余为之佐，观型有成。余亦何幸而得与畏友同事一堂乎？癸巳三月，皇上六旬万寿松龄，老年伯春秋八十有七，矍铄逾少壮，万里赴阙，懽忭拜舞，从古来未之有之佳话，而宠渥备至，恩赉有加，亦从古来未有之奇荣也。余愧无文，不能为德门铺张扬厉，备述国恩家庆，特仿一峰笔意供诸清秘，以为南山之祝。先生官于江浙甚久，观南宗一脉，淡荡平易，蜀地山川固美，必更有会心于吴山越水间也。

校注　　　癸巳，康熙五十二年（1713）。

丁丑、戊寅画册为迪文二弟

余丁丑春读礼南归，检先君遗箧得一素册。迪文弟谓余曰："此手泽之所存也。须留之研席间，以示晨昏不忘之意。"是冬，经营荼苦，往来乡城，二弟必携此册以相随，拮据中夜，起坐彷徨，对此命笔，庶几稍解幽忧，不觉落墨告竣。己卯服阕，方用设色，于宋元诸家相近者，题出以弁其首，并不取其形似也。癸巳之八月，阅十有几年，迪文弟忽出此以见示，将以验功力之浅深、学识之厚薄。余再四谛观，方知笔墨皆由天性，后起之笔不至掩其天性，前后同一辙耳。前作诸图时纯以笔墨用事，未能得其本源，今于诸家虽稍解，而老髦将至，力不从心，未能出一头地也。随笔识之，以见今昔之感。

校注　　　丁丑，康熙三十六年（1697）。戊寅，康熙三十七年（1698）。
　　　　　己卯，康熙三十八年（1699）。癸巳，康熙五十二年（1713）。王原
　　　　　博字迪文。麓台弟。

仿大痴设色为汪崧眉

余本不善画，而崧眉世兄亦不知余画。四十年来音问屡通，从未以笔

墨请教也。今秋汪世兄自楚来京，馆之万寿图局中。见余与诸画师谈论，左应而右辨，仿佛如梓人传所云，颇为心喜，特索拙笔。余为仿大痴设色，纵横淡荡，绝无工丽处，而斐亹之意自在其中。此又一家也。具眼见之，更有会心于界画一道耳。

校注　　当时并没有"万寿图局"，王原祁在家中组织画家完成了《万寿盛典图》。

仿梅道人为汪崧眉

梅道人画，峰峦峻峭，石角崚嶒，时于水边林下、盘石回蹬处，回互生情，波磔发趣。余见其《溪山无尽》《关山秋霁》二图皆此意。并作此图，以博崧眉世兄一粲。

校注　　跋文中"峰峦峻峭，石角崚嶒"的说法，与王原祁对吴镇风格的理解截然相反。

★仿大痴设色秋山为邹拱宸

大痴《秋山》，余从未之见。先大父云于京口张子羽家曾寓目，为子久生平第一。数十年时移物换，此画不可复睹，艺苑论画亦不传其名也。癸巳九秋，风高木落，气候萧森，拱宸将南归。余正值悲秋之际，有动于中，因名之曰《仿大痴秋山》。不知当年真虎笔墨何如，神韵何如，但以余之笔写余之意，中间不无悠然以远、悄然以思，为秋水伊人之句可也。

校注　　录自《麓台题画稿·题仿大痴设色秋山（为邹拱宸作）》。标题有异，少"题""作"。原为《麓台题画稿》第 42 跋。

仿高房山为朱星海

余本不善画，星海朱兄必欲余画房山，不知何处学房山之法。慕房山之名，投侧理专责于余，虽钝拙不能辞也。闻房山天趣与米家相伯仲，颉颃赵鸥波，上承董巨，下启四家，为元初大家。岂余初学所能梦见？而星海惓惓如此。欲进余之学乎？欲显余之丑乎？不计工拙，图成识之，以质诸巨眼。

校注　　此跋语气不类《麓台题画稿》。

仿大痴设色为元成表弟

余戊寅之夏，幽忧里居，杜门谢客，元成表弟自云间来娄，为一月游。慰余岑寂，晨夕唔对，每以笔墨相促。余为作大痴一图，颇觉匠心诇意得而旋失，不知落于谁氏之手，相距至今阅十五年矣。元成将为楚行，隆冬促迫较甚于前，余冗中呵冻强为捉笔，不能复成合作矣。然笔墨余性所近，对此万虑俱忘，童而习之，今虽垂暮，始终如一辙也。或于中稍有相应处，识者自能辨之。

校注　　戊寅，康熙三十七年（1689）。以十五年计，康熙四十二年（1703），王原祁扈从南还，时在太仓。

仿大痴设色为王德沛

余自庚辰之秋，奉命入内庭供奉笔墨，获与德老长兄订交，讲昆弟之谊甚欢，阅十有几年矣。然余夙夜在公，从未有片楮请教德兄，晨夕匪懈，因余办公亦从未以私请，间一谈及宋元画法，鉴别精明，议论宏正，非偏才小家所能梦见，而独见许于余，知其嗜痴深矣。心折已久，偶得新侧理，德兄制造合式，嘱余试笔以俟应制，亦他山切磋之意。余老眼昏花，试之不觉成图。闻新构一斋，不识可悬之室中，以志吾两人数年之知音否。

仿黄子久设色小幅为位山孙婿

今昔人论大痴画皆曰："峰峦浑厚，草木华滋。"于是，学画者披（疲）筋竭神，终日临摹，求其所谓浑厚华滋者，终不可得，望洋而叹，罢去不复讲求。或私心揣度，误听邪说，愈去愈远，迄于无成者有之。余甘苦自知，二者俱识其非。老髦将至，不能为斯道开一生面。此图为位山所作，其中蕴奥可以通之书卷，聊适吾意而已。

写墨笔仿董华亭

大痴画惟思翁能得其髓，其纵横淡荡处，不沾沾于大痴家数，而神理之间在。会心者自知之。笔法墨彩从天性中流出，所以高人一等也。位凝世兄南归，亟问画于余。宋元诸家博雅宏深者，非旦夕可以告竣。家藏偶有董迹一幅，师其意以归奚囊，途中水滨木末，到家水郭山村，以思翁大意求之，恍如写照，宋元之妙在是矣。

仿大痴墨笔李彩求

画须分阴阳、合体用，若阴阳、体用不得其源头，则转折、布置处必有些子。蒙混积微成钜，通幅笔气、墨彩何从着落。虽云仿古终是背驰矣。余春日在畅舍启奏寓直中，恭候大驾往霸州一带省耕水园，在寓偶暇，写此消遣，以抒老怀。笔法、墨彩未必合古。斋中偶悬思翁一幅，观此不甚河汉，或可质诸识者耳。

校注　　　此跋用词不类《麓台题画稿》。

倪黄墨法为朱星海

画家惟倪最为高逸，因与大痴同时，相传有倪黄合作。两家气韵约略相似，后之笔墨家宗焉。星海医学得正传，留之馆舍已三年矣。轻岐黄之学，将筮仕于汾西，小草捧檄亦有喜色。余惟画家之倪黄，犹药中之参苓也。朱君善用参苓，写以赠之。愿其以高逸自命，毋欲速，毋见小，以宦况知味以乐天真，方不愧从前之盛名耳。

仿云林笔与天游侄

藜阁晴窗一卷书，青苍古木映阶除。画中更喜逢真赏，得失相看静有余。　　天游侄供奉内廷，心迹双清。余赠以云林一图，悦乾兄见而取去，初有沮色。再作此幅以广其意，前后两图犹合璧也。

校注　　　沈起元《敬亭文稿》卷三《故工部虞衡清吏司郎中王君行状（己巳）》："王玒字天游，号甘泉，太仓州镇洋县人。……祖撼，父旦复。甲午（康熙五十三年，1714）举人，……奉常公九子，汲园先生（王撼）行七，特以诗名为风雅宗。君资禀挺秀，好为诗歌，酷似其祖，故汲园先生尤爱之。长游京师，从祖西田公方当国，留之邸第。圣祖开算法馆，诏取士纂修。君素习勾股，乃应诏投牒，廷试中选。甲午，君与父耕石先生同举京兆试。康熙六十年馆书告成，议叙授刑部主事，有能声。雍正二年，司寇公荐巡视船厂。船厂为朝发祥地。前直朝鲜，后接宁古塔。故满洲旗人地，商贾百工所辐辏，无民牧，岁遣满、汉司官各一员，巡视其地，有事会同宁古塔将军治之。君往，俱悉积弊。谓此非大为更张措置不可，拟折陈机宜十事，为船宁兵民万世利，……世宗于是以君可大用。明年，擢贵州道试监察御史，巡查畿辅、保正、河三府。旋以忧去。服阕，补浙江道试监察御史，巡视西城。钱价昂，请开官厂，发户、工二部钱以平市价，公私称便。纠弹、摘发，不避勋戚豪宦，有铁面之目。升京畿道监察御史，……盖君自部曹以至台谏，遇所当言则言，虽触忌讳、婴谤讟，不顾也；遇所不必言则不言，虽违时尚、蒙诟病，弗恤也。报满，有旨留任，中外谓旦夕且柄用。未几，竟以失察墩台废址免官，发仓场效力。君处之夷然。已监大西仓，复监大通桥运二年。仓场侍郎塞公、吕公极器之。任满补刑部山西司员外郎，充《律吕正义》馆纂修官。升工部虞衡司郎中，提督窑厂，管理街道事。时年七十，勤练不恤劳苦。堂上官以君久历中外，事辄倚之，而君之精力已耗矣。乾隆十三年春，外转得江西临江府知府，遽有衰状。抚然曰：'吾老矣，不复能治吏事矣。'遂移疾归。十四年七月二十八日卒，君年七十有二。"

《（民国）太仓州志》卷二十四《人物四·顾衍传》称，王玵善花鸟。

▼仿高房山卷

房山之笔全学二米，笔墨泼而能和，中间体裁亦本董巨，故与松雪齐名，为四家源流。先辈松来将为楚游，出侧理索画，写此入奚囊中，潇湘夜雨与湖南山水恰有关会，出以房山法，更见元人佳趣耳。

校注　　《虚斋名画续录》著录。与之相比，有异文："房山笔全学二米"前有"云山毫画，仿高尚书"；"入"前有"以"；"更见元人佳趣耳"后有"康熙甲午三月望日。仿高尚书笔于双藤书屋并题。王原祁年七十有三"。康熙甲午，康熙五十三年（1714）。

★为凯功掌宪写元季四家

余二年前奉命修撰《书画谱》，见大痴论画二十则，不出宋人之法，但于林下水杪、沙碛木末，极闲中辄加留意，归于无笔不灵，无笔不趣，在宋法又开生面矣。余幼学于先奉常赠公，久而得其藩翰，见此二十则，方知子久得力处，益信华亭宗伯及家奉常所传不为虚也。仿子久。

王叔明笔酷似其舅赵吴兴，进而学王摩诘得离奇奥窔之妙。晚年墨法纯师董巨，一变而为本家体，人更莫可端倪，师之者不泥其迹，务得其神，要在可解不可解处。若但求其形云某处如何用笔，某处如何用墨，造出险幻之状以之惊人炫俗，未免邈若河汉矣。仿黄鹤山樵。

北宋高人三昧惟梅道人得之，以其传巨然衣钵也。与盛子昭同里闬而居，求盛画者填门接踵，庵主惟茅屋数椽，闭门静坐，人有言者笑而不答。五百年来重吴而轻盛，洵乎笔墨有定论也。然人但知其淋漓挥洒，不知其刚健而兼婀娜之致。亦未思一笑之故耳。仿梅道人。

宋元诸家各出机杼，惟高士一洗陈迹，空诸所有，为逸品中第一。非创为是法也，于不用工力之中为善用工力者所莫能及，故能独臻其妙耳。董宗伯题倪画云："江南士大夫家以有无为清俗。"余迩来苦心揣摩，终未能得其神理，有无清俗之言，洵不虚也。仿云林。

校注　　　录自《麓台题画稿·为凯功掌宪写元季四家》，格式有所不同。跋文中"仿子久""仿黄鹤山樵""仿梅道人""仿云林"前少"题"字。原为《麓台题画稿》第 43 跋。

仿设色大痴送朱星海之任

上洋朱君星海以岐黄之术行于京师，声名籍甚。江左业儒诸名家到都门行医者不少，惟星海用药立方，所至辄效，颇有风送滕王之意。余方喜其业之有成，品之甚贵，忽作倅永宁，捧檄而喜，于甲午四月十一日就道。向馆谷于余家，余送而正告之曰："君为医，则岐黄之事也；为倅，则服劳之事也。故无论大小，必思上不负国宪，下不病商民。凡钱粮经手、匪类盘诘，兼之公差络绎，备办解送，盘错艰难，到手方知，子其勉旃。"星海甚服膺余言，果能如此，则官阶日跻，另是一番面目。毋恃旧业，毋贪小利，克尽厥职，方得始终为吾良友。临别赠画、赠言，勿以拙笔为应酬之物而忽视之。

———————

校注　　　甲午，康熙五十三年（1714）。

仿设色大痴为赵尧日

画须自成一家，仿古皆借境耳。昔人论诗画云："不似古人则不是古，太似古人则不是我。"元四家皆学董巨，而所造各有本家体，故有冰寒于水之喻。尧日学画苦心有年，未能入室，以其规摹一家，即受一家之拘束也。此幅拟大痴而脱去其本色，浑厚磅礴，即在萧疏淡荡中，未免贻笑于作家。余谓贻笑处即是进步。放翁诗云："文人妙来无过熟。"久之融成一片，勿拘拘于家数为也。

仿设色大痴巨幅李匡吉求赠

余先奉常赠公汇宋元诸家，定其体裁，摹其骨髓，缩成二十余幅，名曰缩本。行间墨里，精神三昧出焉。此大父一生得力处也。华亭宗伯题册首云："小中见大。"又每幅重题赏鉴跋语，以见渊源授受之意。先奉常于丁巳夏初，忽以授余，其属望也深矣。余是年三十有五。拜藏之后将四十年，手摹心追。庚寅冬间，方悟小中见大之故，亦可以大中见小也。随作是图，而兴会未纯，旋作旋辍，又三四年于兹矣。近喜匡吉甥南来，极道青翁老公祖赏鉴之精，而偏有昌歜之好。余此中追溯生平，颇有一知半解，敢于知音之前自匿其丑乎？勉为告竣以博一粲。

———————

校注　　　丁巳，康熙十六年（1677）。庚寅，康熙四十九年（1710）。

　　　　　李为宪字匡吉，麓台外甥。《罨画集》卷二收录《计暗昭扇头匡吉画桃花一枝，索余补石因题》。

仿北苑笔为匡吉

匡吉学画于余已二十年，古人成法皆能辨其源流，今人学力皆能别其缃素，惟用笔处为窠臼所拘，终未能掉臂游行。余愿其为透网之全鳞也。前莅任学博时，余赠以一册名曰六法金针。别七八年，名已大成。近奏最而来，以笔墨见示，六法能事已纲举目张。若动合机宜，平淡天真，别有一种生趣，似与宋元诸家尚隔一尘。今花封又在中州，舍此而去，定然飞腾变化。余尚虑其为笔墨之障也，特再作北苑一图，匡吉果然能于意、气、机之中，意、气、机之外，精神贯注，提撕不忘，余虽老钝不足引道，然于此中不无些子相合。试于繁剧之际，流连一旷胸襟，则得一可以悟百，定智过其师矣。勉旃勉旃。

校注　　康熙四十九年（1710），学博李为宪北上，入住麓台府邸。时将至中州为官。据文中"匡吉学画于余已二十年"可知，康熙二十九年（1690），李为宪学画于王原祁。康熙二十九年暮春，麓台丁忧服阕。八月上旬，麓台已经在京。因此，李为宪跟随麓台学画的时间当在康熙二十九年上半年。

★仿子久设色大幅为沛翁殷大司马

画自家右丞以气韵生动为主，遂开南宗法派，北宋董巨集其大成，元高、赵暨四家俱宗之。用意则浑朴中有超脱，用笔则刚健中含婀娜，不事粉饰而神彩出焉，不务矜奇而精神注焉，此为得本之论也。沛翁以政事钜公风雅宗盟，其识力必有大过人者，每见必惓惓下问，余虽钝拙不敢自匿，竭其薄技幸有以教之。

校注　　录自《麓台题画稿·仿黄子久设色为沛翁殷大司马》。标题有异：少"黄"，多"大幅"。"暨"，原文为"概"，刊误。原为《麓台题画稿》第44跋。

仿大痴秋山设色

宋元诸家千门万户，岂能尽得其指归。然必以董巨法派为正宗，深入而无间者，莫过于大痴。后来学人在于指授如何，精进如何耳。余少侍先奉常公，每言有明三百年来，得大痴骨髓者惟华亭董宗伯，苦心步趋，仅能不失面目。虽系大父谦抑之语，起视艺苑，知其说者罕矣。轮美问画于余，以其深得维扬工力，以是言告之，进而求诸缩本，似有所省。余缵述先业，不可谓无指授，惜钝根弱质，不能精进，何以为轮美老马引途也。勉作此图，质诸高明，亦有合处否？

校注　　跋文语气不类麓台。《麓台题画稿》有《题仿大痴为轮美作（癸巳夏五月笔）》。

仿子久笔

八月既望，秋光甚佳。而余以养疴扃户，未能领略。客有从虞山来，索余仿子久笔。宿诺甚久，强起勉作此图。然子久高情逸韵在身心俱忘，撒手悬崖而出。今余药里经旬，纵罢落一切，终为病魔所牵，便与笔墨三昧有障。得失妍媸，旁观者、请识者鉴之。

校注　　"旁观者、请识者鉴之"之说颇为怪异，或为刊误。

元四家异同论

昔人论文有班马异同辨。余奉命作画甚苦，适兴有所触，遂书臆见。论之画中之赵吴兴与高房山并绝，元初其所得宋人精奥处。另文以论四家，又起于二家之后者也，巨然衣钵惟吴仲圭传之。笔力墨光透出纸背，真迹数百年神采犹为奕奕。余腕弱笔钝，久而未进，每墨浮而气黯，由学之未纯也。偶检废簏中得纸，为蓍儿作此，存之以观后效。

大痴手笔平淡天真，其纯任自然处，往往超于生熟之外，此中甘苦，有可学不可学，非伐毛洗髓者不知也。此图畅春退直时寒暑所作，未能匠心，识者鉴之。

───────

校注　　王薯，王原祁长子。跋文语气不类《麓台题画稿》。

★仿黄子久笔为张南荫

西岭春云。　　余闻粤西多山少水，拔地插天与此迥别。及遇此寒山流水，另有一番登临气象矣。大痴得董巨三昧，平淡天真不尚奇峭，意在富春、乌目之间也。吟樵奉命远行，出守大郡，嘱余仿此置行箧中，揽峰岩之独秀，思湖山之佳丽，两者均有得也。特惭笔墨痴钝，不足为燕寝凝香之用耳。

───────

校注　　录自《麓台题画稿·仿黄子久笔（为张南荫作）》。标题有异，少"作"。跋文中改"气概"为"气象"。原为《麓台题画稿》第2跋。

★仿大痴巨幅为李宪臣

余见子久大幅，一为《浮峦暖翠》，一为《夏山图》。笔墨、位置尽发其蕴。余向欲采取二轴运以体裁，汇成结构。以腕弱思浅动而辄止，未能与之鏖战也。宪臣先生与予同事数年，悃愊无华，气谊敦洽，予之知音也。向以此见委，怯于作大幛，迟回久之。迩来功力稍进，不敢匿丑，经营惨淡者一载余矣。今奉命为粤东之行，迫促难辞，十日一山，五日一水，何以副好友之意乎？急作此图归之行箧中以供清玩。余老来乐而不倦。南华羊城多奇山，先生归述所见，予将为先生再索枯肠，千岩万壑别开生面，艺苑中亦一美谈也。书之以为后订。

校注　　　　录自《麓台题画稿·题仿大痴巨幅（为李宪臣作）》。标题有异，少"题""作"。原为《麓台题画稿》第 3 跋。

★烟峦秋爽仿荆关金明吉求

元季四家俱宗北宋，以大痴之笔、用山樵之格便是荆关遗意也。随机而趣生，法无一定，丘壑烟云惟见浑厚磅礴之气，北苑《夏景山口待渡图》用浅绛色而墨妙愈显，刚健婀娜隐跃行间墨里。不谓六法中道统相传不可移易如此，若以臆见窥测便去千万里，为门外伧父，不独径庭而已。明吉以小卷问画，余为写荆关秋色并以源流告之，并嘱质之识者以余言为不谬否？

校注　　　　录自《麓台题画稿·烟峦秋爽仿荆关（金明吉求）》。原为《麓台题画稿》第 4 跋。

★仿梅道人为司民

世人论画以笔墨，而用笔用墨必须辨其次第，审其纯驳。从气势而定位置，从位置而加皴染，略一任意，便疥癫满纸矣。每于梅道人有墨猪之诮。精深流逸之致茫然不解，何以得古人用心处。余急于此指出，得其三昧即得北宋之三昧也。

校注　　　　录自《麓台题画稿·仿梅道人（司民求）》。标题有异，变"司民求"为"为司民"。原为《麓台题画稿》第 5 跋。

★仿小米笔为司民

米家画法品格最高，得其衣钵惟高尚书，有大乘气象。元人中如方壶、郭天锡皆具体而微者也。庚寅春暮夏初余在畅春入直，晨光晚色，诸峰隐现出没，有平淡天真之妙，方信南宫遗墨得此中真髓。揣摩成图可以忘倦，可以忘老。诸方评论云，可与北苑颉颃，虽大痴、山樵犹逊一格，不虚也。

校注　　录自《麓台题画稿·仿小米笔（为司民作）》。标题有异，少"作"。《王司农题画录》中"方方壶"误为"方壶"，漏抄"方"字。原为《麓台题画稿》第6跋。

★仿黄子久为宗室柳泉

清光咫尺五云间，刻意临摹且闭关。漫学痴翁求粉本，富春依旧有青山。大痴画至富春长卷笔墨可谓化工，学之者须以神遇，不以迹求，若于位置皴染研求成法，纵与子久形模相似，落落从上诸大家，不若是之拘也。此图成后偶有会心处，向上拈出平淡天真之妙，可深参而得之。

校注　　录自《麓台题画稿·仿黄子久（为宗室柳泉作）》。标题有异，少"作"。原为《麓台题画稿》第7跋。

★题仿大痴笔为唐益之

要仿元笔须透宋法。宋人之法一分不透，则元笔之趣一分不出，毫厘千里之辨在，此子久三昧也。益翁文章政事之余，旁及艺事，笔墨一道亦从家学得之，相值都门论心深为契合。今将制锦南行矣，写此奉赠。

校注　　录自《麓台题画稿·题仿大痴笔（为毗陵唐益之作）》。标题有异，少"毗陵""作"。原为《麓台题画稿》第8跋。

★仿大痴秋山

大痴爱佳山水，至虞山见其颇似富春，遂侨寓二十年，湖桥酒瓶至今犹传胜事。吾谷枫林为秋山之胜，痴翁一生笔墨最得意处，所谓峰峦浑厚、草木华滋，于此可见古人之匠心矣。余侍直办公之暇，偶作此图。有客从虞山来，遂以持赠。质之具眼有少分相合否？

校注　　　　录自《麓台题画稿·仿大痴秋山》。原为《麓台题画稿》第9跋。

★仿大痴为钱长黄之任新安

新安，形胜地也。余前至秦中，驱车过洛阳，渡伊洛，四围山色崚嶒，巨石俯瞰，河流曲折，迤逦者数里。方知大痴《浮峦暖翠》《天池石壁》二图之妙，过此而新安至矣。今长黄官于兹土，与崔峒寒山流水之句恰相符合。可不作此为贺乎？此行身在图画中而又领略诗意。古称花县，何以过之。发轫可以卜报最也。请以拙笔为左券。

校注　　　　录自《麓台题画稿·仿大痴（为钱长黄之任新安作）》。标题有异，少"作"。原为《麓台题画稿》第10跋。

★仿黄大痴长卷为郑年上

画法莫备于宋，至元人搜抉其义蕴，洗发其精神，实处转松、奇中有淡而真趣乃出。四家各有真髓，其中逸致横生、天机透露，大痴尤精进头陀也。余弱冠时得先大父指授，方明董巨正宗法派，于子久为专师，今五十年矣。凡用笔之抑扬顿挫，用墨之浓淡枯湿，可解不可解处，有难以言传者。余年来渐觉有会心处，悉于此卷发之。艺虽不工而苦心一番，甘苦自知。谓我似古人我不敢信；谓我不似古人我亦不敢信也。究心斯道者或不以余言为河汉耳。

校注　　　　录自《麓台题画稿·仿黄大痴长卷（为郑年上作）》。标题有异，少"作"。原为《麓台题画稿》第11跋。

★仿大痴为汉阳郡守郝子希

笔墨一道同乎性情。非高旷中有真挚，则性情终不出也。余与子希先生论交垂三十年，回思渚阳襄国时，政事之暇校艺论文，流连无虚日。年来又同官于京，过从为更密矣，先生出守汉阳，以画属余，蹉跎年久，终未践约，犹幸筋力未衰，可以应知己之命。庚寅秋日久雨初晴，办公稍暇，键户息机，吮笔挥毫者数日方成此图。虽未敢与作家相见，而解衣磅礴以研求之思发苍莽之笔，间亦有得力处也。因风邮寄以志远怀。

校注　　　录自《麓台题画稿·仿大痴（为汉阳郡守郝子希作）》。标题有异，少"作"。原为《麓台题画稿》第 12 跋。

★仿梅道人为雪巢

余忆戊寅冬从豫章归。溪山回抱村墟历落，颇似梅道人笔，刻意摹仿未能梦见。十余年来心神间有合处，方信古人得力以天地为师也。雪巢大弟就幕闽中，此行为道所必经，奚囊中试携此图渡钱塘江，过江郎山，蹉仙霞岭时一展观，亦有一二吻合处否？

校注　　　录自《麓台题画稿·仿梅道人（为雪巢作）》。标题有异，少"作"。原为《麓台题画稿》第 13 跋。

★仿大痴

画中设色之法与用墨无异，全论火候，不在取色而在取气。故墨中有色，色中有墨。古人眼光直透纸背，大约在此。今人但取傅彩悦目，不问节奏，不入窾要，宜其浮而不实也。余作此图偶有所感，遂弁数语于首。

校注　　　录自《麓台题画稿·仿大痴》。原为《麓台题画稿》第 14 跋。

★仿大痴九峰雪霁意

画中雪景，唐以前但取形似而已。气运生动自摩诘开之，至宋李营丘画法大备，雪景之能事备矣。大痴不取刻画，平淡天真，别开生面，此又一变格也。余于雪景未经攻苦，诸家虽曾探索，终未梦见。此图应朴园先生之命，客冬至秋经营磅礴，乘暇渲染，冀得匠心之作而心与手违。即于子久专师，以宋法未合，觚棱转折处每为笔使，何以得其三昧乎？质之识者，幸有以教我。

校注　　录自《麓台题画稿·仿大痴九峰雪霁意（为张朴园先生作）》。标题有异，少"为张朴园先生作"。跋文中改"气韵"为"气运"。原为《麓台题画稿》第15跋。

★仿大痴为顾南原

余与南原年道兄订交已十年矣。南兄诗文士林推重，余一见心折。间一出余技点染山水，与倪黄心传若合符节。其天资、笔力迥异寻常画史也。篆学不轻示人，近余始得三四石刻，浑脱流丽，精严高古，无美不备。远宗文三桥，近师顾云美，更有出蓝之妙。犹忆甲寅秋，步月虎丘，与云美相遇，谈心甚洽，嘱留塔影园一日，以二章易余便面，宝惜者三十余年，正虑其漫漶失真，得南兄重开生面，方信知过于师矣。南原酷嗜余笔，因追昔年佳话，促余作此图，即用新章亦不可不记也。

校注　　录自《麓台题画稿·仿大痴（为顾天山作，号南原）》。标题有异，将原文"为顾天山作，号南原"简化为"为顾南原"。原为《麓台题画稿》第16跋。

★仿大痴设色为贾毅庵

画法和诗文相通，必有书卷气，而后可以言画。右丞诗中有画，画中有诗，唐宋以来悉宗之。若不知其源流，则与贩夫、牧竖何异也。其中可以通性情、释忧郁，画者不自知，观画者得从而知之，非巨眼卓识不能会及此矣。毅庵博学好古，于拙笔有癖嗜。余不敢自任而不能却其请，为仿大痴笔意。其中妍媸知者自能辨之。

校注　　录自《麓台题画稿·仿设色大痴（为贾毅庵作）》。标题有异，变"设色大痴"为"大痴设色"，少"作"。原为《麓台题画稿》第17跋。

★仿设色倪黄

壬辰春正望后灯事方阑，料峭愈烈。衔杯呵冻放笔作此图，似有荆关笔意而风趣用元人本色。此倪黄褢臼未能纯熟脱化也，傅以浅色恐益增其累耳。

校注　　录自《麓台题画稿·仿设色倪黄》。原为《麓台题画稿》第18跋。

★仿大痴笔

古人用笔意在笔先，然妙处在藏锋不露。元之四家化浑厚为潇洒，变刚劲为和柔，正藏锋之意也。子久尤得其要，可及可到处，正不可及不可到之处。个中三昧在深参而自会之。

校注　　录自《麓台题画稿·题仿大痴笔（己丑年二月十一日画，归缪文子）》。标题有异，少"题""己丑年二月十一日画，归缪文子"。原为《麓台题画稿》第19跋。

★送厉南湖画册十幅

画虽一艺而气合书卷，道通心性，非深于契合者不轻以此为酬酢也。

宋元诸家俱有源委，其所投赠无不寄托深远，仿其意者旷然有遐思焉，而后可以从事。南湖先生与余同直畅春，积有岁月，著作承明扬扢风雅。先生所以自得，与余之所以受教于先生者，久欲倾倒。戊子冬日值其四十悬弧之辰，非平常祝嘏之词所能尽也。东坡诗云："我从公游非一日，不觉青山映黄发。"爰写一册志冈陵之盛云。

校注　　　录自《麓台题画稿·送厉南湖画册十幅》。"先生"后漏"之"。原为《麓台题画稿》第20跋。

★仿松雪大年笔意

"天空浮修眉，浓绿画新就。"此昌黎诗也。余和树百弟一绝句，以广其后，二语有合处，并仿松雪、大年笔意，并录拙咏于后："眼饱长安花欲燃，却教愁路绝三千。竹深处处莺啼绿，输与江南四月天。"

校注　　　录自《麓台题画稿·仿松雪大年笔意（为服尹作）》。标题有异，少"为服尹作"。原为《麓台题画稿》第24跋。

★仿王叔明长卷

都城之西层峦叠翠，其龙脉自太行蜿蜒而来，起伏结聚，山麓平川，回环几十里。芳树甘泉，金茎紫气，瑰丽郁葱，御苑在焉。得茅茨土堦之意而仍有蓬莱阆苑之观，置身其际，盛世之遭逢也。余忝列清班，簪笔入直，晨光夕照领略多年。近接禁地之清华，远眺高峰之爽秀，旷然会心，能不濡毫吮墨乎？有真山水可以见真笔墨，有真笔墨可以发真文章。古人如是景行而私淑之，庶几其有得焉。此图经年而成，颇费经营，识者流览此中瑕瑜应有定鉴耳。康熙戊子长夏，题于海甸寓直。

校注　　　录自《麓台题画稿·题画仿王叔明长卷（武清三弟）》。标题有

异，少"题画""武清三弟"。原为《麓台题画稿》第 25 跋。

★仿大痴卷

董巨画法三昧一变而为子久，张伯雨题云："精进头陀以巨然为师"，真深知子久者。学古之家代不乏人，而出蓝者无几，宋元以来宗旨授受，不过数人而已。明季一代惟董宗伯得大痴神髓，犹文起八代之衰也。先奉常亲炙于华亭，于《陡壑密林》《富春》长卷为子久作诸粉本中探骊得珠，独开生面。余少侍先大父，得闻绪论，又酷嗜笔墨，东涂西抹将五十年。初恨不似古人，今又不敢似古人，然求出蓝之道，终不可得也。又今人多喜谈设色，然古人五墨法如风行水面上，自然成文，荒率苍莽之致，非可学而至。余故数年前作此长卷，久弄未出，今敢以公诸同好。

校注　　　录自《麓台题画稿·题仿大痴手卷》。标题有异，少"题""手"。原为《麓台题画稿》第 26 跋。

★仿淡墨云林

仿云林笔最忌有伧父气，作意生淡又失之偏枯，俱非佳境。立稿时从大意看出，皴染时从眼光得来，庶几于古人气机不相径庭矣。

校注　　　录自《麓台题画稿·题仿淡墨云林》。标题有异，少"题"。原为《麓台题画稿》第 27 跋。

★仿梅道人长卷

画有五品，神逸为上。然神之与逸不能相兼，非具有扛鼎之力，贯虱之巧，则难至也。元季梅道人传巨然衣钵，余见《溪山无尽》《关山秋霁》二图，皆为得其髓者。余初学之茫然未解，既而知循序渐进之法。体裁以正其规，渲染以合其气。不懈不促，不脱不粘，然后笔力墨花油然而生。今人以泼墨为能，工力为上。以为有成法，此不知庵主者；以为无成法，亦不知庵主者也。于此研求，庶几于神逸之门，不至望洋。明季惟白石翁最得梅道人法，诗云："梅花庵主墨精神，七十年来未用真。"可谓深知而笃信者矣。

★学思翁仿子久法

董宗伯画不类大痴，而其骨骼风味则纯乎子久也。石谷尝与余言："写时不问粗细，但看出进大意，繁［烦］简亦不拘成见，任笔所之，由意得情，随境生巧，气韵一来便止。"此最合先生后熟之意。余作此图以斯言弁其首。

★仿赵大年

惠崇《江南春》写田家、山家之景，大年画法悉本此意，而纤妍淡冶中更开跌宕超逸之致。学者须味其笔墨，勿但于柳暗花明中求之。

★仿董巨笔

画中有董巨，犹吾儒之有孔颜也。余少侍先奉常并私淑思翁，近始略得津涯。方知初起处从无画看出有画，即从有画看到无画为成性存存宗旨。董巨得其全，四家具体，故亦称大家。

校注　　　录自《麓台题画稿·题仿董巨笔》。标题有异，少"题"。原为《麓台题画稿》第31跋。

★仿小米笔

山水苍茫之变化，取其神与意。元章峰峦以墨运点，积点成文，呼吸浓淡，进退厚薄，无一非法，无一执法。观米家画者止知其融成一片，而不知条分缕析中，在在皆灵机也。米友仁称为小米，最得家传，结构比老米稍可摹拟，而古秀另有风韵，犹书中羲、献也。宋太宰为收藏家，闻有名画，余未之见。尔载世兄以同里得观，嘱笔亦仿米意。余未经寓目，古人神髓岂能梦见？以意为之，聊博喷饭可尔。

校注　　　录自《麓台题画稿·题仿小米笔》。标题有异，少"题"。《王司农题画录》中"收藏名家"为"收藏家"，漏抄"名"字。原为《麓台题画稿》第32跋。

★仿大痴设色秋山与向若

大痴《秋山》向藏京口张修羽家。先奉常曾见之云："气韵生动，墨飞色化，平淡天真包含奇趣，为大痴生平合作，目所仅见。"兴朝以来，杳不可即。如阿闪佛光，一见不复再见，几十年间追忆祖训，回环梦寐。兹就见过大痴各图参以管窥之见点染成文，愚者千虑或有一得，不至与痴翁大相径庭耳。

校注　　　录自《麓台题画稿·题仿大痴设色秋山（与向若）》。标题有异，

少"题"。原为《麓台题画稿》第 33 跋。

★仿梅道人与陈七

笔不用烦，要取烦中之简；墨须用淡，要取淡中之浓。要于位置间架处步步得宜，方得元人三昧。如命意不高，眼光不到，虽渲染周致，终属隔膜。梅道人泼墨学者甚多，皆粗服乱头，挥洒以自鸣得意，于节节肯綮处全未梦见，无怪乎有墨猪之诮也。己丑中秋乍霁新凉，兴会所适，因作是图，并书以弁其首。

校注　　录自《麓台题画稿·题仿梅道人（与陈七）》。标题有异，少"题"。跋文中"自鸣其得意"为"自鸣得意"，少"其"。原为《麓台题画稿》第 34 跋。

★仿设色小米

宋元各家俱于实处取气，惟米家于虚中取气。然虚中之实，节节有呼吸，有照应，灵机活泼，全要于笔墨之外有余不尽，方无挂碍。至色随气转，阴晴、显晦全从眼光体认而出，最忌执一之见、粗豪之笔。须细参之。

校注　　录自《麓台题画稿·仿设色小米》。原为《麓台题画稿》第 35 跋。

★仿大痴秋山

己丑九月之杪。寒风迅发，秋雪满山，黄叶丹枫，翠岩森列。动学士之高怀，感骚人之离思，正其时也。余以清署公冗，久疏笔砚。今将入直，兴复不浅，作《秋山图》，寓意上林簪笔与湖桥纵酒境不同，而心迹则一，识者取其意，恕其学可尔。

★仿梅道人

贫且劳，人之所恶也，然为贫与劳之所役，以之移性情、堕意气则与道渐远，无以表我之真乐矣。余碌碌清署，补衣节食，忘老办公。时以典礼候直，寄迹萧寺，篝灯挥洒，长笺短幅不问所从来，偶忆古人得意处，放笔为之，夜分乐成，欣然就寝，一枕黑甜，不知东方之既白矣。因仿梅道人笔识之。

校注　　　录自《麓台题画稿·仿梅道人》。原为《麓台题画稿》第37跋。

★仿大痴水墨长卷

笔墨一道用意为尚，而意之所至，一点精神在微茫些子间隐跃欲出，大痴一生得力处全在于此。画家不解其故，必曰某处是其用意，某处是其着力，而于濡毫吮墨，随机应变，行乎所不得不行，止乎所不得不止，火候到而呼吸灵，全幅片段自然活现，有不知其然而然者则茫然未之讲也。毓东于六法中揣摩精进，论古亦极淹博，余虑其执而未化也，偶来相访而拙卷适成，遂以此言告之，恍然有得。从此以后眼光当陵轹诸家，以是言为左券。

校注　　　录自《麓台题画稿·题仿大痴水墨长卷》。标题有异，少"题"。原为《麓台题画稿》第38跋。

★画家总论题画呈八叔

画家自晋唐以来代有名家，若其理趣兼到，右丞始发其蕴。至宋有董巨，规矩准绳大备矣。沿习既久，传其遗法而各见其能，发其新思而各创其格，如南宋之刘、李、马、夏，非不惊心炫目，有刻画精巧处，与董巨、米老之元气磅礴则大小不觉径庭矣。元季赵吴兴发藻丽于浑厚之中，高房山示变化于笔墨之表，与董巨、米家精神为一家眷属，以后黄、王、倪、吴阐发其旨，各有言外意，吴兴、房山之学方见祖述不虚，董巨、二米之传益信渊源有自矣。八叔父问南宗正派，敢以是对，并写四家大意汇为一轴以作证明。若可留诸清秘。公余拟再作两宋、两元为正宗全观，冀略存古人面目，未识有合于法鉴否？推篷系宣和裱法，另横一纸于前，并题数语。此画始于壬辰夏五，至癸巳六月竣事。

校注　　　录自《麓台题画稿·画家总论题画呈八叔》。原为《麓台题画稿》第 39 跋。

★仿设色大痴秋山

六法一道，非惟习之为难，知之为最难；非惟知之为难，行之为尤难也。余于此中磨炼有年，方知古人成就一幅必以简炼为揣摩，于清刚浩气中具有一种流丽斐亹之致，非可以一蹴而至，学大痴者宜深思之。

校注　　　录自《麓台题画稿·仿设色大痴秋山》。原为《麓台题画稿》第 45 跋。

★仿大痴为轮美

东坡诗云："论画以形似，见于儿童邻"，甚为古今画家下箴砭也。大痴论画有二十余条亦是此意。盖山无定形，画不问树。高卑定位而机趣生，皴染合宜而精神现。自然平淡天真如篆如籀，萧疏宕逸无些子尘俗气，岂笔墨章程所能量其深浅邪？轮美问画于余，余以此告之，即写是图以授之，意欲于大痴心法窃效一二耳。虽然画家工力有不得不形似者，遇事、遇时摹拟刻画以传盛事方见发皇蹈厉之妙，但得意、得气、得机则无美不臻矣，谁知之而谁信之？轮美亦极于此中留心，勉旃勉旃。

校注　　　录自《麓台题画稿·题仿大痴为轮美作（癸巳夏五月笔）》。标题有异，少"题""作（癸巳夏五月笔）"。原为《麓台题画稿》第46跋。

★又仿大痴设色为轮美

大痴画以平淡天真为主，有时而傅彩粲烂，高华流丽俨如松雪，所以达其浑厚之意、华滋之气也。段落高逸，模写潇洒，自有一种天机活泼隐现出没于其间，学者得其意而师之，有何积习之染不清，微细之惑不除乎？余弱冠时得闻先赠公大父训，迄今五十余年矣。所学者大痴也，所传者大痴也，华亭血脉金针微度在此而已。因知时流杂派、伪种流传犯之为终身之疾，不可向迩。特作此图以授轮美，知其有志探索，又明慧过人，自能为宋元大家开一生面，无负我意。勉旃勉旃。

校注　　　录自《麓台题画稿·又仿大痴设色（为轮美作）》。标题有异，少"作"。原为《麓台题画稿》第47跋。

★仿设色倪黄（为刘怀远）

声音一道未尝不与画通。音之清浊，犹画之气韵也；音之品节，犹画之间架也；音之出落，犹画之笔墨也。刘兄怀远于吴中少有盛名，游于省会，自齐鲁而迄京师，所至俱推绝诣。余观其为人静深有致，无刻不辨宫商、别声调，间一出其技，举坐倾倒。公卿大夫俱为美谈，非思深而力到能至此乎？余性不耐与人画，至怀远而不觉技痒，亦宗先反后和之意也。

校注　　　录自《麓台题画稿·仿设色倪黄（为刘怀远作）》。标题有异，少"作"。原为《麓台题画稿》第48跋。

★大横批仿设色大痴为明凯功

余于笔墨一道，少成若天性，本无师承。诵读之暇，日侍先大父赠公，得闻绪论。久之于宋元传授贯穿处，胸中如有所据。发之以学文，推之以观物，皆用其理。每至无可用心处，间一挥洒成片幅便面。无求知于人之心，人亦不吾知也。甲午秋间奉命入直，以草野之笔日达于至尊之前，殊出意外。生平毫无寸长，稍解笔墨，皇上天纵神灵，鉴赏于牝牡骊黄之外，反复益增惶悚。谨遵先贤遗意，吾斯之未能信而已。都门风雅宗匠所集，间有知我者，余不敢自诿，亦不敢自弃，竭其薄技归之清秘以供捧腹，不敢以此求名邀誉也。

校注　　　录自《麓台题画稿·大横批仿设色大痴为明凯功作》。标题有异，少"作"。原为《麓台题画稿》第49跋。

★拟云林设色小幅

学画至云林，用不着一点功力，有意无意之间，与古人气运相为合撰而已。至设色更深一层，不在取色而在取气，点染精神皆借用也。推而至于别家，当必精光四射，磅礴于心手，其实与着意、不着意处同一得力。学者无过用其心，亦无误用其心，庶几近之。

校注　　　录自《麓台题画稿·拟云林设色小幅》。原为《麓台题画稿》第50跋。

★仿倪黄设色小卷为司民

司民少有文誉，弈更擅场。自丁丑夏至娄，馆于余家数年。余试以画叩之，若金石之于节奏、林泉之于声响，无不应也。余方知斯理可以一贯，无怪乎司民之弈所至辄倾倒也。庚寅秋入楚，暌阔者五年。今复来京，弈学更进，画理明了不减于昔，为人风雅惊座，殆又过之。以后相识满天下，见其风韵犹存，恨知心之晚耳，作是卷以赠之。

校注　　　　录自《麓台题画稿·仿倪黄设色小卷（为司民作）》，少"作"。原为《麓台题画稿》第51跋。

★仿黄鹤山樵巨幅（寄依文）

黄鹤山樵元四家中为空前绝后之笔。其初酷似其舅赵吴兴，从右丞辋川粉本得来，后从董巨发出笔墨大源头，乃一变本家法，出没变化，莫可端倪。不过以右丞之体，推董巨之用。而学者拘于见闻，谓山樵离奇夭矫，别有一种新裁。而董巨之精神不复讲求，山樵之本领终归乌有，于是右丞之气运生动为纸上浮谈矣。闻亲家为新安风雅巨擘，今寓维扬，意欲昌明斯道而虑振兴之无人也，飞书来问山樵笔并寄侧理。余就所见作此图并以是语告之。

校注　　　　录自《麓台题画稿·仿黄鹤山樵巨幅山水（寄依文）》，少"山水"。原为《麓台题画稿》第52跋。

★仿董北苑玉培赠司民

余从大痴入门，渐有进步，欲竟其学，公余辄究心董巨，此得本莫愁末之意也。先定体势，后加点染，俱要以气行乎期间，如风行水上，自然成文。用笔、运墨之间岂可强而致，躁而得耶？玉培有佳纸，藏弆数年，出以索画。余亦经营经岁垂成，而忽归司民，缣素辗转各有所属，不可不纪其始。

★题丹思画册仿叔明

画如四始与六义，未扫俗肠便为累。青山幻出平中奇，刚健婀娜审真
伪。此理山樵深得之，扛鼎力中有妩媚。老而笃好不知疲，譬如小户饮则
醉。写以赠君君一噱，僧寮又听钟声至。

★仿万壑松风（丹思三十幅之一）

万壑松风，百滩流水。意在机先，笔随心止。声光闪烁，宋人之髓。
溯流董巨，六法如是。松雪偶题，莫辨朱紫。标识辉煌，千秋有美。须审
毫厘，莫辨远迩。极深研几，竿头一纵。　此图以赵松雪题，董宗伯遂目之
为赵作，识者驳之，至今为疑。余以为此鉴赏家之言，若论画法惟求宗旨，
何论宋元。兹特取画中之意写出示丹思，以见羹墙寤寐云尔。

★题仿范华原

终南亘地脉，远翠落人间。马迹随云转，客心入嶂间。晴沙横古渡，
槲叶满深山。领略高秋意，归来但闭关。余癸西秦中典试，路经函谷、太
华，直至省会。仰眺终南，山势雄杰，真百二气象也。海淀寓窗追忆此景，
辄仿范华原笔意而继之以诗。

校注　　录自《麓台题画稿·题仿范华原（三十幅之一）》。标题有异，少"三十幅之一"。原为《麓台题画稿》第22跋。

★画设色高房山

房山画法传董米衣钵而自成一家，又在董米之外。学者窃取气机，刻意摹仿，已落后一着矣。尝读《雪宝颂古》云："江南春风吹不起，鹧鸪啼在深花里。三级浪高鱼化龙，痴人犹戽夜塘水。"解此意者可以学房山，即可以学董米也。

校注　　录自《麓台题画稿·画设色高房山（三十幅之一）》。标题有异，少"三十幅之一"。原为《麓台题画稿》第23跋。

潇湘夜雨图

画里潇湘雨气赊，茅塘深闭暗山家。何人却舣沧江棹，一夜篷窗伴苇花。米南宫之《潇湘夜雨图》，余未之见。己卯夏日，余愁戚中，玉培过访。借高尚书笔法写此释闷，不计工拙也。

校注　　己卯，康熙三十八年（1699）。

仿子久拟北苑夏山图

壬辰小春，大内见子久《拟北苑夏山图》，为世所稀有，爱慕之切，时不去念，暗中摹索，亦生平好尚意也。适象山贤契遣伻到京，简诗惠问备悉，年登三十览揆之辰在即，造以为赠。

校注　　壬辰，康熙五十一年（1712）。此跋语气不类《麓台题画稿》。

溪桥流水图

南溪年世兄笃好风雅，于余画有嗜痂之癖，相订有年。今筮仕将行，又莅邺台名胜，特作此图以践前约，并志口贺。康熙戊子小春，仿大痴笔。

校注　　康熙戊子，康熙四十七年（1708）。

虞山图

悬老道世长兄，移家就馆虞山，与余经年相别。己巳长至扁舟过访，雨窗剪烛，谈心庆快，得未曾有。欲余写虞山大意，遂仿子久笔作此图。

校注　　己巳，康熙二十八年（1689）。

仿梅道人

巨然衣钵传之梅道人，惟明季白石翁深得其妙。余偶一仿之，于庵主法门或不至望洋也。康熙癸巳秋日于京邸谷诒堂。

校注　　康熙癸巳，康熙五十二年（1713）。

　　　　"谷诒堂"，王原祁原本写法为"谷贻堂"，后人编撰资料时，有时写成"谷诒堂"。

▼画赠石谷山水

石谷先生长余十载，于六法中精研贯穿，独辟蚕丛。余弱冠时其诣已臻上乘矣。先奉常延至拙修堂数载，余时共辰夕，窃闻绪论。辛未后在京邸相往来，每晤必校论竟日。余于此道中虽系家学，然一知半解，皆他山之助也。辛巳为先生七十秩大寿，余作此图，恐以荒陋见笑大方，迟回者久之。今阅二载，养疴休沐，复加点染，就正之念甚切。不敢自匿其丑，兹奉尘左右，惟先生为正其疵谬，庶如金篦利翳耳。康熙癸未初秋。

校注　　　与《虚斋名画录》卷九《王麓台山水为石谷寿轴》相比，异文："时共辰夕"为"时共晨夕"；"金篦利翳"为"金篦刮翳"；"初秋"后有"王原祁画并题"。

辛未，康熙三十年（1691）。辛巳，康熙四十年（1701）。癸未，康熙四十二年（1703）。时王翚年72。其后有康熙四十四年（1705）陈元龙跋："悬君高堂寿君酒，二老风流谁更偶。"邵松年在《古缘萃录》卷九《王麓台寿石谷山水卷》后评价："司农登第后，专心画理，于大痴浅绛尤为独绝。平生绝诣俱见此卷中。尝谓西庐老人画法得力于子久《富春山图》。然太常运腕虚灵，布置神逸，得子久一种清空之气，而仍笔笔沉郁，譬之书法，唐之褚登善（褚遂良）也。司农虽承家学师法子久，独能自辟蚕丛，魄力雄杰，尽得子久古隽浑逸之趣。其秀在骨，一洗娟媚之习，譬之书法，唐之颜平原（颜真卿）也。不为古法囿，不为家法囿，故能卓然成家，与奉常公共有千古。取此卷与奉常《仿子久富春山图卷》合观之，自知识者当不河汉斯言。"

《王司农题画录》卷下

●仿黄鹤山樵秋山读书图

　　黄鹤山樵有《秋山萧寺图》，先奉常曾见之，云笔墨设色之妙为山樵平生杰作。惜已归秦藏，不可复睹矣。甲戌夏，东屿姊丈濒行，属余作《秋山读书图》。丹黄点染，亦欲师其大意，恐私智卜度，终未能梦见万一也。凡阅两寒暑而成，特令匡甥寄归，为我转质之识者。康熙丙子七月既望。

校注　　《吴越所见书画录》卷六《国朝王司农仿黄鹤山樵秋山读书图
　　　　立轴》著录。

　　　　甲戌，康熙三十三年（1694）。丙子，康熙三十五年（1696）。
　　　　《罨画集》卷一有《怀徐东白姊夫》。

●仿赵大年江南春参松雪笔意

　　赵大年学惠崇法，成一家眷属。昔人谓其纤妍淡冶，真得春光明媚之象。但所历不越数百里，无名山大川气势耳。今参以松雪笔意，峰峦云树，宛然相合。方知大年笔墨仍不出董巨宗风，非描头画角者可比，所以为可贵耳。丁亥清和，扈从北发舟中，与司民徐兄手谭之暇，辄为点染，漫成此图，至中秋告竣，聊以发纾性情，不复计工拙也。

校注　　《吴越所见书画录》卷六《王司农仿赵大年〈江南春〉参松雪
　　　　笔意立轴》著录。与之相比，《王司农题画录》在"工拙也"后少

"娄东王原祁题"。徐邦达先生名之为《仿大年、松雪山水轴》。

丁亥，康熙四十六年（1707）。

●仿北苑龙宿郊民图

己丑春初，畅春园新筑直庐。余于外直，暂假雨窗炼笔，写北苑《龙宿郊民图》大意。

校注　　　《吴越所见书画录》卷六《王司农仿北苑龙宿郊民图立轴》、《自怡悦斋书画录》卷四《王麓台仿董北苑龙宿郊民图》著录，徐邦达先生名之为《仿北苑龙宿郊民图立轴》。与《吴越所见书画录》相比，张大镛《自怡悦斋书画录》"春初"为"春日"，《王司农题画录》在"大意"后少"王原祁"。

己丑，康熙四十八年（1709）。

●仿大痴

康熙乙亥中秋，积雨初霁，荼庵老叔过访，属仿大痴笔意，作此请正。

校注　　　《吴越所见书画录》卷六《王司农仿大痴立轴》著录。与之相比，《王司农题画录》在"请正"后少"原祁。"

乙亥，康熙三十四年（1695）。

●舟次所作

此图余戊寅、己卯间在舟次所作，未经题识，不知何往，入都以来已不复记忆。近匪莪老先生携以见示，恍然如昨。拙笔逢赏音，虽燕石亦与美玉同观，可免覆瓿，亦幸事也，因题于画右。康熙壬午清和。

校注　　　《吴越所见书画录》卷六《王司农仿大痴立轴》著录。与之相比,《王司农题画录》"清和"后少"王原祁识"。

戊寅,康熙三十七年(1698)。己卯,康熙三十八年(1699)。壬午,康熙四十一年(1702)。

陆毅字士迪,号匪莪,江苏太仓人。顺治十一年(1654)生,卒年不详(江庆柏《清代人物生卒年表》第421页)。康熙二十七年(1688)进士,官新建知县。康熙三十七年,沈受宏诗赠陆毅(《白溇集》卷八《赠新建陆士迪明府二首》)。康熙四十二年(1703)正月十六日至三月十五间,玄烨第四次南巡。王原祁与陆毅曾一起先行南下(王奕清、王奕鸿撰《颛庵府君行述》、《东江诗钞》卷八《茹明府招同侍讲王麓台、大鸿胪宋坚斋、侍御陆匪莪、太学高槎客饮虎丘梅花楼》)。

● 用高尚书法写少陵诗意

百年地僻柴门迥,五月江深草阁寒。 余丙子春在都,为匡吉甥曾写此诗意,付一友装潢,旋即失去,匡吉颇以为恨。癸未春,同舟至邛道,笔墨之胜,兴到时复作此图,亦了前番公案也。

校注　　《吴越所见书画录》卷六《王司农用高尚书法写少陵诗意立轴》著录。与之相比,《王司农题画录》"案也"后少"麓台祁"。徐邦达先生称之为《用高尚书法写少陵诗意立轴》。

丙子,康熙三十六年(1697)。李为宪字匡吉,麓台外甥、弟子。

● 仿大痴秋山图

余与台兄为洪都之行,仪真舟次已作《高岫晴烟图》。既而溯大江至彭蠡,望九华、匡庐诸山,岩峦奇秀,应接不暇。因思先奉常称大痴《秋山图》苍翠丹黄,神逸超绝今古,惜未得一见,若以此景值秋光,必于是图有吻合也。于此兴复不浅,援笔博粲。戊寅嘉平。

《吴越所见书画录》卷六《王司农仿黄大痴秋山图立轴》著录。与之相比，《王司农题画录》"嘉平"后少"麓台祁识"。徐邦达先生称此画为《仿黄大痴秋山立轴》。

康熙三十七年（1698）十二月，麓台出游江西，途中作《王司农仿黄大痴秋山图立轴》。其后王吉武跋："宋元画家不可得，世间山水无颜色。董宗伯后王都谏，直接前贤妙笔墨。学画初学黄大痴，浮峦陡壑参风则。晚年变化无不为，诸体翻腾有余力。君家太常画绝尘，少小擩染涂窗新。高堂一见遽惊诧，谓是子久来前身。天资既高研悦至，遂得其骨兼其神。戚里争求缣素遍，禁庭且索翰笺频。君常向我论画理，细剔毫毛精抉髓。解悟功存心性中，光华气出诗书里。俗流迷茫罕探秘，名辈脱略未尽美。平生耽习三十年，始觉古人道在是。昔年赠我草堂图，展卷今夸气象殊。适同扁舟千里道，粉本为我收江湖。秣陵东过拂牛渚，彭蠡西望摩香炉。不辞十日坐磅礴，两幅丹碧开蓬壶。图成叫绝咨嗟久，此事流传真不朽。惨淡须窥巧匠心，淋漓固识能工手。烟云草木动灵秀，沙石峰峦结深厚。持去如悬蓬荜间，只愁破壁蛟龙走。河汾门下记从师，同学相看两鬓丝。我诗君画赖陶写，甘苦其中各自知。我诗岂足酬君画，君画还应见我诗。惭愧杜老题王宰，惊人佳句千秋垂。 家麓台兄绘事重海内，而台臣兄以能诗名。去冬同客洪都舟中，相对索画，麓台为作两图，殊得江山之助。台兄赋长歌以张之，老致奇崛，能言其神理，于是画之精髓益见矣。既归出付装潢，欲即以所赋长句题其上而命余书之。余谓两兄画诗各臻闳奥如双璧然，余素不能书而谬为涂鸦，毋乃为郑虔所嗤乎？辞不获命，因谨录之而漫记于左。己卯（康熙三十八年，1699）如月上浣。同学弟王吉武拜书。"

沈受宏《白溇集》卷七《赠别王麓台给谏》："河汾门下侍先生，同学君先一第成。官本直言宜抗节，朝无阙事莫沽名。兴来画笔摊新卷，闲里棋经覆旧枰。最是白云遥望切，釜钟禄养早陈情。"《太仓十子诗选·芝廛集·赠如皋吴白耳三首》其三"此地堪重过，河汾事竟遥（曾受业我完师）"显示，王揆与吴白耳同受业于"我完师"。"河汾门下记从师，同学相看两鬓丝。……余谓两兄画诗各臻闻奥如双璧然，余素不能书而谬为涂鸦"也在说，麓台与台臣（沈受宏）同受业于"我完师。"江庆柏《清代人物生卒年表》载："赵自新字我完，江南太仓人。生于万历二十三年（1595），卒于顺治四年（1647）。"由此可知，王原祁早期发蒙于赵自新。吴山嘉《复社姓氏传略》中有赵氏传。

●仿梅道人秋山图轴

荆涛年道契就选来都，留之邸舍，得共晨夕，笔墨之雅，嗜好忘倦。每观余仿宋元诸家有会心处，间一作树石，斐然成章，可入吾门矣。秋初又试于司马，已入干城之选，顾以违养经年，暂归觐省。余为作《梅道人秋山》，送之归而悬诸北堂，以申南山之颂，亦闲居上寿意也。康熙丙戌小春。

校注　　　《王原祁精品集》第 206 页或《中国绘画全集 27》第 58 页《仿梅道人秋山图》图录。《吴越所见书画录》卷六《王司农仿梅道人秋山图立轴》著录。与图录相比，《吴越所见书画录》跋文"王原祁画并题"中漏"画"字，《王司农题画录》在"小春"后少"王原祁画并题"。

由《东江诗钞》卷十二《寓扬州天宁寺同吕藻南、李荆涛、吴符邺至寺后眺览》可知，荆涛姓李。《太仓州儒学志》卷二《武科》："康熙三十八年（1699）己卯，李湘，荆涛，解元。庚辰（康熙三十九年，1700）进士。"

康熙丙戌，康熙四十五年（1706）。

●仿倪黄笔意

山色向南去，溪声自北来。幽居可招隐，落叶点苍苔。　康熙丙子中秋，仿倪黄笔意。

　　　　《吴越所见书画录》卷六《王司农仿倪黄笔意》著录。与之相
　　　　比,《王司农题画录》"倪黄笔意"后少"麓台祁"。徐邦达先生称之
　　　　为《仿倪黄笔意》。
　　　　　丙子,康熙三十五年（1696）。

●为王在陆［为陆王在］

　　余本不善画,又性成懒僻,友人属笔者,每经年度阁置之。此图在渚
阳时已诺王在陆道兄,而久未践约。今秋相遇都门,晨夕几半载,酒酣耳
热,必命握管,始获告竣。少陵云:"能事不受相促迫,王宰始肯留真迹。"
在陆兄之索余画,无乃太促乎?然数年成约不为不久,因暇而索笔墨,亦
所以策余之懒也。识之画端,以博一粲。时康熙丁卯十月既望,画于京师
邸舍。

校注　　　　《吴越所见书画录》卷六《王司农为在陆策懒立轴》著录。与
　　　　之相比,《王司农题画录》"邸舍"后少"弟王原祁"。徐邦达先生称
　　　　此画为《为在陆策懒立轴》。此外,朱逢泰《卧游随录》著录此跋有
　　　　多处笔误:少"余与"二字,前句"落"字用了□;"瞿亭道长兄"
　　　　少"长"字;"樽酒"改为"尊",大"快"离索;"未知何时得"中
　　　　"时得"二字为□□。
　　　　　《王司农题画录》题《为王在陆》,误,当为《为陆王在》。《罨
　　　　画集》卷三《鞠振飞入都见访,随同陆王在赴平阳送之三首》诗题
　　　　可证。丁卯,康熙二十六年（1687）。

●仿山樵林泉清集丹台春晓二图意

　　黄鹤山樵为赵吴兴之甥,酷似其舅,后乃一变其法,入董巨三昧,可
称智过其师。云林有"笔力扛鼎"之咏,不虚也。余先奉常旧藏有《林
泉清集》《丹台春晓》二图,自幼至老,观摩已久。今作此图,冀欲得其

万一，入室初机也。丁亥六月朔日，题于海淀寓直。

校注　　　《吴越所见书画录》卷六《王司农仿黄鹤山樵〈林泉清集〉〈丹台春晓〉二图意立轴》著录。与它们相比，《王司农题画录》"寓直"后少"麓台"二字。徐邦达先生名其为《仿黄鹤山樵山水轴》。

丁亥，康熙四十六年（1707）。

●仿米家云山

写米家法，布置须一气呵成，点染须五墨攒簇，方见用笔、用墨泼中带惜，由淡入浓之妙。若参得其意，于元季诸家无所不可耳。康熙丁亥冬日，写于海淀寓直并题。

校注　　　《吴越所见书画录》卷六《王司农仿米家云山立轴》著录。与之相比，《王司农题画录》"寓直并题"后少"麓台祁"。徐邦达先生名之为《仿米家云山立轴》。

康熙丁亥，康熙四十六年（1707）。

●仿古脱古法

画道与文章相通，仿古中又须脱古，方见一家笔墨。画虽小艺，所以可观也。余与忍翁老伯论此，深为印可。今春士老道翁兄以省觐暂归，出纸索笔，因作是图就正有道，必更有以教我矣。康熙庚辰上巳仿大痴。

校注　　　《吴越所见书画录》卷六《拟古脱古设色山水轴》、《虚斋名画录》卷九《吴渔山拟古脱古轴》著录。与它们相比，《王司农题画录》在"仿大痴"后少"王原祁"。其后有吴历跋："陶渊明'采菊东篱下，悠然见南山'，唐、宋人和之者多，独韦应物'采菊露未晞，举头见秋山'真为绝和。画之拟古亦如和陶，情景宛然更出新意，乃是脱胎能手。"

黄与坚字庭表，号忍庵，江苏太仓人。详细注释见《耒画集》卷一《游石壁次黄忍庵先生韵》。

●仿大痴笔意赠王［黄］忍庵

忍翁先生文章重海内，著述之余兼精六法，每珍密不肯示人。近见闽游二册，笔墨劲逸，方知文人游戏无所不可。忆戊午岁先生偶见拙笔，谬加奖借，以古人相期许，后十年复见拙笔，曰："近之矣，犹有进。"客冬过访，以所仿宋元六帧奉教，先生击节不置，力索二图。余钝拙茫昧，自顾宛如初学，而先生三十年品题似有次第，即以为印证可乎？遵命呈政。

校注　　　此为《吴越所见书画录》卷六《王司农赠王忍庵横幅二立轴》之一。与之相比，《王司农题画录》"忍翁先生"前少"仿大痴笔意"，"呈政"后少"王原祁"，未抄《王司农赠王忍庵横幅二立轴》之二："仿黄鹤山樵。麓台。"此外，《耒画集》卷一收录《游石壁次黄忍庵先生韵》。此"王忍庵"为"黄忍庵"之笔误。

戊午，康熙十七年（1678）。

●仿大痴秋山图

大痴《秋山》，曾闻之先大父云，少时在京口见过，为诸合作中所未有。星移物换，世历沧桑，百年以来，竟不得留传海内矣。余在畅春寓直，研弄笔墨，即思此言。于大痴画法中求其三昧，不脱不粘，庶几遇之。敢以质诸识者，或亦抚然一笑乎？康熙己丑嘉平画并题。

校注　　　《吴越所见书画录》卷六《王司农仿大痴秋山立轴》著录。与之相比，《王司农题画录》"并题"后少"娄东王原祁"。徐邦达先生名其为《仿大痴秋山立轴》。

己丑，康熙四十八年（1709）。

●仿惠崇江南春

上林处处香翠，绕涧恩波自天。想见江南风景，红亭绿水依然。康熙四十七年四月四日，仿惠崇笔。时年六十有七。

校注　　《吴越所见书画录》卷六《王司农仿惠崇江南春立轴》著录。与之相比，《王司农题画录》"惠崇笔"后少"王原祁"。徐邦达先生称其为《仿惠崇江南春立轴》。

●仿大痴

画家学董巨，从大痴入门，为极正之格。以大痴平淡天真不放一分力量，而力量具足；不求一毫姿致，而姿致横生。此可为知者道，难与俗人言也。余本不善画，以大痴一家家学，师承有自，间一写其法，与知音讨论，可与语者。近得吾毓东道契，斯学从此不孤矣。古人有质疑辨难之法，试以此意寻绎之，毓东必有为余启发者。透网脱颖，余将退舍避之矣。康熙丙戌冬日。

校注　　《南宗正脉》第191页或《山水正宗》上卷第85页《仿大痴山水》图录。陆时化《吴越所见书画录》卷六《王司农仿大痴立轴》著录。《王司农题画录》在"冬日"后少"娄东王原祁题"。徐邦达先生名之为《为毓东仿大痴山水轴》。

唐岱字毓东，号静岩。麓台弟子，官内务府总管。其画深受雍正帝赏识。此图有唐岱收藏印"静岩秘藏珍赏"（朱文正方）。丙戌，康熙四十五年（1706）。

●仿大痴

余前两次扈从，毓东道契每索拙笔，未有以应。今同为武林之行，晨夕半月，谭诗论画，风雅之兴颇为不孤。濡毫吮墨，遂作此图，亦湖山良友之一助也。丁亥清和，仿大痴笔。

校注　　　《吴越所见书画录》卷六《王司农仿大痴立轴》著录，在"仿
　　　　大痴笔"后多"王原祁"。
　　　　　　丁亥，康熙四十六年（1717）。《吴越所见书画录》称，顾琪字
　　　　毓莱，名诸生。

红香夹岸图

　　桃花烂漫入春阑，三月红香夹岸看。不逐渔人寻僻隐，还从江上理纶
竿。 画以达情，诗以言志。此图弃匣已久，今早乘兴告竣，并系以诗。庚
寅王正下旬。

校注　　　陆时化《吴越所见书画录》著录，有异文。原序："画以达情，
　　　　诗以言志。此图弃匣已久，今早乘兴告竣，并系以诗。桃花烂漫入
　　　　春阑，三月红香夹岸看。不逐渔人寻僻隐，还从江上理纶竿。庚寅
　　　　王正下旬。麓台祁。"
　　　　　　庚寅，康熙四十九年（1710）。

●西窗消永图

　　几年梦里江南月，一片相思寄碧云。此日西窗消永昼，青山笔底落秋
旻。余与瞿亭道长兄相别七载，近于长安客舍樽酒言欢，晨夕风雨无间，
大快离索之思矣。出茧纸索画，仿大痴笔意以应其请，情见乎辞。康熙丁
卯七月上浣。

　　昔大痴道人自题《陡壑密林》为生平合作，云非笔之工、墨之妙，乃
纸之善耳。此纸甚佳，而笔墨不足以副之，未知何时得少分相应也，并识。

校注　　　《吴越所见书画录》卷六《王司农西窗消永图立轴》著录，"七

月上浣"后多"王原祁"。

麓台第二跋后接陈元龙、孙岳颁诗作。康熙三十二年，麓台为
揆叙作《富春山图轴》。其后接陈氏、孙氏之诗与之相同。陆时化在
卷后称，钱瞿亭名廷铣，字右文，增贡生，候补中书，诰赠员外中
丞之曾孙。

丁卯，康熙二十六年（1687）。

●仿大痴为卫仲叔祖

卫翁叔祖卜庐南园，有山林泉石之思。三年前新构乐成，出侧理见付，
索余一图。余南北驱驰，客春于役关中，归又为尘冗纠牵，未遑应命。近
余复入都话别，适叔祖静摄轩中，倚榻晤对，笑谓余曰："子又将行矣，能
践三年之约，令吾卧游以当七发乎？"余承命濡毫，作此图请正。时康熙辛
酉夏五上浣，仿大痴笔于南园潭影轩。

校注　　《吴越所见书画录》卷六《王司农仿大痴立轴》著录，"上浣"
　　　　后多"侄孙原祁"。

　　　　辛酉，康熙二十年（1681）。王玠字卫仲，麓台族中叔父。太仓
　　　　南园潭影轩为王玠居所。（毛师柱《端峰诗选·五言律》《柬王二卫
　　　　仲》云："潭影轩前树，清阴有百层。"）

　　　　在王抃眼中，王玠为势利小人。《王巢松年谱·总述》云："卫
　　　　仲叔祖亦于是年（康熙八年，1669）下交，频频过晤，每有相闻，
　　　　无不立至，意况殊寂寞也。七八年中，无事不真实相为，至于口中
　　　　推许，几于逢人说项，心甚感之。壬子（康熙十一年）秋，为募建
　　　　梵钟，小试行道，次年即门庭如市，与渐觉冷落后，复有一二琐事
　　　　相左，遂不无嫌疑，交好迥非昔日矣。夫翻云覆雨，暮楚朝秦，此
　　　　千古炎凉常态也。泛交者，何足深计，乃有不在泛交之列，以我为
　　　　无益于彼，而弃之如敝履者矣，亦有以余不肯堕其术中，而视为厌
　　　　物者矣。当此亦惟反躬自愧而已，岂可以之责人哉？"

　　　　在王抃看来，王玠有一定的文学水平，曾聘请他为乡试同考人

员。康熙十四年（1675）三月，麓台八叔王掞典试山东，招同比部桑雨岚、王玠、沈受宏、毛师柱集山左试院。事见《端峰诗选·七言绝·己未九日维扬舟中杂兴》诗："此日重伤旅客情（乙卯九日，王颛庵太史招同桑雨岚比部暨王卫仲、沈台臣谳集山左试院，今春桑复视学东省，相邀前往）。"

●▼仿倪黄笔意

敬六老表侄索余画甚久，以侍直畅春不遑点染，蹉跎累月。兹荣发首途，写倪、黄笔意勉以驰贺。画虽小道，然淡宕中有精深，小亦可以喻大也。奏最非远，拭目以俟，再当竭其薄技耳。康熙戊子春闰。

校注　　《吴越所见书画录》卷六《王司农仿倪黄笔意立轴》、《虚斋名画录》卷九《王麓台写倪黄笔意轴》著录。《王司农题画录》在"春闰"后少"王原祁"。《吴越所见书画录》称，此画曾为玉峰李氏之物。

　　李敬六为麓台友人宋广业馆甥。康熙四十五年（1706），宋广业在山东署中与岩麟洲、计希深、缪曰藻、李敬六、陆宣颖、陈树滋、子志益集署中雅扶堂限韵分赋历下八景。见《兰皋诗钞》卷十三《历下小草·丙戌初夏，同学岩麟洲、计希深、缪文子暨馆甥李敬六、陆宣颖、内侄陈树滋、儿子志益集署中雅扶堂，限韵分赋历下八景，分得锦屏春晓限东字》。

●仿大痴兼赵大年江南春意

古人画道精深之后自成一家，不为成法羁绊。如董华亭之于大痴，本生平私淑者，及至仿摹用意，得其神不求其形，或倪黄或赵兼而有之，苍淡秀润无所不可，所谓出入于规矩之中，神明于规矩之外也。余春初以积劳静摄，扃户谢客，玉培以侧理为雨翁老亲家老先生索笔。余正在畏热恶寒中，不敢自匿其丑，因以此意作之，以博识者喷饭耳。康熙庚寅花朝，画毕后题。

校注　《山水正宗》上卷第 213 页《庚寅花朝画山水》图录。《吴越所见书画录》卷六《仿大痴兼赵大年江南春意立轴》著录。《王司农题画录》“后题”少“娄东王原祁”。

康熙庚寅，康熙四十九（1710）。雨翁，麓台侄婿蒋欟。

●仿高尚书云山图

此图仿高尚书《云山》，余丙子春雨窗所作。是日诸友俱集寓斋，联吟手谈，争欲得之，不意归于謩儿。年来往来南北，遂致庋阁，余亦不复记忆。今辛巳九秋，謩又将南归，出此请题，余再加点染并识岁月云。

校注　《王原祁精品集》第 77 页或《中国绘画全集 27》第 12 页《仿高克恭云山图》图录。《吴越所见书画录》卷六《王司农仿高尚书云山图立轴》著录。《王司农题画录》“岁月云”后少“麓台”。

丙子，康熙三十五（1696）。辛巳，康熙四十年（1701）。

王謩，麓台长子，雍正年间官至巡抚。

●仿倪高士滩声潧潧杂雨声图

倪高士《滩声潧潧杂雨声图》，董宗伯最得力于此，每见临摹题跋，而云林真本未得一觏。瀛洲问渡，候潮得暇，司民属余为念澄道兄写此意。笔痴墨钝，不足当一粲也。

校注　《吴越所见书画录》卷六《王司农仿倪高士滩声潧潧杂雨声图立轴》著录，“一粲也”后多“麓台祁”。

陆时化称：“徐司民善奕，称国手。郭念澄讲究食品，俱司农门下客。”

●大痴小幅

爱翁曾叔祖，吾娄之硕果也。年八十矣，忽乘兴游京师。家中堂馆之精舍，居月余而为阴雨所苦，接淅而行，坚留不可，云必得余拙笔为快。颓唐之笔，何足以辱尊长，且行色匆匆，余又王事无暇点染，勉作大痴小幅，以资家乡话柄。真米老所谓惭惶煞人也。康熙乙未七月望前画并题。时年七十有四。

校注　　　陆时化《吴越所见书画录》卷六《王司农大痴小幅立轴》著
　　　　　录。《王司农题画录》在"并题"后少"侄孙原祁"，加"时"。徐邦
　　　　　达先生名之为《为爱翁仿大痴设色山水轴》。
　　　　　乙未，康熙五十四年（1715）。"家中堂"即麓台八叔王掞。

●液萃

第一幅仿董北苑。　六法中气韵生动至北苑而神逸兼到。体裁浑厚，波澜老成。开以后诸家法门，学者罕窥其涯际。余所见半幅董源及《万壑松风》《夏景山口待渡》卷皆画中金针也。学不师古，如夜行无火。未见者无论，幸而得见，不求意而求迹，余以为未必然。　余奉敕作董源设色大幅，未敢成稿，先以此试笔，并识之。

第二幅仿黄大痴。　张伯雨题大痴画云："峰峦浑厚，草木华滋。"以画法论大痴非痴，岂精进头陀而以释巨然为师者耶。余仿其笔，并录数语。

第三幅仿赵松雪。　桃源处处是仙踪，云外楼台映碧松。惟有吴兴老承旨，毫端涌出翠芙蓉。　赵松雪画为元季诸家之冠，尤长于青绿山水，然妙处不在工而在逸。余《雨窗漫笔》论设色不取色而取气，亦此意也。知此可以观《鹊华秋色》卷矣。

第四幅仿高房山。　董宗伯评房山画，称其平淡天真近于董、米，与子昂并绝。余亦学步久而未成，方信古今人不相及也。

第五幅仿黄鹤山樵。　叔明少学右丞，后酷似吴兴，得董巨墨法，方变化本家体。琐细处有淋漓，苍莽中有妩媚，所谓奇而一归于正者。云林

赠以诗云："王侯笔力能扛鼎，五百年来无此人。"不虚也。

第六幅仿一峰老人。　大痴画经营位置可学而至，其荒率苍莽不可学而至。若平林层冈、沙水容与尤出人意表，妙在着意不着意间。如《姚江晓色》《沙碛图》是也。若不会本源，臆见揣摩，疲精竭力以学之，未免刻舟求剑矣。

第七幅仿云林设色。　云林画法，一树一石皆从学问、性情流出，不当作画观。至其设色，尤借意也。董宗伯试一作之，能得其髓。先奉常仿作《秋山》最为得意。谨识于后。

第八幅仿巨然。　巨然在北苑之后，取其气势，而觚棱转折融和淡荡，脱尽力量之迹。元季大痴、梅道人皆得其神髓者也。此图取《溪山行旅》《烟浮远岫》意而运气未能舒展，此工力之未纯。若云纸涩拒笔，则自诿矣。

第九幅仿黄子久。　大痴元人笔，画法得宋派。笔花墨沈间眼光穷天界。《陡壑密林图》可解不可解，一望皆篆籀。下士笑而怪，寻绎有其人，食之如沆瀣。余仿大痴，题此质之识者。

第十幅仿梅道人。"梅华庵主墨精神，七十年来用未真。"此石田句也。石田学巨然得梅道人衣钵，欲发现生平得力处，故有此语，然犹逊谢若此。余方望崖涉津，欲希踪古人，其可得耶。

第十一幅仿黄大痴。　荆关遗意，大痴则之。容与浑厚，自见欹歃。刻画圭角，纤巧韦脂。以言斯道，皆非所宜。学人须慎，毫厘有差。《天池石壁》，粉本吾师。　大痴《天池石壁》有专图，《浮峦暖翠》中亦用此景，皆传作也。误用者每蹈习气，余故作箴语。

第十二幅仿倪高士。　董宗伯题云林画云："江南士大夫以有无为清俗，卷帙中不可少此笔也。"今真虎难觏，欲摹其笔，辄百不得一，此幅亦清润可喜。

匡吉甥笃学嗜古，从余学画有年，笔力清刚，知见甚正，楷模董巨、倪黄正宗。嘱余仿八家名曰《液萃》。余信手涂抹，稍有形似者弁之曰"仿某氏"，如痴人说梦、夏虫语冰不足道矣。耳目心思何所不到，出入诸贤三昧，辟尽蚕丛，顿开生面，良工苦心，端有厚望，不必问途于老马也。康熙乙酉重阳日。王原祁题于谷诒堂。

校注　　《山水正宗》中卷第352—353页、《王原祁精品集·仿古山水图册》第194—205页图录。《中国绘画全集27》第54—57页《为匡吉仿古山水图册》图录不全。与图录相比，《王司农题画录》异文如下：少隶书引首："六法金针，八十四叟随庵撰书。"第一幅"窥"误为"观"，"识之"后少"麓台祁"。第四幅"平淡天真"漏"天真"。第十一幅改"仿大痴道人"为"仿黄大痴"，"此幅亦清润可喜"漏"亦"。第十二幅后增加"总跋"，"重阳日"后少"王原祁"。此外，《吴越所见书画录》卷六《液萃》著录。《三秋阁书画录》卷下所收《清王麓台设色山水屏》，当仿自《液萃》。第一幅与第三幅、第三幅与第十幅跋文同。第二幅与《液萃》第二幅相比，跋文"头陀"后少"而"，"数语"后多"麓台祁"。第四幅与《液萃》第六幅相比，后者跋文"荒率"而非"荒索"。两者所钤印章有异。

李为宪字匡吉，麓台外甥。康熙乙酉，康熙四十四年（1705）。

●仿元季六家推篷卷

画道笔法、机趣，至元人发露已极，高彦敬、赵松雪暨黄、王、吴、倪四家共为元季六大家。此皆得董、巨精髓，传其衣钵者也。余苦心三十余年，终未梦见。兹就臆见仿各家大意以自验其所得，未知境诣如何。

石帆龚先生为余中表尊行，游于京师，摛词立品人争重之，而先生不为意顾，惟余画是好。两年以来，余退食之暇，辄来过访，风雨晦明，谈心晨夕，殆寒暑无间也，余为作画甚多。此仿元人六幅，云将汇成长卷，归以奉尊慈施太夫人，预为八袠冈陵之祝。先生之孝思深矣。昔人有云："烹龙为炙玉为酒，鹤发初生千万寿。"子之奉亲必如此，方见彩服承欢之盛。拙笔聊可覆瓿，将母无乃不称，然乐山、乐水寿在焉，以此彰令德、祝遐龄，奚为不可，又何计其工拙乎？康熙癸未清和月。

校注　　《吴越所见书画录》卷六《王司农仿元季六大家推篷卷》著录，"画道笔法"前少"仿高尚书云山"。"未知境诣如何"为第一帧，少第二帧"仿赵松雪《松溪仙馆》"、第三帧"仿黄鹤山樵《丹台春晓》笔"、第四帧"仿黄大痴笔意"、第五帧"仿梅道人笔"、第六帧"仿倪高士设色平远。康熙癸未清和月上旬。麓台王原祁笔","清和月"后少"王原祁拜题"。徐邦达先生名之为《仿元六家山水推篷卷》。

●意止斋图卷为敬立表叔作

五柳先生爱此眠，萧斋清寂似林泉。名高自足光时论，意止还能淡物缘。鸟语窗幽真竹径，花香客到正梅天。前朝祖泽依然在，松下闲吟续旧编。　双桥桃柳映沙墟，可似幽人水竹居。领略风光诗思好，规模粉本墨痕疏。荒庭草没抽书带，排几窗明落蠹鱼。且待东篱花发候，送将白堕到君庐。　题意止斋二律似敬老表叔并正。

校注　　　《吴越所见书画录》卷六《王司农意止斋图卷》著录。与之相比，《王司农题画录》卷首漏抄"意止斋图。戊寅春，为敬立表叔作。王原祁"，"老表叔并正"后少"王原祁"，未抄麓台续跋《意止斋记》。

　　　　　龚秉直二律："碧溪如带绕柴荆，花径从无剥啄声。地自爱偏仍小筑，室还忘陋命新名。扫除壁落安茶笼，摒挡轩窗置酒铛。怪底主人翻是客，往来成偶别来轻。　饥驱无计可宁居，壁网蟏蛸榻半虚。魂梦几曾抛客思，书画真觉是吾庐。含风疏竹疑同笑，带月寒梅且罢锄。何日掩关成活计，菜根麦饭了残书。茜溪主人龚秉直。"

　　　　　龚秉直相关信息见《罨画集》卷三《题龚敬立意止斋二首》校注。

●九日适成卷

北风向南吹，木落征途引。壮子将言归，苍茫理车轸。送远新愁开，逢节旧醅尽。吾叔罗樽罍，高会龙山準。素心六七人，欢洽无矛盾。传杯插茱萸，登台西岭近。小户张我军，飞觞不为窘。月出动清商，羯鼓鹍弦紧。高山流水情，触拨不能忍。归家复挑灯，挥洒胸中蕴。悠然南山意，落帽可同哂。付儿留箧中，他年卜小隐。 九日集八叔寓中，用杜少陵“兴来今日尽君欢”句为韵，拈得“尽”字，长卷适成，即为题后。謩儿南归，付其行箧。康熙辛巳九秋望日，画于长安寓斋。

校注 《王原祁精品集》第138—149页《九日适成图卷》图录，《虚斋名画录》卷五《王麓台九日适成卷》著录。与图录相比，《王司农题画录》在“九秋望日”后少“麓台”。《自怡悦斋书画录》卷十后陆恬跋：“先侍御在户曹时与司农公最相契厚，见笔墨之精者，必力请得之。择之精而守之固，好之笃而久弗懈。故以疾南归，箧中无他物，惟王司农之烟云缭绕耳。此卷乃司农得意之尤者，即先侍御亦弗能致，乃以授令嗣中丞公梅冶。今中丞墓木已拱，余竟获之，可谓世世与司农笔墨有缘也。”此图曾经清代陆恬、景其浚、张大镛，近代庞元济收藏。其中，陆恬为陆毅之子。

辛巳，康熙四十年（1701）。

●西岭烟云卷

西岭烟云，富春遗法。 董宗伯论画云：“元人笔兼宋法，便得子久三昧。”盖古人之画以性情，今人之画以工力。有工力而无性情即不解此意，东涂西抹无益也。树峰老先生为余先辈执友，又同值禁庭，朝夕随几杖，性情相契已久。乙酉之冬，忽手书草诀百韵见贻，余得之如拱璧。两年以来，思以笔墨奉酬。不轻落笔，手摹心追，入痴翁之门，达宗伯之意，庶几与古人性情少分相合。先生其有以教我乎？康熙丁亥八月朔日题于京邸谷诒堂。

校注 《吴越所见书画录》卷六《王司农西岭烟云卷》著录。与之相比，《王司农题画录》少引首“众山皆晓。树补年道兄。汪士鋐”，“富春遗法”后少“康熙丁亥八月朔日，麓台作”，“有以教我乎”后

少"娄东王原祁"，多"康熙丁亥八月朔日"。

康熙丁亥，康熙四十六年（1707）。徐邦达先生名之为《西岭烟云卷》。树峰为孙岳颁，与汪士鋐、麓台为同僚。

●万壑千崖卷

万壑泉声满，千崖树色深。 八叔父属余仿子久长卷，遵命图此。天寒呵冻，殊愧不工，然体裁未失，犹与古人大意不甚径庭，或存之箧中，再观薄技，以冀少有进步耳。 康熙辛巳嘉平敬题。

校注　　《吴越所见书画录》卷六《王司农万壑千崖卷》著录。与《王司农题画录》相比，"嘉平"后多"侄原祁"。

　　　　麓台八叔父王掞，权臣宋德宜之婿。康熙九年（1670）与麓台同成进士，后选庶吉士入翰林，步步升迁，位至相国。作为太子党首领，康熙末年因太子之争而受康熙帝冷落，雍正年间饱受打击。

仿子久为曹廉让

笔墨余性所耽习，每遇知音，不敢轻试，辄作常至经年累月，稍得妥适，终未得希踪古人。此图为廉让年兄所作，长夏公余，勉为点笔，清况索米，时复撄心，涩滞从气韵中不觉现出，何以副知音之请乎？书以志愧。

校注　　用词、语气不类《麓台题画稿》。

仿大痴为储又陆

余少年笔墨，以习帖括，未能竟学。自出于阳羡储夫子之门后，方得专心从事。又四十余年矣，余犹忆三十年前为先师作一小幛，亦仿大痴，尔时肠肥脑满，信手涂抹，不知作何境界也。近与又陆二世兄聚首都门，历叙凤昔，未免有交密迹疏之叹。又兄欲得拙笔弄之行囊中，以当时时唔言，并与前画一较优劣，是必有以教我矣。作此图以请正。

校注　　阳羡，宜兴的古称。"自出于阳羡储夫子之门后"：康熙九年（1670），储玉依为《春秋》房同考官。储振玉字玉依，号退庵。崇祯十五年（1642）生，康熙二十九年（1690）卒（见储欣《在陆草堂文集》卷四）。

康熙五十二年（1713），阳羡储在文与王原祁同时撰修《万寿盛典》。储又陆或为储振玉的后人或族人。

仿范华原

范中立《溪山行旅》取正面，雄伟见其岩岩气象。兹取侧势，亦是一法。

仿老米笔

襄阳笔法得董北苑墨妙，而纵横排宕自成一家。其入细处有极深，研几之妙，得其迹并得其神，则于诸家画法无微不入矣。康熙己丑自春徂夏，供奉之暇，仿北宋四家练笔。因少陵有示阿段诗，即以付范侍者。

校注　　康熙己丑，康熙四十八年（1709）。少陵，杜甫。其有《示獠奴阿段》诗。

仿董思翁设色

思翁画于董巨、荆关、黄赵、倪高诸家悉皆入室。潇洒中有精神，黯淡中有明秀，皆其得力处也。余家旧藏有《江山垂纶图》，系平远设色，用笔纯是古法。余变为高远，摹仿其笔意，亦近之，但未能脱化耳。时己丑九秋九日。

仿王叔明

山樵酷似其舅，笔能扛鼎，晚年更师巨然，一变本家体，可称冰寒于水矣。

仿云林意

云林结隐卧江乡，五百年来笔墨香。借得溪山消寂寞，不愁风雨近重阳。

▼湖湘山水图卷

幼芬大弟黔中典试回，备述湖湘山水之妙，欲余作长卷以纪其胜。余闻洞庭以南，峰峦洞壑，灵奇萃焉。或为峭拔，或为幽深，或云树之变幻蔽亏，或沙水之容与淡荡，随晦明风雨以成变化。余且未经历其地，非笔所能摹写也。昔洪谷子遇异人论画云："用其意，不泥其迹。"此图余亦以意为之耳。自客秋经营至今，意与兴合，辄为点染，不问位置之得似与否。图成而归之，以供吾弟一噱也。时康熙辛巳秋八月四日。

校注　　　　《虚斋名画录》卷五《王麓台湖湘山水卷》著录。《山水正宗》
　　　　　　上卷第 205 页图录。
　　　　　　康熙辛巳，康熙四十年（1701）。王奕清字幼芬，王掞长子，亦
　　　　　　善山水。康熙三十八年（1699），王奕清以编修主贵州乡试。

仿子久长卷为赵松一

古人有云："一日相思，千里命驾。"此交道之厚也。余与松一赵兄交

甚厚，于余之入都也，渡江涉淮送余及清江浦而返，此亦古人千里命驾之意也。余无以为情，舟次作长卷以赠之。是卷始于五月十八日，成于七月十七日，凡两阅月。 麓台祁再识。

校注 　　《南宗正脉》第 152—153 页或《山水正宗》上卷第 58—63 页图录，《自怡悦斋书画录》卷十《王司农清江道中仿子久笔卷》著录。原作在此跋前有"庚午初秋，为松一道长兄仿黄子久笔。王原祁"，在"赠之"后有"凡耳目所见闻，胸怀之郁旷，皆得之心而寓之笔也。余往矣，松一倘念余，携此卷而为长安之游，不无后望焉"。

　　　　赵贞字松一。与王原祁同为盛敬门下。据毛师柱《端峰诗续选》卷五《哭赵松一》（卷五收录康熙四十三、四十四年作品）可推知，康熙四十三年（1704）或康熙四十四年（1705），赵贞卒。此图有赵贞印章二："贞字松一"，白文正方；"兰怀堂藏"，白文正方。

仿黄鹤山樵水墨卷赠吴玉培

　　画卷须穷极变化，其中纵横排荡，幽细谨严，天然成就，不露牵合之迹，方为合式。四家中山樵笔更不可端倪。余见其《秋山萧寺》《丹台春晓》《林泉清集》《夏日山居》诸图，机生笔，笔生墨，墨又生笔。以意运气，以气全神。想其挥毫时，通身入山水中，与之俱化。位置、点染皆借境也。余以四图意参用一卷。拙笔钝资，妄希效颦。每日清晨，悉心体认，然后落笔，积之既久，渐觉有生动意。向来惨淡经营，此卷似有入门处。玉培吴兄晨夕寓斋二十年，时见余画，独于此卷甚喜。因以持赠，并质之识者，不为喷饭否？康熙甲申九秋，题于京邸谷诒堂。

校注 　　《古缘萃录》卷十《王麓台仿黄鹤山樵山水卷》著录，徐邦达先生名之为《为玉培仿山樵山水卷》。

　　　　卷后有康熙四十六年（1707）王原祁跋："此卷为余练笔之作，刻意揣摩，结构两年始成，留贮箧中。玉培南归，坚索携去。玉培复来都门，此卷遂入质库。今春，薯儿扈从还家，展转得之，归装挈入。适拙园大弟视学西蜀，爰以奉贺，此画得所归矣。前大弟典试黔中，公事竣后，暂省乡园，行道湘水，云：'山水幽邃蔽□，各家俱备，似黄鹤山樵者为多。'蜀中奇秀甲天下，木末水滨有可剪取处否？报最还朝，又可借此一闻快论，以广余意也。丁亥中秋麓台祁又题。"

康熙四十七年（1708），王奕清跋："此家学士麓台仿黄鹤山樵得意笔也。结构点染，多象外巧妙。客秋余奉命入蜀，家学士出此卷见遗。余携来箧中，每过山水佳秀处，辄于此卷有神会。渝州陈太守允匡风雅好事，夙慕家学士笔墨，余转以赠之。山郭朝晖，江楼清练，时一披展，当复觉此卷辉映生色也。戊子小春题于锦官官舍。娄水王奕清。"

康熙甲申，康熙四十三年（1704）。王奕清，号拙园。

仿大痴富春山图长卷

古人长卷自摩诘《辋川图》始立南宗楷则。惜余未之见。偶阅画稿，方知右丞用意之深远，行间墨里，配搭无纤毫隙漏，真有化工之妙。不知真笔墨之运用，又如何耳。十年前见北苑《夏景山口待渡图》，乃知唐、宋诸大家理同此心，心同此理，渊源相绍续，无少差别。北苑如是，右丞亦如是也。元季长卷见《大痴富春山图》，笔墨奔宕超逸，脱尽唐、宋成法，真变化于规矩之外，神明于规矩之中。画至此神矣，圣矣。余自幼学画，每侍先奉常窃闻讲论，必以痴翁为准的。痴翁笔墨尤以《富春》为首冠，及一见之，辄有不可思议之叹。此图约略仿其大意，若谓能得古人堂奥，则吾岂敢。时康熙辛卯春日，画成，漫题于谷诒堂。时年七十。

校注　　李佐贤《书画鉴影》卷九《仿大痴富春山图卷》、《古缘萃录》卷十《王麓台仿黄鹤山樵山水卷》著录。《王司农题画录》与《古缘萃录》相比，"时年七十"前少"娄东王原祁"。

康熙辛卯，康熙五十年（1711）。

溪山合璧汇写黄倪、王吴四家笔意

元季四家悉宗董巨，各有作用，各有精神。古人讲求笔墨间为两家合作，从未有四家同卷。余之作此，亦仿古人合传之法，随意结构者也。中间有分有合，若断若续，全在不即不离处。若云摹拟四家，笔端所发，性灵自我而出，丘壑出入之际，岂能得其三昧？若云不是四家，逐段经营，各具面目各别，识者未必竟诮为门外汉也。余学宋、元诸家，每有汇为一卷之志，事故纠纷，多年未成。今先以四家试之卷内，开合变化自出机杼，奇思虽无，陈言尽去。辍笔谛观，无钩巾棘履之态。董华亭论画云："最忌笔滑""不为笔使"二语，知所遵守，庶几近之矣。喜其有成，用识于后。康熙庚寅清和，题于海淀寓直。

校注　　《古缘萃录》卷十《王麓台仿元四大家山水》著录。异文："合卷"为"同卷"。

康熙庚寅，康熙四十九年（1710）。励宗万（1705—1759）字滋大，号衣园，直隶静海人。

▼仿梅道人笔

季书道世兄雅有笔墨之好，己卯冬日余在邗，阻风雪急欲归矣，而季书惓惓之意，难却其请，呵冻为仿梅道人笔。

校注　　《虚斋名画录》卷九《王麓台仿梅道人山水轴》著录。
己卯，康熙三十八年（1699）。

仿黄鹤山樵

忆癸酉秋在秦，为雨亭先生仿大痴笔，今阅八年矣。兹复为学山樵笔墨，痴钝未得古人高淡流逸之致，功浅而识滞，今犹昔也。请正以博喷饭。

康熙辛巳暮春下澣。

写摩诘诗意

　　山中一夜雨，树杪百重泉。辛巳秋日，读摩诘诗，见二句欣然会心，
遂为皇土老贤甥写此景，以博一粲。

仿倪黄小景

　　天游侄吾家之白眉也。为人好学深思，温然如玉。而又酷嗜风雅，以
余复将北行，过谈弥日不倦，因作倪黄设色小景示之，使知理以机运，神
山气全。笔墨一道不外是矣。癸未元夕题。

仿大痴设色

　　笔墨一道，非寄托高远、意兴悦适，经营点染时，心手便不相关，古
人于此每椟砚搁笔，动以经年，亦机缘未到也。瞻亭年兄见付侧理甚久，
每为公冗所稽。今春养疴邸舍，瞻兄妙剂可当七发，霍然而起，颇得淋漓
之致。可以践宿诺矣。书以识之，勿以迟迟见诮也。庚辰寒食前笔。

校注　　　《古缘萃录》卷十《王麓台仿大痴山水》著录，《海外藏中国历
　　　　代名画》第 167 页《为瞻亭七发妙剂图轴》图录。图录有异文："搁
　　　　笔"前少"楗砚"，"寒食"为"寒日"，跋尾多"娄东王原祁"。
　　　　庚辰，康熙三十九年（1700）。

仿古山水册

清苍简淡云林本色也。间一变宋人设色法，更为高古，明季董华亭最
得其妙，此图拟之。

梅花庵主有《溪山无尽》《关山秋霁》二图皆称墨宝。此帧摩其梗概，
有少分相合否。

黄鹤山樵《林泉清集图》，余家旧藏也。今已失去，因追师其意。

房山画法与鸥波并绝，在四家之上，此帧略师其意。

落花流水杳然去，别有天地非人间。　仿松雪笔。

山川出云为天下雨。　仿米元章笔意。

子久设色在着意不着意间，此图未知近否。

北苑真迹，余曾见《龙宿郊民图》及《夏景山口待渡》长卷，今参用
其笔。

用笔平淡之中，取意酸咸之外，此云林妙境也。学者会心及此，自有
逢原之乐矣。康熙乙未长夏，仿宋元诸家并题于京邸之谷诒堂。

校注　　　潘正炜《听帆楼书画记》卷五《王麓台仿古山水册》、《古缘萃
　　　　录》卷十《王麓台仿古山水册》著录。《王司农题画录》与《古缘萃录》
　　　　相比，异文："诒"为"诒"。与《听帆楼书画记》相比，异文较多。
　　　　乙未，康熙五十四年（1715）。

仿大痴天池石壁图

大痴画峰峦浑厚、草木华滋。《浮岚暖翠》《天池石壁》二图则尤生平

杰作也。余兼师其意，具眼者鉴之。康熙丙子冬日呵冻笔。

校注　　　《古缘萃录》卷十《王麓台仿大痴天池石壁图轴》著录，《中国
　　　　　古代书画图目·22》图录。与《王司农题画录》相比，《王麓台仿大
　　　　　痴天池石壁图轴》在"呵冻笔"前有"麓台祁"。

　　　　　康熙丙子，康熙三十五年（1696）。

▼竹溪渔浦松岭云岩卷

　　　竹溪鱼浦，松岭云岩。　　　画法气韵生动摩诘创其宗，至北苑而宏开
堂奥，妙运灵机，如金声玉振，无所不该备矣。余曾见半幅董源及《夏景
山口待渡》二图，莫窥涯际，但见其纯任自然，不为笔使。由此进步，方
可脱尽习气也。此卷始于辛巳之秋，成于甲申之夏，位置牵置，笔痕墨迹，
疥癞满纸。然其中经营惨淡处，亦有苦心，瑕瑜不掩，识者当自鉴之。康
熙甲申六月望日，题于京邸谷贻堂。

校注　　　《山水正宗》上卷第142页或《王原祁精品集》第112—120页
　　　　　图录。《虚斋名画录》卷五《王麓台竹溪渔浦、松岭云岩》著录。与
　　　　　它们相比，《王司农题画录》写"贻"为"诒"（此二字皆见于王原
　　　　　祁传世真迹跋文中）；在"京邸谷贻堂"前少"麓台祁"。

　　　　　辛巳，康熙四十年（1701）。甲申，康熙四十三年（1704）。

▼仿古山水卷为紫崖先生寿

　　　余读《诗》至《抑》之篇，卫武公耄而好学，年至期颐，人称睿圣，
始知学无止境，好之者未有不臻绝诣者也。紫崖先生年八十矣，而好学不
厌。画道尤为精深，独于余有嗜痂之癖。晨夕过谈，弥日忘倦。至于古人
妙境，尤寤寐羹墙。所云切磋琢磨，庶几有焉。以年如此，以学如此，岂

非六法中之卫武耶？此卷侧理颇佳，先生索余笔墨，藏弄箧中三年。今值大寿之辰。写此进祝冈陵，并引卫武以广先生之画。先生见之，当亦辗然一笑乎？康熙己巳畅月长至后五日。

校注　　　　《山水正宗》上卷第54—56页《仿黄公望山水》图录。与《王司农题画录》相比，图录在"一笑乎"后多"谨识"，"五日"后多"王原祁画并题"。

　　此图有黄与坚引首："笔参三昧。麓台能于画理伐毛洗髓，得其神奇。至摹仿大痴，传自家学而更加超诣。此卷磊落不群，睥睨千古，笔墨间又能以萧散之致相为变化，非得画家三昧未易臻此妙境也。紫崖年翁精于绘事，故麓台作此赠之。余展玩再三，深为叹绝，因题于首。忍庵黄与坚。"卷末王原祁书"麓台仿古"。又有王撰跋："古人论画以气韵为主，气韵胜者自有一种天趣，超乎笔墨之外。若徒规摹往迹，专尚精能，虽工力甚深，终类作家，殊少士气，非善画者所尚也。家侄茂京素工绘事，其高逸之致，原从神骨中带来，而于宋元诸家冥心默契，遂能得其三昧。此卷为紫崖先生作，运笔苍莽，洒墨淋漓，浓淡疏密之间，奕奕生动，似不拘绳尺而自然合法，似不经模拟而意外出奇，极空阔处益见浑厚，极稠密处益见疏朗，纵横变化，固非丹青家所知。盖以紫翁画学精邃，耄耋之年沉酣于此，茂京日夕讲论，实有水乳之合，故不惜全力写成此卷，以质识者，宜其珍爱不忍释手也。余不知画，漫题数语，以识叹赏云尔。辛未（康熙三十年，1691）九秋下澣。随庵王撰书。"

　　己巳，康熙二十八年（1689）。《王巢松年谱》"癸卯三十六岁"称，康熙二年（1663），王抃携《曹娥碑》偕周肇、朱耆清北上，后与王紫崖等同舟南归。康熙二十八年，《端峰诗选·七言古·顾樊村先生招集看梅，用秦太虚浮香亭韵（同华天御、王戒庵、朱仇池、王紫崖、郑籛亭、家禹黄叔祖诸先生暨王孝移、黄缵儒、龚敬立、王若千诸子）》称，王紫崖在太仓与顾士琏等士人关系密切。其诗中有"先生八十颜未槁"句。

▼仿宋元六大家

东坡《宝绘堂记》云："君子寓意于物，而不可留意于物。"画亦物也，为嗜好耽玩所拘，则留矣。石帆表叔箧中有残楮数幅，余偶戏为试笔。表叔每日携之至寓，暇日辄促点染，遂成六帧。余不过自适己意，而表叔留之成迹，反为累矣。以此奉箴何如？康熙辛巳嘉平中瀚题。

校注　　《山水正宗》中卷第302页或《王原祁精品集》第124—137页图录，顺序有异。北京故宫博物院藏，辽宁省博物馆藏本为摹本。《虚斋名画录》卷五《王麓台仿宋元六家卷》著录。与图录相比，异文有：《王司农题画录》"每日"为"每时"，"嘉平中瀚题"前少"王原祁"，且未录六帧跋文。王原祁仿宋元六帧为：第一帧："巨然《山庄图》。王原祁。"第二帧："写小米云山。麓台。"第三帧："剪取富春卷一则。麓台戏墨。"第四帧："黄鹤山樵《松云萧寺》。石师漫笔。"第五帧："扫花庵主人写云林笔。时辛巳残腊。"第六帧："梅道人墨法。麓台。"
　　　　康熙辛巳，康熙四十年（1701）。

▼仿大痴山水卷

大痴画法皆本北宋，渊源荆关、董巨，和盘托出其中不传之秘，发乎性情，现乎笔墨，有学而不能知者，有知而不能学者。今人臆见窥测，妄生区别，谓"大痴为元人画，较之宋人，门户迥别，力量不如"。真如夏虫不可以语冰矣。明季三百年来，惟董宗伯为正传的派，继之者奉常公也。余少侍几席间，得闻绪论，今已四十余年。笔之卷末，以质之识者。时康熙甲申春仲朔，写于京邸谷诒堂。

校注　　《山水正宗》上卷第78页《仿大痴山水》图录。《虚斋名画录》卷五《王麓台仿大痴山水卷》著录。与图录相比，《王司农题画录》"写于京邸"前少"麓台祁"。

212

康熙甲申，康熙四十三年（1704）。

▼为孟白先生寿

余至维扬，客于延陵之馆，识友竹兄，笃于气谊之君子也。岁之十月，为尊甫孟白先生八袠寿，预作此图奉祝。时康熙庚午七月朔日。

校注　　《中国古代书画图目22》京 1-4837《山水》图录。《虚斋名画录》卷九《王麓台山水为孟白先生寿轴》著录。与之相比，《王司农题画录》"朔日"后少"娄东王原祁"。

▼写大痴得力荆关意

荆关、董巨为元四大家祖祢。大痴画人知为董巨正宗，不知其得力于荆关之处也。屺望侄问画于余，以此告之，随写其意，当为识者讪笑矣。时康熙己卯长夏。

校注　　2012 年《匡时·古代绘画专场》第 718 页《仿大痴山水》图录。与之相比，《王司农题画录》"长夏"后少"麓台祁识"。《虚斋名画录》卷九《王麓台写大痴得力荆关轴》著录。
　　　　康熙己卯，康熙三十八年（1699）。麓台侄王瞻字屺望。

▼补云林遂幽轩图

书年道契出所藏倪高士《题良夫友遂幽轩》诗并跋见示，笔法古劲，点画斐亹，确系真本，但诗存而画不可得见矣。书年属余补图诗意，以征君墨迹弁其首，亦名其轩曰"遂幽"，悬之室中，安见古今人不相及？愧余腕弱笔痴，不能步武前哲耳。康熙庚辰孟冬望前。

校注　　　《中国绘画全集 27》第 22 页《遂幽轩图》图录。与之相比，《王
　　　　　司农题画录》"望前"后少"麓台祁识"。《虚斋名画录》卷九《王
　　　　　麓台补云林遂幽轩图轴》著录。其后有跋："遂幽轩补图。康熙壬午
　　　　　闰夏，狮峰沈宗敬。"孙岳颁跋："……赖有右丞灵妙笔，图成真不
　　　　　让云林。孙岳颁题为书年老侄。"陈元龙跋："……好在卷帘闲坐看，
　　　　　洗天岚翠湿秋林。题为书年年道兄，陈元龙。"胡会恩跋："……萧
　　　　　萧野屋夹双桐，孙郎结构将无同。古人寄托今人在，想象秋山淡墨
　　　　　中。题奉书年老年道翁，胡会恩。"励杜讷跋："……梦想云林泼墨
　　　　　时，辋川家法竟兼之。知君喜得诗中画，定作无穷画里诗。题为书
　　　　　年年道兄，励杜讷。"另有康熙四十一年（1702）二月查升、同年
　　　　　三月张廷瓒、同年花朝陈奕禧，以及壬午二月南沙汪绎、乾隆四年
　　　　　（1739）高凤翰跋。
　　　　　　　康熙庚辰，康熙三十九年（1700）。

▼仿高尚书

客秋雨中，云期道兄过谈竟日，为作高尚书笔未竟，今复坐索，率尔
续成，恐非古人面目矣。时康熙己卯三月下澣。

仿梅道人

画至南宋，竞宗艳冶，骨格卑靡。梅道人力挽颓风，成大家风味，所
谓淡妆不媚时人也。己卯春日京江道中，写此以质识者。

校注　　　《王原祁精品集》第 93 页或《中国绘画全集 27》第 19 页《仿吴镇山水图》图录。与之相比，《王司农题画录》"识者"后少"麓台祁"。

　　　　　己卯，康熙三十八年（1699）。此图为麓台中年仿吴镇作品的典型面貌。

▼仿云林溪山春霭图

　　此图余在维扬御青吕郡司马寓楼所作，余入都后，为吾州叶姓所得，闻其不戒于火，几归秦藏，不意此图犹获一观也。再识岁月于左，癸巳秋日，观于谷贻堂并题，阅十四年矣。

校注　　　《虚斋名画录》卷九《王麓台溪山春霭图轴》著录。与之相比，《王司农题画录》"此图"前少"庚辰秋日，仿云林溪山春霭。王原祁"，"秋日"后少"麓台"。

　　　　　《绣虎轩尺牍》二集卷五《复吕御青别驾》称，康熙二十二年（1683）秋，曹煜始识吕御青，冬杪舟过维扬，将拜访吕氏。

　　　　　癸巳，康熙五十二年（1713）。

▼为敬立表叔

　　吴门旅雁两三声，我去西江君北征。一片楼头寒夜月，桃花流水隔年情。　两载相思南北分，孤舟淮浦忽逢君。离愁一夜连床话，湖岸西风浪接云。　意止图成点染新，一山一水未能真。知君夙有烟霞癖，侧理重贻拂旧尘。　侵晨扣户喜盘桓，无那霜花入砚寒。促迫由来多疥癞，挂君素壁不须看。　戊寅夏秋，敬立表叔读书余斋，余为作《意止斋图》长卷，甫成而北行，复购纸相待。历年以来，彼此往来南北，仅于清淮一晤。今始得都门聚首，欢甚。连日过寓斋，坚索前约，呵冻遂成此图，因题四绝，以志我两人离合之迹云。康熙辛巳小春下浣。

校注　　　　《中国绘画全集27》第23页《送别诗意图》图录。与之相比,《王司农题画录》"下浣"后少"王原祁"。《虚斋名画录》卷九《王原祁四绝山水轴》著录。

戊寅,康熙三十七年（1698）。

仿曹云西

白石孤松下,乔柯领竹枝。春回将布暖,莫负岁寒时。壬午冬夜,漫笔示玉培。

校注　　　　《王原祁精品集》第155页或《中国绘画全集27》第32页《乔松修竹图》图录。与之相比,《王司农题画录》"玉培"后少"麓台祁"。《虚斋名画录》卷九《王麓台仿曹云西山水轴》著录。

壬午,康熙四十一年（1702）。吴玉培曾长期馆于麓台府邸。

▼仿倪黄

元四家皆宗董巨,倪黄另为一格,丰神气韵,平淡天真。腕驰则懈,力着则粘,全在心目之间取气候神,有用意、不用意之妙。新秋乍凉,养疴休沐,偶然兴到,便作此图。然笔与心违,未能吻合,所谓口所能言笔不随也。康熙癸未中秋。

校注　　　　《山水正宗》上卷第104页《仿倪黄山水轴》图录。与之相比,《王司农题画录》"中秋"后少"麓台祁题"。《虚斋名画录》卷九《王麓台仿倪黄山水轴》著录。

▼仿黄鹤山樵

余久不作山樵笔。此图从畅春入直暂归,兴到偶一为之。历夏经秋,方知山樵于腾那变化中取天真之意。柔则卑靡，而刚则错乱。必须因势利导，任其自然，平心静气，若存若忘，方有少分相应处。余尝谓画中有心性之功、诗书之气，可从此学养心之法矣。时康熙甲申仲冬。

───────

校注　　《中国古代书画图目22》京1-4870《仿王蒙山水》图录。与之相比，《王司农题画录》"仲冬"后多"麓台祁笔"。《虚斋名画录》卷九《王麓台仿山樵山水轴》著录。此图有"娄东陆愚卿愿吾氏秘笈图书"收藏印。

▼仿董巨

余三次扈从归吴门，必与惠吉表弟留连浃旬，扬风扢雅，笔墨之兴，油然而生，每为侍直所阻。昨雨中翠华幸虎丘，余憩直子充斋中，惠吉冒雨过访，复理前说云，君子寓意于物，于此中寓意已久，必欲践约。余勉为作董巨，笔法痴肥，习气未能划削，恐不足以副其望也。　康熙丁亥清和望后三日。

───────

校注　　《山水正宗》上卷第148页《仿董巨山水》图录。与之相比，《王司农题画录》误"削"为"除"，"三日"后少"王原祁"。《虚斋名画录》卷九《王麓台仿董巨山水轴》著录。

　　　　《山水正宗》别册第52页杨丹霞称，"惠吉"乃山东诸城窦光迪之字。但从诗文内容看，惠吉家住苏州，而非山东。

▼仿云林

丁亥清和，扈从归舟写设色云林。　余年来一官匏系，簪笔鹿鹿，凤夜在公，家无甔石，日在愁城苦海中，无以解忧，惟弄柔翰出入宋元诸家，如对古人。虽不能肖其形神，庶几一遇，亦寓意宽心之法也。

《海外藏中国历代名画》第166页图录。与之相比,《王司农题画录》"宽心之法也"后少"麓台"。徐邦达先生名之为《仿倪瓒设色山水图轴》。《虚斋名画录》卷九《王麓台仿云林山水轴》著录。

丁亥,康熙四十六年(1707)。

康熙四十六年五月,王掞、麓台、汪士鋐等扈从康熙帝回京。是年春,麓台七叔之子王昭骏在太仓参与释一念叛乱案,被擒。汪曾武《外家纪闻》:"吾邑东门有大丛林。在州泾桥西,曰报本寺。为太原王氏所建。住持僧一念和尚,精术数,有勇力,能以五行遁形。太原公子王昭骏善视之。每于盛暑相与批襟纳凉,交相得也。……一念云,君前生有宿慧,当可玉食万方,如不信,可往后院井内观。公子遂往,视井内一人冕冠如王者,状则己之面目也。喜惧交集,退而私问一念。一念曰:'君家受明厚恩,今异族入主中夏,不思为国复仇,而窃窃私议,何为乎? 况君家门生故旧半天下,值此边疆扰扰,君盍仗义兴师,驰檄声罪致讨,则汉家制度不难自君复也。'……(乡人苦旱久矣),设坛密谋。或撒豆成兵队,或缩地得军械,公子惊喜以为可以集事。……颛庵时为刑部侍郎,麓台司农公官京邸,与公子为近支也。……偏告各省故旧,以某月某日流星为号。一念则日披八卦衣,自比诸葛亮,筹划复明之仇,……一念临刑前,洗手即不见。"

康熙四十七年(1708)五月,康熙帝免王掞、王原祁等"族人逆案"株连之罪。《颛庵府君行述》:"五月,族人丽逆案,圣祖以先大夫故,特谕司法:'太仓王氏素称显族,本朝来为大臣官员者甚众,并未闻有他故,今因不肖亡(无)赖玷辱宗族之匪类,依律坐罪,朕心深为不忍,且为凡为大臣官员者痛之。尔等会议时,但将王昭骏本身及妻子定罪,其伯叔兄弟,俱不必议。本内将朕此旨明白载入。'为此手书特谕。先大夫闻命感泣,率同佺编修薯奔赴行在,疏谢特恩。时圣祖驻跸哈拉河屯。"

●▼写倪黄笔意

敬六老表侄索余画甚久，以侍直畅春不遑点染，蹉跎累月。兹荣发首途，写倪、黄笔意勉以驰贺。画虽小道，然淡宕中有精深，小亦可以喻大也。奏最非远，拭目以俟，再当竭其薄技耳。康熙戊子春闰。

校注　　　　此则重复卷下第22则《仿倪黄笔意》。标题改"仿"为"写"，
　　　　　　其他内容未变。

学董巨

学董巨画必须神完气足。然章法不透则气不昌，渲染未化则神不出，非可为浅学者语也。明吉问画于余，特作此图示之。惨淡经营历有年所，而终未匠心，方知入室之难。明吉勉旃。戊子腊月望日。

校注　　　　《王原祁精品集》第215页或《中国绘画全集27》第64页《神
　　　　　　完气足图》图录。与之相比，《王司农题画录》"望日"后少"题。
　　　　　　王原祁"。徐邦达先生名之为《为明吉学董巨雪神完气足轴》。
　　　　　　金永熙字明吉，江苏苏州人。麓台弟子。

▼秋山图

大痴《秋山图》，昔先奉常云，曾于京口见之。时移世易，无从稽考，即临本亦无。此图余就臆见成之，亦有秋山之意，恐未足动人也。康熙戊子夏五，写于海淀寓直。

校注　　　　《虚斋名画录》卷九《王麓台秋山图轴》著录。与之相比，《王
　　　　　　司农题画录》"寓直"后少"王原祁"。徐邦达先生名之为《浅绛秋
　　　　　　山图轴》。
　　　　　　康熙戊子，康熙四十七年（1708）。

▼仿元六家山水册

　　此余丁巳春间往云间笔也，先奉常见之，谓余为可教，题识四字。今阅十五年矣，于古人笔墨终未梦见，殊愧先大父指授，为之泫然。康熙庚午长夏观于毗陵舟次谨题。

校注　　　《山水正宗》中卷第 261 页或《王原祁精品集》第 20—31 页《仿元六家山水》图录。《王司农题画录》仅录册后跋，与图录相比："谨题"后少"原祁"；未抄册前王时敏题"灵心自悟。西庐八十七老人题"；未录六帧跋文。（第一帧"仿大痴"；第二帧"仿黄鹤山樵"；第三帧"仿赵承旨"；第四帧"仿梅道人"；第五帧"仿高尚书"；第六帧"仿云林"。）
　　　　　　丁巳，康熙十六年（1677）。庚午，康熙二十九年（1690）。

▼仿宋元十帧

　　画中山水六法以气韵生动为主。晋唐以来，惟王右丞独阐其秘，而备于董巨。故宋元诸大家中推为画圣，而四家继之，渊源的派为南宗正传。李范、荆关、高米、三赵皆一家眷属也。位置出入不在奇特而在融洽稳当；点染笔墨不在工力，而在超脱浑厚。古人殚精竭思各开生面，作用虽别，而神理则一，非惟不易学，亦不易知也。余本不知画，而问亭先生于余画有癖嗜。此册已付三年，而俗冗纷扰，无暇吮毫泼墨。所成十幅，或风雨屏门，或养疴习静，间一探索翰墨流连光景，置身于山巅水涯、荒村古木之间。古人之法学不可期，而心或遇之。若谓余为知古能学古者，则逊曰不敢。质之先生以为然否。

校注　　　《虚斋名画录》卷十四《王麓台仿古山水册》著录。此为麓台为博尔都《仿古山水图》十帧。与图录相比，《王司农题画录》仅录长跋，少前册页跋：第一帧"子久笔"；第二帧，"梅花道人笔"；第三帧"黄鹤山樵《夏日山居》笔意"；第四帧"小米笔法"；第五帧

"倪高士笔意"；第六帧"仿赵松雪《水村图》意"；第七帧"仿巨然"；第八帧"董宗伯写《卢鸿草堂图》，窃仿其意"；第九帧"乔木竹石"；第十帧"寒林烟岫。丙子嘉平，仿宋元十帧似问翁老先生教正。麓台祁"。此外，"然否"后少"王原祁题"。

博尔都字问亭，号东皋渔父。其《白燕栖诗草》显示，康熙三十年（1691）左右，王原祁与其交往密切。由此推知，《仿宋元十帧》成于康熙三十三年（1694）左右。

秋月读书用荆关墨法

秋月秋风气较清，声光入夜倍关情。读书不待燃藜候，桂子飘香到五更。 庚寅冬日为丹思画毕，赋此相勗。

校注　　《王原祁精品集》第 1—10 页《山水图册》图录。此为第一帧，水墨。《中国绘画全集 27》图录不全，称其为《山水图册》。《古物陈列所书画目录》卷四未著录跋文内容。与图录相比，《王司农题画录》在"秋月"前少"秋月读书图。用荆关墨法"，"相勗"后少"麓台祁"。《盛京故宫书画录》（第六册）第一帧钤印"茂京"误为"茂亭"。

庚寅，康熙四十九年（1710）。

▼文待诏石湖清胜图诗画卷

文待诏当明季盛时，风流弘长，笔墨流传得若拱璧。今观其《石湖图》一卷，流丽清润，脱尽凡俗之气。游湖诸作，寄托闲适，可以想见其襟怀矣。以后诸题咏共垂不朽，含吉表弟宜宝藏之。

校注　　《虚斋名画录》卷三《明文待诏石湖清胜图书画合璧卷》王原祁跋。

申珂（改名可贞）字含吉、函吉，江苏吴县人。顺治十四年（1657）生，康熙丁巳（康熙十六年，1677）举人，官浏阳知县。其父申毂字叔旆，号梅江。明大学士申时行曾孙。翁叔元《翁铁庵年谱》"十年辛亥叔元三十九岁"："正月，偕陆子胥仲至京，馆申梅江先生所。梅江之子含吉年甫十三，聪颖绝伦。初学文，爽爽有异致。余自辛卯为蒙师，凡二十年，所受业无虑数十人，而天资俊迈无如含吉者。主宾师弟，相视莫逆。"

康熙三十八年（1699），麓台为申珂作《仿王蒙山水》。《台北故宫藏画大系十五》第31页或《清王原祁画山水画轴特展》第11页图录。其跋云："黄鹤山樵远宗摩诘，近师松雪，而其气韵天然，浑厚磅礴则全本董巨。余家旧藏《丹台春晓》及云间所见《夏日山居》，皆融化诸家而出之。临摹家未得其意，则与相去什百倍屣矣。含吉表弟四衮，余写此意为祝，欲与二图少分相应。历年未成，既成谛观，全未得山樵脚汗气也，因书之以志愧。时康熙己卯清和下澣，王原祁。"此图右下钤"申函吉藏画"（朱文长方）。

巨然雪景

此宋人变格，如大痴之《九峰雪霁》，亦元人之变格也。凡作此等画，俱意在笔先，勿拘拘右丞、营丘模范，并不拘巨然、大痴常规，元笔兼宋法，此教外别传也。具眼者试辨之。戊子冬初，写于海淀寓直，庚寅立冬日重展观之，更稍加点染并题数语，亦寓直时也。

校注　　《王原祁精品集》第1—10页《山水图册》图录，此为第十帧，水墨。《王司农题画录》"此宋人变格"前少"巨然雪景"，"辨之"后少"原祁"，"观"后多"之"。《盛京故宫书画录》（第六册）第十帧亦多"之"。

崇冈幽涧仿范宽

峰回壑转拱天都，下有乔柯结奥区。要识水穷云起处，清流不尽入平芜。

校注　　《王原祁精品集》第 1—10 页《山水图册》图录。此为第二帧，
　　　　设色。与图录相比，《王司农题画录》"峰回"前少"崇冈幽涧。仿
　　　　范宽"。

仿董巨

画道至董巨而一变，以六法中气运生动至董巨而始纯也。余学步有年，
未窥半豹。但元人宗派，溯本穷源，俱在于此。苦心经营，或冀略存梗概
耳。庚寅清和，海淀寓直笔。

校注　　《王原祁精品集》第 1—10 页《山水图册》图录。此为第三帧，
　　　　水墨。与图录相比，《王司农题画录》误"画道"为"画家"。

用巨然墨法

戊子仲春，用巨然之《赚兰亭图》墨法。宋人笔墨宗旨如此，北苑之
半幅、巨然之《赚兰亭》是也。余故标出之，要求用心进步处。

校注　　《王原祁精品集》第 1—10 页《山水图册》图录。此为第五
　　　　帧，水墨。与图录相比，《盛京故宫书画录》（第六册）第五帧与
　　　　《王司农题画录》同，即"《赚兰亭图》"前多"之"，"北苑"前
　　　　多"此"。

南山秋翠

余仿松雪《春山》，意犹未尽。此图复写秋色。

校注　　　《王原祁精品集》第1—10页《山水图册》图录。此为第六帧，
　　　　　设色。与图录相比，《王司农题画录》"余仿"前少"南山秋翠"、
　　　　　"写秋色"后少"祁"。

拟叔明笔为丹思

　　位置本心苗，相投若针芥。施设稍失宜，良莠为莸稗。匠意得经营，
庖丁春然解。元季有山樵，荡轶而神怪。出没苍霭间，咫尺烟云洒。我欲
溯源流，董巨其真派。罗纹结角处，卷舒意宁隘。慎勿恣远求，转眼心手
快。　丁亥仲冬下澣，长宵烧烛为丹思拟叔明笔，兼论画理，偶成古体八韵，
并录出示之。

校注　　　《王原祁精品集》第1—10页《山水图册》图录。此为其七帧，
　　　　　水墨。与图录相比，《王司农题画录》"示之"后少"麓台祁"。

溪山秋霁仿梅道人

　　山村一曲对朝晖，秋霁林光翠湿衣。欲得高人无尽意，更看冈复与溪
围。　高峰积苍翠，访胜到柴门。莫待秋光老，凄凉净客魂。　写毕又题二
绝。丁亥嘉平五日。

校注　　　《王原祁精品集》第1—10页《山水图册》图录。此为第八帧，
　　　　　水墨。与图录相比，《王司农题画录》"山村"前少"溪山秋霁。仿
　　　　　梅道人"。

仿梅道人

廿年行脚老方归，庵主精神世所稀。脱尽风波觅无缝，好将缃素换天衣。 仿梅道人大意，作偈颂之。

校注　　《王原祁精品集》第1—10页《山水图册》图录。此为第九帧，
　　　　水墨。

仿诸名家山水册

关仝秋色，布置雄伟，笔墨精严。宋法始于此，并为元笔之宗主。六法于此研求，庶几不虚矣。戊子中秋笔。

昌黎南山诗云："蒸岚相澒洞，表里忽通透。"北苑用笔为得其神，此幅拟之。

竹溪鼋画。 仿赵松雪《鹊华秋色》笔。

人家在仙掌，云气欲生衣。 仿黄子久。

云林设色小景，华亭董思翁最得其妙。兹写其意。 丁亥扈从舟次作。

王叔明为赵吴兴之甥，有扛鼎之笔，而刚健含婀娜，乃其最得力处也。学者亦于此究心，庶有进步。戊子冬日，写于海淀寓直。

丙戌长夏，归寓休沐，偶忆吾谷枫林，仿大痴秋山。

溪山仙馆。　　兼写倪、黄笔意。

校注　　《中国古代书画图目22》京1—4875《海淀寓直写山水册》图录。《古
　　　　物陈列所书画目录（包括附录、补遗）》卷四《王原祁仿古山水册》、
　　　　《盛京故宫书画录》第六册著录。 以上八帧为古物陈列所顺序，六、
　　　　七两幅与《盛京故宫书画录》第六册著录顺序颠倒。徐邦达先生名
　　　　之为《山水册》八页。与图录相比，《王司农题画录》第二帧"此幅
　　　　拟之"后少"王原祁"，第六帧"海淀寓直"后少"麓台"，第七帧
　　　　"大痴秋山"后少"麓台祁"。此外，《盛京故宫书画录》称第一帧
　　　　有"三昧"印，误；第二帧称本幅有"麓台书画"印，误；第六帧

"学者"后少"亦""戊子春日"，称本幅有"陌蒨"印，误；第八帧"写"，误为"仿"。

戊子，康熙四十七年（1708）。丙戌，康熙四十五年（1706）。

○仿云林设色小景

画须适意，不在矜持。天语也。原祁簪笔入直十有余年，感激寻绎，忽似有会心处，果能同符妙意，方与古人三昧无间然矣。应制之作，起敬起畏，未免拘牵，兹以供奉之暇，兴到辄尽，濡毫吮墨得十二帧，转觉天真烂漫，留以质之同好，或有以教我。康熙己丑小春月抄，集写意画并题。

校注　　　此跋未见著录，用词、语感与《麓台题画稿》有异。

己丑，康熙四十八年（1709）。康熙三十九年（1700）秋，王原祁簪笔入直。至康熙四十八年小春，未满十年。因此，"原祁簪笔入直十有余年"说法有误。

○背写大痴铜官山色图

大痴道人《铜官山色图》，余曾见临本。畅春侍直，归寓休沐，追忆背写位置大意，不问工拙，落成一笑。时己丑暮春。

校注　　　己丑，康熙四十八年（1709）。笔者未见麓台"追忆背写"古人画作之类的说法。

六 王原祁散佚诗文辑注

康熙十九年四月，《王原祁札》

前承台驾过娄枉顾，匆匆发棹，未及为信宿之留。荣行时勿获趋送吴间，迄今抱耿。近知年兄荣选花县，分符百里，以名胜之邦，展制锦之绩。寒山流水，风雅与治术兼施。竚望奏最还朝，飞凫仙吏不是过矣，可胜健羡。弟一官壅滞，踯躅经年。今以送舍弟就婚至秦，即从秦入都，援例与改选，尚无定局。而远道空囊，间关跋涉之苦，已付之无可如何矣。至弟两番出门，家中搜索已尽，贫罄戛骨，即朝夕饔飧之计亦颇不给。惟内顾之忧甚切，所恃与吾年兄同谱中向来投分最深。今吴山越水两地极密迩，不得不为将伯之呼。极知年兄初任清况，不敢多求，乞暂分俸几拾金，以济燃眉。俟弟一有税驾之地，当即图报。想年兄知我爱我，必不见讶也。小价随次叔来，泥首扣禀，即前都门同寓时老仆，尚记忆之否？弟临行时，先至尊府道贺，未及晤老年伯。特此留笔肃候。戋戋侑缄，统希茹纳。临风布悃，不尽瞻驰。弟名正肃。慎余。

校注　　故宫博物院清初四王绘画特展之"四王尺牍"。信札前右上方钤"原祁"朱文长方印，后钤"博山所藏赤牍"朱文长方印。

康熙十九年（1680），王原祁《罨画集》卷三《登华六首（有序）》："余自庚申四月同弟迪文至秦谒华庙见老子遗迹，时以水涨不果游。"结合"今以送舍弟就婚至秦，即从秦入都，援例与改选，尚无定局"可推知，时在康熙十九年。即此时麓台先送弟王原博（字迪文）至陕西就婚，然后由陕西去京城候选。

"弟一官壅滞，踯躅经年"中"一官"，当指中秘官。康熙十七年（1678），麓台辞中秘官，需次邑宰（《古缘萃录》卷七《王员照仿赵大年山水卷》陈奕禧跋）。康熙二十六年（1687），王抃赠王抒百金，助其度岁。《王巢松年谱》"丁卯六十岁"："岁底八弟又有百金之惠，两儿俱各赠三十金。"由此可见，当时王氏家族成员中，除了王抃外，其他人员都陷入了不同程度的贫困。

康熙二十三年,《秋日历台南诸村观水有感》

中流四顾怅平原,到处萧条水上村。残照颓垣倒影动,垂阴疏柳逐波翻。三年潋滟无寒暑,百里烟光失晓昏。不是尚方频赈贷,苍生疾苦向谁论。

校注　　《畿辅通志》卷一百一十九。

康熙二十四年,《闻比部奉命将至大陆泽勘水二首》

一官四载叹时穷,泽国千村杼抽空。正喜绘图方抗疏,忽惊乘传又观风。恩波纵使从天降,水势何由入地中。最是鸥凫飞上下,忧劳无计集哀鸿。

新纶捧出凤城东,下吏劳劳手版通。雁叫寒汀秋水白,马嘶断渡夕阳红。折腰今日思陶令,持节何人是汲公。大陆几时疏故道,悲凉心事望洋中。

校注　　《畿辅通志》卷一百一十九。

康熙二十五年五月,《大陆泽图说》

任邑之大陆泽广袤数十里,九河之水皆汇焉。汪洋浩荡望之居然一湖,而不知实皆两税之民田,淹久而成巨浸者也。九河为洺沙、蔡马、沣河、达活、百泉、圣水、滏阳,而沣河、滏阳为之长。九河之外尚有派沛等八河,皆自任之西南、西北而归于大陆。沣独深且长,元郭守敬所以独议开沣河也。而滏阳则自穆家口统泄,大陆之水经隆平、宁晋直达天津卫河以入于海。自万历二十六年漳河决曲周县郑家口,溢入滏阳,而隆平以下地浅易淤,其人又因之以为利,尽占为沃土,于是滏阳又决而东徙,其故道犹存,乃所谓古滏河也。古滏塞而大陆之水因从鸡爪小河以东泄于新决之滏阳,亦其势使然也。然则,昔之大陆始从古滏而远达天津,继从鸡

229

爪而近泻滏阳。泽中之水有所来，亦有所去，可耕可稼，财不匮而赋亦足。今古滏之故道阻塞在隆平、宁晋，难议疏通，新滏阳亦淤高丈余，鸡爪河水反内溢，故泽中之水有来无去，积而为泊。向日输租纳税之田尽潴水底，是以赋税无出，人民离散。若不请蠲水中粮额，则束手待毙，民困无再苏之日矣。

丙寅五月，余放棹泽中，周行细访，乃知旧图多舛。因详加较正，并系之以说。盖《禹贡》之"大陆既作"，杜佑谓"今邢、赵、深三州"，则任本属邢，知大陆不止于任，而任实其地也。至所谓滏阳河者，发源河南磁州，与漳水不相混也。《禹贡》"至于衡漳"之漳水有二，出山西乐平少山者为清漳，出长子县发鸠山者为浊漳，至潞之涉县，浊漳合入清漳，经临漳而东北入卫。自万历中漳水决曲周入滏阳，因名小漳河。及经大陆而北塞于隆平，又名古滏河。今又以滏为负，益讹之讹矣。至隆平、宁晋为古滏河泄水之故道，皆因迩年塞而不通，以致任独受害。故亦不可以不详也。

校注　　　《畿辅通志》卷一百一十二。

　　　　　万历二十六年，1598 年。丙寅，康熙二十五年（1686）。

康熙二十五年五月，《重建大宋桥碑记》

《禹贡》开田赋功，莫先于疏河导江。大司徒稻人所掌，专修浍川以泄水。而史迁则书《河渠》，孟坚亦志《沟洫》。盖以田赋皆出乎水利，水得其利，则农田乃可无虞，夫然后菽粟丰而租赋足，衣食裕而礼义兴。其所关岂细故哉？故大者足以偏天下、垂无穷，其次亦利一方、泽数世。田赋不可一日不治，则水利必不可一日不讲也。

渚阳之大陆泽为九河下流，每遇秋霖，则九河汇于大陆。大陆泛滥于平畴沃野间，禾苗尽成巨浸，而百泉河至大宋村又冲决民田数千亩，共淹粮地三分之二，是以民日穷、财日尽，当事为之束手无策。不知大陆本皆耕作之地，向有泄水二道：一自西北流至古滏河，经隆平、宁晋入卫河而注于海。明嘉靖间，正、顺二府起夫合浚，而民赖其利。一自东北鸡爪河出新滏阳以达天津。明时尚通，顺治十八年邑令吴怀忠复为修浚，所以大

陆乃可耕作，而农田不至淹没也。今则隆平之河尽塞，民皆筑室以居，新
滏河亦淤成高地，彼此牵制，俱难议浚。余不得已于癸亥岁筑沣河长堤
二十里，可救二三千顷之良田。乃以子、丑连潦，水势汹涌，堤既成而
复坏，人咸惜之。至于百泉河发源太行山，经邢台南和之境，而环任之东
南，为大宋村废石桥所淤遏，遂横决，杜科等村被患最剧。余为筑堤者两
年，于兹屡合而屡决。去冬乃议撤石桥以达其流于大陆，而大宋士民执风
水之说物而不化。余再三开陈其利害，于是翻然乐从。今正月始捐俸兴工，
尽发桥石之陷于地者，重建高石桥一座，梁高一丈，阔倍之。其规模视
昔有加，五阅月而告竣。众因请余记之。余惟为民牧者，惟问田赋之所从
入，而不问田赋之所从出，因循成习，委天地之大利而不知视斯民之疾苦
而莫之救，可胜浩叹。昔大禹治河首凿龙门而水性始顺。今通此桥，其功
之大小不同，而顺水之性则一也。但桥下河沙易积，每岁水涸时必常加疏
浚，不致复陷于淤泥中，则为功易而为利久。后有为国计民生考渚阳水利，
因此桥而并议大陆之疏凿者，庶几信而有征，东坡谓"水利不可诿之于天，
专咎人事之不修"，真千古知本之论哉。若两村人士皆有乐输襄事之功亦不
可没也，例得书名于后。是为记。

校注　　　《畿辅通志》卷九十九《记·重建大宋桥碑记》，文中"王原祈"
　　　　　之"祈"当为刊误。
　　　　　　癸亥，康熙二十二年（1683）。"子、丑"为康熙二十三年
　　　　　（1684）、康熙二十四年（1685）。从"去冬乃议撤石桥以达其流于
　　　　　大陆，……今正月始捐俸兴工，……五阅月而告竣"看，《重建大宋
　　　　　桥碑记》作于康熙二十五年（1686）五月。

约康熙二十一年至康熙二十五年，《致王翚札》

　　渚阳署中，快聆尘海，殊慰怒饥。惜信宿言别，未得久留大驾为怅。
长安贵游，景慕高风者有年，先生曾不一顾，尤见高人一等。笔墨一道，
吾兄于微言绝学之时，芟除鞟秽，独辟宗风，远与董、巨比肩，近使文、
沈却步。先奉常久有定评，非弟今日之谀词也。独弟于此中一知半解，得
之启迪良多。而一官匏系，江南蓟北，云树与怀，欲竿头更进，知邈乎不

可得矣。来翰过承推奖，殊为惶愧，所当逢人说项，少效朋情，但羽言不足为重耳。欲求大笔手卷数段锦大册，一共仿宋元诸大家二十余幅为临摹秘本。数年鹿鹿，未惶办此，今因小价归，特此奉恳。倘蒙见寄，如传衣钵，感戴无似。便邮幸赐德音，尚容专候，临颖驰切。

校注　　王翚《清晖阁赠贻尺牍》卷下。

康熙二十九年八月，《致王翚札》

金阊承道驾远送，舟次匆匆言别，未尽欲言。弟冒暑远行，水程多阻，舍舟登陆，八月初旬，方得抵都。每怀雅范不置停云落月之思，想彼此同之。弟候补多暇，迩日与宋声老日从事于笔墨。声老天资秀拔，再一精进，可入董宗伯之室。而在京颇苦应酬，且兼有应制诸作。弟与相商，非得师承如先生，则与古法难合。声兄闻之踊跃，特托弟一言为介。弟欲与长兄晨夕，向有素心，今得声老同事，吾道可以不孤。特遣使奉迎，每岁以《毛诗》为寿。先具一数办俶装之需，至途中行李，已付来价，百不必费心。见字后希即命驾，不必遍别贵相知。倘有未完应酬，携至小寓，陆续图成，寄归何如？子鹤兄处并有所致。即订之同来？十月望间，颙望快叙矣。祷切祷切。

校注　　王翚《清晖阁赠贻尺牍》卷下。

　　康熙二十九年（1690）八月，麓台在京候补。九月，补户科给事中。

　　康熙四十二年（1703），《虚斋名画录》卷九《王麓台山水为石谷寿轴》："石谷先生……辛未（康熙三十年，1691）后，在京邸相往来，每晤必较论竟日。余于此道中虽系家学，然一知半解，皆他山之助也。辛巳为先生七衮大寿，余作此图，恐以荒陋见笑大方，迟回者久之。今阅二载，养疴休沐，复加点染，就正之念甚切。不敢自匿其丑，兹特奉尘左右，惟先生为正其疵谬，庶如金篦刮翳耳。康熙癸未初秋，王原祁画并题。"

约康熙四十一年六月,《圣祖仁皇帝御笔仿米芾千字文卷》

王原祁跋:"钦惟皇上御极以来,治功光被文教,诞敷薄海内外,固已久道化成。乃万几之暇,犹复网罗四库,殚精八法,真可谓天纵多能,度越千古者也。兹者避暑关外行宫肃爽,清泉密林,环流拱翠,宸衷恬旷,挥洒临池仿米书千字文,不竟日而成,体格精严,笔法变化,从古所未经见。使米芾生于今日,亦应俛首钦服,敛手退避。

臣原祁幸叨侍从,获与传观,跪捧拜展,异采腾光,淋漓照曜,仰见精神充溢,元气磅礴,可征圣寿无疆,不第翰墨奇珍也。心目开朗,踊跃欢忻,至书法之阐幽入微,臣原祁自惭结蚓,无能赞叹以管窥天,惟知为希世之宝,敢求勒之金石,永垂昭示,谨拜手稽首而为颂。颂曰:

维天垂象,云汉昭回。大文丕显,鸿蒙肇开。圣人则之,光被有格。精一传心,道先羲画。吾皇受命,如日方中。声教四讫,莫不率从。造化因心,阴阳合德。垂裳挥弦,行健不息。顺时暇豫,三伏避炎。清溪灌木,气爽神恬。招凉涤暑,颐养天和。芸编翻阅,古迹摩挲。文披兴嗣,书传海岳。濡毫洒翰,龙虎腾踔。心通墨妙,意在笔先。直凌羲献,远胜米颠。天章彪炳,点画纵横。鹅溪十丈,千字挥成。从古临摹,精研岁月。柳骨颜筋,便称津筏。流峙方圆,顷刻而就。如此帝力,岂非天授。驰示臣僚,惊心炫目。如旋天枢,若转地轴。希代奇珍,百王居首。何幸获观,叹所未有。凤舞鸾飞,照临旭日。墨里行间,元气所出。是则是效,文苑生光。俨同丹篆,用卜遐昌。金石是勒,什袭是宝。紫极瑶宫,万年永保。右春坊右中允兼翰林院编修臣王原祁恭跋。"

校注　　《石渠宝笈》卷一《圣祖仁皇帝御笔仿米芾千字文卷》:"康熙壬午(康熙四十一年,1702)夏六月初庚后二日,避暑关外,雨霁风清,四围山色乘朝爽挥笔仿元章书法。"分别有经庭讲官吏部尚书陈廷敬、都察院左副都御史励杜讷、礼部侍郎仍管国子监祭酒孙岳颁、兵部左侍郎胡会恩、日讲官起居注詹事府少詹事兼翰林院侍讲学士张廷瓒、日讲官起居注翰林院侍读学士陈元龙、右春坊右中允兼翰林院编修王原祁、日讲官起居注翰林院编修查升、兵科掌印给事中宋骏业、翰林院庶吉士沈宗敬跋文。

约康熙四十二年，《致王翚札》

吴门旅寓，重承枉顾，兼荷珍祝，心交晤对，殊慰契阔。次早即随驾北发，未及再谈，至今耿结。先生优游泉壑，琴川吴会，扁舟往来。至于寸缣尺幅，价重连城，尤可为结庐高隐之地。以此娱老，真地行仙。弟在软尘中鹿鹿，惟有翘首健羡耳。画道必推先生为宗匠。弟虽垂老，有志未逮，尚须指点引证。小儿归，补祝大龄，兼以小图呈正。喷饭之余，便间或邮寄示诲，感何如之，诸容再候。

校注　王翚《清晖阁赠贻尺牍》卷下。

　　"随驾北发"：康熙六次南巡时间分别为：康熙二十三年（1684）、二十八年（1689）、三十八年（1699）、四十二年（1703）、四十四年（1705）、四十六年（1707）。从笔者所搜集的资料看，在第四次至第六次南巡中，王原祁曾以文学侍从的身份扈从。

　　"小儿归，补祝大龄，兼以小图呈正"，当指康熙四十二年王原祁以画赠石谷七十之事。见《虚斋名画录》卷九《王麓台山水为石谷寿轴》："辛巳为先生七十袤大寿，余作此图，恐以荒陋见笑大方，迟回者久之。今阅二载，养疴休沐，复加点染，就正之念甚切。不敢自匿其丑，兹特奉尘左右，惟先生为正其疵谬，庶如金篦刮翳耳。康熙癸未初秋，王原祁画并题。"因此，此札约作于康熙四十二年。

康熙四十六年暮春，《刘氏宗谱》王原祁序

家乘者，一家之私书，而其法盖仿诸史。凡操笔削以隶其事者，其意盖亦详且慎矣。故史有世家，家乘则必详述其先也；史有列传，家乘则必详纪其事也；史有论赞，家乘则必详载其碑铭、表志也。凡此皆与史相类者也。史彰善而罚恶，家乘则详书其善者，而恶者或缺焉；史贵贵而下贱，家乘则详录其贵者，而贱者亦得并焉；史有一人而旁及数事者，家乘则详述一人之事，而不得多所附载焉。凡此皆与史相异者也。然其法实与为表里。何者？详书其善，而恶者缺焉。亲亲也，犹史之为尊者讳也。详录其

贵而贱者并列焉，大一本也，犹史之不遗世系也。详述一人之事而无多附载焉，犹史之人自为传，不以他事相业也。故曰其法盖仿诸史。

史氏之称最者莫如左氏、司马氏，而议者犹或非之。盖左氏工于纪鬼神，熟于论卜筮，恒附会前人之事以骋其才。故昌黎谓之浮夸。司马传游侠，而极其咨嗟，论货殖而誉以圣智，恒借端前人之事以寄其感。故后儒谓之怨愤。夫浮夸与怨愤，皆不足以与语史，而特以文工得传，无乃当日者为法则详，而慎之之意寡欤？降而为班固、范晔、陈寿诸人，又其次焉者也。降而为南北史、新旧唐书、五代诸史，抑又其微焉者也。夫其最者尚不能尽出于详慎，而况其次与微焉者乎？故居今而论古，凡为史者，其为法详者代有其人，而意出于慎者盖已寡矣。若家乘则不然，其所纪者非其远祖，则其高曾祖父也，非其身所自出之先，则其诸父昆弟也。事非有荒远不可知，地非有辽阔不可问，人非有党同伐异不可推究本原。若是乎为家乘者，其法虽仿诸史，而视为史不綦易乎？然家乘之难为者，亦已具于此。夫所纪者为其远祖，为其高曾祖父，诸父昆弟矣，所见异词不得以意为去就也，所闻异词不得以意为抑扬也，所传闻又异词不得以意为文饰增损也。事则欲出于详，意则欲出于慎。合详与慎，而始可隶事以操笔削其文之工拙，固无论矣。是家乘也者，法虽仿诸史，而视为史不已加难也乎？然世不乏作家乘者而为之甚易，则又何也？是盖事欲出于昂，而意不必原于慎也。世次有先后，而彼不暇计也。行辈有尊卑，而彼不暇问也。年齿有长幼，而彼不暇正也。支属有绝续，而彼不暇考也。名讳、生卒有缺轶，而彼不暇按也。一旦操笔削隶事以成文，固已为其人之家乘矣。于是论世次而先后互异者有之，论行辈而尊卑失序者有之，论年齿而长幼紊乱者有之，论支属而绝续异同者有之，论名讳生卒而缺轶莫能备皋者有之。又有不可知者则以意为去就、抑扬文饰增损而已，而古人至详且慎之意亡矣。而人且谓其法实表里乎史？然其视古史氏欲为其次与微者犹不可得，况其最焉者乎？

洪洞刘氏家乘刘君靖公之所辑也。刘氏之家洪洞者，不知凡几世，而家乘所载者则十三世而止。君之言曰："刘氏家洪洞者有年矣，其弗可考者。吾不敢意为增也。其可考者，吾不敢意为损也。其所见异词，所闻异词，所传闻又异词，吾亦不敢意为去就与抑扬文饰也。事欲出于详，而意必原于慎，亦而其为刘氏家乘已耳。又何敢较史法哉？”然其法则已备矣，吾见其世次之有纪也，行辈之有序也，长幼之不紊也，支属绝续之无异同，而名讳生卒之历历可睹也。则有详述其先以拟世家者，则有详纪其事以拟列传者，则有详载其碑铭、表志以拟论赞者，而且有此则详书，而彼则缺焉者。有彼此并列，而无少差别者。有述一人，而无所附载者。其法之类史与否，固不必求其尽同，而至详且慎之意，则亦可略睹矣。以视世所为家乘者，难易不已较然乎？夫乘史名也。其名既同于史矣，虽欲不详且慎，又安可得乎？康熙四十六年，岁次丁亥暮春吉旦。

校注　　　刘殿凤《山西洪洞刘氏宗谱》，清光绪二十七年（1901）刻本。

康熙四十七年九月前，《秀谷图卷题咏》

兆侯先生出之土中，遂以名园，可为佳话。今树存兄表扬先泽，复新是园亭台，修整竹树，华滋于其中，觞咏登眺尤为盛事。复得石谷先生作图，与“秀谷”二字后先辉映，斯园益可传矣。至图中笔墨奔逸，奕奕神采与山樵相伯仲，见之尤为叹服。展玩数日漫识于后。王原祁题。

校注　　　蒋书衍辑《秀谷图卷题咏汇钞》，清咸丰二年（1852）吴门蒋氏钞本。

“出之土中”，即出“秀谷”二字出于土中。麓台此跋钤印：古期斋、王原祁印、麓台。

康熙三十八年（1699）冬，麓台访蒋深于秀谷（《夏山图》跋，《王原祁精品集》第97页或《中国绘画全集27》第20页图录）。李葆恂《海王村所见书画录·王翚苏斋图卷》王翚跋：“麓台学士尝写图赠之，兹复索予图。康熙四十七年九月二十三日。”由此可知，康熙四十七年（1708）九月前，麓台为蒋深绘《苏斋图》。

康熙四十九年（1710）八月至五十年（1711）十二月间，查慎行《敬业堂诗集》卷三十九《枣东集》中以二诗志二王为蒋深作画之事：其一，《题蒋树存绣谷图为王石谷所画》：“忆初访君寻绣谷，沿缘棹转闾门曲。桃花深坞数千家，三径依然蒋生独。到门先看八分字，爪甲如龙陷苍玉。恰当首夏候清和，一色园林雨新沐。满堂狂客欢哗集，诗酒冲筵事征逐。曾蒙分韵强留题，不怪归舟避糟曲。别来尘土换颜状，霜雪盈头沾寸禄。我方寓直邻浴堂，君亦辞家赴书局。寒窗琐细注虫鱼，十指排籤管锋秃。此时忽漫披横卷，快若重游爽心目。奉常笔法付官端，分派同时一常熟。精研往往到毫末，纵逸宁容拘尺幅。云头解驳天光开，地脉盘旋风气蓄。奇峰翠蘸鼋山石，高幄浓张洞庭木。莎痕苔迹断复连，宽处编篱还补屋。渐深渐入宦无际，中有千竿万竿竹。野老时拖挂杖来，幽人自展遗书读。城端残照红将敛，远势投林鸦伴宿。惜哉此景落东南，欲往从之舆说（脱）辕。画图非画乃真境，试问归期何日卜。棱鞋桐帽吾岂无，准拟相随友麋鹿。"其二，《再为树存题王麓台宫詹所画苏斋图》："元四家法传渺茫，华亭一老谁颉颃。我昨题诗诀石谷，派裔近溯娄东王。朝来复见宫相笔，令我展卷喜欲狂。君家绣谷中，旧有交翠堂，苏斋想在交翠旁。不知结构几时改，但觉城西竹树转盼生辉光。一丘与一壑，一重复一掩。似浅而愈深，为奇岂关险。兴酣挥洒如化工，岩峦出没初无穷。能将万里势，移入园亭中。主人好事客不同，三径非复求羊踪。招邀笠屐作晤对，尚友直到眉山翁（树存得东坡笠屐小像，因筑此斋，属麓台图之）。翁之来兮万木风，岭海一气遥相通。当时买田阳羡归未遂，六百年后画像乃落江之东。麓台麓台真老手，笔落神来洵非偶。纪闻异日传中吴，绣谷名与苏斋具，此图此像他家无。"

康熙五十二年三月十一日奏折

三月十一日臣王原祁谨奏。臣荷蒙圣慈，允臣所请纂修《万寿盛典》，欢跃无似。臣自愧弇陋不足扬盛事，黼藻昌期，惟有勉竭驽骀，罔敢稍懈。谨同纂修官编修臣查嗣瑮、臣嵇曾筠、臣储在文，修撰臣王世琛、臣王敬铭并率臣子编修臣王薯，恭拟凡例条目进呈御览。伏圣训指示，以便编辑。臣又照依书式，另画万寿图刻本，谨呈画稿九张，并乞圣裁训定，即陆续绘图刊刻，恭进谨奏。

康熙五十二年三月十八日奏折

康熙五十二年三月十八日，恭逢皇上六旬万寿，喜天甲之初周，庆皇恩之大沛，眷庶欢呼而赴阙，街衢结彩以迎銮。十七日进宫卤簿之仪，以及夹道衢歌之盛。臣恭承谕旨，谨绘长图，已经钩成初本进呈。御览奉旨万寿图画得甚好，无有更改处。钦此。即领绢钩摹正本。臣窃惟自古有图则必有史，图以象形，藏策府而传亿载；史以纪实，示臣民而布万方。在皇朝盛典隆恩，自炳于起居之注，而臣下瞻天仰圣，尤望有纪盛之书。受恩深重，既绘《万寿长图》，尤愿恭纪万寿盛典睿藻之辉煌，恩纶之广大，典礼之详明，歌颂之洋溢，俱宜修辑成书，传布永久。臣年虽逾七十，部务之暇，尚可兼理。臣子编修臣王蓍供职翰林，正宜效力编纂。修撰臣王敬铭向随臣学画，亦宜一体效力。伏思是书系圣朝巨典，不敢草率编摩，臣前掌院学士任内素知编修臣查嗣瑮、臣嵇曾筠、臣储在文，修撰臣王世琛皆勤慎可任纂修，其收掌拟即派补待诏臣曹曰瑛。所有万寿图中龙棚、经棚计共五十余处，仍率冷枚等照依书式另画，刻本列诸卷中，则图纪俱陈，开卷了然，用以昭示四方，永垂万世。伏乞皇上俯允臣请，俾天下臣民普同瞻仰，庆祝万寿无疆，恭候命下。其书中一应事宜，容臣同纂修官员恭拟凡例折奏。请旨不胜踊跃，欢忭之至。谨奏。

校注　　王蓍，王原祁长子。王敬铭，王原祁得意门生，康熙五十二年（1713）状元。

查嗣瑮字德尹，号查浦，海宁人。查慎行之弟，康熙三十九年（1700）进士。他与麓台友人陈奕禧、姜宸英、汤右曾、王晫等关系密切。如康熙十五年（1676），陈奕禧与查慎行、姜宸英等友人欢聚金陵（陈奕禧《绿阴亭集》卷下《题姜西溟临十七帖》）。康熙三十四年（1695），王晫在诗中提及查嗣瑮（《王服尹见和乞画诗三叠前韵奉答》）。一年后，他与王原、汤右曾、龚翔麟、谭瑄集朱彝尊古藤书屋，分韵吟诗（《虚斋名画录》卷九《国朝诸名贤合写岁寒图轴》）。

康熙五十二年闰五月初三日奏折

四月初一日兵部右侍郎加一级臣宋骏业谨奏，为普天同庆，万姓腾欢，恭请绘图以昭盛典事。……命画《南巡图》幸赐观览。今忻际昌期，臣民同心，欲踵斯盛。谨将都城内外经棚黄幕，万姓擎花献果之诚，遮辇迎鸾之盛，共五十余处，汇写全图敬呈御览。伏祈皇上俯允臣请，许臣私寓次第加工，造成墨本以付剞劂，昭示遐迩，共识升平。从兹十年一举例，写《万寿长图》。将见玉轴初开，千百国之葵衷，若揭球图，并永亿万年之福祚无疆矣。其图稿即带冷枚等画成进览，先此具折，不胜踊跃，欢忭待命之至。谨奏。闰五月初三日，户部左侍郎臣王原祁谨奏。

校注　　　《万寿盛典初集》卷四十。其后有"五月初三日养心殿监造赵昌等传旨，发下兵部右侍郎宋骏业所画万寿图稿，命绘画"。

　　　　　康熙五十二年（1713）为闰五月。康熙五十二年五月下浣，宋骏业卒［《兰皋诗钞》卷十八《北行草·大招（并序）》］。从王原祁康熙五十二年三月十一日奏折看，三月初（宋氏病重期间）已由王原祁继任总理万寿盛典诸事。

康熙五十二年十二月二十六日奏折

十二月二十六日户部左侍郎臣王原祁谨奏。臣于康熙五十二年五月奉旨绘画《万寿长图》，细阅前所钩图稿，止有城外一半，自西直门至景山一路，尚未钩出。粗定稿本不无疏密参差之处，应加改补，具折启奏。奉旨王原祁所奏甚是。钦此。臣随率同冷枚等在臣私寓，就宋骏业所钩未完之稿，细加斟酌，并城中各处钩画完全恭呈。

校注　　　《万寿盛典初集》卷四十。

康熙五十二年，《致王翬札》

　　频年契阔，寤寐为劳。云树之思，何能已。已近接瑶函，知先生近履弥胜蔗境，益甘龙马精神，松筠苍翠，真今之地行仙也。良由烟云供养，自得此中真实受用。如弟老添虚荣，事不精专，不殖将落，理所必然耳。万寿绘图，先生高年颐养，不敢以远道相累。每一念及，时为悒怏。见索拙序，必有以报命，不敢委之捉刀。刻下供奉无余间，容秋间脱稿寄政。虽不足揄扬万一，欲附先奉常之后，谬托知音，以见先生数十年之苦心耳。率此佈复，不尽屡屡。

校注　　王翬《清晖阁赠贻尺牍》卷下。

　　由"万寿绘图，先生高年颐养，不敢以远道相累"可知，时在康熙五十二年（1713）。

康熙五十二年奏折

　　皇恩之大沛，先一日驾由畅春园还宫。千官云拥，万国山呼，祝嘏之盛，旷古未闻。惟我皇上之心即帝尧之心，故民气雍和，风俗淳美，熙熙皞皞，而祝圣人之多寿者，亦即与帝尧时先后同符也。皇上与民同乐，特允臣民之请，绘为长图传之万世，以垂永久。兵部右侍郎臣宋骏业经始其事，分为五十余处，而臣原祁复受命续成，勾摹数月进呈初本。幸蒙嘉赏，抃舞莫胜。臣又惟自古有图则必有史，是以恭请恩纶纂修盛典。凡宸章之璀灿，圣德之高深，与夫恩赍之广大，典礼之详明，歌颂之洋溢，无不备载，罔有缺遗矣。而于臣民庆祝之处，既案其里地，悉其规模，一一详列于书，而犹恐未足以尽其曲折也。特就长图裁为短幅，次第胪列，共计百有四十余页，定为上下二卷，亦欲使后之披图者，如登春台，如游乐国，既幸生圣人之世，为圣人之民，得亲见圣朝之巨典鸿规，与圣世之时和年丰，嘉祥协应如此。其章章可考，历历可指也。而我皇上勤民爱物之心，亦庶几藉是以少传其万一。此亦《击壤图》之遗意云尔。经筵讲官户部左侍郎加一级臣王原祁恭纪。

校注　　《万寿盛典初集》卷四十四。

　　　　从文中"兵部右侍郎臣宋骏业经始其事，分为五十余处，而臣原祁复受命续成，勾摹数月进呈初本"可知，时在康熙五十二年（1713）末。

康熙五十二年，《万寿诗》五言律十二首有序

　　经筵讲官户部左侍郎加一级臣王原祁。臣以凡庸谬膺宠遇，恭逢圣寿，冀展愚诚，黼黻依光，敢附华虫，而作绘苞符呈瑞，希同龙马之负图，末缀芜辞，上申华祝。其数取十二者，窃效虞书之封秩十有二山，衍皇极之干支十有二万云尔。

嵩岳齐天

　　乔岳首维嵩，巍巍作镇雄。一峰高在上，亿载屹居中。峻极天关迥，恒齐圣寿崇。祝厘腾万岁，率土颂声同。

苍岭云松

　　岭高悬紫翠，松茂荫崚嶒。涛卷风声合，根盘露气凝。云霞成组绘，日月并升恒。远迩齐翘首，参天最上层。

仙馆云泉

　　暖风开馆宇，瑞霭接蓬瀛。云敛重霄净，泉涵万象清。青山恒不老，绿树自长生。仿佛闻仙籁，时和凤鸟鸣。

山庄丰乐

农事因时节，耕余听鸟歌。所欣春浩荡，相与舞婆娑。花柳村村接，风光日日和。大田多稼乐，圣世湛恩波。

春山布泽

肤寸春云合，氤氲出翠微。举头山蔼蔼，转瞬雨霏霏。润及寰中遍，甘从树杪飞。乘时施大泽，天意念民依。

桃源日永

云山阡陌沃，四面少风尘。人乐舒长日，花明烂熳辰。溯源皆活水，接地尽阳春。圣化随方满，年华万载新。

层冈晴碧

晓色标云汉，晴光转翠屏。居高明自远，历久气常青。地厚人烟古，春多草木馨。冈陵堪献寿，拜舞向彤廷。

溪亭春霭

清晏时光好，溪山簇众芳。熙熙韶景丽，滟滟碧流长。俗美因丰岁，居安赖圣皇。茅檐春酒熟，愿进万年觞。

关山烟霭

一统升平日，千山气象开。青云随日上，紫气自天来。春度关门柳，晴舒驿路梅。方舆无远近，到处是蓬莱。

金阙松泉

殿阁齐霄际，山川绕座前。水清恒浴日，松古不知年。迭翠千寻嶂，跳珠百尺泉。愿依双阙下，长此戴尧天。

富春春晓

公望留真迹，披图试一临。圣朝无隐逸，雅化到山林。开霁江天势，同春造物心。今时逾汉代，歌颂继元音。

和风应律

阳和生玉管，吹万布春温。草偃皆知德，溪平尽觉暄。从容能中节，淡荡自培元。共仰时雍盛，三多祝至尊。

校注　　　以上十二首诗录自《万寿盛典初集》卷六十五《歌颂》五。

康熙五十三年正月初八日奏折

康熙五十三年正月初八日，臣王原祁谨奏：为欣逢圣寿之昌期，宜备万年之盛典。恭请俞旨纂修以布万方，永垂亿世事。

校注　　　以王敬铭为首的万寿科新进士中，愿效力编撰《万寿盛典》者甚多，王原祁初选得王赍等二十四名。其后，他会同揆叙、汤右曾以考试的形式，挑选出王赍、温仪、邹允焕等十位抄写人员到馆办事。其中，温仪为王原祁弟子。

康熙五十四年正月二十二日奏折

康熙五十四年正月二十二日，臣王原祁谨奏。窃臣奏请纂修《万寿盛典》，荷蒙圣慈俞允，随恭拟条例进呈，奉旨交南书房详议发下，钦此。随移各衙门咨取档案，臣同纂修侍讲臣查嗣瑮，编修臣嵇曾筠、臣储在文，修撰臣王世琛、臣王敬铭，臣男编修臣王蓍，及校录进士王贲、温仪、邹允焕、周本治、陈溥、高辉、张荣源、陆琼、于本宏、车敏来等十员，朝夕编辑，罔敢逸懈。

校注　　《万寿盛典》编撰完成后，赵宏灿之子赵之垣请求自费刊刻《万寿盛典》。他说："兹于本部侍郎王原祁纂修馆中窃见《万寿盛典》一书已经告成。自愧无文未附讴歌于卷末，顾念留传不朽，应付枣梨。近见御制诸书多有恭请，刊刻者至愚极陋，未谙文理。郎署办事之余，校雠考对，或堪效力。为此不揣愚拙，冒昧奏请。伏乞圣慈，俯鉴微忱，准在寓开局，恭颁发定本校对，刊刻次第进呈御览，犬马私情，庶得少申万一。"其后有"本日奉旨：好。准他奏"。

康熙五十四年四月十七日奏折

四月十七日，臣王原祁谨奏。同纂修官侍讲学士臣李绂，编修臣嵇曾筠、臣储在文，修撰臣王世琛、臣王敬铭，臣男编修臣王蓍等，恭纪《万寿盛典初集》。正月恭进三十卷，又前进画图二卷，共三十二卷。今又纂得二十八卷，缮录稿本恭呈御览。恐有体例未合，词句未当，应行删改处。伏乞圣训指示，恭候命下，再行详细校对、发刊。初集拟共一百二十卷，恭载宸藻及臣等撰次者已成六十卷，其歌颂诗文亦拟分为六十卷，容臣等采录编辑缮写进呈。谨奏。

校注　　康熙五十四年（1715）十月十二日，王原祁以脾疾卒。其后，

《万寿盛典》诸事由王奕清接管。

康熙五十四年十月二十六日，詹事府詹事加二级王奕清奏折：
"《万寿画图》及《万寿盛典》两年以来，开馆绘画纂修先已进呈，
《盛典》六十卷业蒙皇上允户部员外赵之垣效力刊刻，尚有歌颂诗
文六十卷，亦已选择钞录将成，俟进呈之后一并交与赵之垣刊刻。
至书中小图，有在馆修书修撰臣王敬铭同冷枚校阅，刊刻已成者
五十四页，未完者九十四页。其大绢画图于康熙五十二年十二月进
呈稿本，五十三年四月领到绢三十丈，遴选得画图人员徐玫等，及
万寿科武会元臣金昆协同冷枚共十二人，尽心绘画。今已画成十二
丈，未成者尚有十八丈，现在趱工。……钦遵谕旨，随即率同冷枚
并更选工画人物、界画者，就私寓绘画。臣粗习山水，未谙界画、
人物，然画理实是相同。臣宋骏业所钩之稿止有一半，其半尚未钩
出。臣细阅已钩稿中其长短、疏密尚有未尽善处。就臣愚识斟酌指
示，另为钩稿，其未钩者亦为续钩。稿本初定，未免粗率，不敢进
呈御览。现在再钩细稿约至九月后可成。俟稿成时恭呈御览奏请圣
训裁定，理合先行奏闻。"（《万寿盛典初集》卷四十）

读书斋偶存稿序

《王原祁序》称，"方蔼诗宗苏、陆，文宗眉山。生平嗜王士禎之诗、
汪琬之文，实兼有二家之长。"

校注　　四库全书叶方蔼撰《读书斋偶存稿》。《四库总目》卷一百
七十三集部二十六别集二十六。

《皇朝文献通考》卷二百三十二按："方蔼以文章受知世祖章皇
帝，荣冠词林。后复蒙圣祖仁皇帝召入内廷，从容载笔。以两朝教
育之恩，际一时明良之会。故其诗文春容和雅，歌咏升平。洵乎治
世之音，蔚为台阁之望也。"

《遗像题词》王原祁序

梁木空嗟失典型，披图犹见鹤仪形。人间快睹麒麟阁，天上仍骑箕尾星。盖世薰名垂竹帛，济时功业炳丹青。悬知百代长瞻拜，岁岁蒸尝黍馨。

校注　　王掞撰《遗像题词》（国家图书馆藏本）。此书撰于康熙五十九年（1720）仲夏，集诸友悼念金川阵亡吏部尚书温达之文。

呵砚

一泓秋水湛星文，无那严寒冻不分。呼吸便同璇室暖，氤氲何借博山薰。光腾凤味冰为彩，气转龙池墨作云。俄看春生回暖律，玉堂方称中书君。

校注　　此诗选入《娄东诗派》。

为王恪作《行书自作七言诗》

静掩书斋见面稀，每来相访必探微。丹锤九转吟成句，气斡千钧笔发机。驿路渐看黄鹤近，乡心犹与白云违。上林春色明年好，莫向江关恋钓矶。　次韵奉送愚老大弟并正。麓台祁。

校注　　《山水正宗》上卷第222—223页图录。此图下钤"原祁之印"（两白两朱文正方）。康熙四十四年（1705）九月，麓台为外甥李为宪作《〈液萃〉仿古山水》册中亦用"原祁之印"（两白两朱文正方）。据此推知，此作或书于康熙四十四年。

　　《（嘉庆）直隶太仓州志》卷三十六《人物》："王恪初名虑字愚千，祖泰际，见隐逸传。父梓字岜林。幼颖悟绝人，吴伟业赠泰际诗'正礼双龙方矫角，释奴千里又空群'者也。中年以目眚不果用世。梓常携恪至太仓，沈受宏见而器之字以女，遂占籍，应童子试。学政许汝霖目以国士。中年游京师，新城王士正、长洲韩菼亟赏其文，而尤为同宗相国掞所知。然性恬退，至康熙五十七年（1718）始成进士，以知县用，发往直隶。历署繁剧，后补唐县。廉慎自持，清军屯，缉志乘，所至多善政。以继母年老乞归，应聘主西江豫章书院。恪沉静无嗜好，惟汲古勤学，终身无闲。著作甚富，年七十卒。"

麓台书卢沟桥绝句

卢沟南下走平芜，踏月乘舆兴不孤。为爱清光看晚色，山川得似镜中无。 书过卢沟一绝正。原祁。

校注　《大风堂书画录》著录。

王原祁诗札

垂垂鹤发领清机，携得天香在锦衣。比阙共惊疏传去，东山蚤迓谢公归。重亲笑眼黄花绽，恰助高怀紫蟹肥。遥羡耆英新社里，一时词赋有光辉。

里言奉送贞翁老先生，予告锦旋并祈教政。娄东后学王原祁。

校注　故宫博物院清初四王绘画特展之"四王尺牍"。

致王翚札

秋初奉谢，极荷道爱。前晤藩台，曾道及吾兄笔墨振今绝古，渠亦深为仰慕，别后有墨妙致之否？前所商欲觅名迹，如已访得，即当奉价。真龙甚难得，大方鉴者不失庐山真目矣。外附戈戈表意，幸哂存之。

校注　　　王翚《清晖阁贻赠尺牍》。

致某人札

都门凉薄日甚，所处一席犹为佳境。老弟意气如云，颇有任性直行之病，为义不返顾，非所以待会弟矣。远道直陈，惟谅之。友生原祁顿首。次冯老弟如一。

校注　　　吴修《昭代名人尺牍》。

七　王原祁传记辑注

王原祁墓志铭

康熙五十有四年冬十月甲戌，户部左侍郎麓台王公以疾卒于位。遗疏上闻，天子悯悼，特赐全葬予祭。恤典有加焉。于是孤子翰林院编修誉，感恩哀恸，奉丧南归。卜以五十有六年冬十月丁未，举其母李太夫人之枢，輀车帏幌，备陈仪卫，合葬于五都卫字圩之赐茔，礼也。孤子复匍匐来请，乞予文志其墓。予以公之德望宜得当代钜公显人为文，以征信于后，而予愧非其人也。既逊辞不获，乃据公行状，谨诠次其家世官阀与其德行道艺，以见公之所以结主知、膺特眷者，实有所自。而公经济之大者，尤在乎推广圣泽，惠及生民，道济天下。古所谓殁而不朽者，庶几无愧也。

校注　　　《国朝耆献类征初编》卷五十六。

　　　　　《（民国）太仓州志》卷一《封域下》称，王原祁墓在太仓州镇洋县五都。

公讳原祁，字茂京，别号麓台。高祖文肃公为万历间名相，曾祖太史缑山公，祖奉常烟客公。父芝廛公，顺治乙未科进士，养亲不仕。以公贵，诰赠如其官。公举庚戌科进士，与其叔父相国公同榜。相国公简入史馆，而公随牒筮仕，为顺德府任县知县。行取擢刑科给事中。丁母忧。服阕，补户科给事中，转礼科掌印给事中。丁父忧。终丧，特旨改入翰林，补右春坊右中允，转左中允，升侍讲、侍读，历升左春坊左庶子、翰林院讲读学士、詹事府少詹事，旋升詹事、翰林院掌院学士、户部左右侍郎。

校注　　　文肃公王锡爵字元驭，号荆石，官至首辅。明嘉靖十三年（1534）生，万历三十八年（1611）卒。著名书画家董其昌为其门生。缑山公王衡字辰玉，号缑山。嘉靖四十一年（1562）生，万历三十七年（1610）卒。一生未仕，传世有《郁轮袍》等杂剧。奉常烟客公王时敏字逊之，号烟客。万历二十年（1592）生，康熙十九年（1680）卒。清初画家"四王"之首。麓台父王揆字端士，号芝廛。万历四十八年（1620）生，康熙三十五年（1696）卒，年77。王揆受业于太仓名士赵自新，为人号称"周详练达"，有声于公卿

间。工诗亦善画，与王撰、王抃、王摅、黄与坚等并称"娄东十子"。顺治乙未，顺治十二年（1655）。

庚戌，康熙九年（1670），王掞、王原祁、徐乾学、李光地、张鹏翮、郭琇、赵申乔、李振裕、陆陇其等同成进士。当年会试正考官为内阁秘书院大学士魏裔介、吏部尚书龚鼎孳，刑部左侍郎王清、内国史院学士田逢吉为副考官（《圣主实录》卷一百二十九）。《魏贞庵先生年谱》"庚戌公五十五岁"称："是科文最典雅高古，得人最盛。"

"相国公简入史馆，而公随牒筮仕，为顺德府任县知县"：王掞为二甲进士，至康熙九年农历五月，已"简入史馆"（《王巢松年谱》"庚戌四十三岁"）。王原祁成进士后短暂回乡，其后上京，观政吏部。康熙二十一年（1682），候补进士王原祁通过铨选，得任县县令之职。

"行取擢刑科给事中"：康熙二十五年（1686）七月前，经相国王熙举荐，任县知县王原祁"举卓异"。十月，保和殿参加考试。十一月，擢刑科给事中（《王巢松年谱》"丙寅五十九岁"）。

"丁母忧"：康熙二十六年（1687）十月，王原祁母卒（《王巢松年谱》"丁卯六十岁"）。康熙二十九年（1690）暮春，王原祁丁忧服阕。

"补户科给事中，转礼科掌印给事中"：康熙二十九年八月，麓台在京候补。九月，补户科给事中。康熙三十二年（1693）六月前，户科给事中王原祁转礼科掌印给事中。（《大清圣祖仁（康熙）皇帝实录》卷一百五十九："己亥，以……礼科掌印给事中王原祁为副考官。"）

"丁父忧"：康熙三十五年（1696）末，王揆卒（王抃《巢松集》卷六《哭虹友弟》、《芦中集》卷十《哭芝廛兄》、《石渠宝笈续编·王原祁仿宋元人山水册》16帧跋）。康熙三十六年（1697）至康熙三十八年（1699），王原祁在太仓丁忧。

"终丧，特旨改入翰林，补右春坊右中允，转左中允"：康熙三十九年（1700）四月，麓台北上京城（《中国绘画全集27》第20页图录），秋冬至康熙四十年（1701）四月，麓台在京候补。康熙四十年五月，麓台由礼科都给事中改入翰林，任右春坊右中允，兼翰林院编修（《康熙起居注册》康熙四十年五月初二日）。

"升侍讲、侍读"：康熙四十一年（1702）岁末或康熙四十二年（1703）初，麓台由左中允升翰林院侍讲（《东江诗钞》卷八《茹明府招同侍讲王麓台、大鸿胪宋坚斋、侍御陆匪莪、太学高槎客饮虎丘梅花楼》）。三年后，康熙四十五年（1706）末或康熙四十六年（1707）初，麓台由翰林院侍讲转翰林院侍读（见《佩文斋书画谱》各撰修官员署名）。

"左春坊左庶子"：《历代名人年谱》（卷十《清》第78页）称，康熙四十一年秋，麓台由右春坊中允转左春坊中允。

"詹事府少詹事，旋升詹事"：康熙四十七年（1708）冬，麓台由日讲官起居注升詹事府少詹，旋升詹事。

"翰林院掌院学士"：康熙五十年（1711）八月，麓台由詹事升掌院学士。九个月后，由通政使汤右曾继任。见《词林典故》卷七《题名上》、《历代名人年谱》卷十《清》第78页、《大清圣祖仁（康熙）皇帝实录》卷二百四十七："升詹事府詹事王原祁为翰林院掌院学士兼礼部侍郎。"

"户部左右侍郎"：康熙五十二年（1713），麓台升户部左侍郎。《大清圣祖仁（康熙）皇帝实录》卷二百五十："丙子……升……翰林院掌院学士王原祁为户部左侍郎。"

公生而秀异，善读书，为文思若涌泉。长而工诗，时有惊人奇句。为人沈厚凝重，与人交输写心腹，不知人间有机巧事。佔毕之暇，尤喜点染绘画。大父奉常公画入神品，寸缣尺素人皆奉为异宝。偶见公所画竹石粘壁间，即惊叹曰："后当过我。"通籍里居，奉常公时时指引教诲，谓："元季四家首推子久。学之者得其形，未得其神尔，其勉之。"由是其业大进，神与天游，意在笔墨之外，遂以画名天下。既官京师，请乞者至户屡恒满，往往流传禁中，得经御览。上深加赏叹，尝召至便殿，观其濡染。上益喜，每召诸大臣至内苑赐宴赏花，公必与焉。所赐御书、御制墨刻、扇砚、袍帽、食物，络绎便蕃，拜命稠叠。后以万寿覃恩，封赠三代，荫子一，入

252

监读书。上盖察知公至诚笃厚，器识闳深，可当大任。其在职精白一心，经世济时，历试底绩，所以累受殊恩，遂跻显位，非徒以艺事之故也。

校注　　　"通籍里居"：康熙二十三年（1684），陆锁跋麓台所赠《溪山
　　　　高隐图》云："戊午（康熙十七年，1678）秋日渚阳署中寄怀王麓
　　　　台：旧鼎虽芜没，相系表娄东。近代多挺达，玄孙才更雄。往时赴
　　　　长安，献赋甘泉宫。少年擢高第，十载犹固穷。"据此可知，康熙九
　　　　年（1670）至康熙十七年间，麓台通籍后，观政吏部期间曾断续里
　　　　居太仓。王抃《巢松集》卷四《寄贺茂京侄擢垣中》记录了麓台通
　　　　籍里居、观政吏部，至擢刑科给事中期间的一些情况："雁行居第一，
　　　　群从尽呼兄。祖德知非易，家声任岂轻。童年称凤惠，早岁盛时名。
　　　　抱膝依穿榻，摊书对短檠。曹家推子建，荀氏数慈明。笔阵千人扫，
　　　　谈言满座倾。挥毫追董巨，泼墨夺关荆。问世传三绝，惊人在一鸣。
　　　　看花先折桂，夺锦早登瀛。拥卷无尘事，谈禅少宦情。十年闲骥足，
　　　　万里奋鹏程。花县飞凫影，琴堂流水声。宾留尘榻下，亲到板舆迎。
　　　　月入怀中朗，风生袖底清。循声闻异地，治行达神京。褒诏从天降，
　　　　舆歌到处盈。"
　　　　　　"奉常公时时指引教诲"：康熙十四年（1675）九月，王时敏将
　　　　自己与麓台、王鉴之作合而为"三王画"赠冒襄，以提升麓台的画
　　　　名（冒襄《同人集》卷三《跋》）。康熙十六年（1677）夏初，又将
　　　　画学宝典《小中见大》册供麓台临摹（《王司农题画录》卷上《仿设
　　　　色大痴巨幅李匡吉求赠》）。

公之令任县也，任为九河下流，即古之大陆，其塔圪台、北刘寨、双
蓬头等处，岁被水灾，官民赔累无算。公莅任之明年，秋潦大作。旁近州
县皆被水灾。部使者按视民田，他邑皆得免征，独任县一望弥漫，不辨阡
陌，疑为川泽。公据县志力争，始得蠲免。公念邑小民贫，今虽暂免，后
患无已，力请于巡抚于公，疏请得允，永免岁供三千余金。民困得纾，至
今尸祝焉。

其贰户部也，有临清关榷使疏请添设口岸。公力主驳查，及抚臣疏入，事遂得寝。甲午七月，豫省岁歉，上谕户部预议漕粮，公与同事悉心筹划，议以豫省漕粮向来折征于卫辉府，水次买兑。豫省被灾，若仍买兑，恐米价腾贵，请今岁停买。于康熙五十四、五、六年，照江西漕米带运例，分买补运。疏上，得旨如议，豫省于是荒而不饥。直省钱粮，先奉恩谕，三年之内输免一周。历年旧欠，并予蠲除。独江南一省，自四十四、五、六年至五十年，奏销欠册稍迟，未列蠲免数内。值抚臣蠲免疏至，议者疑有司或有已征在官而藉口民欠者。公念江南民困已极，皇上湛恩汪濊，沾被九有，江南之民尤为上所轸念，不敢以桑梓之故引嫌自避，欲力为疏请，谋于叔父相国公。相国公亦以为然，乃特为一议，以为宜如抚臣所请，准与豁除，仍饬该抚即具见在民欠细册报部查覆，如有以已征诈作民欠者，严加治罪。事虽未即允行，然公为民请命之心至矣。读其疏者皆为感动。今地方官吏亦知十年并征，民力有所不给，时或宽假，缓于答箠，要亦公之力也。

昔元赵孟頫以书画受知世祖，及遣忻都王济等理算天下钱粮，逋欠数千万。孟頫以为钱粮未征者，其人死亡已尽，何所从取，为请于世祖，又与执政力争而免之。前史官杨载称，孟頫之才颇为书画所掩，知其书画者不知其文章，知其文章者不知其经济之学。人以为知言。如公之德与艺，視子昂殆又过之。其至诚笃厚之心，能令上下交孚，言立而利溥，真所谓殁而不朽者，岂仅以翰墨风流名当时而传后世哉？

校注　　将麓台与元代书画家赵孟頫相比，意在突出他的经济才干、画艺和德行。与同时代的画家王翚忙于卖画相比，王原祁生前从未卖画，反而经常将画作赠于门客、落魄士子（杨守知《意园诗集选钞》）。

公生于明崇祯十五年八月十八日，卒于今康熙五十四年十月十二日，年七十有四。配李夫人。李夫人生自世族，嫔于高门，婉娩有妇德。司农公性高简，不莳何家事，又一意持廉，家无储蓄，有无黾勉，夫人忾助之力为多。事尊嫜以孝，待娣姒以和，内外无间言。先公十七年而卒。子三：䏁，丙戌科进士，翰林院编修；谔，丙子科举人，前卒。皆李夫人出。闇，官荫监生，侧室沈氏出。女二。孙男五：述浚、述浑、述淮、述献、述俭。述浚、述献皆太学生，余尚幼。嫁娶皆名族。

校注　　王原祁及其母皆卒于脾疾。

呜呼！予与公交至深，故为略次其梗概，而系之以铭。铭曰：

豫章蟠木，离奇轮囷，栋桴是宜。大车以载，积中任重，安行九馗。惟公之生，钟祥世德，宝应昌期。公之为人，浑金璞玉，天质无亏。公之莅官，匪躁匪棘，坦坦施施。十年谏苑，耻为攻讦，因事纳规。除赋渚阳，告哀南国，补瘵扶羸。房公子孙，气貌环伟，虬须丰颐。缅被右丞，辋川妙绘，前身画师。一山一石，公乃余艺，世宝永垂。嵽然赐茔，气蒸巨海，盘纡逶迤。宅此幽宫，祖父伊尔，维谷之诒。

校注　　从禹之鼎所作《王原祁艺菊图》看，麓台确实有"气貌环伟，虬须丰颐"的形体特征。

（雍正）畿辅通志・王原祁传

王原祁字茂京，太仓人。康熙庚戌进士，知任县。地当九河下流，滏、漳诸水复久壅塞，腴田变为污渚。塔圪台、刘累泊等处，即古大陆泽，为患尤甚。甲子、乙丑秋雨连旬，水势陡发，堤岸尽坏，田莱俱成巨浸。原祁请照淮扬例，永免水荒田赋三千余金，民困以苏。其余如筑堤以防水患，建桥以通水道，毙盗贼以安民命，明僎介以昭典礼，发仓储以救氓羸，著迹难以枚举。丙寅，奉命行取擢谏垣。改翰林，累官少司农。卒于位，恩赐祭葬如例。康熙五十九年入祀名宦。

校注　　唐执玉等撰《（雍正）畿辅通志》卷六十九《顺德府・名宦》。文津阁《四库全书》清史资料汇刊，史部・二八。商务印书馆 1934 年版，第 230 页。

康熙庚戌，康熙九年（1670）。甲子，康熙二十三年（1684）。乙丑，康熙二十四年（1685）。丙寅，康熙二十五年（1686）。此传重心在顺德府"名宦"王原祁在任期间的善政。如筑堤建桥以治水、为民请命免蠲粮、擒盗杀贼安民心诸事（康熙二十四年，麓台与曹煜共同缉拿任县案犯）等。

"丙寅，奉命行取擢谏垣"，指康熙二十五年七月前，经相国王熙举荐，王原祁"举卓异"。同年十一月，他以任县知县擢升刑科给事。

国朝画征录・卷下・王原祁传

王原祁字茂京，号麓台，太仓人，奉常公孙。康熙庚戌进士，由知县擢给谏，改翰林，补春坊。天子嘉其画，供奉内庭，鉴定古今名书画。晋少司农，充书画谱总裁、万寿盛典总裁官，卒年七十。

校注　　张庚《国朝画征录》卷下《王原祁（华鲲、金明吉、唐岱、王敬铭、曹培源、李为宪、王昱附）》。《四库存目全书・子》册 73，第 592—594 页。

"卒年七十"有误，当为七十有四。

公童时偶作山水小幅，粘书斋壁。奉常见之讶曰："吾何时为此耶？"询知，乃大奇曰："是子业必出我右。"间与讲析六法之要、古今异同之辨。及南宫获隽，奉常曰："汝幸成进士，宜专心画理，以继我学。"于是，笔法遂大进，而于大痴浅绛尤为独绝：熟不甜，生不涩，淡而厚，实而清，书卷之气盎然楮墨外。是时，虞山王翚以清丽之笔名倾中外，公以高旷之品突过之。世推大家，非虚也。琅玡元照见公画，谓奉常曰："吾两人当让一头地。"奉常曰："元季四家首推子久。得其神者，惟董宗伯。得其形者，予不敢让。若形神俱得，吾孙其庶乎？"元照深然之。

校注　　　此段主要依据《王原祁墓志铭》中"（王时敏）偶见公所画竹石粘壁间，即惊叹曰：'后当过我。'……（王时敏）谓：'元季四家首推子久。学之者得其形，未得其神尔，其勉之。'"而展开。

　　　　　"虞山王翚以清丽之笔名倾中外，公以高旷之品突过之"之论可见，王翚与王原祁画艺谁第一的问题在当时处于争论状态。

圣祖尝幸南书房，时公为供奉，即命画山水。圣祖凭几而观，不觉移暑。尝赐诗有"画图留与人看"句。公镌石为印章，纪恩也。

校注　　　文中"公为供奉"之论有误，当为"以文章翰墨结主知"。

　　　　　"画图留与人看"，出自元赵孟𫖳《松雪斋集》卷五《题孤山放鹤图》其二："昔年曾到孤山，苍藤古木高寒。想见先生风致，画图留与人看。"汪曾武《外家纪闻》："少司农公充书画总裁，一日圣主幸南书房，命公画山水，圣祖凭几而观，不觉移晷。赐诗有'画图留与后人看'之句，旋镌石章以赐。"

　　　　　在笔者搜集的资料中，"画图留与人看"（朱文长方）印最早见于康熙三十八年（1699）春《仿李营丘笔意》（《故宫藏画大系十五》第28页或《清王原祁画山水画轴特展》第7页图录）。此图有光线感，与康熙四十年（1701）后作品相比，山石略显琐碎。康熙四十年，麓台作品中出现"御书画图留与人看"（朱白文双龙椭圆）印。康熙四十九年（1710），麓台真迹《西岭云霞图》中也使用"画图留与人看"（朱文长方）印（《中国绘画全集27》第72—73页或《王原祁精品集》第232—239页图录）。

每作画，必以宣德纸、重豪笔、顶烟墨。曰："三者一不备，不足以发古隽浑逸之趣。"客有举王石谷画为问，曰："太熟。"复举二瞻为问，曰："太生。"盖以不生、不熟自处也。尝自题《秋山晴爽图卷》略云："不在古法，不在吾手，而又不出古法、吾手之外。笔端金刚杵，在脱尽习气。"观此语，其所至可知矣。

校注　　宣德纸、重豪笔、顶烟墨，三者不备不画。这句话被清代书画家多次转述。

"太熟"者易甜俗；"太生"则有生涩、纤弱感。

公官京师时，每岁秋冬之交，予门下宾客画，人一幅以为制裘之需。好事者往往缄金以俟。平时以应诏不遑，凡求者，属宾客及弟子代笔，而自题其名，大率十之七八。鉴者若徒凭款识，则失矣。

校注　　这段话指出了鉴定麓台画作的标准：图像与跋文须俱真。

据嘉庆九年刻《娄东诗派》卷二十毛序《龚石帆斋观王麓台画送稷亭，今培用丹青引韵》中"有孙中允髯绝伦，规模大小李将军。……流传半杂朱鹮笔，庐山从此非真面"可知，朱鹮（立云）为麓台的代笔者。

弟子华鲲、金明吉、唐岱、王敬铭、黄鼎、赵晓、温仪、曹培源，甥李为宪、族弟昱。鲲字子千，无锡人，官州同知。明吉，吴人。岱字毓东，号静岩。满洲人，以荫官参领。敬铭字丹思，嘉定人。癸巳进士，廷试第一，官翰林院修撰。培源字浩修。为宪字巨山。昱字日初。日初笔尤佳，公极称之。鼎、晓、仪自有传（公晚年好作梅华道人墨法，最得神味）。

校注　　华鲲，见《罨画集》卷三《赠华子千南归》注释。

金明吉，见《罨画集》卷三《登华六首（有序）》注释。

唐岱，见《王司农题画录》卷下《仿大痴》注释。

王敬铭，见《麓台题画稿·题丹思画册仿叔明》注释。癸巳，康熙五十二年（1713）。

黄鼎字尊古，号旷亭、闲圃、独往客，虞山人。顺治十七年（1660）生，雍正八年（1730）卒。康熙三十四年（1695），黄鼎与唐孙华、汤右曾、吴暻等常相聚于权臣索芬府邸。如宫鸿历《恕堂诗》（乙亥）卷二《山水歌赠王尊古》云："画作方今谁第一，虞山黄君老词客。晴云书屋乍班荆，此画此人俱拱璧。"从同书卷二《客京师几二年，与□忘定交，时时以文酒之事来相对从，嘉平日留榻晴云书屋，因出家藏王孟端所画枯木竹石见示，笔墨修远，直入迂老之室，上舍黄尊古爱之，因为临摹一幅，画成而西厓汤翰编、西斋吴部曹适至，酒酣各题数语，用志一时名流之聚，知己之素为不多得云，时康熙乙亥除夕前二日也》诗题可知，黄鼎常为索芬、宫鸿历等人临古画。当时京城中，权贵索芬与博尔都皆号称收藏大家。康熙三十七年（1698），黄鼎作《渔父图轴》赠博尔都（其号"东皋渔父"）。此作著录于《虚斋名画录》卷十《黄尊古渔父图轴》，《南宗正脉》第238页图录。康熙三十九年（1700）初春，麓台在太仓，为弟子黄鼎作《仿倪瓒山水》（《台北故宫藏画大系十五》第34页或《清王原祁画山水画轴特展》第13页图录）。其跋："庚辰初春，仿云林笔意。闲圃道契自虞过访，言别奉赠以传一粲。"图右下钤"黄尊古清赏"（白文正方）。

赵晓字尧日，江苏太仓人。笔者所收麓台诗文中未见其提及弟子赵晓。张庚《国朝画征录》称，赵晓画多小幅，平淡古雅，设色浑朴，惜稍显文弱。

张庚《国朝画征录》称，温仪字可象，号纪堂，三原人。康熙五十一年（1712）进士及第后受业于麓台。谨守师法，用笔沈实有师风，而冲淡未及。其述师训曰："勾勒处，笔锋须若触透纸背，则骨干坚凝；皴擦处，须多用干笔，然后以水墨晕之，则厚而有神。又曰：用墨如设色，则姿态生；设色如用墨，则古韵出。画家积习不扫自除矣。"康熙五十年（1711）三月，康熙六十诞辰，礼部侍郎宋骏业奏请旨绘《万寿盛典图》，王敬铭、温仪等共同参与绘制。

曹培源字浩修，麓台婿。康熙三十五年（1696）夏，麓台为其作《为浩修仿子久山水卷》。康熙五十一年春，学博曹浩修携室往太仓，唐孙华以诗相赠。见《东江诗钞》卷十一《赠曹浩修学博》二首。其一："东阿才笔擅风华，偶过江城展绛纱。海上秋风三顷稻，檐前春雨一帘花。同官恰喜逢乡里，携室偏欣傍外家。麈尾翛然簿领外，绝胜打鼓报晨衙。"其二："鸣珂奕叶旧家声，小试儒官长一黉。性为好闲宜仕隐，瘦因病肺转神清。郄公自爱登床婿（谓麓台），宁氏群推应宅甥（谓补亭）。问字客来聊破寂，篱边花下有逢迎。"

李为宪，见《罨画集》卷二《计暗昭扇头匡吉画桃花一枝，索余补石因题》注释。

王昱字日初，号东庄老人，江苏太仓人。王昱《东庄论画》云："年弱冠时，就正于家麓台夫子，猥蒙极口称赏，后负笈至都，侍砚席，获闻绪论，至详且尽。……余侍麓台夫子三年，颇得其传。"据此可知，他是麓台晚年入室弟子。

白苎村桑者曰："庚生也晚，尝恨未获从公游，聆公讲论，观公用笔。每见公手迹，辄爱玩不释，至忘寝食思之。其笔精墨妙，自谓得其概矣。后于弋阳道中邂逅山阴闻人克大，出公《秋山晴爽图卷》，仿大痴法者，于是叹观止焉。图长五尺余，邱壑止一开一合，而宏阔无际，神味萧爽，元气淋漓。冲融骀宕之致，既奕奕怡人；湛彩晬盎之精，复晶晶眩目。盖笔力沉贯纸背，而光气发越于上。诚如自题所云'笔端金刚杵也'。克大曰：'此卷尤公惬意作也。先君官京师时，与公望衡而居，情好甚洽，而未有请也。每遇良辰，辄洁酒肴邀公暨公素所厚者，作竟日欢。若是者五六载。值克大将归婚，公谓先君曰：'嗣君归婚，当写一图为赠。'先君顿首谢之。翌晨，折简招克大过从曰：'子其看余点染。'乃展纸审顾良久，以淡墨略分轮廓，既而稍辨林壑之概；次立峰石层折、树木株干。每举一笔，必审顾反覆，而日已夕矣。次日复招过第，取前卷少加皴擦，即用淡赭入藤黄少许，渲染山石，以一小熨斗贮微火熨之干，再以墨笔干擦石骨，疏点木叶，而山林、屋宇、桥渡、溪沙瞭然矣。然后以墨绿水，疏疏缓缓渲出阴阳向背。复如前，熨之干。再勾，再勒，再染，再点。自淡及浓，自疏而密，半阅月而成。发端混仑，逐渐破碎；收拾破碎，复还混仑。流灏气，粉虚空，无一笔苟下，故消磨多日耳。古人十日一水，五日一石，洵非夸语也。后又赠先君二帧，不便于行笥，不得饱子之目。然庚得睹此卷，详闻克大所述，不啻亲见公之磅礴矣。所得不既多乎？因详记之，以备私淑之助，且俾后之有志斯道者，知公作画之匠心有如是云。"

校注　　　《国朝画征录》始撰于康熙六十一年（1722），雍正十三年（1735）脱稿。文中对麓台作画步骤、方法等的记录，基本印证了《雨窗漫笔》中"意在笔先"之画诀。

（乾隆）江南通志·王原祁传

王原祁字茂京，太仓人。揆之子也。康熙庚戌进士。初宰渚阳，地多水灾，详请豁免赔累。历省垣，改翰林，累晋户部侍郎。尝请宽豫省折征之赋及吴民历岁之逋。圣祖皆嘉纳之。原祁襟怀高旷，工诗善文，兼精六法，寸缣尺素，流传禁中，时称"艺林三绝"。性廉洁，不治生产。通籍后家居十年，犹萧然如寒素。

校注　　　赵弘恩等修《（乾隆）江南通志》卷一百六十六《人物志·太仓州》。《四库全书》册 511，第 793 页。

　　　　　此传显示，至乾隆朝，麓台已有"艺林三绝"的称号。

（嘉庆）直隶太仓州志·王原祁传

王原祁字茂京，时敏孙，揆子。原祁工诗文，尤精画法，臻神品。康熙九年（1670）成进士，观政史部。二十年充顺天乡试同考官，称得士。除任县令。任故古大陆，为九河下流，时大潦。部使者按视，原祁力请弛赋。又请于台使，奏减岁赋三千余两。在任四年，尚书魏象枢巡察畿南，凡大案必委鞫焉。寻行取擢刑科给事中，转礼科。三十九年特旨改中允，入侍南书房，历侍讲、侍读学士，充日讲官，累升詹事府詹事、掌院学士。原祁以文章翰墨结主知，常召入便殿，从容奏对。时或御前染翰，日见亲近。五十一年升户部左侍郎。会豫省灾，折征漕米，原祁力请分年买补。又上谕直省钱粮三年轮蠲一周，旧欠并与豁除，江南以奏销稍后，不入蠲数。原祁独请如诏旨，不以桑梓引嫌，闻者韪之。五十四年以疾卒于位，特赐全葬予祭。

校注　　　王昶等撰修《（嘉庆）直隶太仓州志》卷二十八《人物·列传二》，《续修四库全书》册 607，第 458—459 页。此传与王昶《春融堂集》卷六十五《王原祁传附王蓍》内容相近，表述略有差异。

　　　　　"在任四年"，误。当为在任五年，即康熙二十一年（1682）至康熙二十五年（1686）。

　　　　　"尚书魏象枢巡察畿南，凡大案必委鞫焉"：笔者收集的史料显示，康熙二十年（1691）八月顺天乡试过程中，魏象枢与王原祁、归允肃等交往密切。归允肃《归宫詹集》卷一《辛酉八月初六日奉命典试入闱纪事》《闱中誓词》等显示，此次乡试各考官"竭志奉公"，一洗当时有钱无才者的嚣张之风。它也导致当时有落选士子欲闹事兴大狱。魏象枢闻知此事，立即步行至署衙。在他的妥善处理下，此事得以平息（魏象枢《孝仪先以己未及第，辛酉主试北闱，力持公道，一洗嚣风，得人最盛，都士翕然，余登堂大拜，庆幸不已，赋诗纪之》）。康熙二十三年（1684），魏象枢归里，王掞以诗赠别（《西田集》卷三《送大司寇魏环溪先生予告归里二首》）。康熙二十六年（1687），魏象枢卒。因此，魏象枢与麓台共同处理大案的可能时间，当在康熙二十一年至康熙二十三年间。

　　　　　"三十九年特旨改中允"，误。康熙三十九年（1700）四月，麓台北上。康熙四十年（1701）五月，麓台转中允。

　　　　　"入侍南书房"：康熙五十三年（1714），麓台入直南书房。（《麓台题画稿·大横批仿设色大痴为明凯功作》："甲午秋间，奉命入直，以草野之笔日达于至尊之前，殊出意外。"）

"会豫省灾，折征漕米，原祁力请分年买补"之事，在康熙五十三年。

原祁遇物坦易，上尝称其存心莫及。没后丹青流布，寸缣尺素，宝若拱璧。自是江浙之工山水者皆本原祁，而子孙以画知名者亦众。

校注　　"自是江浙之工山水者皆本原祁"之说，指出了王原祁后学影响
　　　　力之大。

子誊字孝征，康熙四十五年进士，改清书庶吉士。四十八年授馆职，五十四年充河南乡试主考官。丁外艰，服阕入都。五十九年冬，提督陕西学政。雍正二年升洗马，五年回京充会试同考官，又充日讲起居注官，升右庶子，旋擢侍讲学士，升少詹事。九月，署广东布政使。七年春，调直隶布政使。时州县新旧交代，惟仓谷为难，或前官预储丑谷，或后官延宕不收。誊稔其弊，使碾米交代，以一米抵两谷，枭之贮价于库，秋成时新任买补，有司便焉。兵饷旧例于次月初始领前月粮，誊令于前月望后即发次月粮，营弁颂为善政。十三年夏，调任山西布政使。乾隆二年入觐，擢任广东巡抚，时琼州一郡编征税银多缺额，地方拘于考成，在地丁、椰柯税、排门、烟户等项均摊赔派。誊彻底查清，奏免四千余两，以苏民困。又以郡悬海外，水土瘴毒，莅兹土者遇有死亡道路，远家口不能归，骸骨旅殡。誊请酌动存公银两，给发路费，著为令。南海神庙，载在祀典，向惟有司官代往，誊必亲往祀之。五年冬，有忌而劾之者，奉旨回京。至七年冬，落职，命赴军台效力，至第五台恩旨召还。明年归里，十六年南巡加三品职衔，又三岁卒。

校注　　康熙六十年（1721），王掞因密疏请建国本之事，受到康熙的
　　　　冷落；雍正元年（1723），王奕清、王奕鸿奉命赴台效力。从此，王
　　　　原祁家族由盛转衰。沈起元《敬亭文稿》卷三《翰林院检讨王秋崖
　　　　先生家传（丙辰）》："先生……身留邸第十年，至雍正甲辰（雍正

二年，1724）始归。归时相国赠以诗有云：'国是资高见，家艰仗远图。'此固外人不及知也，相国于康熙六十年春密疏请建国本也，几致不测，赖圣祖鉴其忠诚，旋予宽贷。明年相国以老乞致政，蒙世宗恩旨，留京备顾问。是时，侍郎公已谢世，编修謩视学陕西，相国长子官詹奕清、次子湖南参议道奕鸿先后奉命赴台站。相国杜门谢客，朝士亦无复起居故相者，门生故吏烟消雨散，户庭阒然，相国左右，惟先生一人而已。"

《颙庵公行述》称，王奕清、王奕鸿兄弟在军台凡六年，直至"尽撤塞外诸军，才得以还"。与之相反，雍正年间，王謩却不断升官。《颙庵公行述》中，王謩仅出现一次。据此可推知：康熙处理王掞密疏请建国本事件中，王謩可能做了一些不光彩的事情。至乾隆元年，乾隆旨称："王掞身居政府，为国本起见，亦属分所当言，应得恤典。"同年二月，王奕清恩补詹事府正詹。五月，奕鸿发往四川以道员用。与王奕清兄弟的官复原职相比，王謩却于乾隆七年（1742）落职。

王謩好戏曲，曾养家班，家道因此中落。

子述浚字隽骧，雍正四年举人，和州州同，有惠政。会岁饥，奉檄查赈，劳勣致疾，卒于赈所。

孙凤仪字廷和。乾隆十二年举人，十七年教习期满，拣发湖北。补宜城知县，调汉阳。二十七年充乡试同考官。缘事被议，引见复职。旋丁外艰。服阕，发四川，补犍为，由合州知州永叙厅同知升成都知府，擢松茂兵备道。又以内艰，服阕，再补松茂，调任永宁，继调陕西盐法道，以疾乞归，卒年七十。凤仪干济夙优，所至有循绩。在四川，时值官兵进剿大小金川，羽檄旁午，总督文绶留之幕府，章奏俱出其手。及在府道任内，勘水灾，疏泄有法。惩奸民，鞫实定拟。故松茂番民有佛子重来之颂。凤仪工诗画，能承其家法。

凤超字宗美，事母孝。兄官蜀，奉母入川，遇滩险，遂得心悸疾，逾月而卒。其弟耘字涵青，性嗜书，官诸暨丞，请修堤堰以御水灾，莅任三年卒。

校注　　雍正四年，1726 年。乾隆十二年，1747 年。乾隆十七年，1752
　　　　年。乾隆二十七年，1762 年。

清史稿·王时敏传附原祁

（王时敏）孙原祁字茂京，号麓台。幼作山水张斋壁，时敏见之，讶
曰："吾何时为此耶？"问知，乃大奇曰："此子业且出我右。"康熙九年成进
士，授任县知县，行取给事中，寻改中允，直南书房，累擢户部侍郎，历
官有声。时海内清晏，圣祖右文，几余怡情翰墨，常召入便殿，从容奏对。
或于御前染翰，上凭几观之，不觉移晷。命鉴定内府名迹，充书画谱总裁、
万寿盛典总裁，恩礼特异。五十四年卒于官，年七十四。

原祁画为时敏亲授，于黄公望浅绛法独有心得，晚复好用吴镇墨法。
时敏尝曰："元季四家首推子久，得其神者，惟董宗伯。得其形者，予不敢
让。若形神俱得，吾孙其庶几乎？"王翚名倾一时，原祁高旷之致突过之。
每画必以宣德纸、重毫笔、顶烟墨，曰："三者一不备，不足以发古隽浑逸
之趣。"或问王翚，曰："太熟。"复问查士标，曰："太生。"盖以不生不熟
自居。中年后供奉内廷，乞画者多出代笔而自署名。每岁晏与门下宾客画，
人一幅为制裘之需。好事者缄金以待。弟子最著者黄鼎、唐岱并别有传。

校注　　赵尔巽等撰《清史稿》卷五〇九《列传·艺术三》。《续修四库
　　　　全》册 300，第 405—406 页。
　　　　此两段资料主要来自张庚《国朝画征录·王原祁传》。

原祁曾孙宸字子凝，号蓬心。乾隆二十五年举人，官湖南永州知府。
原祁诸孙多以画世其家，惟宸最工，枯毫重墨，气味荒古。爱永州山水，
自号潇湘子，有终焉之志。罢官后，贫不能归，毕沅为总督，遂往依之武
昌，以诗画易酒，湖湘间尤重其画。著《绘林伐材》十卷，王昶称为"画
史总龟"云。

　　　乾隆二十五年，1760 年。

　　　　　　此传补充了麓台后人画家王宸的相关史料。

　　　　　　王宸所著《绘林伐材》十卷，除了对王氏家族善画者的相关记
录较为翔实外，其他内容以抄掇为主。

八　王原祁师友诗文贻赠辑注

康熙九年，吴伟业《王茂京稿序》

吾里以《春秋》举者，是科得二人。其一则通家王子茂京也。初，余早忝太常公执友，而端士从余问道，以此交于王氏者最深。今端士成进士十余年，又见其子贵，方与太常少子藻儒同计偕，而太常期颐克壮自如也。盖世家之不振者，江南比比相望，王氏父子兄弟独且日显重。而余颓然衰以老矣，《茂京稿行》，端士取首简属余。余将何以长茂京哉？端士之意不在乎叙门第之盛、交游之雅，谓余老于文学，庶几读书、行谊有以相黾勉也。

夫文，有文有质。质以原本经术，根极理要；文以发皇当世之人才。是道也，孰有大于《春秋》者乎？自《易》之精微，《诗》之温厚，《书》之浑噩，《礼》之广博，至《春秋》一变为记事之书。其为言也，简矣而不详，直矣而不肆，可以谓之质矣。然而董仲舒、贾谊、刘向皆以阅览博物之才，从而推演其说，各自名家，务折中于孔子，不徒规规焉守章句而已。岂《春秋》之质者，即其所为文欤？今天下之文日趋于质矣，其为教，总不离乎传注。吾以为，宋人传注之学，其称词也约，其取义也远。非夫笃学深思、确乎有得者，不足以求之。洒观今之论文者若是乎？悉其才智，运机轴于毫芒，而六艺博洽之言，先儒平实之论，概而绝之，弗使得入。吾不知其冲虚淡漠，果有得于中，抑猥随流俗为风尚也。然则，学者将安从，亦求其不谬于圣人，不悖于先正，如是足矣。

王氏自文肃公以经术至宰相。猴山先生相继擢上第、负重名。其于《春秋》，父子各有所讲贯。凡以推崇醇正，抑退浮华，风厉一世之人文，而表章绝学，上者施于吁谟政事之间，次者见诸馆阁之论著，诚所谓经世大儒，彬彬质有其文者哉。余向从故老窃闻，相公谢政里居，犹以制举艺为人论说。诸生以文字赘者，鉴别其穷达十不爽一。而课孙诸作，盛为海内所传诵。盖大臣心事，嘉惠后学，尤思以经术世其子孙。王氏渊源弗替，高曾规矩，瘤痹在前，不待取诸外而足也。太常好藏其先公之手迹，经史钩贯，庋置如新。而百年闱墨，得诸兵火散佚之余，人皆以为王氏之祥，其后当有兴者。不数年而藻儒、茂京后先鹊起。噫嘻！讵偶然哉？藻儒秀外惠中，标举俊异；茂京雄骏闳达，二者望而识其远器。

余老矣，无以长茂京。盍举旧闻于王氏者，还以告之。夫以茂京之才，出其余技，诗歌翰墨，卓绝出乎流辈。他年读书行谊，定有过于所期。是编也，揣摩匠心，卒根本乎家学，其以度越当世之君子，则已远矣。此余所以重茂京，而序之之意也。

校注　　　吴伟业《吴梅村全集》卷三十四。

　　　　　"今端士成进士十余年，又见其子贵，方与太常少子藻儒同计偕"可知，时在康熙九年（1670）。是年三月，麓台与八叔王掞同成进士。文肃公，王锡爵。缑山先生，王衡。太常，王时敏。

康熙十年，陆世仪《赠王茂京进士（原祁）》

　　犹记牵衣索马骑，骅骝千里竟飞驰。五朝遗老几方授（祖太常公时年八十），一代孙枝佩又垂。两宋科名天子重（茂京与叔藻儒同年），三槐阴德路人知。年华才力俱方壮，正是苍生仰望时。

校注　　　陆世仪《桴亭先生诗文集》卷九。

　　　　　康熙十年（1671）八月，王时敏在太仓举八十觞。同里及四方来称祝者，开宴累日。王撰、王掞在京遍征都门诸大老、词场名宿寿言以累百计，汇集邮寄。王翚作《松溪高士图》恭祝尊师八十寿。期间，陆桴亭世仪有诗赠王掞、麓台。见《奉常公年谱》卷四"十年辛亥八十岁"、《吴越所见书画录》卷六《王石谷松豀高士图》王翚跋、《王巢松年谱》"辛亥四十四岁"、《桴亭先生诗文集》诗集卷九《赠王藻儒庶常掞》。

　　　　　顺治十三年（1656），麓台15岁。是年春，补博士弟子员。同年，郁法筑静观楼（王时敏书额），日与陆世仪、陈瑚、盛敬等讲学其中〔《（民国）太仓州志》卷一《封域》、《（嘉庆）直隶太仓州志》卷五十一《古迹》〕。盛敬、陆世仪皆为麓台授业师。"犹记牵衣索马骑"，可想见少年麓台聆听诸师教诲的光景。

　　　　　尚小明编著《清代士人游幕表》第42页："陆世仪（1611—1672）字道威，号桴亭，江苏太仓人。讲学里中，参与地方事务。

顺治十四年（1657）冬至顺治十五年（1658）春，应江苏巡抚张能龄聘；顺治十八年（1661）秋至康熙二年（1663）秋，客江西安义令毛如石幕；康熙十年（1671）冬至康熙十一年（1672）初客江苏巡抚玛祜幕。"

约康熙十五年，王撝《茂京侄画山水见贻赋以作答》

危峰倚天如削成，下有万壑流泉鸣。秋林雨洗众青出，远空淡淡修眉横。携向高堂挂素壁，有若身在丹崖行。问谁作图吾小阮，笔精墨妙由天生。我父生平雅善此，购求名迹珍连城。乾坤万怪罗笔底，搜抉古人无遁情。变化未肯受羁束，尤于古法神而明。今复有尔绍家学，祖孙同擅千秋名。惨淡经营妙入髓，古来作者谁可拟。大都子久其专师，清旷并学营丘李。体势深浑北苑如，皴染新奇叔明似。洒脱雅丽无不兼，又类吴兴赵公子。十日五日一水石，我欲于焉究其理。得之屏障生光辉，后来好手无逾此。嗟跼我处如樊笼，足迹未与名山逢。愿毕婚嫁游五岳，先从图画开心胸。明年襆被经岱宗，振衣上登日观峰。下视紫翠纷且重，展观庶几气象同。我将此图贮怀袖，东西南北长相从。

校注　　　王撝《芦中集》卷三。

《芦中集》卷三收录康熙十四年（1675）七月至康熙十五年（1676）八月间诗。《茂京侄画山水见贻赋以作答》前诗《游灵隐寺》有"霜枫夹路笋舆来"，据后诗《平山堂》有"城北横冈翠郁盘，……禅房花木隐雕栏"可知，《茂京侄画山水见贻赋以作答》约写于康熙十五年春。

康熙十六年九月至康熙十八年九月，董元恺《庄椿岁》（王烟客先生并寄端士、茂京）

娄江东阁筵开，广寒鹤舞清秋节。霞明瑶海，香吹珠树，戟门罗列。夭矫八龙，翱翔三凤，蝉联七叶。羡乌衣群少，锦衣初赐，又早向，斑衣曳。　好是墙东旧隐，结西庐，恣谈风月。蕺里才名，辋川诗画，神仙度越。法护难兄，广之有子，千秋阀阅。看黑头王掾，称觞玉醴，霜浮金阙。

校注　　　《苍梧词》，康熙刻本（转引自《王原祁集》第308页）。

王时敏共有九子，词中称"夭矫八龙"，则此词作于康熙十六年（1677）三月初九至康熙十九年（1680）六月十六日间。因为康熙十六年三月初八，王时敏长子王挺卒（《王巢松年谱》"丁巳五十岁"）。康熙十九年六月十七日，王时敏卒。"清秋节"（即重阳节）则显示，此词作于康熙十六年九月至康熙十八年（1679）九月。

董元恺字舜民，号子康。江苏武进人。康熙二十六年（1687）卒。

康熙十九年二月，毛师柱《王茂京中翰偕弟迪文入秦，相遇山塘，口占志别》

东风二月吹征尘，王家兄弟西入秦。渡河涉江好诗句，锦囊收却江山春。太华峰前看山色，应念天涯楚行客。孤蓬一雨滞乡关，犹幸相逢免相忆。

校注　　　毛师柱《端峰诗选·七言古》。

"王茂京中翰偕弟迪文入秦"："中翰"即"内阁中书"；"偕弟迪文入秦"，指麓台送弟王原博入陕西就婚。

康熙二十二年四月，毛师柱《癸亥春，次韵奉送王芝廛先生赴渚阳，兼柬茂京明府》

一纸来花县，扁舟去故乡。喜当春渐暖，及此路方长。樱笋经时熟，云峰到处苍。江帆瓜渚渡，晴翠入垂杨。

邮亭南北路，廿载旧题名。应更添游稿，知原少宦情。日边琴鹤地，花里鹿车行。入手波澜阔，新诗倍老成。

到时家庆罢，忧乐正相关。但得弦歌遍，从教旅梦闲。追欢逢故旧，游历说江山。遥想莲花幕，宾徒足往还（谓陆石渠、周章成）。

此地吾频到，传闻政一新。几曾临事易，只似在家贫。县僻科条简，官闲翰墨亲。古来惟禄养，堪慰白头人（往曾三过渚阳。戊午冬遇茂兄，聚首三宿）。

校注　毛师柱《端峰诗选·五言律》。

康熙二十二年（1683）四月，王揆夫妇携麓台二子往任县就养（《王巢松年谱》"癸亥五十六岁"），毛师柱以诗送之。戊午，康熙十七年（1678）。

康熙二十二年四月，王揆《送芝廛兄之茂京侄任所三首》

鹿车同载逐征尘，领略关河四月春。到日渚阳传盛事，锦衣拜迎白头人。

红紫三春锦作堆，临行驻马几徘徊。河阳种得花千树，不羡江南烂漫开。

堪怜踪迹雪泥鸿，兄弟今看西复东。料得君归余又出，春风秋月别愁中。

校注　《西田集》卷二。

康熙二十三年二月，曹煜《复王茂京（讳原祁，庚戌进士，太仓人，见任任县）》

十载娄江，荷承鼎谊，而尊翁年伯尤极提撕之雅。睽教以来，江东云树萦回，宁有已时。今幸密迹花封，深慰阔念。方拟嵩人驰悃，忽接好音，不啻坐空谷而闻钧天之响也。况承厚贶，下颁荣庆无似。虽藉使拜璧，而谨领尊谊，永勒五中矣。谢谢。弟十五日走马到邑，陆在老至止时，才隔一宵耳。梅老及舍弟舟行颇迟，尚未入境，俟到日当达尊意也。拙刻一种附呈台教，尊翁年伯不敢琐渎，叱名是荷。

校注　　　曹煜《绣虎轩尺牍》二集卷六。

　　　　　陆在老，即王陆在。梅老，即钱梅仙。康熙二十三年（1684）二月，莘县令曹煜致书麓台，告知莘县诸况。

康熙二十三年二月，曹煜《再复王茂京明府》

落落寒毡，久依樾荫，一行作史，更迩花封，真天假之缘，得长奉教于左右也。昨捧德音，式慰□渴，簿书纷杂，应接为疲，金错见投，琼瑶未报，负歉可知矣。弟素性愚戆，未娴吏事。莘俗夸诈，抚御较难。冀叩君家治谱为玉律金科，老年台垂爱有素，谅不惜谆谆提诲也。不腆将忱，伏希鉴茹。梅老一札附启，九咸舍弟偶往历下，归当趋造。肃泐驰候，临缄曷胜瞻切。

校注　　　曹煜《绣虎轩尺牍》二集卷六。

康熙二十三年末，曹煜《复王茂京》

介弟南来，愧乏供应，展仄至今，不知何时已返斾也。弟以菲质忽作劳人，同病之怜，想不甚遥。但敝治今年幸薄收，各色款项，俱已报完耳。然所负累累，诚恐日重一日，其奈之何。见尊示，即刻差人同贵役遍索四关，绝无其人。年暮岁迫，先此关覆。弟差役尚未销票，倘得其踪，即尚差解送，不烦挂念也。梅老近况颇可，但萦思京洛，未免怅怅。家九咸候杨星源，一到便行，特此附闻，驰切不尽。

校注　　　曹煜《绣虎轩尺牍》二集卷七。

　　　　　康熙二十三年（1684）末，曹煜致书麓台，告知其欲缉拿案犯不在莘县。"梅老"即钱梅仙，曹煜幕僚。"家九咸"，其弟曹延懿，金坛人。杨峋字星源，号昆涛。江苏太仓人。崇祯十四年（1641）生，康熙四十一年（1702）卒。

康熙二十四年六月，曹煜《与任县王明府茂京》

劳人役役，才度芳春。复值煎景，炎炎世界，洵可畏哉。老年台敷政之余，优游槐影，诗瓢画笛，兀坐鸣琴，真仙吏哉。弟旧负难偿，新通易积，如贫人害腹病，麦饭不饱，而解裈待泄，稍或刻迟，浑身俱秽矣。元气去尽，将何以生。年台亦有如此病否，可慨亦可唉也。尊大人先生安养尊荣，一堂晤对，天伦之乐，使人钦羡。衙内诸公强半旧识，幸各叱名，不敢另渎。兹获贵治一人，手有杻迹，讯之则人命干连耳，恐或非然，则重烦台虑矣。特差押送，祈即录收，临墨神往。

校注　　曹煜《绣虎轩尺牍》二集卷八。

康熙二十四年（1685）六月，莘县令曹煜致书麓台，告知缉获任县一案犯。

康熙二十四年约八月，曹煜《与王任县》

秋飔萧瑟，阴云惨凄，低眉侧窥，何处有天日也。弟以菲材，谬叨民牧，其所著杂录皆从堂上执笔，使吏读示两造者居多，乃自不知耻，妄灾及木。年翁欲以作笑柄耶？抑以覆酱瓿乎？敢不呈教。钱梅翁之京情切，不可复留，临别黯然，不知所云。花封伊迩，幸时教之。

校注　　曹煜《绣虎轩尺牍》二集卷八《与王任县》。

康熙二十四年（1685）约八月，曹煜致书麓台，赠所刻文集，并告知钱梅仙上京之事。

康熙二十四年冬，曹煜《复王茂京明府》

花封密迩，仁声振闻，高山之望，不自今日始矣。太翁年伯纳福无量，甚慰鄙怀。弟鹿鹿粗质，待罪于莘，捉襟露肘，景况不堪自问。今年渐入深潭，沉溺有期，昂首无日。知老年台青云不远，不知振衣霄汉之日，尚能回忆我辈苦海否？弟常有三不如之叹。一不如人奴。人奴一主耳，我辈有十余主，处处奴颜婢膝，一不当，则呵叱随之矣。二不如娼女。娼女媚客以取客钱，我辈则以钱媚人，不能媚则怒；媚之不以财，犹不媚也；媚之以财，而不及人则又怒；媚之财及于人，而后时则又怒，直是置身无地，即忧死，犹云乐死也。三不如盗贼。盗贼偷劫财物，与窝主平分，事败则窝主同死。我辈不能分文入己，事败则窝主先为捕役，功令严于与受，至死不敢一言。嗟乎！何其至此极也。作令一年，授俸不过四十五两，即一介不取，予仍须令全家尽化鸣蝉，殇风吸露。除阴檄取馈外，有昭昭之檄。今日命设法修城，明日令设法修庙；今日命补藩库，明日命送部费。立限森森，如雷如电。不知四十五两外，从何设法，而纷纷征取也。弟尝自愤云："莫道银钱，即是蛆虫，亦须人死肉烂，方取蛆出。我未死未烂，蛆从何来。"九月十六夜，几不复在人间。世作奴、作娼、作贼，不意家人救醒，则西楼戏文所谓"孽障未完，魔君不肯饶我耳"。嗟哉！老年台明年豹尾悬车，珥笔承明之日，敢以弟言为皂囊之料否？不则弟掷此鸡肋，当叩九阍而鸣雷鼓尔。承赐大墨，已珍十袭亦。年伯偶尔违和，节近不能常候，灯后或以一介问花径也。蒲柳之辰，重荷台谊，勒谢不宣。

校注　　曹煜《绣虎轩尺牍》二集卷八。

此文在《绣虎轩尺牍》二集卷八，起自康熙二十四年（1685）六月至康熙二十五年（1686）五月前，据文中"灯后"可定为康熙二十五年正月前。有《复王茂京明府》后《复王芝麓先生》中有"去岁茂翁惠佳箑"可知，是在康熙二十四年冬。

康熙二十四年冬末，曹煜《复王茂京》三书

贱日承厚仪，马齿增辉，至今勒感。弟去岁大难之后，又遭大变。大难人所同也，大变弟所独也。言之痛心，不忍向知己泣道之。来翰谨如教，弟前书有云，俟年台珥笔承明之日，为吾辈稍陈切肤之苦。行看振衣云汉，勿忘粪窖中有人谆谆也。不尽。

贱日承厚仪，马齿增辉，至今勒感。弟去岁大难之后，又遭大变。大难人所同也，大变弟所独也。言之痛心，不忍向知己泣道之。来翰谨如教，弟前书有云，俟年台珥笔承明之日，为吾辈稍陈，弟为道之。非弟叨作曹丘也，行旌卜于何日。弟翘首云天，遥申拜候，毋懈初心，强饭努力。临楮瞻切不尽。

读来翰，并读年伯暨、年台所赐奠章，真使存殁均感。某敢不拜，谨叩首叩首谢。至于殷殷诲慰，字字金玉，自当奋推山之力，推此一腔心血耳。缓急人所恒有，交友何为而敢窃比古人耶？弟滋愧矣。年伯大人不另渎，谨复。

校注　　曹煜《绣虎轩尺牍》二集卷八。

《绣虎轩尺牍》三集卷一收录康熙二十五年（1686）五月以后作品。从第一首《与持原兄（讳钟浩，乙未进士）》中"去冬弟亡其子"可知，曹煜丧子在康熙二十四年（1685）冬。《绣虎轩尺牍》二集收录康熙二十四年六月至康熙二十五年五月前的书信，从《复钱梅仙》知，曹煜是时长子丧，王揆与麓台分别以文相吊。又据文《复王芝廛先生》中有"去岁茂翁惠佳笺""来惠元宵佳韵"可知，康熙二十四年与康熙二十五年间，王揆父子与曹煜书信往来密切。此三书作于康熙二十四年冬末，曹煜分别致书王揆、麓台，谢其为长子所作奠文，并请麓台上京后能将为令之苦鸣于当道。

约康熙二十六年春，曹煜《复王茂京（讳原祁，工科给谏）》

年台腾骧皇路，拔迹泥途，自此作天际真人矣。可羡孰甚。重蒙锡我鹅溪，仙仙佳气。今人有其肉者无其骨，有其貌者鲜其神，自当于宋元之

际求之，敢不拜嘉十袭。至于其他多仪，不几稍赘耶？统谢勒五中矣。作令之苦，年台共之。而弟尤难之难者，来时多负，到后多故耳。今年秋冬，钱粮之在民者仅存五千有奇，而纷纭之事，应答俱在七月之后。此固年台之所洞悉者也。轻诺寡信，弟罪何辞。薄具小贺，自知不腆。尤望年台谅宥勿叱，为光多矣。尊约附璧，尊大人年伯并烦道此，歉歉。神京在望，所幸信使往来，此缘未绝也。临楮不尽惶愧。

校注　　　曹煜《绣虎轩尺牍》三集卷一。

　　　　《绣虎轩尺牍》三集卷一《与钱高士梅仙》后接《与吴编修匪庵》[此诗作于康熙二十六年（1687）春]，而康熙二十五年（1686）十一月，麓台擢刑科给事中。因此，本文暂定曹煜贺麓台入垣之喜在康熙二十五年春。

康熙二十六年春，曹煜《复王给谏茂京》

春色渐深，风光欲媚，恭承台台垂盼下吏，不胜荣感。所谕之事，莘邑弹丸，人情朴鄙，为之者少而力亦甚绵，临期自当竭力于邻封，断不负台嘱也。厚贶拜登其一，以志光宠。勒谢不尽。

校注　　　曹煜《绣虎轩尺牍》三集卷一。

　　　　麓台致书曹煜，嘱其佐宋广业继治任县。时任县水灾仍重。宋广业复告于大中丞于振甲，于氏特疏蠲赋。《复王给谏茂京》中"临期自当竭力于邻封，断不负台嘱"者，当指麓台嘱曹煜佐宋广业继治任县之事。《兰皋诗钞》卷四《摄理渚阳，水泊为害，余先请蠲赋，随浚漳、滏二河以疏下流，不两月而水归故道，奉旨蠲免荒粮，人民乐业喜赋》自注："前任令尹少司农王麓台先生请之于上，委余摄篆。"

康熙二十六年末，曹煜《与王茂京给谏》

台台荣补谏垣，朝野想望丰采久矣。某忝列旧知，惟有朝夕虔祝。以上不负君，下不负民，中不负平生之学，为一时伟人千秋名臣而后快。想台台皂囊中广备参苓，为今天下补元益气也。薄具一芹，为朝廷得人庆，伏祈鉴茹是祷。

校注　　　曹煜《绣虎轩尺牍》三集卷二《与王茂京给谏》。

约康熙二十七年十月，毛师柱《怀王麓台黄门客游湖上》

两峰环合水平铺，客到身疑入画图。远近有山皆北苑，雨晴何日不西湖。探幽定得诗千首，对景真宜酒百壶。雀舫挥毫兼泼墨，老坡风格似还无。

校注　　　毛师柱《端峰诗选·七言律》。

康熙二十七年（1688）十月，麓台与赵贞同游武林。在杭州昭庆寺，为赵氏作《仿大痴富春图》。毛师柱《怀王麓台黄门客游湖上》即作于此时。同卷《寄怀松一武林》有"好与风流王给事，彩毫题就画烟鬟"句。

康熙二十九年末，毛师柱《怀王麓台给谏》

一出东山便拜官，夕垣声望重长安。笔花落处青箱贵，谏草焚来白简寒。台阁丝纶知继美，乡园樽酒忆追欢。千峰雪色终南在，犹似年时画里看。

校注　　　毛师柱《端峰诗选·七言律》。

此诗作于康熙二十九年（1690）末。因为《怀王麓台给谏》后有《小除，庆余书至兼寄新诗》。诗文显示，麓台此时在京已享有画名。麓台僚友汤右曾《怀清堂集》卷四《题王茂京给谏仿荆关青柯坪图》云："洪谷天成气态殊，关全古淡足工夫。出蓝标格无差别，一样秋山楼观图。"

康熙三十二年六月，王摅《送茂京侄典试秦中》

三秦文字盛于今，奉使西行惬主心。日暮马嘶关柳去，天秋人望岳莲吟。斗间自识张华剑，橐里非求陆贾金。料得高堂知此意，白头应慰倚闾深。

校注　　王摅《芦中集》卷八。

　　　　康熙三十二年（1693）六月二十七日，王原祁以乡试副考官身份典试陕西。[《大清圣祖仁（康熙）皇帝实录》卷一百五十九："己亥，以翰林院编修汪灝为陕西乡试正考官，礼科掌印给事中王原祁为副考官。"] 同行者有姐丈徐东白（《端峰诗选·五言律·得东白书，知从麓台给谏至秦，拟即还里，书到次日旋闻复已入都，感而有寄》）。

约康熙三十二年八月，毛师柱《得东白书，知从麓台给谏至秦，拟即还里，书到次日旋闻复已入都，感而有寄》

二载燕台住，封书至自秦。忽惊为远客，翻喜作归人。萍梗仍无定，葭莩幸可亲。天涯游览富，赢得句清新。

校注　　毛师柱《端峰诗选·五言律》。

康熙三十年至康熙三十二年，博尔都《寄怀王麓台》

蕴藉如君少，云山望里深。政余人吏散，抱膝但长吟。

校注　　博尔都《白燕栖诗草》卷五《寄怀王麓台》。

　　　　康熙三十二年（1693），麓台在京与博尔都交往渐趋频繁，允为其作《仿古山水图册》。《白燕栖诗草》卷五有《寄怀王麓台》《索王麓台画》《题王麓台仿倪高士画》，卷六收《送苦瓜和尚南还》。康熙三十二年石涛离开北京。由此可知，康熙三十年（1691）至康熙三十二年间，博尔都向麓台索画。康熙三十五年（1696），麓台赠博尔都《仿古山水图册》。

康熙三十年至康熙三十二年，博尔都《索王麓台画》

笔墨真磅礴，谁能得似君。殷勤如念我，愿寄一溪云。

校注　　　博尔都《白燕栖诗草》卷五。

康熙三十年至康熙三十二年，博尔都《题王麓台仿倪高士画》

世态轻儒冠，肉眼重纨绔。羡君寡交合，杜门无所慕。博山焚罢一挥毫，鹅溪千尺满烟雾。林疏野旷岚气昏，寒深秋老风景暮。不见停骖问津人，依稀空有向山路。矶头一望水悠悠，无数丛篁夹岸幽。有时萧斋悬素壁，白云缭绕风飕飕。安得此中结茅宇，不须白眼叹沉浮。嗟哉吾子勿复愁，他时策杖披鹤氅，共尔闲随麋鹿游。

校注　　　博尔都《白燕栖诗草》卷五。

康熙三十三年，麓台与王士祯论画（一）

宗侄茂京（原祁），庚戌进士，今为礼科都给事中。太常烟客先生孙，同年端士兄（揆）长子也。画品与其祖太常颉颃，为予杂仿荆关、董巨、倪黄诸大家山水小幅十帧，真元人得意之笔。又自题绝句多工，其二云："蟹舍渔庄略彴边，柳丝荷叶斗清妍。十年零落荒园景，仿佛当时赵大年（《西田图》）"；"横冈侧面出烟鬟，小树周遮云往还。尺幅峦容写荒率，晓来剪取富春山（大痴富山岭）"。一日秋雨中，茂京携画见过，因极论画理，其义皆与诗文相通，大约谓始贵深入，既贵透出，又须沉着痛快。又谓画家之有董巨，犹禅家之有南宗。董巨后嫡派，元唯黄子久、倪元镇，明唯董思白耳。予问："倪、董以闲远为工，与沉着痛快之说何居。"曰："闲远中沉着痛快，唯解人知之。"又曰："仇英非士大夫画，何以声价在唐沈之间、征明之右？"曰："刘松年、仇英之画，正如温李之诗，彼亦自有沉着痛快处。昔人谓义山善学杜子美，亦此意也。"

校注　　　　王士禛《带经堂诗话》卷三《悬解门·微喻类》。《续修四库全书》册1698，第614—615页。

顺治十二年（1655），王士禛、王士禄、王泽弘、丘象升、刘体仁、汪琬、王摅、顾景锡等同成进士（《渔洋山人自撰年谱》卷上、《明清进士题名碑录》、《（民国）太仓州志》卷十《选举》）。

"因极论画理，其义皆与诗文相通"：自明书画家董其昌以后，借鉴八股文理入画理，成为文人画发展的新方向。它增加了绘画中的逻辑理性，关注画面笔墨元素之间的起承转合关系，忽略了笔墨与自然的关系。明清之际山水画、人物画领域的变形以求高古风气与之密切相关。

又，《王时敏集》第477页《跋米芾捕蝗帖》称，米芾书能"脱尽前人窠臼，自出机杼，故能沉著痛快，直抉晋人之神髓"。

康熙三十三年，麓台与王士禛论画（二）

芝廛先生刻其诗成，自江南寓书，命给事君属予为序。给事自携所作杂画八帧过余，因极论画理，以为画家自董、巨以来谓之南宗，亦如禅教之有南宗，云得其传者，元人四家而倪、黄为之冠，明二百七十年，擅名者唐、沈诸人称具体，而董尚书为之冠，非是则旁门魔外而已。又曰："凡为画者，始贵能入，继贵能出，要以沉着痛快为极致。"予难之曰："吾子于元推云林，于明推文敏，彼二家者画家所谓逸品也。所云沉着痛快者安在？"给事笑曰："否，否。见以为，古淡闲远而中实沉着痛快，此非流俗所能知也。"予曰："子之论画至矣，虽然非独画也，古今风骚流别之道，固不越此。唐、宋以还，自右丞以逮华原、营丘、洪谷、河阳之流，其诗之陶、谢、沈、宋、射、洪、李、杜乎？董、巨其开元之王、孟、高、岑乎？降而倪、黄四家以逮近世董尚书，其大历元和乎？非是则旁出，其诗家之有嫡子、正宗乎？入之，出之，其诗家之舍筏登岸乎？沉着痛快非唯李杜、昌黎有之，乃陶、谢、王、孟而下莫不有之，子之论论画也，而通于诗矣。"

校注　　　王士禛《带经堂诗话》卷三《悬解门·微喻类》，《续修四库全书》册1698，第615页。

　　　　　蒋寅《王渔洋事迹政略》考证此事在康熙三十三年（1694）九月二十二日至十月间。

　　　　　对比资料可知，同一件事在王士禛的两次记录中各有侧重，可以互相补充。

康熙三十三年，博尔都《雪中同麓台、闲园、素庵、子千集听枫轩》

　　昼静雪纷纷，华庭麝炷熏。命题分咏物，促坐共论文。银砾翻寒砌，梨花坠冻云。醉余归路好，是处绝尘氛。

校注　　　博尔都《白燕栖诗草》卷六。此诗在《冬日喜华子千至得浮字》后，在《送华子千南归和元少韵》前。康熙三十二年（1693）、三十三年（1694）、三十四年（1695）间华鲲在京，因此，此诗暂定康熙三十三年。

康熙三十四年，吴暻《王给事麓台为余作倪黄小景，图成报以长歌二百八十字》

　　黄痴倪迂两画师，独向江山得清淑。笔墨挽回五百年，人间油素残膏馥。江东好事王谢家，百金一纸收夋轴。吾州之豪老奉常，妙绘浮岚真面目。风雅流传给事孙，嘉陵粉本相追逐。退朝花底梧省闲，小窗斜扫冰绡幅。青山一笔云容淡，芦花十日烟波足。从君欲乞草堂悬，此愿数年中所蓄。偶然市得宣宗纸，莹腻纯坚敌寒玉。请君下笔写吴山，洗我江南愁万斛。离离短幅合痴迂，窈窕眉峰间修竹。此中如见一峰老，提壶徙倚虞山麓。又疑身入净名庵，图画清閟双桐绿。萧斋风雨恐飞去，烟霞变幻山灵哭。真成平地家居仙，结亭置我王官谷。三吴夏潦水半扉，乔木为薪具饘粥。梦想平生钓游处，白鸥灭没荒江宿。吾曹终是林泉人，野性惟当友麋鹿。仿佛龙眠旧宅图，幽楼会向衡门卜（李伯时画其弟亮工旧宅图）。君不见，东郊零落贲园荒，抛掷云山两茅屋（东郊，奉常别墅。贲园，余故山也）。

校注　　　吴暻《西斋集》卷七。

《西斋集》卷第七收录甲戌（康熙三十三年，1694）、乙亥（康熙三十四年，1695）间诗四十六首。康熙三十四年，麓台为吴暻作《倪黄小景》。

康熙三十四年正月至六月间，查慎行《以诗乞王麓台给谏画山水》

娄东富文献，世守邺侯架。太原老奉常，腕底斡造化。当年书画迹，贵岂文董亚。至今贤子孙，余韵足潇洒。黄门早登第，群从俱方驾。朱紫接乌衣，丹青陋曹霸。朝廷无阙失，邸舍多清暇。坐令拾遗官，风流资酝藉。时时出余技，落笔妙天下。屏幛满京华，林泉不吾借。箧中一幅纸，欲乞防见诧。生平山水缘，无厚入有罅。搜奇得余快，历险惯不怕。所愧言少文，烟云经眼乍。如何不自量，见弹求鸮炙。意从良友申，闲请掖垣假。朝来传好语，命以诗易画（余以宣德纸从吴元朗转乞君画。君语元朗，是不可无夏重诗。诗来，则画往矣）。我诗颇拙速，敢托不敏谢。古人重践言，相随宁论价。君其勿坚壁，致我长避舍。

校注　　　查慎行《敬业堂诗集》卷十九《酒人集》。麓台答诗见《罨画集》卷三《查夏仲以诗易余画，次韵答之》。

　　　　康熙三十四年（1695）正月至六月间，查慎行以吴暻为介，求麓台画。麓台允诺以诗易画。次日，麓台为查氏作巨然山水并次韵。其后，书法家姜宸英仿查慎行例，以诗乞画。

康熙三十四年，姜宸英《查夏重以诗乞画于王麓台给谏，守数日竟得之，余未见查诗，亦戏为长句投王，聊以寄兴尔，非真有求也》

　　我生迟暮，眼及见前辈风流犹未失。……方今妙手岂无人，少值天机多拘窘。谁能一展书传香，……辋川诗老王给事，象外经营立标准。颇疑水墨为积习，肯与吴生共粉本。积缣如山邀不顾，兴酣落笔风送隼。狂生好事不蓄钱，一诗哪得意便允。旧藏贡余四尺赢，玉色山光肌理缜。区区效颦毋乃痴，近例如今庶可引。

校注　　　姜宸英《苇间诗集》卷四。

康熙三十四年，毛师柱《次韵寄题嘉禾邹山樵秋水阁》其二

　　草树微茫舟里堤，鹤洲西望对清溪。湖疑烟雨浓是阔，天似云霞尽处低。梦里春帆过旧路，图中秋水入新题（王麓台都谏有《秋水阁图》）。梅花绕屋知无数，真是高人有逸妻。

校注　　　毛师柱《端峰诗选·七言律》。

　　　　沈受宏《白溇集》卷六《次韵寄题邹裕来秋水阁二首（阁在鸳湖上）》：“南湖一别渺风烟，闻说楼居境是仙。”康熙三十四年（1695）正月，毛师柱寄题嘉禾邹裕来《秋水阁图》。麓台《罨画集》

卷一亦收录《题邹裕来秋水阁》。

约康熙三十五年，博尔都《索麓台画》

雨霁晴岚带暖烟，平芜远树淡相连。烦君画入剡藤里，终日闲窗好对眠。

校注　　博尔都《白燕栖诗草》卷五《索麓台画》。此诗暂定为康熙三十五年。

康熙三十七年，毛师柱《麓台于章江道中贻书见忆，弁和余看菊诗，即次来韵却寄》

霜雪俄看点鬓华，尺书遥寄自天涯。乾坤逆旅谁非客，湖海浮槎也是家。喜接新诗真似锦，幸留老眼未生花。吟余定写沧洲趣，想见峰峦整复斜。

校注　　毛师柱《端峰诗续选》卷一。

康熙三十七年（1698），麓台从江西南昌归。在仪征道中，仿巨然笔作《高岫清（晴）烟图轴》赠沈受宏。沈受宏《白溇集》卷八《溪行》以诗歌的形式记录了这次江西之行："溪行八百里，景色爱潇洒。扁舟坐一叶，安稳若广厦。水鸣浅濑间，石映澄潭下。尽日过连峰，有时得平野。疏林与密树，浓淡画图写。寒冬值晴和，天气况相假。诗篇足清吟，书卷任闲把。往来狎沙鸥，知我忘机者。"途中，麓台书贻毛师柱。

毛师柱字亦史，号端峰。太仓人，父毛云汉，亦力文。"章江道中"，指"从豫章（江西南昌）"的归途中。《白溇先生文集》卷二《端峰先生传》："先生少聪颖，工文章，弱冠入黉宫，陆桴亭先生讲

学里中，先生从受业，与闻程朱之学，亦雅好为诗，无何遭奏销之
案，讹误削名，遂绝意制举，益肆力于诗。家贫亲老，乃为客游之
计。……先生前后客游者三十年，及老倦游而归，归七年而病，病
八年而殁。年七十有八矣。……生一子即煜，……余自少与先生交，
号莫逆。迄今殆五十年矣。先生长于余十一岁。"

康熙三十八年，毛师柱《小除日集王麓台中允求是堂话旧》

声名中允在，摩诘许为邻。不道青云客，偏思白发人。清言妙道搜，
软语出天真。回首三年别，衔杯更觉亲。

幽栖安陋巷，昨枉故人车。复喜今宵集，行看一岁除。雄文罗气象（出
示《南归近咏》），便腹贮清虚。谷贻真无忝，天章有赐书。

校注　　　毛师柱《端峰诗续选》卷三。

康熙三十八年（1699），康熙南巡。麓台接驾，康熙赐御书"谷
贻堂"。《（嘉庆）直隶太仓州志》卷五十一称，谷贻堂在王掞相第
之西，康熙三十九年（1700）御书赐额。从南巡的时间和麓台在太
仓丁忧的具体情况看，御书赐额当在康熙三十八年。因此，此诗
写于康熙三十八年小除日。因为康熙三十九年冬，麓台已在京城
候补。

康熙三十八年，毛师柱《麓台见许作画，诗以促之》

黄门爱画入骨髓，刊落皮毛得神理。寝食沈酣四十年，妙悟天生乃有
此。每言作画如作诗，浅深浓淡谁知之。逢原自得在真趣，学古究亦何常
师。研讨愈精机愈畅，笔端潇洒心闲旷。灵秀常参董巨间，高空更出倪黄
上。吮墨含毫不少休，苦心半应他人求。几番执手向余说，惟尔宿约终当
酬。欣然为我图一幅，征帆旋挂春江曲（时麓台将候补还朝）。别后披图似

见君，茅斋卧对千峰绿。

校注　　　毛师柱《端峰诗续选》卷三。

　　　　　《端峰诗续选》卷三收录康熙三十九年（1700）、康熙四十年（1701）间诗。此诗为第一首，其后为《十二日雅集茧庵西园偶效白体》。据此，本文暂定毛师柱以诗促画之事在冬间。

康熙三十九年四月，毛师柱《喜麓舟抵维扬，作画见寄，兼示令子孝征、忠贻二孝廉》

　　黄门画入神，论画我辄爱。谓皆由性灵，万理尽无碍。因萌乞画心，许我心窃快。岂期趋王程，早已谢一概。沧州未暇图，望望去征盖。庶几休沐余，凤诺冀犹在。适逢郎君归，一纸却见赉。知当出南徐，雀舫沂澎湃。江山助磅礴，楮墨蕴光怪。于时画作殊，缥缈迈流辈。还复帧首题，读之动深喟。谁能行旅中，忆旧见交态。君真逼古人，此意今难再。应同洞天石，一下襄阳拜。闻君挂云帆，已过谢公埭（闻召伯镇，正当高邮湖决口）。对画如对君，相思渺天外。

校注　　　毛师柱《端峰诗续选》卷三。

　　　　　康熙三十九年（1700），麓台北上。舟抵维扬，作画寄赠毛师柱。《喜麓舟抵维扬作画见寄，兼寄令子孝征、忠贻二孝廉》后有《五月一日得道宜楚北信》。据此暂定此作作于四月。因麓台画跋中有四月舟抵维扬的记载。

康熙二十五年十一月至康熙四十年四月，汤右曾《题王茂京给谏仿荆关青柯坪图》

　　洪谷天成气态殊，关全古淡足工夫。出蓝标格无差别，一样秋山楼观图。

汤右曾《怀清堂集》卷四《题王茂京给谏仿荆关青柯坪图》

"给谏"即给事中。康熙二十五年（1686）十一月至康熙四十年
（1701）四月，麓台任职给谏。见《王原祁墓志铭》注释。

康熙三十八年正月，唐孙华《元宵前一日同年郁愚斋招同王麓台、沈台臣、王潞亭、夏畴观灯》

瑟居成懒癖，独喜到君家。衢市当门直，林泉带郭斜。雪轻旋作雨，
篱短不藏花。敢厌春泥滑，城南路未赊。

爱客容蓬髯，留欢憩草堂。曲栏人不到，胜地日处长。画手看王宰（是
日看麓台画），清谈得沈郎（台臣在坐）。忘归判卜夜，随意偃匡床。

丘壑从心得，园庐觅径纡。连冈环浅渚，远树接平芜。窗豁容山入，
梅寒倩竹扶。柳州思静退，有地且名愚。

郑驿陈宾榻，虞惊备食单。淹留容竟日，络绎命传餐。中置翻三叹，
经营为一欢。坐饕丰膳美，物力念艰难。

唐孙华《东江诗钞》卷四。

《元宵前一日同年郁愚斋招王麓台、沈台臣、王潞亭、夏畴观灯》
前有《己卯元旦》。据此推知，此诗作于康熙三十八年（1699）正月。

此外，沈受宏《白漊集》卷八《元夕前一日，郁弘初孝廉招饮园中，
次唐实君吏部韵五首》其五诗云："诗画唐王笔，相看各斐然。"

康熙四十年，唐孙华《题王麓台杜陵诗意画册》

秋山木叶飞簌簌，一夕微霜染林麓。翠柏丹枫互蔽亏，阳崖阴壑相回
复。秋成击柝寂无声，雉堞逶迤势连属。近郭楼台何处村，朱阁凌空挂疏
木。白盐赤甲郁纵横，恍疑杜老来巴蜀。为是东屯为瀼西，三间似有秋风
屋。髯卿绝艺今无俦，蹙敛溪山归尺幅。心穿幽岨入嵚岑，含毫神授车箱
谷。十日一水五日石，倔彊何曾受迫促。百折烟岚淡间浓，千章云树黄侵

绿。元气苍茫真宰愁，神丘鹰鹝山精伏。浣花诗翁若可呼，大痴墨妙堪追逐。彭城先生寄趣深，十二奇峰罗玉轴。萧疏宛觉商飙生，珍惜休教寒具触。我买吴绫欲寄将，乞写白沙连翠竹。

校注　　唐孙华《东江诗钞》卷六。

　　　　《退庵金石书画跋》卷十八《王麓台杜老诗意轴》："戊寅余往西江，舟泊牛渚。时值仲冬之望，寒月生辉，暮烟凝紫，金波满江。浮白微醉，因吟杜老'白沙翠竹江村莫，相送柴门月色新'之句。乘兴便作此图，未竟，置之箧中，便隔三载。近偶从行装检出，复加点缀成之，援笔漫识。康熙辛巳十月三日。麓台祁识。"戊寅，康熙三十七年（1698）。辛巳，康熙四十年（1701）。由此可知，康熙三十七年十月三日，麓台作《王麓台杜老诗意轴》。其后，唐孙华为麓台杜陵诗意画册题诗。

康熙四十一年末或康熙四十二年初，唐孙华《茹明府招同侍讲王麓台、大鸿胪宋坚斋、侍御陆匪莪、太学高槎客饮虎丘梅花楼》

岩路骖䮝得暂停，故人相见眼终青。宸游望幸当三月，使节先驰验二星（麓台、坚斋皆扈跸奉命先至）。岚气运云阴敞阁，花枝带雨照山亭。独怜野老甘疏放，泛爱仍容醉醁醹。

校注　　唐孙华《东江诗钞》卷八。

　　　　康熙四十一年（1702）末或康熙四十二年（1703）初，麓台由左中允升翰林院侍讲。

康熙四十年至康熙四十二年间，毛序《龚石帆斋观王麓台画送稷亭今培用丹青引韵》

相君祖笏贻厥孙，奉常八分称专门。荆关画品亦第一，粉墨宝惜今犹存。有孙中允髯绝伦，规模大小李将军。游戏偶尔出新意，往往落纸生烟云。近来珍密稀得见，供奉天家清暑殿。流传半杂朱鼷笔，庐山从此非真面。龚生堂悬五幅图，斧劈麻皴劲如箭。森然自觉清爽来，泉声喷薄秋云战。自言昔乘翼北骢，长安夜语尊酒同。更阑乘兴出缣素，吮毫舔笔开长风。浮岚暖翠不足道，根本似出嘉陵中。独有一图最杰出，霏霏轻霭萦春空。得非置身翠微上，层峦欲揖如相向。一痕绝似秣陵湖，枫叶荻花暗惆怅。人生快意惟山水，壮游差胜卿相。何况皋比拥诸生，会见陶甄起凋丧。临歧执手莫伤神，惟有交情淡始真。他年收拾诗中画，一编传示夸同人。吾语龚生勿太息，如君才地何堪忧。指点图中最佳处，乞取儒官一告身。

校注　　　嘉庆九年刻《娄东诗派》卷二十毛序《龚石帆斋观王麓台画送稧亭今培用丹青引韵》。

　　　　　康熙四十年五月，麓台由礼科都给事中改入翰林，任右春坊右中允，兼翰林院编修（《康熙起居注册》康熙四十年五月初二日）。康熙四十一年岁末或康熙四十二年年初，麓台由左中允升翰林院侍讲（《东江诗钞》卷八《茹明府招同侍讲王麓台、大鸿胪宋坚斋、侍御陆匪莪、太学高槎客饮虎丘梅花楼》）。据此可知，此诗约作于康熙四十年至康熙四十二年间。

　　　　　龚石帆即龚秉直。见《罨画集》卷三《题龚敬立意止斋二首》注释。

康熙五十四年，查慎行《祭王麓台少司农文》

　　　己巳仲夏，识公京师。余未释褐，公官拾遗。用介吴子因缘致辞，余乞公画。公征余诗，诗往画来。

校注　　　查慎行《查悔余文集》。《北京大学图书馆藏稿本丛书2》，天津古籍出版社1987年。

　　　　　"己巳仲夏，识公京师"当为查氏误记。己巳，康熙二十八年（1689）。此时麓台在太仓丁忧。康熙二十九年（1690）仲夏，麓台以"给谏"身份在京候补。"吴子"乃吴伟业之子吴璟。康熙三十四年（1695），麓台与查慎行之间以诗换画。

陆廷灿《题槎溪艺菊图》

通隐风流鬓尚青，绕篱花发酒初醒。餐英自得长生诀，不读离骚一卷经。

闻向南山作揖翠岚，况当秋满径三三。儿郎频进胡公水，傲杀渊明有五男。

———————

校注　　　陆廷灿《艺菊志》。

—

附录一　王原祁家族谱系

（明初）王谨——王倪——王诜——（仲子）王湧——王梦祥（鸿胪寺序班）——王锡爵——王衡——王时敏——王挺——王源庆

——王培远

——王揆——王原祁——王蓍

——王谔

——王閬

——王原博——王瞻

——王调

——王讷

——王撰——王曰表

——王持——王维卜

——王抃——王兆新

——王兆建

——王兆封

——王扶——王遵宬——王俊

——王攄——王昭复——王玨

——王昭被

——王昭溥

——王昭骏

——王掞——王奕清

——王奕澍

——王奕鸿

——王抑——王愿

——王双鹇

人物附注

王挺

王挺字周臣，号减庵。侧室孙硕人出。万历四十七年（1619）生，康熙十六年（1677）卒，年59。① 子二：王源庆、王培远。② 俱副室冯氏出。

王挺明经，善画。与太仓名士陆世仪、陈瑚诸人相师友。南明时以门荫补中书舍人。鼎革之后，王挺杜门著书，编著《太仓文献志》。但南明为官七个月的经历③，使他在清初遭受严重的打击，被点为机户④，产尽家贫。

王源庆字潘长。顺治十年（1653）年生。⑤ 康熙二十七年（1688）贡士，后官宁国府训导。⑥

王掞

王掞字端士，号芝廛。明崇祯十一年（1638）进士、清顺治十二年（1655）进士。万历四十七年（1619）生，康熙三十五年（1696）卒，年77。他与王抃、王撼同为王时敏侧室徐夫人出。⑦ 其受业于明末名士赵自新，工诗善画，著有《芝廛集》。子二：王原祁、王原博。女某，婿徐东白。

他与王撰、王抃、王撼、黄与坚、王昊、王曜升、许旭、周肇、顾湄并称"娄东十子"。王掞为人号称"周详练达"⑧，有声于公卿间。《（民国）太仓州志》称，王掞"虽未出仕，而志切民生。如庐州税课，力请当事厘之。浏河久淤，上书巡抚为之浚凿。"此疏收录于《梅村文集》。

---

① 王宝仁编《奉常公年谱》卷二称，顺治十五年（1658），王挺四十岁。由此则知其生于万历四十七年。汪曾武《外家纪闻》和《娄东所见书画录》卷三《太原》称，王挺卒年五十有九，可知其康熙十六年卒。王抃《巢松集》卷二《哭周臣伯兄》云："兄行居第一，长余只数岁。"

② 董闻京《复园文集》卷六《祭王周臣中翰舅父文》："京年十七始婚，十九过娄（顺治十四年），舅父延娄江英俊十余人，会于德藻之堂。……后舅得潘长、培远两内弟。"文后附王时敏书信："小孙孱弱赤贫，忧深。"

③ 王时敏著，邹登泰辑《王烟客先生集》附录《减庵公事略》。民国五年刻本。

④ 王挺被点为机户时，"京（董闻京）方十龄"。见《复园文集》卷六《上王烟客太常内祖书》。

⑤ 《奉常公年谱》卷三"十年癸巳六十二岁"："九月初二日，冢孙源庆生。"

⑥ 《太仓州儒学志》卷二《贡士》。

⑦ 徐夫人生于万历二十九年（1601），卒于康熙五年（1666）。见汪琬《尧峰文集》卷十九《志铭》六《王母徐夫人墓志铭》，影印文渊阁《四库全书》册439。

⑧ 《王巢松年谱·总述》。

王原祁（略）

王原祁字茂京，号麓台。崇祯十五年（1642）生，康熙五十四年（1715）卒，年74。子三：王蓍、王谔、王闿。女某，婿曹培源。

王蓍

王蓍字孝征，号谷诒。康熙九年（1670）生，康熙九年（1670）生，乾隆二十年（1755）卒，年86。康熙三十五年（1696）举人，康熙四十五年（1706）进士。乾隆二年（1737）由山西布政使擢广东巡抚。[1] 王原祁妻李夫人出。子四：王述浚、王述濬、王述溶、王述淮。

王述浚字隽骧，号益江。[2] 康熙四十四年（1705）生，乾隆五十七年（1792）卒，年57。[3] 雍正四年（1726）举人，授和州州同，有惠政。[4] 述浚子：王凤仪、王宜、王凤超、王耘等。

王凤仪字廷和，号审渊。述浚长子。雍正元年（1723）生，乾隆五十七年（1792）卒，年70。[5] 乾隆十二年（1747）举人，补湖北宜城官知县，擢松茂兵备道。[6] 凤仪次子王确，字潜夫，号健庵。亦能画。

王述濬子：王宜、王凤超、王耘等。

王宜字执六，号嶙谷。述濬三子。附监生，官南昌新建县丞。善山水，与王宸齐名。[7]

王凤超字宗美，号研露。述濬五子。[8]

---

① 《（嘉庆）直隶太仓州志》卷二十八《人物·王原祁传》。

② 《太原世次事略续撰二卷·和州同知益江公事略》。

③ 《太原世次事略续撰二卷·和州同知益江公事略》。

④ 分别见十《（民国）太仓州志》卷二十《人物四》、《（民国）太仓州志》卷十《选举》、汪曾武《外家纪闻》。

⑤ 汪曾武《娄东书画见闻录》卷三《太原》、《（嘉庆）直隶太仓州志》卷二十八《人物·王原祁传》。

⑥ 《太原世次事略续撰二卷·松茂兵备道审渊公事略》。

⑦ 《太原世次事略续撰二卷·和州同知益江公事略》、盛淑清编《清代画史增编》卷十七《王宜》，（台北）明文书局1985年版。

⑧ 《太原世次事略续撰二卷·和州同知益江公事略》。

王耘原名宇，字涵青，号西岑。述溽六子。附监生，性嗜书。官诸暨丞，莅任三年而卒。[①]

王谔

王谔字忠贻。[②]顺治十四年（1657）生，康熙三十七年（1698）卒，年42。王原祁妻李夫人出。康熙三十五年（1696）与王暮、王昭被、毛俊同成举人。[③]王谔文思敏捷，喜饮酒，工六法。屡试南宫，危得危失，赍志以没。子：王述献等。

王述献字敬彦，号耕岩。幼孤，抚于暮。以太学生考授州同知，累迁升祁州知州，以勤敏称。画专学麓台，不喜多作。卒年65。[④]子：王宸等。

王宸字紫凝，号篷心。述献次子。康熙五十九年（1720）生，嘉庆二年（1797）卒，年78。乾隆二十五年（1760）举人，乾隆二十六年（1761）进士，以乙榜授内阁中书。乾隆三十八年（1773），授武昌府宜昌同知。乾隆四十八年（1783）升湖南永州知府。又十年，乞归。以行囊空乏，留滞鄂渚，借笔墨供朝夕。[⑤]著《绘林伐材》十卷。书中对王氏家族善画者的记载有一定的史料价值。

王闿

王闿字叔骞，号汶漪。以荫官至大理寺右丞。画传家法。[⑥]王原祁侧室沈氏出。子二：王述缙、王述俭。

---

① 《太原世次事略续撰二卷·和州同知益江公事略》、汪曾武《外家纪闻》中称王宇为"涵青公"。

② 《外家纪闻》。

③ 《（民国）太仓州志》卷十《选举》。

④ 《太原世次事略续撰二卷·祁州知州耕岩公事略》、《（民国）太仓州志》卷十《例仕》、汪曾武《娄东所见书画录》卷三《太原》。

⑤ 《太原世次事略续撰二卷·永州知府蓬心公事略》、汪学金撰《娄东诗派》卷二十五《王宸传》。见《四库未收书辑刊》9辑册30。《（民国）太仓州志》卷一《封域》："永州知县王宸墓在镇洋九都。"

⑥ 《娄东所见书画录》卷三《太原》。

王述缙字公垂，号石泉。四库馆誊录官。①

王原博

王原博字迪文，号潞亭。顺治十三年（1656）生，乾隆五年（1740）卒，年85。②康熙二十年（1681）贡士，康熙二十六年（1687）与王奕清、唐孙华、吴璟等同成举人。③授顺天府武清知县。雍正二年（1724），以事谪戍陕西肃州之柳沟卫。在戍六年，后赎归。④有示诸子诗云："身心须老实，文字尚风流。"子三：王瞻、王调、王讷。后以子王瞻赠中宪大夫。⑤

王瞻字屺望。康熙五十年（1711）举人，由中书历成都知府。子：王述宏、王述曾等。述曾与兄述宏同赴省试，兄病殁持丧归，竟不就试。⑥

王调字变钧。康熙五十六年（1717）顺天举人。任分宜知县三载，卒于官。⑦

王讷字默存。以诸生贡成均，侍父原博肃州戍所，独留四年。⑧

王撰

王撰字异公、大年，号随庵、随闇、随老人、揖山居士、随叟。天启三年（1623）生，康熙四十七年（1708）卒，年86。太学禀贡生，曾过继

① 　分别见于《娄东所见书画录》卷三《太原》、《瓯钵罗室书画过目考》卷三十九《王原祁》、朱铸禹编《中国历代画家人名词典》（其称王述缙官四库馆誊录）。

② 　《江南通志》卷一百三十七《选举志》。《娄东所见书画录》卷三《太原》称，雍正十一年时王原博76岁，可见他生于顺治十四年，而不是顺治十三年。但王抃《王巢松年谱》载："顺治十三年秋，二哥得迪文弟。"当以王抃之说为可靠。如果王原博卒年85，则其卒于乾隆五年。

③ 　《（民国）太仓州志》卷十《选举》。

④ 　《（民国）太仓州志》卷十《荫袭》和同书卷二十《人物四》："王瞻会父缘事戍肃州，瞻弃官与弟调、讷更迭。随侍凡七年。集资纳赎，得释归。"

⑤ 　《（民国）太仓州志》卷十《荫袭》。

⑥ 　《（民国）太仓州志》卷二十《人物四》、《太原世次事略续撰二卷·鲁泉公事略》、《（嘉庆）直隶太仓州志》卷三十《人物》。

⑦ 　《（民国）太仓州志》卷二十《人物四》。

⑧ 　《（民国）太仓州志》卷二十《人物四》。

给王时敏长兄。①工诗书，为"娄东十子"之一，著《三余集》《揖山集》。亦善画，气韵醇古。其画近法王时敏，远宗宋元诸家。王撰是早期娄东派的重要传人，也是王氏家族中最不得志的一员。②子：王曰表。

王曰表，顺治六年（1649）生。③

王持

王持字平宰。太学禀贡生，天启七年（1627）生④，顺治十五年（1658）溺水卒，年32。⑤王时敏评价他说："枵然刺空腹，举止迷东西。"⑥子：王维卜。

王维卜字聿参。顺治九年（1652）生。⑦

王抃

王抃，原字清尹，鼎革后改字怿民，又字鹤尹，别号巢松。崇祯元年（1628）生，康熙四十一年（1702）卒，年75。崇祯十六年（1643），补博士弟子员。顺治十一年（1654）为国子生。⑧王时敏侧室徐硕人出。⑨王抃工诗，著有《王巢松年谱》《巢松集》《健庵集》《北游草》，亦为"娄东十

---

① 《王烟客先生集·奉常公遗训·乐郊园分业记》载："三儿过继长兄。"

② 其友人许旭《秋水集》称，"王撰年十三为州学生，旋入太学。试十二次而不遇，未冠以诗鸣"。对于自己的生活境遇，王撰在《三余集·辛酉初夏雨夜偶成一百四十韵》中描述说："江南宰相家，屈指尽衰替。近者转凌夷，远者几覆坠。我家垂百年，仅为贫所累。陵谷虽变迁，不改旧门第。……十三入学宫，十七应省试……益信场屋中，文章岂足据。终身误青衫，……余既不自谋，妇尤拙生计。官税尝叠征，追呼接踵至。……负郭数倾田，大半属他氏。"

③ 《奉常公年谱》卷二："顺治六年十二月初三，三房孙曰表生。"

④ 《奉常公年谱》卷二"七年丁卯三十六岁"。

⑤ 《王巢松年谱》"戊戌三十一岁"："十月中，四兄又有溺水之变。"《奉常公年谱》卷三"十四年丁酉六十六岁"称，王持卒于十一月初七日。

⑥ 《西庐诗草上卷补遗·训持儿》。

⑦ 《奉常公年谱》卷三"九年壬辰六十一岁"。

⑧ 《王巢松年谱·总述》。

⑨ 《王巢松年谱·总述》："余十六岁补博士弟子员。"《奉常公年谱》卷二"十六年癸未五十二岁"。

子"之一。其好为山水游，与海内名流多有交游。间倚声度曲，有杂剧《玉阶怨》，传奇《浩气吟》等作品。子三：王兆新、王兆建、王兆封。①

王扶

王扶字匡令，号砥庵。崇祯七年（1634）生②，康熙十八年贡生③，康熙十九年（1680）卒④，年47。王时敏侧室姚孺人出。王扶性孤介，擅园林设计。子：王遵宸等。后以王遵宸赠文林郎。⑤

王遵宸字箴六，号秋崖、问狂。康熙七年（1668）生，康熙三十五年（1696）贡生，康熙五十一年（1712）进士，改庶吉士⑥，雍正十二年（1734）卒，年67。王遵宸书学董其昌，亦善画。⑦王遵宸少孤力学，深受王掞器重，主理其家者十年。康熙五十二年（1713）后，王掞因多次上疏立储获罪，其左右唯王遵宸一人。卒前遗命"勿乞文人哀挽、勿刻行述"。⑧子：王俊等。

王俊字松叔，号古岩、晚香。王遵宸第三子。⑨康熙三十六年（1697）生，康熙五十九年（1720）顺天举人。雍正六年（1728）以御使沈芝光荐，授阌乡知县。⑩乾隆二年（1737）赴选，得山左历城。乾隆八年（1743），移临清知州。乾隆十六年（1751），迁湖北荆州府同知。乾隆十九年（1754）擢陕西之同州，次年引疾归。乾隆四十年（1775）卒，年79。

---

① 《尧峰文钞》卷十九《志铭》九《王母徐夫人墓志铭》。

② 《奉常公年谱》卷二"七年甲戌四十三岁"。

③ 《太仓州儒学志》卷二《贡士》："王扶，匡令，己未（康熙十八年）贡。"

④ 《王巢松年谱》"庚申五十三岁"、《奉常公年谱》卷四"十九年庚申八十九岁"。

⑤ 《（民国）太仓州志》卷十《荫袭》。

⑥ 《太仓州儒学志》卷二《贡士》、《太仓州儒学志》卷二《科名》。

⑦ 《（民国）太仓州志》卷二十七《杂记下》："王秋崖遵宸，书法瓣香董华亭，一生临摹，几忘寝食。虚舟老人（王）澍戏目为董家愚。"

⑧ 沈起元《敬亭文稿》卷三《翰林院检讨王秋崖先生家传》。

⑨ 《太原世次事略续撰二卷·同州知府晚香公事略》。

⑩ 《（民国）太仓州志》卷十《荫袭》、《（民国）太仓州志》卷二十《人物四》。

王揆

　　王揆字虹友，号汲园。太学生。王时敏侧室徐硕人出。崇祯八年（1636）生，康熙三十八年（1699）卒[1]，年63。少游陈瑚之门，为入室弟子；长而师事钱谦益、吴伟业，诗文益进。著有《步檐集》《芦中集》《据青集》，亦为"娄东十子"之一。子四：王昭复、王昭被、王昭溥、王昭骏。

　　王昭复，后改名旦复，字赓旦。康熙五十三年（1714），与子王玭同成举人。[2]自文肃公以后，太仓王氏子弟多业《春秋》，昭复尤精《三传》[3]，著有《续春明梦余录》。子：王玭等。后以子王玭封承德郎。[4]

　　王玭字天游，号甘泉。康熙十七年（1678）生，康熙五十三年（1714）举人，乾隆十四年（1749）卒，年72。王玭工诗文，精勾股，善花鸟。[5]子二：王学义、王学璧。

　　王昭被字葆光、见山，号鹤道人、耕石。王揆次子。康熙四十五年（1706）进士，任福建龙岩县知县、湖南邵阳知县。[6]善画。

　　王昭溥，顺治十年生。[7]府学生。[8]

　　王昭骏是王氏"族人逆案"的主要成员之一。[9]康熙四十七年（1708），王昭骏与妻子俱被斩首示众。

---

　　① 《王巢松年谱》附录赵贞《鹤尹仙逝挽诗》称王抃卒前，其弟王揆已殁三年。王抃卒于康熙四十一年，则王揆卒于康熙三十八年。又《端峰诗续选》卷二收录康熙三十八年诗。《端峰诗续选》卷二有《哭汲园》二首。

　　② 《（民国）太仓州志》卷十《选举》。

　　③ 《（民国）太仓州志》卷二十《人物四》。有些资料称其为王旦复，从兄弟间的排名看，应该是王昭复。

　　④ 《（民国）太仓州志》卷十《荫袭》。

　　⑤ 《（民国）太仓州志》卷二十四《人物四·顾衍传》称王玭善画花鸟。

　　⑥ 顾陈垿《洗桐轩文集》卷六《王耕石七十寿序》、汪曾武《娄东书画见闻录》卷三《太原》、《（民国）太仓州志》卷二十《人物四》王旦复、《（嘉庆）直隶太仓州志》卷三十六《人物》。

　　⑦ 《奉常公年谱》卷二："顺治十年，七房孙昭溥生。"

　　⑧ 《尧峰文钞》卷十九《志铭》九《王母徐夫人墓志铭》。

　　⑨ 《（民国）太仓州志》卷十二《名宦》。

王掞

王掞字藻儒、藻如，号颛庵，别号退轩。顺治二年（1645）生，雍正六年（1728）卒，年84。王时敏侧室沈氏出。[①] 王掞自幼颖异不凡，读书一目十行。先后受经于王西水、王闻炳，专攻《春秋》。年17，补博士弟子。康熙九年（1670）进士，选庶吉士，历官经筵讲官、文渊阁大学士兼礼部尚书，位至相国。王掞是王原祁家族的骄傲。他善于揣摩人的心思[②]，有雅量[③]，好汲引善类。[④] 王掞17岁与宋德宜之女成婚，婚后33年间不事生产，诸事皆由宋夫人主持。子三：王奕清、王奕澍、王奕鸿。[⑤]

王奕清字幼芬，号拙园。正室宋夫人出，王掞长子。康熙四年（1665）生，乾隆二年（1737）卒，年73。康熙三十年（1691）成进士，授庶吉士，历官詹事府詹事。康熙六十年（1721）春，奉命代父赴乌里雅素台军效力，居六年。雍正四年（1726），再命在阿尔泰坐台。乾隆元年（1736），召还都，仍以詹事管少詹事。奕清娶钱晋锡女，续娶徐氏、张氏。子三：长子某早殇；次子王怀，娶方升元（麓公）女，以祖王掞荫员外郎，官惠州知府；三子王憬，娶孔传诰（西铭）女，孔毓圻（宦公）孙女。[⑥]

王奕澍，康熙十九年（1680）卒。[⑦] 侧室石氏出，王掞次子。

王奕鸿字树先，号勖斋。王掞第三子，侧室高氏出，娶文渊阁大学士陈元龙女。康熙九年（1670）生，乾隆十六年（1751）卒，年82。康熙四十四年（1705）举人。康熙四十八年（1709）成进士。授部曹，由主事历转员外郎郎中。康熙五十三年（1714）典试四川，出为湖南驿监粮储道。雍正元年（1723），奉旨亲赍军前效力。乾隆元年始终还。奕鸿无子，以王

---

① 《巢林笔谈》卷三《相国母》称，相国之生母沈太夫人，本农家女。王掞《西田集》中说，沈氏只生一子。

② 《外家纪闻》载："奉常公子孙多而有才，颛庵、麓台尤著。康熙庚戌（九年）俱以弱冠捷南宫，泥金之报叠至，适吴梅村在座，戏谓奉常曰：'彼苍者天，当是君家门下清客耶？'太常骇何故，梅村曰：'善揣主人之所欲，而巧于趋奉事事如意者门客也。今日之天无乃近是。'太常莞尔。"

③ 《（民国）太仓州志》卷二十七《杂记下》："王相国掞有古瓷直不赀，一日李相国光地索观，命奴捧之，历阶而上，忽失足倾跌而碎。李不觉失声，而王怡然不动。李每举以称王之量。"

④ 汪曾武《外家纪闻》。

⑤ 王奕清、王奕鸿撰《颛庵府君行述》。

⑥ 《颛庵公行述》。

⑦ 《颛庵公行述》、《西田集》卷一《哭澍儿》。

憬为嗣。

王掞女四：长女，适广东乐安县知县缪宗仪，翰林检讨钧闻公讳锦宣子；二女，适中书舍人钱泷，延铳子；三女，适孙在丰（屺瞻）子，孙学行。以上三女俱宋夫人出；康熙五年，四女适举人蒋欐雨亭公，讳陈锡孙，蒋澍子。

王抑

王抑字诵侯，号南湖。顺治三年（1646）生[1]，康熙四十三年（1704）卒，年59。康熙十六年（1677）举人，官山西太原府西路同知。子：王愿、王双鹅等。后以子王愿赠奉政大夫。[2]

王愿字皋闻。康熙五十年（1711）贡生。[3] 选涪州州判，升授保宁府同知。[4]

王双鹅字瞻御，号松溪，太仓州学生。卒年64。子四：王邦瑞、王殿琛、王廷珪、王晋珏。[5]

附：王氏宗谱

士为民首，原孝舆忠。居仁由义，欣守宜崇。德厚福本，光宗耀祖。传家之宝，惟善允从。亿万斯世，永远兴隆。

---

① 《奉常公年谱》卷二。

② 《（民国）太仓州志》卷十《荫袭》。

③ 《（民国）太仓州志》卷十《科举》、《（嘉庆）直隶太仓州志》三十《人物》。

④ 《（嘉庆）直隶太仓州志》卷三十《人物》。

⑤ 沈起元《敬亭文稿》卷三《王瞻御小传（庚午）》。

附录二　王原祁年谱简编

明毅宗崇祯十五年壬午（1642），1岁

八月十八日，王原祁生于江苏太仓镇洋。

　　唐孙华撰《王原祁墓志铭》："公生于明崇祯十五年（1642）八月十八日。"

世祖顺治六年己丑（1649），8岁

五月，王原祁父王揆赴公车后抵家。

　　《奉常公年谱》卷二。

世祖顺治十二年乙未（1655），14岁

王揆、顾景锡等成进士。

　　《（民国）太仓州志》卷十《选举》。

顺治十三年丙申（1656），15岁

补博士弟子员。

　　《奉常公年谱》卷三、《历代名人年谱》卷十《清》第65页。

康熙二年癸卯（1663），22岁

十月，作《王麓台晴山滴翠图》。

　　张大镛《自悦斋书画录》卷四："绿溪云木郁相参，的的晴山滴翠风。疏斋小堂无一事，秋光明瑟似江南。癸卯冬十月。王原祁。"

康熙五年丙午（1666），25岁

夏，王原祁仿大梅道人山水图扇，故宫博物院藏。

刘九庵《宋元明清书画家传世作品年表》第 445 页。

康熙八年己酉（1669），28 岁

八月，王原祁、钱晋锡、王黄立、徐秉义等成举人。

《（民国）太仓州志》卷十《选举》。

康熙九年庚戌（1670），29 岁

三月，陆陇其、王原祁等皆成进士。

陆陇其《陆清献公日记》卷二。

康熙十年辛亥（1671），30 岁

二月，作《为三叔父画山水》。

《山水正宗》上卷第 153 页："辛亥花朝，三叔父大人命画，呈教政。侄原祁。"

康熙十三年甲寅（1674），33 岁

秋，王原祁遇顾苓于虎丘，留宿塔影园一日，为顾苓画便面。

王原祁《麓台题画稿·仿大痴》："犹忆甲寅秋，步月虎丘，与云美相遇，谈心甚洽，嘱留塔影园一日，以二章易余便面。"

康熙十六年丁巳（1677），36 岁

六月，王时敏贻王原祁《小中见大》册，供其临摹。

《山水正宗》卷中第 261 页（王原祁精品集）第 20—31 页：

册前："灵心自悟。西庐八十岁老人题。"

第一开（水墨）："仿大痴。"

第二开（水墨）："仿黄鹤山樵。"

第三开（设色）："仿赵承旨。"

第四开（水墨）："仿梅道人。"

第五开（设色）："仿高尚书。"

第六开（水墨）："仿云林。"

册后跋："此余丁巳春间往云间笔也，先奉常见之，谓余为可教，题识四字。今阅十五年矣，于古人笔墨终未梦见，殊愧先大父指授，为之泫然。康熙庚午长夏观于毗陵舟次谨题，原祁。"

校注　　　康熙庚午，康熙二十九年（1690）。

康熙十七年戊午（1678），37 岁

是年，王原祁在京，辞中秘官，需次邑宰。

邵松年《古缘萃录》卷七《王员照仿赵大年山水卷》陈奕禧跋："予十四五时见家世父简斋求太守画屏十二扇，扇摹一家，家造其极。廿年来薄游四方，戊午在京师，太常之孙茂京阁老携太守水墨山水长卷《仿大痴作》，苍秀古淡。太常有跋其上，……茂京告余曰：'此太守绝笔也。'是时，茂京辞中秘官，需次邑宰，予亦为选人。茂京山水得太常之秘，名闻辇下，然矜贵，不肯多自拟笔，赏予知音，亲制扇册数件为赠。予来安邑，留滞不调。茂京授任县，去擢谏官。十年回忆共阅太守佳迹，时真如前尘昨梦也。己巳夏，祝篆桑泉孝伯先辈，示予以此图，仿赵防御法、米元（晖），谓大年小轴甚清丽。沈存中诗云：'小景惠崇烟漠漠。'要知防御原本惠公，其取法有自来，而宋贤撰画人未尝言其所出，太守题署必有依据。邓公寿曰：'防御每画一图，必出新意，人或戏之曰，此必朝陵一番回矣。'盖讥其所见止京洛间景，而太守含毫运思，柔媚秀润，亦不是江南峦峰。然其回环变态，脉络清楚，落墨饰色，烘晕深远。山川动吾佳趣，烟霞生予意外。扫除凡障，追躡前修，此非代流所易讥及者。独念予江南人

也，为贫居卑，久淹北戎，意忽忽不乐，展玩此卷，生归思矣。……陈奕禧题于临晋摄署。"

校注　　　康熙己巳，康熙二十八年（1689）。

康熙二十年辛酉（1681），40 岁

八月初六，王原祁以吏部铨选进士身份，参与以翰林编修归允肃为正考、编修沈衍为副考的顺天乡试。

归允肃《归宫詹集》卷一《辛酉八月初六日奉命典试入闱纪事》《闱中誓词》《初八夜聚奎堂拟经书题拈就缮写恭捧进呈御览纪事》。

康熙二十一年壬戌（1682），41 岁

约年初，王原祁议叙得任县。

《西田集》卷一《月夜怀茂京侄》。

康熙二十二年癸亥（1683），42 岁

是年，任县水灾。

唐孙华《王原祁墓志铭》。

康熙二十三年甲子（1684），43 岁

是年，任县水灾严重。

《畿辅通志》卷六十九《名宦》："王原祁字茂京，太仓人，康熙庚戌进士，知任县。地当九河下流，滏、漳诸水复久壅塞，腴田变为污渚。塔圪台、刘累泊等处，即古大陆泽，为患尤甚。甲子、乙丑秋雨连旬，水势陡发，堤岸尽坏，田莱俱成巨浸。原祁请照淮扬例，永免水荒田赋三千余金，

民困以苏。其余如筑堤以防水患，建桥以通水道，毙盗贼以安民命，明僎介以昭典礼，发仓储以救冠赢，著迹难以枚举。丙寅奉命行取擢谏垣，改翰林，累官少司农，卒于位。恩赐祭葬如例。康熙五十九年入祀名宦。"

校注　　乙丑，康熙二十四年（1685）。丙庚，康熙二十五年（1686）。康熙五十九年，1720 年。

康熙二十四年乙丑（1685），44 岁

是年，任县水灾严重。

　　《畿辅通志》卷一百一十二。

康熙二十五年丙寅（1686），45 岁

五月，王原祁访查任县灾情。

　　王原祁《大陆泽图说》："丙寅五月，余放棹泽中，周行细访。"

十月，王原祁在保和殿试策，以科员用。

　　《历代名人年谱》卷十《清》第 72 页。

康熙二十六年丁卯（1687），46 岁

十月十二日，王原祁母卒。

　　《王巢松年谱》。

康熙二十七年戊庚（1688），47 岁

初冬，王原祁在杭州昭庆寺为友人赵贞作《仿大痴富春图》。

　　《中国绘画全集 27》第 3 页："余少于画道有癖嗜，松一兄同学时每索

余笔，余辞以未能，如是者数年。松兄远馆四方，余亦鞅掌瘠邑。两不相值，如是者又数年。今戊辰冬初，同为武林之行，就舍昭庆寺，湖光山色，映彻心目。偶思大痴富春长卷，遂作此图。然笔痴腕弱，未能梦见，今犹昔也，因书之以志愧。弟王原祁。"

康熙二十八年己巳（1689），48岁

十一月，作《仿黄公望山水》。

《山水正宗》上卷第54页图录。

黄与坚引首："笔参三昧。　麓台能于画理伐毛洗髓，得其神奇。至摹仿大痴，传自家学而更加超诣。此卷磊落不群，睥睨千古，笔墨间又能以萧散之致相为变化，非得画家三昧未易臻此妙境也。紫崖年翁精于绘事，故麓台作此赠之。余展玩再三，深为叹绝，因题于首。忍庵黄与坚。"

卷末麓台自书"麓台仿古"。

卷后接第一纸，麓台又跋："余读《诗》至《抑之篇》卫武公耄而好学，年至期颐，人称睿圣，始知学无止境，好之者未有不臻绝诣者也。紫崖先生年八十矣，而好学不厌，画道尤为精深，独于余有嗜痂之癖，晨夕过谈，弥日忘倦。至于古人妙境，尤寤寐羹墙，所云'切磋琢磨'，庶几有焉。以年如此，以学如此，岂非六法中之卫武耶？此卷侧理颇佳，先生索余笔，藏弄箧中三年，今值大寿之辰，为写此进祝冈陵，并引卫武以广先生之画。先生见之当亦辗然一笑乎？谨识。　时康熙己巳畅月长至后五日，王原祁画并题。"

卷后接第二纸，王撰跋："古人论画以气韵为主，气韵胜者自有一种天趣，超乎笔墨之外。若徒规摹往迹，专尚精能，虽工力甚深，终类作家，殊少士气，非善画者所尚也。家侄茂京素工绘事，其高逸之致，原从神骨中带来，而于宋元诸家冥心默契，遂能得其三昧。此卷为紫崖先生作，运笔苍莽，洒墨淋漓，浓淡疏密之间，奕奕生动，似不拘绳尺而自然合法，似不经模拟而意外出奇，极空阔处益见浑厚，极稠密处益见疏朗，纵横变化，固非丹青家所知。盖以紫翁画学精邃，耄耋之年沉酣于此，茂京日夕

讲论，实有水乳之合，故不惜全力写成此卷，以质识者，宜其珍爱不忍释手也。余不知画，漫题数语，以识叹赏云尔。　辛未九秋下浣。随庵王撰书。"

校注　　《虚斋名画录》卷五著录为《王麓台仿古山水卷》。康熙二年（1663）五月，王抃曾与王紫崖等同舟南归。辛未，康熙三十年（1691）。

康熙二十九年庚午（1690），49 岁

年初，王原祁丁忧服阕。

　　唐孙华《王原祁墓志铭》。

八月上旬，麓台抵京。候补多暇，每与宋骏业讨论绘事。时宋骏业受命主持《南巡图》，麓台向其荐举王翚，并贻书邀请。

　　《清晖同人堂尺牍汇存》卷一。

康熙三十年辛未（1691），50 岁

二月，在京与石涛为博尔都合作《兰竹》。麓台补坡石。

　　《石渠宝笈》卷十六《僧元（原）济、王原祁合作》。

冬，作《仿大痴山水图轴》。

　　《王原祁精品集》第 49 页："画道与年俱进，非苦心探索，不能得古人之法，亦不能知古人之意也。余丁卯岁王在道兄在寓作一图，今阅四载矣。客岁王在兄入都，复共晨夕者年余，将理归装，余以前图未为合作，复写此请正。体裁仅能形似，而笔甜墨滞，未能梦见大痴，所谓年进而学未进也。批阅能无惭愧？时康熙辛未冬日，娄东弟王原祁。"

校注　　丁卯，康熙二十六年（1687）。王在，陆王在。

康熙三十一年壬申（1692），51 岁

冬，跋王翚《仿松雪青绿山水卷》。

　　《古缘萃录》卷九《王石谷仿松雪青绿山水卷》王原祁跋："丹青家具文秀之质而浑厚未足；得遒劲之力而神韵未全。至如石谷子，众美毕具。此卷规模赵承旨，然赵于古法中以高华工丽为元画之冠，此尤以秀逸见奇。点染从董巨伐毛洗髓得来，真艺林绝致，古今罕二。如学者之所向往，庶娄东一隅画道之盛，正未知所止。余展玩服膺，俯首至地。壬申之岁冬日，题于谷诒堂。麓台祁。"

康熙三十二年癸酉（1693），52 岁

是年，王原祁与汪灏同典陕西，充乡试副考官。游华山，作《华山秋色图》。

　　《故宫藏画大系十五》第 61 页："余癸酉岁游华山，历娑萝、青柯二坪，至回心石，日暮而返，作诗六章，以纪其胜。此图就余所登陟者，写其大概。南峰、西峰目力所及也。惜少济胜之具，攀跻无缘，阁笔怅然。麓台祁识。"

校注　　　　阁，当为搁。

康熙三十三年甲戌（1694），53 岁

九月、十月间，王原祁拜访王士禛，为父王揆《芝廛集》请序。

　　王士禛《带经堂诗话》卷三："宗侄茂京（原祁），庚戌进士，今为礼科都给事中。太常烟客先生孙，同年端士兄（揆）长子也。画品与其祖太常颉颃，为予杂仿荆关、董巨、倪黄诸大家山水小幅十帧，真元人得意之笔。又自题绝句多工，其二云：'蟹舍渔庄略彴边，柳丝荷叶斗清妍。十年零落荒园景，仿佛当时赵大年（《西田图》）'；'横冈侧面出烟鬟，小树周遮云往还。尺幅峦容写荒率，晓来剪取富春山（大痴富山岭）。'一日秋雨中，

茂京携画见过，因极论画理，其义皆与诗文相通，大约谓始贵深入，既贵透出，又须沉着痛快。又谓画家之有董巨，犹禅家之有南宗。董巨后嫡派，元唯黄子久、倪元镇，明唯董思白耳。予问：'倪、董以闲远为工，与沉着痛快之说何居。'曰：'闲远中沉着痛快，唯解人知之。'又曰：'仇英非士大夫画，何以声价在唐沈之间、征明之右？'曰：'刘松年、仇英之画，正如温李之诗，彼亦自有沉着痛快处。昔人谓义山善学杜子美，亦此意也。'"

校注　　　蒋寅《王渔洋事迹政略》考证此事在康熙三十三年（1694）九月二十二日至十月间。

康熙三十四年乙亥（1695），54 岁

夏，作《仿黄公望山水》。

《故宫藏画大系十五》第 26 页："感慨风尘内，寄怀常读诗。愿言追正始，风雅兼骚词。学古愧鲁钝，面墙何所之。以兹通六法，略有会心时。吾宗有树百，磊落多奇姿。发声吐钟吕，斑斓腾云螭。阳春生绚采，爽气动秋飔。负才不得意，牢落同丘为。扁舟来北访，执手话别离。高山流水曲，忽起烟峦思。四家兼董巨，令我次第窥。官闲试盘礴，惨淡心神驰。画理合禅定，南宗衣钵贻。髻珠各自宝，风骨禀天彝。师承近茫昧，遂令识者稀。舍学务从人，皴染从尔疲。氛霾尽一扫，并剪与哀梨。置之屏障间，咫尺万里奇。论画耻形似，坡公意岂私。层楼拟一构，写出胸中痴。挥洒答君咏，君今且勿嗤。乙亥夏日，树百弟以诗促画，余为仿大痴笔，并和元韵。麓台祁。"

康熙三十五年丙子（1696），55 岁

冬，为博尔都作《仿古山水图》十开。

第一开（水墨）："子久笔。"

第二开（水墨）："梅花道人笔。"

第三开（水墨）："黄鹤山樵《夏日山居》笔意。"

第四开（水墨）："小米笔法。"

第五开（水墨）："倪高士笔意。"

第六开（水墨）："仿赵松雪《水村图》意。"

第七开（水墨）："仿巨然。"

第八开（水墨）："董宗伯写《庐鸿草堂图》，窃仿其意。"

第九开（水墨）："乔木竹石。"

第十开（水墨）："寒林远岫。丙子嘉平，仿宋元十帧，似问翁老先生教正。麓台祁。"

后跋："画中山水六法，以气韵生动为主。晋唐以来，惟王右丞独阐其秘，而备于董巨。故宋元诸大家中推为画圣，而四家继之。渊源的派，为南宗正传。李范、荆关、高米、三赵皆一家眷属也。位置出入不在奇特，而在融洽稳当；点染笔墨不在功力，而在超脱浑厚。古人殚精竭思，各开生面，作用虽别，而神理则一，非惟不易学，亦不易知也。余本不知画，而问亭先生于余画有癖嗜。此册已付三年，而俗冗纷扰，无暇吮毫拨（泼）墨。所成十幅，或风雨屏门，或养疴习静，间一探索翰墨，流连光景，置身于山巅水崖、荒村古木之间。古人之法学不可期，而心或遇之，若谓余为知古能学古者，则逊曰：'不敢'。质之先生以为然否。王原祁题。"

校注　　"拨墨"，当为"泼墨"。

约十二月，王揆卒。

《王原祁仿宋元人山水册》16帧跋。

校注　　《历代名人年谱》卷十《清》第75页称，王原祁奔丧时间为康熙三十六年（1697）正月。

康熙三十七年戊寅（1698），57岁

春，为龚秉直作《意止斋图卷》。

《吴越所见书画录》卷六："意止斋图。戊寅春，为敬立表叔作。王原

祁。五柳先生爱此眠，萧斋清寂似林泉。名高自足光时论，意止还能淡物缘。鸟语窗幽真竹径，花香客到正梅天。前朝祖泽依然在，松下闲吟续旧编。　双桥桃柳映沙墟，可以幽人水竹居。领略风光诗思好，规模粉本墨痕疏。荒庭草没抽书带，排几窗明落蠹鱼。且待东篱花发候，送将白堕到君庐。题意止斋二律似敬老表叔并正。"

麓台又跋："意止斋记。余性不求适，然意之所之，罔不适也。家茜溪之阳，地僻隘，老屋数椽，仅蔽风雨。其为余读书、吟啸之地，才两楹耳，往往多为之名。曰'韦斋'，以寓园夫子赠歌有云'柔克韦在编'也。曰'余斋'，取三余意也。斋面东，颇疏快，前辟小圃，溪光竹影中老梅数株，兀自可喜，取陶、杜诗及古乐府句，名之曰'静寄'、曰'颇宜'、曰'悟香'。余素有山水癖，披地志得石帆、浮玉之胜，心向往之，曰'石帆山房'，又曰'浮玉山房'。余性疏慵简酬接，忆'习静宜秋'之句，曰'宜秋书屋'。余雅好金石之学，拟一名必刻一印以实之，曰'印斋'。然是数者皆以意设之，而叩其地仅二楹而已，故统名之曰'意设斋'。今夫为亭台、池馆之胜者，必度地鸠工、征材辇石，阅岁月而后成。或非意所适，则又撤而更者，比比也。而予直取材于文史，丹膜于笔墨。心为之匠，而神为之游，视世之斤斤焉求适其适者，其劳逸相去何如哉？虽然，人役于物均役也。世侈于财，吾侈于意，均侈也。且天下财与物有穷期，而意无穷期。由余命斋之意极之，将井干之楼可以意造，凌云之台可以意成，穆王化人之宫、黄帝华胥之国并可意而游也。则是予之所役、予之所侈且有什百于人世者矣。惧入于妄而不知返也，妄岂适之谓乎？夫意，动机也。《易》曰：'物不可以终动，故受之以止。'盖为意止斋于道庶有合焉，作《意止斋记》。"

后有龚秉直二律以及宋曹、王抃、宫鸿历诸跋。

冬，游豫章（江西南昌）归。在真州（仪征）道中，麓台仿巨然笔作《高岫清（晴）烟图轴》赠沈受宏，并于章江道中贻书毛师柱。

毛师柱《端峰诗续选》卷一《王麓台于章江道中贻书见忆，弁和余看菊花即次来韵却寄》。

康熙三十八年己卯（1699），58 岁

四月，为申含吉作《仿王蒙山水》。

《台北故宫藏画大系十五》第 31 页："黄鹤山樵远宗摩诘，近师松雪，而其气韵天然，浑厚磅礴，则全本董巨。余家旧藏《丹台春晓》及云间所见《夏日山居》，皆融化诸家而出之。临摹家未得其意，则与相去什百倍屣矣。含吉表弟四襄，余写此意为祝，欲与二图少分相应。历年未成，既成谛观，全未得山樵脚汗气也，因书之以志愧。时康熙己卯清和下浣。王原祁。"

———————

校注　　　　此图有"石渠宝笈"等玺印，图右下钤"申函吉藏画"。

五月，作《富春山图》。

《石渠宝笈》卷三十五："仿黄子久富春长卷笔意，王原祁。"

拖尾跋："长卷画格卑则势拘，气促则笔弱。求其开阖起伏尚未合法，况于神韵乎？痴翁得力处于董巨、荆关、大小二米融会而出，故富春一卷，兀磊排荡，娟秀雅逸，无古无今，为笔墨巨观。松岩黄兄博学嗜古，宋元诸家每欲穷其阃奥，以余学大痴有年，特携长卷嘱画，勉应其请。松兄之意，欲余步趋富春，期望甚厚，奈笔痴腕弱，纵横无力，譬之求琼琚而以燕石投贾胡，必将哑然失笑矣。康熙己卯夏五上澣，麓台祁识。"

秋，作《丹阳舟中仿梅道人山水轴》。

《宝迂阁书画录》卷二："宋法体格精严，元笔纵横自在，诸家各具体而微，而气足神完，思深力厚。巨然衣钵，惟梅道人得之。己卯秋日，丹阳道中，仿于舟次因题。麓台祁。"

是年，王原祁出游客归，向友人赵贞、袁书年、毛师柱等讲述铜江、富春之胜。

毛师柱《端峰诗续选》卷二《麓台客归述铜江富春之胜》。

康熙三十九年庚辰（1700），59 岁

三月，作《拟古脱古设色山水轴》。

　　《吴越所见书画录》卷六："画道与文章相通，仿古中又须脱古，方见一家笔墨。画虽小艺，所以可观也。余与忍庵老伯论此深为印可。今春士老道翁兄以省觐暂归，出纸索笔，因作是图，就正有道。必更有以教我矣。康熙庚辰上巳仿大痴。王原祁。"

十二月，毛师柱等友人集王原祁求是堂话旧，诗送王原祁北上。

　　毛师柱《端峰诗续选》卷三《小除日集王麓台中允求是堂话旧》、唐孙华《王原祁墓志铭》、毛师柱《端峰诗续选》卷三《喜麓舟抵维扬作画见寄，兼寄令子孝征、忠贻二孝廉》。

康熙四十年辛巳（1701），60 岁

五月初二日，麓台由礼科都给事中改入翰林，任右春坊右中允，兼翰林院编修。

　　《康熙起居注册》康熙四十年（1700）五月初二日："吏部以给事中张□员缺，拟原任给事中王原祁补授。上曰：'给事中职任虽要，翰林官亦荣。王原祁改著翰林。'"

康熙四十一年壬午（1702），61 岁

春，《原祁仿古山水册》12 对幅成。

　　《清王原祁画山水画轴特展》第86—92页图录为钩摹仿作，对开题诗未图录。

　　　起首："平淡光焰。岳颁。"

　　　第一开："仿黄子久，王原祁。"

　　　第二开："仿赵承旨，麓台祁。"

　　　第三开："仿倪高士。麓台祁。"

第四开："高房山云山。茂京。"

第五开："仿吴仲圭。扫花庵主人。"

第六开："仿范华原。麓台。"

第七开："仿米家笔法。石师道人。"

第八开："荆关遗意。茂京。"

第九开："仿北苑笔。王原祁。"

第十开："赵大年《江乡春意》。麓台祁。"

第十一开："仿黄鹤山樵笔。麓台祁。"

第十二开："李营丘雪图。麓台山人。"

王原祁跋："昔人评摩诘辋川图云：'诗中有画，画中有诗。'盖言画中之神韵也。后人遂以诗为画题，而苑体即用为格律。画中笔墨，往往为诗所拘矣！册中诸幅皆余应制之作。进呈之后，复取缣素点染之，以存其稿，亦揣摩之一助。每幅求名人书诗以显画意。余于六法，赋性粗率，不求铅华。原本已入内府，此册存之箧中，为藏拙自娱之地，不敢问世，为识者喷饭也。晴窗偶暇，漫笔识之。时康熙壬午初春，麓台题于燕台邸舍。"

康熙四十二年癸未（1703），62 岁

正月十六日至三月十五日间，玄烨第四次南巡。王原祁、宋骏业、陆毅、王掞等先行。

王奕清、王奕鸿撰《颙庵府君行述》、《东江诗钞》卷八《茹明府招同侍讲王麓台、大鸿胪宋坚斋、侍御陆匪莪、太学高槎客饮虎丘梅花楼》。

校注　　《茹明府招同侍讲王麓台、大鸿胪宋坚斋、侍御陆匪莪、太学
　　　　高槎客饮虎丘梅花楼》有："宸游望幸当三月，使节先后驰验二星
　　　　（麓台、坚斋皆扈跸奉命先至）。"

三月，于淮河舟次作《仿黄公望山水图》。

《中国绘画全集27》第33页："从来论画者以结构整严、渲染完密为尚，惟大痴画则结构中别有空灵，渲染中别有脱洒，所以得平淡天真之妙。仿

之者惟此为难。康熙癸未上巳，题于淮河舟次，麓台祁。"

中秋，作《仿倪黄山水轴》。

《山水正宗》卷上第 104 页："元四家皆宗董巨，倪黄另为一格，丰神气韵平淡天真。腕驰则懈，力着则粘，全在心目之间。取气候神有用意、不用意之妙。新秋乍凉，养疴休沐，偶然兴到，便作此图，然笔与心违，未能吻合，所谓口所能言，笔不能随也。康熙癸未中秋，麓台祁题。"

校注　　《虚斋名画录》卷九著录为《王麓台仿倪黄山水轴》。

康熙四十三年甲申（1704），63 岁

春仲，作《仿大痴山水》。

《山水正宗》卷上第 78 页："大痴画法皆本北宋，渊源荆关、董巨，和盘托出其中不传之秘，发乎性情，现乎笔墨，有学而不能知者，有知而不能学者。今人臆见窥测，妄生区别。谓'大痴为元人画，较之宋人门户迥别，力量不如'。真如夏虫不可以语冰矣。明季三百年来，惟董宗伯为正传的派，继之者奉常公也。余少侍几砚间，得闻绪论，今已四十余年。笔之卷末，以质之识者。时康熙甲申春仲朔，麓台祁写于京邸谷诒堂。"

校注　　徐邦达先生名之为《仿大痴浅绛山水卷》。《虚斋名画录》卷五《王麓台仿大痴山水卷》著录，有异文。

六月，作《竹溪松岭图》。

《山水正宗》卷上第 142 页，画心跋："竹溪渔浦，松岭云岩。"

后跋："画法气韵生动，摩诘创其宗，至北苑而宏开堂奥，妙运灵机，如金声玉振，无所不该备矣。余曾见半幅董源及《夏景山口待渡》二图，莫窥涯际，但见其纯任自然，不为笔使，由此进步，方可脱尽习气也。此卷始于辛巳之秋，成于甲申之夏，位置牵置，笔痕墨迹疥癞满纸。然其中

经营惨淡处，亦有苦心处，瑕瑜不掩，识者当自鉴之。康熙甲申六月望日，麓台祁题于京邸谷贻堂。"

校注　　　《王原祁精品集》第112—120页图录，《虚斋名画录》卷五名
　　　　　之为《竹溪渔浦》。
　　　　　　辛巳，康熙四十年（1701）。

夏日，作《仿古山水图屏》。

《王原祁精品集》第156—163页。

图屏一（设色）："纯绵裹铁，云林入神。效颦点染，借色显真。　　"拟宋元八家，分题画意。甲申长至日。原祁。"

图屏二（设色）："峰峦浑厚，草木华滋。天真平淡，大痴吾师。"

图屏三："董巨朴漱，义精仁熟。大海回澜，总汇百渎。"

图屏四（设色）："松雪风标，浓中带逸。轶宋追唐，丹青入室。"

图屏五（水墨）："叔明似舅，无出其右。变化腾那，丝丝入彀。"

图屏六（设色）："宋法精严，荆关旗鼓。步伐正齐，笔墨绳武。"

图屏七（水墨）："纵横笔墨，无逾仲圭。明季石田，仿佛径畦。"

图屏八（水墨）："米家之后，继起房山。烟峦出没，气厚神闲。"

校注　　　《中国绘画全集27》图录不全，李佐贤《书画鉴影》著录。

九秋，作《王麓台仿黄鹤山樵山水卷》。

《古缘萃录》卷十："画卷须穷极变化，其中纵横排荡，幽细谨严，天然成就，不露牵合之迹，方为合式。四家中山樵笔更不可端倪。余见其《秋山萧寺》《丹台春晓》《林泉清集》《夏日山居》诸图，机生笔，笔生墨，墨又生笔。以意运气，以气全神。想其挥毫时，通身入山水中，与之俱化。位置点染皆借境也。余以四图意参用一卷。拙笔钝资，妄希效颦。每日清晨悉心体认，然后落笔，积之既久，渐觉有生动意，向来惨淡经营此卷，似有入门处。玉培吴兄晨夕寓斋，二十年时见余画，独于此卷甚喜，因以持赠，并质之识者，不为喷饭否？康熙甲申九秋，题于京邸谷诒堂，王原祁。"

"此卷为余练笔之作，刻意揣摩，结构两年始成，留贮箧中。玉培南归，坚索携去。玉培复来都门，此卷遂入质库。今春曁儿扈从还家，展转得之，归装挈入。适拙园大弟视学西蜀，爰以奉贺，此画得所归矣。前大弟典试黔中，公事竣后，暂省乡园，行道湘水，云：'山水幽邃蔽□，各家俱备。'又可借此一闻快论，以广余意也。丁亥中秋，麓台祁又题。"

校注　　　徐邦达先生名之为《为玉培仿山樵山水卷》，王奕清之跋文略。展转，当为辗转。丁亥，康熙四十六年（1707）。

康熙四十四年乙酉（1705），64 岁

三月，作《仿倪瓒山水》。

《故宫藏画大系十五》第 39 页："画忌率笔，于荒率中得平淡涵泳之致，云林笔墨出人一头地处也。余还家后，理楫迎銮，兴到不觉技痒，漫写此意，仓猝中自无佳趣，应为识者所笑耳。时乙酉上巳后一日，求是堂中作，麓台祁。"

校注　　　《石渠宝笈》卷二十七著录。

九月，作《仿王蒙山水》。

《山水正宗》卷上第 131 页："画贵简而山樵独繁，然用意仍简，且能借笔为墨，借墨为笔，故尤见其变化之妙。此图辛巳岁所作，以公务所稽，久而未成，暇时点染至乙酉重九始脱稿，不能一气贯注，多所修补，未免烦结生滞矣。幸体裁不失，存之。麓台祁题于京邸谷诒堂。"

校注　　　辛巳，康熙四十年（1701）。

为李为宪作《〈液萃〉仿古山水》成。

隶书引首："六法金针，八十四叟随庵撰书。"

第一开（设色）："仿董北苑。"

对题："六法中气韵生动，至北苑而神逸兼到。体裁浑厚，波澜老成。开以后诸家法门，学者罕窥其涯际。余所见半幅董源及《万壑松风》《夏景山口待渡》卷，皆画中金针也。学不师古，如夜行无火。未见者无论，幸而得见，不求意而求迹，余以为未必然。余奉敕作董源设色大幅，未敢成稿，先以此试笔，并识之。麓台祁。"

第二开（水墨）："仿黄大痴。"

对题："张伯雨题大痴画云：'峰峦浑厚，草木华滋。以画法论大痴非痴，岂精进头陀而以释巨然为师者耶。'余仿其笔，并录数语。"

第三开（设色）："仿赵松雪。"

对题："桃源处处是仙踪，云外楼台映碧松。惟有吴兴老承旨，毫端涌出翠芙蓉。赵松雪画为元季诸家之冠，尤长于青绿山水，然妙处不在工而在逸。余《雨窗漫笔》论设色不取色而取气，亦此意也。知此，可以观《鹊华秋色》卷。"

第四开（设色）："仿高房山。"

对题："董宗伯评房山画，称其平淡天真近于董、米，与子昂并绝。余亦学步，久而未成，方信古今人不相及也。"

第五开（水墨）："仿黄鹤山樵。"

对题："叔明少学右丞，后酷似吴兴，得董巨墨法，方变化本家体。琐细处有淋漓，苍茫中有妩媚，所寄奇而一归于正者。云林赠以诗云：'王侯笔力能扛鼎，五百年来无此人。'不虚也。"

第六开（设色）："仿一峰老人。"

对题："大痴画，经营位置可学而至，其荒率苍莽不可学而至，若平林、层冈、沙水尤出人意表，妙在着意不着意间。如《姚江晓色》《沙碛图》是也。若不会本源，臆见揣摩，疲精竭力以学之，未免刻舟求剑矣。"

第七开（设色）："仿云林设色。"

对题："云林画法，一树一石皆从学问、性情中流出，不当作画观，至其设色，犹借意也。董宗伯诗试一作之，能得其髓。先奉常仿作《秋山》最为得意。谨识于后。"

第八开（水墨）："仿巨然。"

对题："巨然在北苑之后，取其气势，而舰棱转折处融和淡荡，脱尽力量之迹。元季大痴、梅道人皆得其神髓者也。此图取《溪山行旅》《烟浮远岫》意，而运气未能舒展，此工力之未纯。若云纸涩拒笔，则自诿矣。"

第九开（水墨）："仿黄子久。"

对题："大痴元人笔，画法得宋派。笔花墨沈间，眼光穷天界。《陡壑密林图》，可解不可解。一望皆篆籀，下士笑而怪。寻绎有其人，食之如沆瀣。余仿大痴，题此质之识者。"

第十开（水墨）："仿梅道人。"

对题："'梅花庵主墨精神，七十年来未用真。'此石田句也。石田学巨然得梅道人衣钵，欲发现生平得力处，故有此语，然犹逊谢若此。余方望崖涉津，欲希踪古人，其可得耶。"

第十一开（设色）："仿大痴道人。"

对题："荆关遗意，大痴则之。容与浑厚，自见钦敳。刻画圭角，纤巧韦脂。以言斯道，皆非所宜。学人须慎，毫厘有差。《天池石壁》，粉本吾师。大痴《天池石壁》有专图，《浮峦暖翠》中亦用此景，皆传作也。误用者每蹈习气，余故作箴语。"

第十二开（水墨）："仿倪高士。"

对题："董宗伯题云林画云：'江南士大夫以有无为清俗，卷帙中不可少此笔也。'今真虎难遘，欲摹其笔，辄百不得一，此幅亦清润可喜。匡吉甥笃好学嗜古，从余学画有年，笔力清刚，知见甚正，楷模董巨、倪黄正宗。嘱余仿八家名曰《液萃》。余信手涂抹，稍有形似者，弁之曰：'仿某氏。'如痴人说梦、夏虫语冰，不足道矣。耳目心思何所不到，出入诸贤三昧，辟尽蚕丛，顿开生面，良工苦心，端有厚望，不必问途于老马也。康熙乙酉重阳日，王原祁题于谷诒堂。"

十月初九日，孙岳颁、王原祁、宋骏业等奉旨纂辑《佩文斋书画谱》（100 卷）。

《佩文斋书画谱》。

校注　　　参与《佩文斋书画谱》编撰的主要官员：礼部侍郎仍管国子监祭酒事孙岳颁、通政使司左通政使今升都察院左副都御史宋骏业、翰林院侍讲学士今转翰林院侍读学士王原祁；原任兵科掌印给事中吴暻、原任礼科给事中王铨。

康熙四十五年丙戌（1706），65 岁

冬，作《仿黄公望山水》。

《故宫藏画大系十五》第 40 页："大痴画，经营位置可学而至，荒率苍莽不可学而至，思翁得力处，全在于此。此图余仿其意，丙戌冬日，消寒漫笔。王原祁。"

校注　　　《石渠宝笈》卷二十七著录。

冬，作《仿王蒙山水图轴》。

《王原祁精品集》第 207 页："黄鹤山樵为赵吴兴之甥，酷似其舅，有扛鼎之笔。以清坚化为柔软，以淡荡化为夭矫，其骨力在神不在形，此画中之犹龙也。写此请正澹翁，亦另开一面耳，然敢望出蓝之誉也。丙戌冬日。王原祁画并题。"

冬，作《仿大痴山水》。

《南宗正脉》第 191 页："画家学董巨，从大痴入门，为极正之格，以大痴平淡天真不放一分力量，而力量具足；不求一毫姿致，而姿致横生，此可为知者道，难与俗人言也。余本不善画，以大痴一家家学，师承有自，间一写其法，与知音讨论，可与语者，近得吾毓东道契，斯学从此不孤矣。古人有质疑辨难之法，试以此意寻绎之，毓东必有为余启发者。透网脱颖，余将退舍避之矣。康熙丙戌冬日，娄东王原祁题。"

康熙四十六年丁亥（1707），66岁

二月，王掞扈从南巡。驻跸江宁日，康熙下旨从苏州至松江取道太仓州临幸王掞家东园，既而不果。

王奕清、王奕鸿撰《颛庵府君行述》。

小春，作《仿王蒙笔意》。

《故宫藏画大系十五》第41页："画法要兼宋元三昧。元季四家学董巨，又各自成家，山樵尤从中变化，莫可端倪。所为（谓）冰寒于水者也。学者体认神逸之韵，穷究向上之理，虽未能登堂入室，亦不无小补云。丁亥小春，写于双藤书屋，王原祁。"

校注　　　　《石渠宝笈》卷十六著录。为，笔误，当为谓。

八月，王原祁为孙岳颁作《西岭烟云卷》。

《吴越所见书画录》卷六："西岭烟云，富春遗法。康熙丁亥八月朔日。王原祁作。"

王原祁又跋："董宗伯论画云：'元人笔兼宋法，便得子久三昧。'盖古人之画以性情，今人之画以工力。有工力而无性情即不解此意，东涂西抹无益也。树峰老先生为余先辈执友，又同值禁庭，朝夕随几杖，性情相契已久。乙酉之冬，忽手书草诀百韵见贻，余得之如拱璧。两年以来思以笔墨奉酬，不轻落笔。手摹心追，入痴翁之门，达宗伯之意，庶与古人性情少分相合。先生其有以教我乎？娄东王原祁于京邸谷诒堂。"

校注　　　　孙岳颁字树峰。乙酉，康熙四十四年（1705）。

仲冬，为邹拱辰作《为拱辰作山水》。

《中国古代书画图目 16》第 321 页（鲁 5-103）："画本心学，仿摩古人必须以神遇，以气合。虚机实理，油然而生。然不得知者则作者亦索然矣。拱翁老先生考古证今，扬挖风雅，独于余画有嗜痴之好，敢以钝拙辞乎？仿北苑笔就正有道，幸先生有以教我。康熙丁亥仲冬，王原祁。"

又跋："麓台学士画得太常公家传，深入元四家之室。其用笔疏宕缜密，严重深厚，无所不有而神韵生动，望之如置身岩壑中，不觉尘襟顿洗。当世画品之高，莫如学士，独占一席也。拱辰藏此帧得意作也，拱辰尤所宝爱，因余将之南安，持此欲为赠行，余以其所好不敢受，拱辰许别惠一幅，遂志轴端以见一时之雅怀云。戊子七月廿四日，海宁陈奕禧题。"

校注　　　　戊子，康熙四十七年（1708）。

冬，作《仿米家云山立轴》。

《吴越所见书画录》卷六："写米家云山，布置须一气呵成，点染须五墨攒簇，方见用笔、用墨泼中带惜、由淡入浓之妙。若参得其意，于元季诸家无所不可耳。康熙丁亥冬日，写于海淀寓直并题，麓台祁。"

康熙四十七年戊子（1708），67 岁

五月，玄烨免王掞、王原祁等"族人逆案"株连之罪。

王奕清、王奕鸿撰《颛庵府君行述》。

腊月，为弟子金永熙作《神完气足图》。

《王原祁精品集》第 215 页："学董巨画，必须神完气足。然章法不透则气不昌，渲染未化则神不出，非可为浅学者语也。明吉问画于余，特作此图示之。惨淡经营历有年所，而终未匠心，方知入室之难。明吉勉旃。戊子腊月望日题，王原祁。"

冬，作《送厉南湖画第十幅》贺励廷仪四十初度。

《麓台题画稿》："画虽一艺而气合书卷，道通心性，非深于契合者不轻以此为酬酢也。宋元诸家俱有源委，其所投赠无不寄托深远，仿其意者旷然有遐思焉，而后可以从事。南湖先生与余同直畅春积有岁月。著作承明扬扢风雅。先生之所以自得，与余之所以受教于先生者，久欲倾倒。戊子冬日，值其四十悬弧之辰，非平常祝嘏之词所能尽也。东坡诗云：'我从公游非一日，不觉青山映白发。'爰写一册志冈陵之盛云。"

康熙四十八年己丑（1709），68岁

二月，麓台为缪曰藻《题仿大痴笔》。

《麓台题画稿》："古人用笔意在笔先，然妙处在藏锋不露。元之四家化浑厚为潇洒，变刚劲为和柔，正藏锋之意也。子久尤得其要，可及可到处，正不可及不可到之处。个中三昧在深参而自会之。"

九月，作《设色仿子久秋山图轴》。

《麓台题画稿》："己丑九月之杪。寒风迅发，秋雪满山，黄叶丹枫，翠岩森列。动学士之高怀，感骚人之离思，正其时也。余以清署公冗，久疏笔砚。今将入直，兴复不浅，作秋山寓意。上林簪笔与湖桥纵酒处境不同，心迹则一，识者取其意，恕其学可尔。"

中秋，以《题仿梅道人（与陈七）》赠落魄戏子陈七。

《麓台题画稿》："笔不用烦，要取繁中之简；墨须用淡，要取淡中之浓。要于位置间架处步步得宜，方得元人三昧。如命意不高，眼光不到，虽渲

染周致终属隔膜。梅道人泼墨学者甚多，皆粗服乱头，挥洒以自鸣其得意，于节节肯綮处全未梦见。无怪乎有墨猪之诮也。己丑中秋乍霁新凉。兴会所适，因作是图，并书以弁其首。"

校注　　　康熙四十七年（1707）闰三月，杨守知《意园诗集选钞》称，其在袁浦见到了落魄戏子陈七。全文见《罨画集》卷二《赠沈、周二生三首》注释。

康熙四十九年庚寅（1710），69 岁

春，作《远山叠嶂图》。

《山水正宗》卷上第 109 页图录："昔人有诗云：'文入妙来无过熟。'思翁笔记亦云：'画须熟后熟。'则'熟'之一字断不可少矣。此图非倪、非黄，偏有生致。似非画品所宜，而间架命意，其中笔墨趣韵不失两家面目，生中带熟，不甚径庭也。题以识之。庚寅春日，题于海淀寓直，王原祁。"

四月，作《仿元四大家山水长卷》。

"溪山合璧。汇写黄倪王吴四家笔意，麓台祁。"

又跋："元季四家悉宗董巨，各有作用，各有精神。古人讲求笔墨间为两家合作，从未有四家合卷。余之作此，亦仿古人合传之法，随意结构者也。中间有分有合，若断若继，全在不即不离处。若云摹拟四家，笔端所发，性灵自我而出，丘壑出入之际，岂能得其三昧？若云不是四家，逐段经营，各具面目，别识者未必竟诮为门外汉也。余学宋元诸家，每有汇为一卷之志，事故纠纷，多年未成，今先以四家试之卷内，开合变化自出机杼，奇思虽无，陈言尽去，辍笔谛观，无钩中棘履之态。董华亭论画云'最忌笔滑''不为笔使'二语，知所遵守，庶几近之矣。喜其有成，识于后。康熙庚寅清和，题于海淀寓直，王原祁。"

校注　　　《古缘萃录》卷十著录为《王麓台仿元四大家山水》。

闰七月，作《西岭云霞图》。

《中国绘画全集27》第72—73页："西岭云霞。庚辰闰七月望前，仿大痴笔。"

麓台又跋："画法莫备于宋，至元人搜抉其义蕴，洗发其精神，实中转松、奇中有淡而真趣乃出。四家各有真髓，其中逸致横生、天机透露，大痴尤精进头陀也。余弱冠时得先大父指授，方明董巨正宗法派，于子久为专师，今五十年矣。凡用笔之抑扬顿挫，用墨之浓淡枯湿，可解不可解处，有难以言传者，渐觉有会心处，年来悉于此卷发之。艺虽不工，而苦心一番，甘苦自知。谓我似古人，我不敢信；谓我不似古人，我亦不敢信也。究心斯道者或不以余言为河汉耳。双藤书屋。"

———————

校注　　　《石渠宝笈》卷十六著录，《麓台题画稿》称之为《仿黄大痴长卷》，《王原祁精品集》第232—239页图录。

是年，为弟子王敬铭作《为丹思作仿古山水》册成。

《王原祁精品集》第1—10页图录。

第一开（水墨）："秋月读书图。用荆关墨法。秋月秋风气较清，声光入夜倍关情。读书不待燃藜候，桂子飘香到五更。庚寅冬日为丹思画毕，赋此相劝。麓台祁。"

第二开（设色）："崇冈幽涧。仿范宽。峰回壑转拱天都，下有乔柯结奥区。要识水穷云起处，清流不尽入平芜。"

第三开（设色）："余癸酉秦中典试，路经潼关、太华直至省会，仰眺终南，山势雄杰，真百二巨观也。海淀寓窗追忆此景，辄仿范华原笔意而继之以诗：'终南亘地脉，远翠落人间。马迹随云转，客心入嶂闲。晴沙横古渡，槲叶满深山。领略高秋意，归来但闭关。' 石师。"

第四开（水墨）："画道至董巨而一变，以六法中气运生动至董巨而始纯也。余学步有年，未窥半豹，但元人宗派溯本穷源俱在于此，苦心经营或冀略存梗概耳。庚寅清和，海淀寓直笔。"

第五开（水墨）："戊子仲春，用巨然《赚兰亭图》墨法。宋人笔墨宗旨，如北苑之半幅、巨然之《赚兰亭》是也。余故标出之，要求用心进步处。"

第六开（设色）："南山秋翠。余仿松雪春山，意犹未尽，此图复写秋色。祁。"

第七开（水墨）："位置本心苗，相投若针芥。施设稍失宜，良莠为莨稗。匠意得经营，庖丁豁然解。元季有山樵，荡秩而神怪。出没苍霭间，咫尺烟云洒。我欲溯源流，董巨其真派。罗纹结角处，卷舒意宁隘。慎勿恣远求，转眼心手快。丁亥仲冬下澣，长宵烧烛为丹思拟叔明笔，兼论画理，偶成古体八韵，并录出示之。麓台祁。"

第八开（水墨）："溪山秋霁。仿梅道人。山村一曲对朝晖，秋霁林光翠湿衣。欲得高人无尽意，更看冈复与溪围。高峰积苍翠，访胜到柴门。英（莫）待秋光老，凄凉净客魂。写毕又题二绝。丁亥嘉平五日。"

第九开（水墨）："廿年行脚老方归，庵主精神世所稀。脱尽风波觅无缝，好将缯素换天衣。仿梅花道人大意，作偈颂之。"

第十开（水墨）："巨然雪景。此宋人变格，如大痴之《九峰雪霁》，亦元人之变格也。凡作此等画，俱意在笔先，勿拘拘右丞、营丘模范，并不拘巨然、大痴常规，元笔兼宋法，此教外别传也。具眼者试辨之。原祁。戊子冬初，写于海淀寓直。庚寅立冬日重展观，更稍加点染，并题数语，亦寓直时也。"

校注　　　戊子，康熙四十七年（1708）。丁亥，康熙四十六年（1707）。图录第八开中，"莫待"笔误为"英待"。

康熙五十年辛卯（1711），70岁

春，作《仿大痴富春山图卷》。

"古人长卷自摩诘《辋川图》始立南宗楷则。惜余未之见。偶阅画稿，方知右丞用意之深远，行间墨里，配搭无纤毫隙漏，真有化工之妙。不知真笔墨之运用，又如何耳。十年前见北苑《夏景山口待渡图》，乃知唐、宋大家理同此心，心同此理，渊源相绍续，无少差别。北苑如是，右丞亦如是也。元季长卷见《大痴富春山图》，笔墨奔宕超逸，脱尽唐、宋成法，真

变化于规矩之外，神明于规矩之中。画至此神矣，圣矣。余自幼学画，每侍先奉常窃闻议论，必以痴翁为准的。痴翁笔墨尤以《富春》为首冠，及一见之，辄有不可思议之叹。此图约略仿其大意，若谓能得古人堂奥，则吾岂敢。时康熙辛卯春日，画成，漫题于谷诒堂。时年七十。"

校注　　　李佐贤《书画鉴影》卷九《仿大痴富春山图卷》、《古缘萃录》卷十《王麓台仿黄鹤山樵山水卷》、《王司农题画录》卷下《仿大痴富春山图长卷》著录。各家有异文。

六月，王原祁以康熙四十九年（1710）所得《辋川图》摹本刻石为基础，参以己意，历时九月，《仿王维辋川图卷》成。

"六法中气运生动，得天地真文章者，自右丞始。北宋之荆关、董巨、二米、李范；元之高赵、四家俱祖述其意，一灯相续为正宗大家。南宋以来，虽名家蝟立如簇锦攒花，然大小不同、门户各判，学者多闻广识，皆可为腹笥之助。若以为心传在是，恐未登古人之堂奥，徒涉古人之糟粕耳。有明三百年，董思翁一扫蚕丛，先奉常继承衣钵。余髫龄时承欢膝下，间亦窃闻一二。近与寄翁老先生论交已久，三年前拟《卢鸿草堂图》即相订为辋川长卷，以未见粉本不敢妄拟。客秋，偶见行世石刻并取集中之诗，参考以我意自成，不落画工形似，迄今已九阅月。公事之暇，无时不加点染，墨刻中参以诗意，如见右丞阳施阴设、移步换形之妙。即云拙劣，亦略得诗中有画、画中有诗遗意。康熙辛卯，娄东王原祁写并题。"

校注　　　徐邦达先生称无著录。又有《辋川别业诗》第一首："新家孟城口，古木余衰柳。来者复为谁？空悲昔人有。"其他如："结庐古城下，时登古城上。古城非畴者，今人自来往。"此作刻画了辋口庄、古孟城、文杏馆、竹里馆、鹿柴等二十景。

六月，作《山水图册》。

第一开（设色）："黄鹤山樵《秋山萧寺》，以元人之笔，备宋人之法，秀逸绝伦，酷似吴兴而变化，更能出蓝，此图拟之。"

第二开（水墨）："叔明笔墨始奇而终正，犹之大痴笔墨先正而后奇也。出入变化虽异，而源流则一，参观而自得之。石师道人。"

第三开（水墨）："余见倪高士《春林山影图》，摹其大意。"

第四开（水墨）："大痴《陡壑密林》墨法。原祁。"

第五开（水墨）："梅道人设色，间一有之，与董苑《龙宿郊民图》同流共贯也。从此参学，正入手处。"

第六开（水墨）："巨然墨法，承之者惟吴仲圭，此幅仿《溪山无尽》《关山秋霁》二图意。麓台。"

第七开（设色）："大痴用色即是用墨，方不落寻常蹊径。以五墨法试之，得气而亦得色矣。"

第八开（设色）："仿设色云林。太翁老先生探索画理，老而不倦，于宋人各家门户设施俱已精熟，惟元四家风趣，先生以为在意言之表，董巨衣钵如宗门之教外别传也。不耻下问，余何敢自匿，爰作八帧，经年而成，奉尘清鉴。康熙辛卯六月消暑作。王原祁时年七十。"

———

校注　　《王原祁精品集》第244—251页图录。《中国绘画全集27》称之为《仿元四家山水图册》，图录不全。《王原祁精品集》称此册藏于中国国家博物馆，《中国绘画全集27》称清华大学美术学院藏。中央美院藏品（《中国古代书画图目1》京8-075《仿元四家山水》）图录了其中的四开（第一开、第二开、第五开、第八开）。

八月前，为揆叙作画。

《题仿子久》："余二年前奉命修撰《书画谱》，见大痴论画二十则，不出宋人之法。但于林下水杪、沙碛、木末，极闲中辄加意，归于无笔不灵，无笔不趣。在宋法又开生面矣。余幼学于先奉常赠公，久而得起藩翰。见此二十则，方知子久得力处。益信华亭宗伯及家奉常所传不为虚也。"《题仿黄鹤山樵》："王叔明笔酷似其舅赵吴兴，进而学王摩诘得离奇之妙。晚年墨法纯师董巨，一变为本家体，人更莫可端倪。师之者不泥其迹，务得其神，要在可解不可解处。若但求其形，云某处如何用笔，某处如何用墨，造出险幻之状，以之惊人炫俗，未免邈若河汉矣。"《题仿梅道人》："北宋高人三昧惟梅道人得之。以其传巨然衣钵也。与盛子昭同里而居，求盛画者填门接踵。庵主惟茅屋数椽，闭门静坐。人有言者，笑而不答。五百年来重吴而轻盛，洵乎笔墨有定论也。然人知其淋漓挥洒，不知其刚健而兼婀娜之致。亦未思一笑之故耳。"《题仿云林》："宋元诸家各出机杼，惟高士一洗陈迹，空诸所有，为逸品中第一。非创为是法也。于不用力之中善用工力者所莫能及，故能独臻其妙耳。董宗伯题倪画云，江南士大夫家以有无为清俗。余迩来苦心揣摩，终未能得其神理，有无清俗之言，洵不虚也。"

校注　　　录自《麓台题画稿·为凯功掌宪写元四家》。揆叙《益戒堂诗后集》卷五《谢王麓台詹事惠画册兼呈他山先生四首》。其一，"象外冥搜笔力雄，翩翩文采续家风。经营暗合诗人法，却笑吴生是画工。"其三，"扁舟曾泛大江春，蟹舍渔庄入梦频。"其四，"真迹已留王宰画，名篇还其杜陵诗。"时间为康熙五十年。揆叙应酬诗较多，具有记录性特点，故暂将此画定于康熙五十年（1711）。

康熙五十一年壬辰（1712），71岁

二月望后，作《仿倪黄设色》。

《麓台题画稿》："壬辰春正望后，灯事方阑，料峭愈烈。衔杯呵冻，放笔作此图。似有荆关笔意，而风趣用元人本色。此倪、黄窠臼未能纯熟脱化也，傅以浅色，恐益增其累尔。"

二月下瀚，作《仿倪瓒山水》。

《故宫藏画大系十五》第55页或《清王原祁画山水画轴特展》第55页图录："画家惟云林最为高逸，故与大痴同时，相传有倪黄合作，两家气韵约略相似，后之笔墨家宗焉。余于此中亦有一知半解，近日办公之暇，适当静摄，见案头侧理，便为涂抹，未识稍有相应处否，识者自能辨之。　　康熙壬辰二月下瀚，画于京邸谷诒堂。　　麓台祁，年七十有一。"

四月二十四日，励君廷仪传旨，王掞总理南书房事（接任陈文贞公廷敬）。麓台升户部左侍郎。

《颛庵府君行述》："初先大夫自少宰时，以公事镌级，凡遇缺升转，遵例概不开列。甲申以后，六年中历司寇至宗伯，迁四部尚书，皆出自特恩简授，不由铨曹除书。庚寅夏，大学士员缺，吏部疏名上请，先大夫以未经开复，仍不预名，本留中不下，命泽州陈文贞公暂理阁务，寻薨于位。壬辰四月二十三日，圣祖将幸热河，特下硃批谕旨，授先大夫为文渊阁大学士，仍兼礼部尚书。二十四日，……学士励君廷仪传旨，总理南书房事，并编纂御制文集。故事，六卿为经筵讲官者入相后则不复充经筵，圣祖每御讲筵，连岁命先大夫讲书，久契圣心，入内阁后兼经筵讲官如故。圣祖六十年中，惟桐城张文端公、泽州陈文贞公与先大夫三人而已。先大夫以内阁兼内直，密勿谨慎，凡面对及内侍转奏之语，皆不令人知。"

校注　　《历代名人年谱》卷十《清》第 79 页："（壬辰）四月，茂京升户部左侍郎。"

九月，为弟子唐岱作《仿云林山水图》。

《山水正宗》上卷第 123 页图录："云林画法以高远之思出以平淡之笔，所谓以假显真，真在假中也。学者从此入门，便可无所不到。余写此图不能掩老钝之丑。毓东以此意一为命笔，自然别出新裁也。壬辰九秋重阳日，毓东过访谈次，写此并题。王原祁。"

康熙五十二年癸巳（1713），72 岁

五月，针对当时画坛恶流，作《题仿大痴为轮美作》。

《麓台题画稿》："东坡诗云：'论画以形似，见于儿童邻。'甚为古今画家下箴砭也。大痴论画有二十余条亦是此意。盖山无定形，画不问树。高卑定位而机趣生，皴染合宜而精神现。自然平淡天真如篆如籀，萧疏宕逸，无些子尘俗气，岂笔墨章程所能量其深浅耶。轮美问画于余，余以此告之，

即写是图以授之，意欲于大痴心法窃效一二耳。虽然画家工力有不得不形似者，遇事、遇时摹拟刻画以传盛事，方见发皇蹈厉之妙。但得意、得气、得机则无美不臻矣，谁知之而谁信之？轮美亦极于此中留心。勉旃勉旃。"

六月，作《画家总论题画呈八叔（王掞）》。

《麓台题画稿》："晋唐以来代有名家，若其理趣兼到，右丞始发其蕴。至宋有董巨，规矩准绳大备矣。沿习既久，传其遗法而各见其能，发其新思而各创其格。如南宋之刘李、马夏，非不惊心炫目，有刻画精巧处。与董巨、米老之元气磅礴，则大小不觉径庭矣。元季赵吴兴发藻丽于浑厚之中，高房山示变化于笔墨之表，与董巨、米家精神为一家眷属。以后黄王、倪吴阐发其旨，各有言外意，吴兴、房山之学方见祖述不虚。董巨、二米之传益信渊源有自矣。八叔问南宗正派，敢以是对，并写四家大意，汇为一轴以作证明。若可留诸清秘。公余拟再作两宋、两元为正宗全观，冀略存古人面目，未识有合于法鉴否？推篷系宣和裱法，另横一纸于前，并题数语。此画始于壬辰夏五，至癸巳六月竣事。"

秋，为周大酉作《仿王叔明》。

《麓台题画稿》："元画至黄鹤山樵而一变，山樵少时酷似赵吴兴，祖述辋川。晚入董巨之室化出本宗体。纵横离奇莫可端倪。与子久、云林、仲圭相伯仲，迹虽异而趣则同也。今人不解其妙，多作奇幻之笔，愈趋而愈远矣。癸巳秋日，大酉从潞河来，偶谈山樵，笔墨写以归诸奚囊。周兄将为岳游，携杖著屐水滨木末，出是图观之未必无契合之处也。亦可以解好奇之惑矣。"

九月，为邹拱辰作《仿黄公望秋山》。

《故宫藏画大系十五》第 57 页："大痴《秋山》，余从未之见，曾闻之先大父云，于京口张子羽家曾一寓目，为子久生平第一。数十年来，时移物换，此画不可复睹。艺苑论画，亦不传其名也。癸巳九秋，风高木落，气候萧森，拱宸兄将南归。余正值思秋之际，有动于中，因名之曰《仿大痴秋山》。不知当年真虎，笔墨如何，神韵如何，但以余之笔写余之意，中间不无悠然以远、悄然以思，即此为秋水伊人之句可也。娄东王原祁画并题，年七十有二。"

校注　《麓台题画稿》为《题仿大痴设色秋山（为邹拱宸作）》、《石渠宝笈续编》著录为《仿大痴秋山图轴》。康熙四十六年仲冬，麓台为邹拱宸所作山水中，陈奕禧跋称其为"拱辰"。

康熙五十三年甲午（1714），73岁

三月十一日，王原祁与长子王薯拟定万寿图绘凡例、条目进呈。

《万寿盛典初集各奏折》。

三月，王掞应王翚之请，为其写《清晖赠言》序。王翚刻《清晖赠言》。

王翚《清晖赠言》。

四月，作《仿黄公望山水》。

《南宗正脉》第215页："画法与诗文相通，必有书卷气，而后可以言画。右丞诗中有画，画中有诗，唐宋以来悉宗之。若不知其源流，则与贩夫牧竖何异也。其中可以通性情，可以释忧郁。画者不自知，观画者径而知之。非具眼卓识者不能会及此矣。康熙甲午清和，仿设色大痴笔并题于谷诒堂。娄东王原祁，年七十有三。"

四月十七日，王原祁奏进缮录稿本二十八卷。

《万寿盛典初集各奏折》。

校注　康熙五十四年十月王原祁去世后，此事由侄王奕清接任。

七月，麓台上疏，力请免江南历年欠赋。

唐孙华《王原祁墓志铭》："豫省岁歉，上谕户部预议漕粮，公与同事悉心筹画，议以豫省漕粮向来折征于卫辉府，分次买兑。不避桑梓之故，上疏力请免江南历年欠赋。"

秋，作《大横批仿设色大痴为明凯功作》。

《麓台题画稿》："余于笔墨一道，少成若天性，本无师承。诵读之暇，日侍先大父赠公得闻绪论。久之于宋元传授贯穿处，胸中如有所据。发之以学文，推之以观物，皆用其理。每至无可用心处，间一挥洒，成片幅便面，无求知于人之心，人亦不吾知也。甲午秋间，奉命入直，以草野之笔日达于至尊之前，殊出意外。生平毫无寸长，稍解笔墨。皇上天纵神灵，鉴赏于牝牡骊黄之外，反复益增惶悚，谨遵先贤遗意。吾斯之未能信而已。都门风雅宗匠所集，闻有知我者，余不敢自诿，亦不敢自弃，竭其薄技，归之清秘以供捧腹，不敢以此求名邀誉也。"

康熙五十四年乙未（1715），74 岁

暮春，为徐元梦作《王麓台为徐蝶园山水轴》。

陆心源《穰梨馆过眼录续录》卷十四："余弱冠学画，惟禀家承，少时于所藏子久诸稿乘间研求，虽不惯临摹，而专以神遇。廿年知其间架，又廿年知其笔墨。今老矣，此中三昧犹属隔膜，未尝不叹息钝根之为累也。康熙乙未暮春，写设色大痴笔似蝶园老先生正。娄东王原祁，年七十有四。"

校注　　　徐邦达先生名之为《为蝶园写大痴设色山水轴》。汪由敦《松泉集》卷九《二榕村文粹序》："余以丁酉（康熙五十六年，1717）春从蝶园徐公来京师，奉公教，杜门不出交一人。安溪李文贞（光地）公时以文章经学倡，后进登其门者，虽寒畯弗拒。又与蝶园公雅故，然余亦未往一见也。庚子（康熙五十九年，1720）夏，文贞公薨，乃稍从友人处得公古文杂著若干篇。"徐元梦字善长，号蝶园，满洲

正黄旗，顺治十二年（1654）生，雍正六年（1728）卒。

暮春，作《草堂烟树图》。

《故宫藏画大系十五》第 59 页："古人用笔，意在笔先，然妙处在藏锋不露。元之四家，化浑穆为潇洒，变刚劲为和柔，正藏锋之意也。子久尤得其要，可及可到处，正不可及不可到之处。个中三昧在深参而自会之。康熙乙未暮春，画于谷诒堂并题。王原祁年七十有四。"

校注　　《石渠宝笈》卷二十七《草堂烟树图》著录中有两处错误："不可及"误为"不可解"；"自会之"误为"自得之"，有"乾隆御览之宝"等玺印。《麓台题画稿》为《题仿大痴笔》，有一处修改："不可到之处"处无"之"字。

附录三　王原祁"宋法元趣"的内涵

——兼论宋元绘画类型的差异

清初画学主要以董其昌学说为依归。"宋法元趣"是王原祁继明末董其昌"南北宗论"之后，在画学领域提出的文人画师法策略。它以模仿南宗画学经典为特征，强调对晋唐以来画学经典作品画法的辩证理解和综合吸收，并将画学仿古视为一种重要的创新方法。

王原祁字茂京，号麓台、石狮道人，江苏太仓人。29岁成进士，59岁以文学侍臣的身份进入南书房，70岁以翰林院掌院学士的身份担任经筵讲官，74岁卒于户部侍郎之任。著有《罨画集》《麓台题画稿》《王麓台司农诗集》等。王原祁信奉老师理学名士盛敬的"谨言慎行"之教、王时敏和董其昌的画学重势和辨体之学，以及三十多年在京为官经历等，使其画学理论和实践具有了理性和综合性等特征。

一、文人画"宋法元趣"师法策略的提出及其内涵

文人画领域的"宋法元趣"师法策略，是王原祁在董其昌宋法与元笔区分基础上提出的。它经历了重元、宋元并重、超越宋元的过程。[①] 这一策略意在反对明中期以来以画谱为师、取法赝品，以及宗宋贬元或宗元贬宋等画学风尚。这一变化，反映了王原祁本人绘画思想发展的历程；也体现了继董其昌之后，他对构建文人画学体系并使之走上官方正统地位的不断努力。

画学"南北宗论"是董其昌对中国古代绘画进行的一次梳理和分类。他推崇以王维为首的南宗，贬低以李思训为首的北宗传派；强调南宗文人画以"气韵生动"为宗风，又以"势"把握中国书画的精神命脉。经过他的进一步推崇，元四家在明清之际获得了很高的地位。如：

先朝论画，取元大四家为宗，自石田山人后，董宗伯为集其成，

---

① 康熙九年（1670）王原祁成进士前，主要致力于《春秋》学。通籍里居期间，他在祖父王时敏的指导下，以得黄公望山水画之神为主要目标。从其传世作品看，康熙二十九年（1690）后，他的师法对象逐渐拓宽，作品中更多地出现了宋画的影响。康熙三十九年（1700）始，阐释宋、元画法之间的内在关联，成为他此时关注的重要话题。十年后，王原祁对弟子王敬铭提出了超越宋元画法的要求。

奉常略与其相亚。①

　　董文敏云："宋人千岩万壑，无一笔不简；元人一树一石，无一笔不繁。"盖明代诸名家丘壑位置都宗元人，故"简"之一字，似尚未领会。②

结合明清之际传世画作可知，以上论述揭示了清初画学发展面临的一些时代问题。如取法对象狭隘化、过于重视变形以求气势和高古等倾向。为了解决这些问题，王原祁提出了文人画领域的"宋法元趣"师法策略。

　　图 3-1　董其昌《仿黄鹤山樵》　　　　图 3-2　王原祁《仿王蒙山水》

　　"宋法"即"法宋"，主要指学习大量存在于宋画真迹中的笔墨元素、结构造境等创作方法。王原祁把唐代王维、五代董源也列入师法对象之中，可见此"宋"并非宋代，而是泛指包含晋唐在内的宋画类型。他还以笔力

　　①　吴伟业著，李学颖集评《吴梅村全集》卷三十七《王奉常烟客七十序》，上海古籍出版社，1999 年版，第 780 页。

　　②　《壬寅消夏录·王烟客、吴梅村书画合璧卷》张庚跋。转引自王时敏著、毛小庆点校《王时敏集》，浙江出版联合集团，2016 年版，第 663 页。

纤弱为理由，剔除了南宋绘画。①充满雄强阳刚之气的北宋画类型才是他心目中重要的取法对象。这类绘画重视空间塑造和意境渲染。可以认为，宋法主要关注对客观物象具体的质量感、空间感等内在属性的理解和表达。"元趣"，就是学习以"元四家"（黄公望、倪云林、王蒙、吴镇）、二赵（赵孟頫、赵大年）为首的元代画家在笔墨设色、丘壑布置等方面的成就。这类绘画关注对物象内在本质或物象之间外在关系等的理解和表达。总体而言，"宋法"重工力，"元趣"意在"耐人寻味处"。②

因此，"宋法元趣"师法策略最根本的特征是对南宗文人画经典的学习和创作模仿。这种模仿以对宋法、元趣的综合理解为基础，以组合创新（"伐毛洗髓"③）为方法，重视以元四家为首的南方画风与以北宋荆浩、关仝为首的北方风格的融合。在王原祁看来，宋、元绘画的源头在南宗文人画始祖王维处④；积墨法是宋、元绘画类型之间最紧密的关联；董其昌善于撷取元画精华，为了推动清初文人画的创新发展，还需综合"宋法"，以此增强文人画的结体造型等能力。

为了实现这一目标，画家既要认真学习文人画史知识，充分理解宋元绘画类型的文化内涵；又要在绘画实践中悉心体认南宗经典在经营位置、笔墨设色等方面的技巧。因此，王原祁的"宋法元趣"说是一个寓模仿学习、仿古创作为一体的文人画学师法策略。它将文人画学之"知"与文人画法之"学"合二为一，以继承南宗正脉为主要目标。

（一）"宋法元趣"：文人画学之知

明中期以后，随着图书出版业的兴盛，面对晋唐、宋元以来的书画资料，许多文人、书画家进行了梳理和分类。例如，王世贞在整理和刊刻历代书画资料的过程中，综合所见历代书画真迹并结合自己对资料的理解，指出山水画史中存在绘画风格的多次变迁；其后，董其昌以书法性线条、皴法为主要标准，进一步区分了南、北两种不同的画学宗派。由于这些梳

---

① 《罢画集》卷一《云间访家俨斋总宪观大痴富春长卷歌》。

② 戴熙《习苦斋画絮》，转引自王时敏著、毛小庆点校《王时敏集》，浙江出版联合集团，2016年版，第722页。

③ 王原祁《仿黄公望山水》黄与坚跋。

④ 蒋志琴《王原祁"龙脉"说研究》，江苏人民出版社，2012年版，第40—41页。

理和分类并未使用统一的标准，这就使他们的理论或缺乏体系性，或理论之间存在一定的矛盾。为了解决这些问题，王原祁提出，我们要通过观摩经典真迹获得对古法的"识"（眼识），理清南宗文人画学之"知"（文化内涵），提高文人画法之"学"（笔墨技巧为主），由此回归六法道统，继承南宗文人画正传。

以王原祁为首的画家认为，"气韵生动"是南宗文人画六法画道的根本传统，而这个传统所代表的精神、价值（道）是通过圣贤之间的传承过程（传）而得以成为一个传统（统）的，因而精神传统的延续及其作用，在相当程度上依赖于授受者之间的接递过程。康熙三十五年（1696），他在赠权贵博尔都《仿古山水图册》中简明勾勒了南宗文人画道统传递过程：

> 画中山水六法，以气韵生动为主。晋唐以来，惟王右丞独阐其秘，而备于董、巨。故宋元诸大家中推为画圣，而四家继之。渊源的派，为南宗正传。李范、荆关、高米、三赵皆一家眷属也。

这段话指出："气韵生动"为南宗文人画宗风，王维有开创之功，董巨阐幽释义，元四家各自具体而微；李范、荆关、高米、三赵看似独立于系统之外，实则皆一家眷属。至于何以能成为一家眷属，他并未加以解释。八年后，对于南宗文人画的衣钵传承，他有了体系化的表述：

（1）大痴画法皆本北宋，渊源荆、关、董、巨，和盘托出其中不传之秘：发乎性情、现乎笔墨，有学而不能知者，有知而不能学者。今人臆见窥测，妄生区别，谓"大痴为元人画，较之宋人门户迥别，力量不如"。真如夏虫不可以语冰矣。明季三百年来，推董宗伯为正传的派，继之者奉常公也。（康熙四十三年（1704）春仲）

（2）画法气韵生动，摩诘创其宗，至北苑而宏开堂奥，妙运灵机，如金声玉振，无所不该备矣。余曾见半幅董源及《夏景山口待渡》二图，莫窥涯际，但见其纯任自然不为笔使。由此进步，方可脱尽习气也。……（此卷）位置牵置、笔痕墨迹疥癞满纸。然其中经营惨淡处，亦有苦心处。（康熙四十三年六月）

（3）画道笔法、机趣至元人发露已极。高彦敬、赵松雪暨黄、王、吴、倪四家共为元季六大家。此皆得董、巨精髓传其衣钵者也。（康熙四十三年秋）

（4）纯绵裹铁，云林入神。效颦点染，借色显真。峰峦浑厚，草木华滋。天真平淡，大痴吾师。董巨朴漱，义精仁熟。大海回澜，总会百渎。松雪风标，浓中带逸。秩宋追唐，丹青入室。叔明似舅，无出其右。变化腾那，丝丝入縠。宋法精严，荆关旗鼓。步伐正齐，笔墨绳武。纵横笔墨，无逾仲圭。明季石田，仿佛径毗。米家之后，继起房山。烟峦出没，气厚神闲。（康熙四十三年十一月）①

第一段和第三段强调宋、元绘画类型之间的继承和发展关系，反对当时崇宋贬元的倾向。简单地说，崇宋倾向主要流行于当时京城满族权贵圈，因为宋画中的写实精神与其游牧民族的文化趣味较为合拍。而崇元倾向则代表了当时汉族文人的审美趣味。因此，在满汉之争激烈的背景下，王原祁的"宋法元趣"说具有一定的文化调和特征。第四段是王原祁对宋、元绘画类型的具体解说："宋法精严"（造型严谨、造境幽深），可视为"笔墨绳武"（楷模），以董源、巨然和二米（米芾、米友仁）为代表；元笔追求"纵横"写意（关注物象内在本质把握或物象之间外在关系的表达），具有"气厚神闲"的特点，元六家堪称代表人物。此外，"元趣"具有发乎性情、现乎笔墨的本质特征。合而言之，宋法以笔墨模拟物象之真，元趣以笔墨模拟性情之真。前者主要关注造型结构等的美感，后者重视笔墨设色等的韵味。因此，王原祁的"宋法元趣"师法策略，意在综合宋人造型结构等的气势之美与元人笔墨设色等的平淡天真趣味。

由此，王原祁建立了荆关、董巨—董其昌—王时敏—王原祁这一南宗传承体系，指出了董巨后学元六家的"元趣"特征。其南宗文人画发展脉络如下：

---

① 四条资料分别见于《虚斋名画录》卷五《王麓台仿大痴山水卷》、《虚斋名画录》卷五《竹溪渔浦》、《吴越所见书画录》卷六《仿元季六大家推蓬卷》、聂崇正编《王原祁精品集·仿古山水图屏》（人民美术出版社，2000年版，第156页）。

与董其昌的"南北宗论"相比，这是一个南宗文人画史的精简版。

面对晋唐以来的画学经典，学谁、如何学，是文人画学之"知"要解决的主要问题。

王维开创了南宗"气韵生动"宗风，首先要学他。如何学？王维的书画真迹少见，王原祁"偶见行世石刻，并取集中之诗，参以我意自成，不落画工形似……即之拙劣，亦略得诗中有画、画中有诗遗意"。[1] 这是一种以"我意"整合王维画作石刻、诗意的综合创新之法："取集中之诗"，可得王维的心意和诗意；"参以我意自成"，这是"我"以"诚"体悟王维诗情画意的过程。问题是，"我意"极具个体性，如何能真正实现与古人心意相通？史料显示，王原祁晚年一再向弟子强调：要读书养性、存诚持敬、去"妄"，尽量拓展和提升"我意"中的公共性，由此得古人之神，与古人心意相通。

王原祁认为，气韵生动至董巨始纯。因此，画道的变革者董源、巨然也是重要的取法对象。如果以王维比拟孔子的话，董巨则如颜回。如何学习董巨？康熙四十三年（1704），王原祁说，学董巨要在"雄伟奔放中，得平淡天真之趣"。[2] 四年后，他从理气关系角度阐释为："学董巨画，必须神完气足。然章法不透，则气不昌；渲染未化，则神不出。"[3] 意思是，山水章法布置（结构位置）与笔墨渲染（积墨法为主）合一，是得董巨三昧的主要方法。

二米（米芾、米友仁）是荆、关和董、巨体系中旁逸斜出的一枝，主要特点在用笔荒率、画面云气弥漫，具有墨戏的性质和平淡天真的特点。吴镇、沈周继承了"二米"的绘画传统。王原祁说："笔墨沉着，四家中推庵主。然所重者，气韵浮动也。"[4] 又说："纵横笔墨，无逾仲圭。明季石田，

---

① 朵云编辑部编《清初四王画派研究论文集》，上海书画出版社，2000年版，第684页。

② 《四王吴恽绘画》第167页或《中国古代书画图目22》京1-4874《仿董巨山水》图录。

③ 中国古代书画鉴定组《中国绘画全集27》《神完气足图轴》图录，文物出版社，2001年版，第64页。

④ 金瑗撰《十百斋书画录》庚卷《王原祁山水画》，《故宫珍本丛刊》册461，海南出版社，2001年版，第173页。

仿佛蹊径。"① 结合其传世作品看，基于个性、时代风尚等原因，他主要从积墨法层面理解吴镇的墨法之妙。也正是积墨法的大量使用，使王原祁的作品充满了阳刚之气、阳光之感。

图 3-3　王原祁《神完气足图》

董巨和二米衣钵在元六家那里得到了继承。就元四家而言，王原祁以刻意与无意师法董巨为标准，区分出倪黄、吴王两种类型，并将他们视为南宗"气韵生动"宗风的正、变两格。其中，黄公望、倪瓒从写性情入手，作画时取气候神，有用意、不用意之妙，不求工丽而风神气韵平淡天真，属于正格、正体。具体而言，黄公望取法南方画家董源、巨然和北方画家荆浩、关仝，通过由淡入浓的破墨法，层层叠染，浑厚苍润，重视墨色的造型和表意功能，具有不以铅华取工的特色。② 云林之画"冲夷恬淡之致出人意表"。③ 因此，学倪、黄要"知"其源于董巨；学倪、黄也是入董巨

　　① 《王原祁精品集》第156—163页《仿古山水图屏》图录，李佐贤《书画鉴影》著录。

　　② 官修《石渠宝笈》卷十二《仿黄公望笔意》，《故宫珍本丛刊》册438，海南出版社，2001年版，第20页。

　　③ 成勋《左庵一得初录·王麓台山水立轴》。

门庭的必由之路。① 而吴镇之画"笔力雄杰，用意深厚"②，是传巨然衣钵而"别出心裁者"。③ 至于王蒙之画，用笔虽繁，"然用意仍简，且能借笔为墨，借墨为笔，故尤见其变化之妙"。④ 可以认为，吴镇笔墨的力量在墨法的纵横变化之中，而王蒙通过牛毛皴、解索皴的繁复布置形成纵横排荡的气势，在幽细谨严中获得穷极变化之后的平淡。因此，"不露牵合之迹"⑤ 的吴、王之画，可视为南宗"气韵生动"宗风的变体。

总体而言，王原祁认为，"董巨三昧"具有用意简、韵味长的特征。倪、黄从位置和笔墨之简中得"董巨三昧"，妙在"有意无意间"；吴、王则在繁复的位置或笔墨中着意为简。而用意愈简，愈能创造出文人画的"平淡天真"之境。二赵在王原祁的画学体系中地位有些特别。对于取法二赵之"知"，他主要指出赵孟頫青绿设色所蕴含的古意，以及赵大年《江乡清夏卷》的乡村春天气息。他重视荡漾在二赵画中的诗意以及书法性线条的美感，还把赵孟頫与王蒙作为一个传承整体而上追董巨风格。例如，王原祁在《为含吉仿山樵山水轴》中写道："黄鹤山樵远宗摩诘，近师松雪，而其气韵天然浑厚磅礴，则全本董巨。"⑥

王原祁一再强调，时人以笔力高低为标准崇宋贬元是不恰当的。宋、元绘画类型的内在联系恰恰就在力量之中："宋法精严"，力在造型和造境的严谨、幽深；"元趣"天真，力在笔墨、设色的条理关系中。前者力多在有形处，后者力多在无形处。因此，宋画类型有知而不能学处、元画类型有学而不能知处。这也显示了德性的高明处和理性的有限处。他还谦虚地说，这些看法传自董其昌和王时敏。实际上，以道德性的"发乎性情、现乎笔墨"来体认文人画的本质，以"气韵"与"气势"的体用关系梳理文人画传统，正是他援理学入画学的表现，明显有别于董其昌和王时敏等以"佛

---

① 李继昌撰《左庵一得初录》《王麓台山水立轴》，光绪 34 年铅印本。

② 秦潜《曝画纪余》卷五《王麓台仿梅道人山水图》。

③ 秦炳文撰《曝画纪余》卷五《王麓台拟梅道人山水图跋》，铅印本。

④ 中国古代书画鉴定组编《中国古代书画图目 22》京 1-4872《仿王蒙山水跋》，文物出版社，1986 年版，第 369 页。

⑤ 《古缘萃录》卷十《王麓台仿黄鹤山樵山水卷》。

⑥ 《台北故宫藏画大系十五》第 31 页或《清王原祁画山水画轴特展》第 11 页图录。

理"论"画理"的做法。①

（二）"宋法元趣"：文人画法之学

王原祁的文人画法之"学"，主要落实在对晋唐以来画学经典技法层面的学习和体认上。

首先，揣摩古人真迹是文人画法之"学"的起点。因为从真迹入手，意味着画学入门正；也意味着可以借助前人的经验而少走弯路。例如，从黄公望、吴镇、王蒙可入董、巨之门；沈周又可作为学王蒙、吴镇的桥梁。反之，如果从流行的画谱或赝品入手，则容易染上白下、浙派等恶习，成为画中邪派。他在晚年明确提出了"学不师古，如夜行无火"②的口号。

因此，晋唐以来画学经典真迹如"画中金针"，这是文人画法之"学"的起点。

关于生平所见董源真迹，康熙四十三年（1704），王原祁说："余曾见半幅董源及《夏景山口待渡》二图。"一年后，又说："曾见半幅董源及《万壑松风》《夏景山口待渡卷》，皆画中金针。"③董其昌称董源为"吾家北苑"，指出学习董源可分两个层次：就境界而言，要能得其作品的萧散、闲远之致；就作画技法来说，要学习"董源麻皮皴及《潇湘图》点子皴"④，且画树要以董源与赵孟頫为师。综观史料，山水体势开合转折表现法和书法性笔意的传达，贯穿了董其昌对董巨风格的理解和表达。这些观点在王原祁这里得到了很好的继承。他既重视作画过程中的书法性笔意，又提醒画家不要被笔所使，要"纯任自然"。⑤正是基于对山水开合、转折之美的重视，王原祁以山水之势呈现的"理趣"来把握各家山水内在的联系。如巨然得董源

---

① 蒋志琴《王原祁"龙脉"说研究》，江苏人民出版社，2012年版，第44—50页。

② 见《山水正宗》中卷第352—353页、《王原祁精品集》第194—205页图录。

③ 《中国绘画全集27》《为匡吉仿古山水图册》第54页图录。徐邦达《重订清故宫旧藏书画录》定《潇湘图》（即"半幅董源"）与《夏景山口待渡图卷》同属董源真迹。《万壑松风》学界定为巨然所作，今藏上海博物馆。

④ 董其昌《画禅室随笔》卷二，《四库全书》册867，台湾商务印书馆，1983年版，第448页。

⑤ 王原祁《竹溪松岭图》跋。《山水正宗》上卷第142页或《王原祁精品集》第112—120页图录。

气势，"而觚棱转折处融合淡荡，脱尽力量之迹。"① 意思是，学习巨然要能得其山水的气势，在山水转折处又要自然合理。此外，巨然的墨法也成为王原祁的师法对象。康熙四十七年（1708），他用巨然《赚兰亭图》墨法作画。三年后，又以巨然《溪山无尽》和《关山秋霁》图意创作山水画。在他的文人画体系中，董源、巨然、吴镇、沈周等作为一条重视用水、用墨的传统而一脉相承，具有很高的地位。

其次，临摹晋唐以来画学经典真迹须得古人之意（神）。这是文人画法之"学"的关键。

关于这一点，王原祁在学习米家山水和元四家中表现得最为突出。② 米芾继董源之后，常写《潇湘图》自娱，能曲尽林阜烟波之胜，造"夜雨初霁，晓烟未泮"③ 之境，得笔墨变化之妙。王原祁之前，理论家对米家山水的品评以品格境界为主。他却指出，学习米画之要在于把握泼墨和惜墨的辩证关系，要追问米氏云山画法的创作意图。例如，康熙四十五年（1706），王原祁说："写米家云山，布置须一气呵成，点染须五墨攒簇，方见用笔、用墨泼中带惜、由淡入浓之妙。"④ 两年后，他简化为"米家笔法，人但知其泼墨，不知其惜墨。惟惜墨乃能泼墨"。⑤ 因此，他的得古人之意（神），主要围绕"为什么这样画""如何画出类似的境界"等问题展开的。

对于如何得赵孟頫、倪云林之意（神），王原祁建议：仿赵松雪时，要注意其青绿设色妙处不在工而在逸的主要特点，以此避免因学赵而误入画工形似的迷途；仿倪云林，要知其一树、一石皆从学问、性情中流出的特点。康熙四十六年（1707），他说得更彻底，认为画家作画本质上是为了体认向上之"理"。⑥ 而体认向上之"理"的过程，也是画家理解和表达自

---

① 《王司农题画录》卷下《液萃》。

② 王原祁画跋中提及的黄公望真迹有《陡壑密林图》《天池石壁》《浮峦暖翠》《姚江晓色》《沙碛图》等。学界视为王蒙真迹的《葛稚川移居图》《青卞隐居图》《夏山高隐》《具区林屋》等没有进入他的跋文。而且，他所定真迹的真伪有可商量之处。

③ 《清王原祁画山水画轴特展》第 94—98 页《王原祁仿宋元人山水册》图录。

④ 陆时化撰《吴越所见书画录》卷六《仿米家云山立轴》，《续修四库全书》册 1068，上海古籍出版社，1995 年版，第 319—320 页。

⑤ 梁章钜撰《退庵所藏金石书画》卷二十《王麓台仿古四轴》（跋尾），《中国书画全书》册 9，上海书画出版社，1996 年版。

⑥ 官修《石渠宝笈》卷八《仿王蒙笔意》，《故宫珍本丛刊》册 439，海南出版社，2001 年版，第 312—313 页。

己对历史、人生、宇宙等思考的过程。由此，南宗文人画的表达就超越了表象、表意功能，成为画家借助古人的笔墨语言敷陈自己思想的重要手段。这也是明清时期仿古作品多有似曾相识之感的主要原因。

当然，得古人之意（神）还须找出其所学的来历或本源（祖宗、传统根源），这有利于学习者从神而非形的层面把握古法。有些人知黄公望之画峰峦浑厚、草木华滋，却不知其画经营位置可学，其荒率苍莽不可学。如果不能寻本溯源，只在黄公望作品上求形似，则未免刻舟求剑。在《液萃》跋文中，王原祁对黄公望之意（神）从两方面进行了阐释：一是"荆关遗意，大痴则之。容与浑厚，自见欹欹"。这是将黄公望风格纳入荆浩、关全和董源、巨然体系（作为本源）；二是"大痴元人笔，画法得宋派。……《陡壑密林图》可解不可解，一望皆篆籀"，指出黄公望以篆籀入画而导致风格浑厚的特点。至于学习王蒙，学习者要知其少学王维，曾酷似赵孟頫，得董、巨墨法之后，方变化出本家体的来历；也要知其"琐细处有淋漓，苍茫中有妩媚。所寄奇而一归于正者"的要旨。由此可见，王原祁的文人画理论体系中，宋、元绘画类型作为文人画传统的一体两面，不可分割。

得古人之意（神）还在于以"体势"或"体裁"为线索，把握晋唐以来画学经典的结构位置、结体转折之美。顺治十五年（1658），王时敏指出，在"树枝转折、山形分合"方面[1]，黄公望全师董、巨。康熙三十八年（1699），王原祁从学黄公望中获得了这样的体会："长卷画格卑则势拘，气促则笔弱。求其开阖起伏尚未合法，况于神韵乎？痴翁得力处于董巨、荆关、大小二米融会而出，故富春一卷兀臲排荡，娟秀雅逸，无古无今，为笔墨巨观。"[2]对比两则资料可知，王原祁的开合、起伏合于古法的思想，是对王时敏转折、分合观点的继承和推进。而王时敏之论则来自其老师董其昌的气势开合说。有时王原祁也以"体裁浑厚、波澜老成"[3]解读董源风格，并探究其气韵形成的理性因素。在王原祁的心目中，得古画之神、得古人之意，有些可以落实到笔墨元素的开合、起伏、转折等理性分析层面，由此可以更准确地把握古人的精神贯注处。

---

① 王时敏《王奉常书画题跋》卷上《题自画赠何省斋宫允》，通州李氏瓯钵罗室刻本。

② 见《石渠宝笈》卷三十五《富春山图》跋。

③ 《王司农题画录》卷下《液萃》跋。

因此，得古人之意（神）在探究画家的创作动机、分析古人对传统的继承和发展之处、把握南宗经典画家的整体风格等观点，源自王原祁"出入诸贤三昧，辟尽蚕丛，顿开生面"[①]的画学立场，更有出于捍卫六法画道的目的。

仿古还需"脱古"，要综合运用古人成法写己之心性。这是王原祁文人画法之"学"的主要目的。

在《麓台题画稿·题仿梅道人长卷》中，他这样写道：

> 元季梅道人传巨然衣钵，余见《溪山无尽》《关山秋霁》二图，皆为得其髓者。余初学之茫然未解，既而知循序渐进之法。体裁以正其规，渲染以合其气。不懒不促，不脱不粘，然后笔力墨花油然而生。今人以泼墨为能，工力为上。以为有成法，此不知庵主者；以为无成法，亦不知庵主者也。于此研求，庶几于神逸之门，不至望洋。

他的意思是，有法，是通过临摹得古人之法；无法，是超越古人成法写己之真性情。他在古法与己之真性情之间建立了紧密联系，而忽略了古法与其摹写对象（自然）、己之真性情与自然之间的各种关系。

如何综合运用古法来书写己之真性情？从其传世真迹图像和诗文内容看，他主要使用了"平中求奇""虚实相生"之法。"平中求奇"法的核心是综合数家（或一家多件作品）笔墨、造型精华汇成一轴，在结构位置等方面推陈出新，主张从古人旧稿中发现新趣味、新境界。[②] 其前提是画家须具有理论卓识和深厚的摹古功力。这是一种为古人开生面或发古人未发之言的做法。[③] 例如，康熙四十六年（1707），王原祁仿二赵（赵孟頫、赵大年）时指出，赵大年所长在得春光明媚之象，因其所历不越数百里，无名山大川气势，因此参以松雪笔意，可以去大年画中"纤妍淡冶"[④]之短。又如，仿二米之作时，可以强化云山图式中山石的结构转折、增加墨色层次

---

① 《王司农题画录》卷下《液萃》跋。

② 蒋志琴《论王原祁的"平中求奇"说》，《艺术百家》，2009 年第 5 期。

③ 蒋志琴《明清画学仿古模式的思想根源与理论形态》，2015 年南京艺术学院博士后出站报告。

④ 陆时化撰《吴越所见书画录》卷六《仿赵大年江南春参松雪笔意立轴》，第 316—317 页。

来避免画面的纤弱、单薄感。与"平中求奇"法相比，王原祁的"虚实相生"法更重视笔墨设色方面的辩证运用。康熙四十三年（1704），他两次论及笔墨元素或造型之间有无、虚实关系的辩证处理，并尝试从"工丽"与"冲夷恬淡"的辩证思考中探索"冲夷恬淡之致"①的表现方法。此外，他多次主张画家要突破笔墨繁、简艺术形式，把握其蕴含的虚实、转换等气机的妙用。王原祁晚年跋《仿梅道人秋山晴霁图》云："世人论画以笔墨。而用笔用墨，必须先辨其次第，审其纯驳。从气势而定位置，从位置而加皴染。略一任意，便疥癫满纸。"②可以认为，"从气势而定位置"，关注山水起伏、开合的章法布局，着眼点在山水体势结构；"从位置而加皴染"，则突出了以笔气、墨气、色气渲染画面流动的韵致，从而呈现山水体势结构变化的丰富性。

王原祁总结黄公望的绘画风格时说："元人笔兼宋法，便得子久三昧。盖古人之画以性情，今人之画以工力。有工力而无性情即不解此意。"③又说："大痴画由淡入浓，以意运气，以气会神，虽粗服乱头，益见其妩媚也。作者于行间墨里得几希之妙，若以迹象求之，便大相径庭。"④他一生以学黄公望风格为荣，以未见大痴《秋山》真迹为憾。康熙五十二年（1713），他感慨地写道："但以余之笔写余之意，中间不无悠然以远，悄然以思，即此为秋水伊人之句可也。"⑤在王原祁的思想中，文人画家通过临摹古人真迹能与古人心意相通。正是这种沟通的可能性，使后代画家能够综合运用古人成法来书写己之真性情，由此上追古人。

"得意、得气、得机"就能得"气韵"。这是王原祁所倡文人画法之"学"的总纲。其中，将"得机"视为得"气韵"的做法，是继董其昌以来重势思想的延续。而且经过他们的倡导，绘画中的理性因素、以文法入画法等成了当时画学创新发展的新途径。⑥传统的"气韵生知"命题认为，气

---

① 成勋《左庵一得初录·王麓台山水立轴》。

② 《石渠宝笈续编》第十一《仿梅道人》。

③ 陆时化撰《吴越所见书画录》卷六《西岭烟云卷》，第 329 页。

④ 官修《石渠宝笈》卷八《仿黄公望笔意》，第 312—313 页。

⑤ 《麓台题画稿·题仿大痴设色秋山（为邹拱宸作）》。

⑥ 蒋志琴《画学文学化的审美意蕴——以董其昌山水画理论为例》，《中国文学评论》，2019 年第 7 期。

韵生而知之，具有先天性，似乎不能通过后天学习来获得。明末画家张风依据自己的艺术实践说："此事有悟，亦有证。悟得十分，苟能证得三分，便是快事。前辈有言：'我所恨者，未具此手，先具此眼。'又云：'眼里有筋，腕中有鬼。'都是说见到行不到，乾慧之无济乃尔。"① 意思是，画学中有"知"而"学"不到处。王原祁也以可知而不可学、可解与不可解论画，强调画家的读书养性之功。与当时一些将"气韵生动"指为墨色渲染层次丰富者相比，他继承了董其昌以文法入画法的做法，突出了绘画创作中的理性因素。尤其是他从体、用层面阐释"气韵生动"的做法，显示了理学思维方式对画学的影响。

此外，王原祁对于文人画法之"学"的传播，主要通过《麓台题画稿》、《雨窗漫笔》和大型书画类书《佩文斋书画谱》等完成的。校勘、整理传统书画理论的经历，拓宽了他的理论视野。他晚年常从惜墨与泼墨、可知与不可学、淡与浓、清坚与柔软等辩证关系中探索笔墨技法、归纳画理。如康熙五十二年（1713），王原祁对扬州画家轮美说："山无定形，画不问树。高卑定位而机趣生，皴染合宜而精神现。自然平淡天真，如篆如籀，萧疏宕逸，无些子尘俗气。岂笔墨章程所能量其深浅耶。……但得意、得气、得机则无美不臻。"②

二、宋、元山水绘画类型表达途径的差异

简单地说，宋画类型主要以儒家哲学（如理学）为依托，重视秩序、条理；元画类型多以道家哲学为基础，关注精神自由。这也导致了两者在绘画表达途径方面的巨大差异。

宋代理论家韩拙《山水纯全集》开篇《论山》中这样写道：

> 凡画山，言丈尺、分寸者，王右丞之法则也。山者，有主客、尊卑之序，阴阳、逆顺之仪。其山布置各有形体，亦各有名。……主者，乃众山中高而大者是也，雄气而敦厚。旁有辅峰丛围者，岳也。大者，

① 转引自谢巍《中国画学著作考录·论画四则》，上海书画出版社，1998年版，第449页。
② 《麓台题画稿·题仿大痴为轮美作》。

尊也。小者，卑也。大小冈阜朝揖于主者，顺也。不如此者，逆也。客者，其山不相下而过也。分阴阳者，用墨而取浓淡也。凹深为阴，凸面为阳。[1]

这段文字中，客观物象的属性，如数量比例关系（"丈尺分寸"）、空间位置关系（"主客尊卑之序"）、物体质感表现手法（分阴阳），是韩拙讨论如何表现山石"形体"的主要关注点。为什么要关注这些内容？因为他们涉及画家以笔墨真实（相似）模拟自然物象、客观秩序时需要注意的原则。为了求真（相似），画家还须具备与自然物象相关的文化知识。他接着写道："洪谷子（荆浩）云：尖者曰峰，平者曰顶，圆者曰峦，相连者曰岭，有穴曰岫，……山大而高曰嵩，山小而孤曰岑。言属山者，相连属也。言峄山者，连而络绎也。络绎者，群山连续而过也。……土载石谓之砠，土上有石也。"[2] 韩拙认为，这些知识虽然琐碎，却能显示画家和理论家观察事物时的客观立场和细致程度（如山的尖、平、圆等物理属性）。关于这一点，北宋郭熙在《林泉高致》中明确地说：

> 学画花者，以一株花置深坑中，临其上而瞰之，则花之四面得矣。学画竹者，取一枝竹，因月夜照其影于素壁之上，则竹之真形出矣。学画山水者，何以异此？盖身即山川而取之，则山水之意度见矣。真山水之川谷，远望之以取其势，近看之以取其质。[3]

如果我们结合北京故宫博物院藏品《红蓼水禽图》可知，这里的观花之四面、"身即山川而取之"等观察方法，体现了一些画家重视理解和表达物象的物理属性（质感、量感等）的倾向。为了达成这一目标，画家需要进入"凝神遐想，与物冥通"的创作状态。[4] 观看这类画作，能令人产生

① 《山水纯全集》，第 2939 页。

② 《山水纯全集》，第 2939 页。

③ 郭熙《林泉高致》，美术丛书本，江苏古籍出版社，1997 年版，第 1067 页。

④ 郭若虚《图画见闻志》卷三《宋澥》，《四库全书》册 812，台湾商务印书馆，1983 年版，第 534 页。

"不下堂筵，坐穷泉壑。猿声鸟啼，依约在耳。山光水色，滉漾夺目"①之感，也能令真禽鸟误识为敌、为友。我们还可以从范宽《溪山行旅图》中看出这一特点。此作虽然历经修复，但我们仍能从中看出画家最想表达的是山石的质量感和厚重感（客体的物理属性），而对山石的前后左右穿插关系的处理则相对简单。正是基于对把握和表现山水物理属性的重视，《山水纯全集·论用笔墨格法气韵病》中，首列"物状平扁不能圆混"之"版病"（不能很好地刻画客观对象的物理属性、空间结构等的毛病）。

如何表现客观物象的空间结构？以学元画为主的明代画家董其昌提出了新的观点。他说：

> 凡画山水，须明分合。
> 山之轮廓先定，然后皴之。……古人运大轴只三四分合，所以成章。虽其中细碎处甚多，要之，取势为主。②

如果山水画的取势在分合、分合关乎轮廓位置的话，这意味着物象之间的外在关系而非物象自身的内在属性已成为画家理解和表达的重点；强调书画内在的结构和秩序的"取势"，成为画家把握物象的主要方法。③这就将绘画从模拟自然的客观结构秩序，转向了抒写画家内心的主观情感秩序。这种认识的转换源头在元代。如，宋末元初理论家饶自然《绘宗十二忌》中已使用关系性词语——有无"气脉"作为山水画评价的主要标准。他认为，画山水要注意处理好空间位置关系，否则容易出现布置迫塞、山无气脉、水无源流等问题。所谓"山无气脉"，就是：

> 画山于一幅之中，先作定一山为主，却从主山分布起伏。余皆气脉连接，形势映带。如山顶层叠，下必数重脚方盛得住。④

---

① 黄休复《益州名画录·黄筌》，《四库全书》册812，第490页。

② 董其昌《画禅室随笔》卷二《画诀》，《四库全书》册867，台湾商务印书馆，1983年版，第447页、第449页。

③ 例如，董其昌《画禅室随笔》称："古人神气淋漓翰墨间，妙处在随意所如，自成体势，故为作者。"又说："米老所云，大字如小字，小字如大字，则以势为主。"他评价赵孟頫之书"病在无势"，没有抓住王羲之"字形与笔法一正一偏"、"迹似奇而反正"、偏侧取势的特点，认为赵氏用正局临摹，容易写成一种俗书。

④ 饶自然《绘宗十二忌》，人民美术出版社，1962年版，第2页。

如果画家认同并使用这一方法进行创作，他似乎可以根据自己的"山川"理念（这些理念可以来自知识）而非"身即山川而取之"的体察实践来表现山水。很明显，这将产生两类表达：其一是使用"身即山川而取之"的体察方式，重视物象内在本质属性（物理属性如质感、量感等）的表达；其二是强调对山水之"理""势"（结构和秩序）的认知，重视物象外在关系属性的表达。前者以模拟客体的物理真实性为主，后者更多地表达了主体眼中客体的情感真实性。因此，宋画类型以写所见真实为主，重视物象内在本质属性的理解和表达；元画类型多写所思、情意之真，重视物象外在关系属性的理解和表达。

元代画家赵孟頫《秀石疏林图》展现了元代绘画的一些重要特征。画中树木、丛竹、石块等物理属性（质量、重量等）被弱化，强化的是物象之间的外在关系（包括物象之间、物象与表现物象的笔墨之间的关系）。这样一来，蕴含在画面关系处理中画家的学问和襟怀被凸显，绘画就不再局限于摹写客观对象，更多地成为画家抒发心性、表达自己对世界和人生思考的工具。

美国哲学家威廉·佩珀雷尔·蒙塔古在《认识的途径》中指出：

> 思想的任何对象具有两套根本不同的属性，可称之为"内在的"与"外在的"。我们以"内在的"属性来指那些不包括其他对象在它们意义之内的属性，而以"外在的"属性来指那些包括其他对象的属性。……一件东西的内在属性表示这件东西的本素，其他东西可以同时具有这个本素而仍然是另外的东西；一件东西的外在属性指出这件东西的所指，而其他东西，不管多么类似这件东西，也不能具有这个所指。一件东西的所指是相对的，意思是说，它依靠它对于其他东西的关系。思想的任何对象具有它的所指，又具有它的所含。这就是说，思想的任何对象是纯性质式的种种特征之一种集合，并且又是对其他东西的种种关系之一个焦点。[①]

---

① ［美］威廉·佩珀雷尔·蒙塔古《认识的途径》，吴士栋译，商务印书馆，2012年版，第56—57页。

如果我们把宋元绘画类型放入"思想的任何对象具有两套根本不同的属性（内在本质属性、外在关系属性）"这一框架内进行分析的话，就可以发现它们确实存在以下区分：宋画或学宋画为主者，关注从笔墨设色、位置结构等方面真实摹写物象内在本质性的特征，重视通过皴法、晕染法等笔墨语言，塑造山石、树木等的质感、量感，传达他们对客观物象物理属性的把握。这是一个以客体为中心的表达方式，体现了他们对"存在"所作的内在属性式的理解和表达。而元画或学元画为主者，关注用笔墨把握、传达处于外在关系网络中的物象。在这类绘画中，物象客观属性的塑造被弱化；借助物象的外在关系巧妙处理，凸显画家的学问、性情、道德属性、人生境界。在这一结构中，线条、皴法、晕染等技法从附属地位中脱离出来，获得了独立的审美价值。这是一个以主体为中心的表达方式，体现了他们对"存在"所作的外在关系式的理解和表达。

总之，王原祁"宋法元趣"策略以对晋唐以来南宗经典真迹的揣摩学习为基础，以综合南宗经典为立场，希望借助南宗经典中的墨法、结体等方面的成就，运用仿古创新模式来救治明清之际文人画的文弱、邪僻之病，从而引导清初画坛走上健康发展之路。

三、文人画"宋法元趣"师法策略的意义

在王原祁之前，董其昌有宋法、元笔之分。虽然他们都以山水体势理解宋法之长，以笔墨趣味体认元笔之韵。然而，两人对宋元画法的态度有很大的差异：董氏重两者之间的区别，王氏关注两者之间的继承关系。如康熙四十七年（1708），王原祁说："关全秋色，布置雄伟，笔墨精严，宋法始于此，并为元笔之宗主。"[1] 更极端的说法是："宋人之法一分不透，则元笔之趣一分不出。"[2]

因此，王原祁的"宋法元趣"师法策略是对董其昌画学理论的继承和发展。它强调宋元绘画之间必须进行有机综合。与同时代石涛提出的"搜尽奇峰打草稿"式的创新法相比，它重视对传统的继承；与崇宋贬元、贬

---

[1]《王司农题画录》卷下《仿诸名家山水册》，《中国古代书画图目 22》京 1-4875《海淀寓直写山水册》图录。

[2]《麓台题画稿·题仿大痴笔》。

宋崇元者相比，它注重综合宋元古法进行仿古创新。在其传世作品中，我们能找到综合宋元绘画类型的优秀作品。如王原祁 63 岁作品《仿宋元诸家山水·写曹云西笔》，代表了他带领画坛创新发展的一些具体成就。在这幅作品中，山体取法黄公望（代表元画类型）的造型；通过对岩石的多次渲染，山体显得很厚重，且重视前后空间关系处理，显示了师法宋画类型的一些特征。因此，在王原祁的时代，他的仿古创新模式被视为中国山水画创新发展的新方向。

图 3-4　王原祁《仿宋元诸家山水·
写曹云西笔》

图 3-5　王原祁《仿宋元诸家山水·
写曹云西笔》白描稿

《仿宋元诸家山水·写曹云西笔》钤有"我心写兮"印。这是他晚年对自己运用经典笔墨写真性情能力的最高肯定。充分理解或欣赏这类绘画，观众须具备文人画史知识或技能。由此，文人画就逐渐成为面向文人的绘画。此外，王原祁将宋画类型局限于北宋雄强类风格的做法，以及过于强调对古人的模仿，忽略创新发展的多种可能性的做法，又阻碍了文人画的持续发展。

因此，王原祁"宋法元趣"师法策略所追求的阳刚之美，是中国画创新发展的多种可能性之一。我们还有更多的可能性可以尝试。但是，他所主张的古代绘画真迹的经典化、经典作品的笔墨语言化，以及仿古创新模式在当代仍有积极的意义。

附录四　写山水理趣：王原祁画学的理学特征

朱良志教授认为，中国画学中以气论画的传统可以追溯到六朝时期，然而真正形成具有丰富理论内涵的画气说则在两宋。北宋以来的理学思潮是画气说形成的最直接因素。理学对画气说的影响主要体现在三个方面，其中"在绘画艺术形式上，气势论成为一种引人注意的理论，六朝时的气韵生动理论获得了新的发展"。① 这一分析对于我们理解明清时期"气韵生动"传统命题的发展脉络具有重要的指导意义。

明中期以来，以王世贞、董其昌为首的文人群体在诠释传统的"气韵生动"命题的过程中，形成了一些基本共识：绘画风格有类型之分（如南北）；绘画风格内部在继承中不断发展变化；文人画作为区别于模拟客观物象的画工画，其特质是诗文、书画的合一，以"气韵生动"为最高标准。就山水画而言，当以"气运生动"（即气势）为最高标准。谢肇淛的理由是：谢赫的"气韵生动"标准始于人物画，不适用于山水画；山水画最重结构位置，结构位置关系关乎气势；山水画如果不讲气势，何来气韵？② 正是在他们质疑"气韵生动"标准对山水画评价的适用性过程中，统括笔墨和意境等的气韵标准，逐渐转变为关注山水位置章法的气势标准。如何获得气势？就文论而言，气势形成于篇法、句法之中。即为文若想有气势，必须注意篇法之首尾开合、繁简奇正，句法之抑扬顿挫、长短节奏。而且，得气势之大要，贵有照应，有开合，有主次，有顿挫。③ 当八股文高手兼书画家董其昌论得画中气势之法时，他自然而然地借文法气势论为画法气势论，形成了他的画学"开合"论，以此为经营位置、章法布局的创新之法。④ 他还以自己的创作实践促进了重视山水气势的风尚，形成了专写胸中意象山水、忽视地上真实山水的新流派（松江派）。他们过于抬高气势理论地位的做法，也给后人留下了时代问题：如何阐释气势与气韵的关系？

康熙四十四年（1705）至康熙四十六年（1707）间，王原祁以总撰修

---

① 朱良志《论理学对"画气"说的影响》，载《孔子研究》，2003 年第 2 期。

② 王原祁等撰《佩文斋书画谱》卷十八《明王世贞论画》；同书卷十六《明谢肇淛论画》。《四库全书本》，上海商务印书馆，1987 年。文坛领袖王世贞以"气韵"与"形模"区分人物画和山水画。他说："人物以形模为先，气韵超乎其表；山水以气韵为主，形模寓乎其中。"有时他还以"气运生动"评价山水画，以示区别于人物画的"气韵生动"标准。

③ 王世贞著，罗仲鼎校注《艺苑卮言》卷一，齐鲁书社，1992 年版，第 28 页。

④ 蒋志琴《画学文学化的审美意蕴——以董其昌山水画理论为例》，《中国文学评论》，2019 年第 7 期。

官的身份主持中国古代大型书画类书《佩文斋书画谱》。多年的书画艺术实践和理论思考、大量阅读古今书画理论，深化了他对传统"气韵生动"命题的新理解。他综合王世贞、董其昌等前人的理论成果，引理学入画学，借鉴朱熹及其传派的理气关系框架，对传统"气韵生动"命题做出了新的阐释，以此解决董其昌等留下的时代问题。

一、王原祁的画学元气观

本小节关于"气"的文献资料主要来自王原祁《罨画集》《王麓台司农诗集》。下面，我们先看资料：

> 气味。花气侵帘多岭树，稻香绕郭半江田。
>
> 云气。谷口云屯含岭气，树头泉落接江潮。
>
> 阳气。穆清奉宸居，乾坤以宁谧。阳气贵乘时，吉日无妨出。
>
> 元气。灏气虚无中，五色罗万物。[①]

前两则资料显示，他以物质实在性理解"气"的存在状态。从王原祁"读《易》窗前叹遇屯"[②]可知，后两则资料中以动静区分气的性质、尊崇阳刚之气的思想源于《周易》传统。第四则资料中，"气"与"色"都是对万物（事物）本源性的抽象概括，元气存在于万物之中是王原祁对物质世界的基本理解。

《麓台题画稿》中与"气"相关的词汇有："元气磅礴""书卷气""气韵生动""气势轮廓""色由气发"等。论及画气，王原祁多用"气势"、"气韵"和"取气"。如康熙五十二年（1713），他评价历代画家时说："画家自晋唐以来代有名家，若其理趣兼到，右丞始发其蕴。至宋有董巨，规矩准绳大备矣。沿习既久，传其遗法而各见其能，发其新思而各创其格，如南宋之刘、李、马、夏，非不惊心炫目，有刻画精巧处，与董巨、米老之元

---

① 资料分别见《王麓台司农诗集》的《寄安远》《十八涧理安寺》《西苑》，以及《罨画集》卷一《登岱五十韵》。

② 《罨画集》卷二《和随庵叔自寿六首》。

气磅礴则大小不觉径庭矣。"① 可以看出，他的画学"元气"指存在于绘画作品中具有生命感的笔墨之气。康熙三十八年（1699），王原祁这样写道：

> 长卷画格卑则势拘，气促则笔弱。
> 气足神完，思深力厚。②

这两则画跋以"气足"（正）与"气促"（反）的形式表达了他对阳刚之元气的崇尚。合而言之，思深则力厚，格高则势不拘，气足则神完笔强。画家思考的深度、格局的高度落实到画面上时，都以元气的一气贯注、磅礴浑厚为特征。五年后，他以"烟峦出没，气厚神闲"③ 体认高克恭的绘画风格。康熙四十五年（1706），他总结说："画家学董巨从大痴入门，为极正之格。以大痴平淡天真不放一分力量，而力量具足；不求一毫姿致，而姿致横生。"④ 两年后，他又以"神完气足"教诲弟子金永熙。

由此可见，画学元气具有"厚"（醇厚、浑厚）的特征。它通常指笔墨的力量感、形体的质感所带来的视觉上的厚重感和心理上的历史感（见图4-3）。

此外，画学元气还具有"纯"的特征。这里所谓的"纯"，是就继承王维以来文人画平淡天真之美这一纯正画学道统而言的。与今人之俗相比，它以古朴、淡雅为内涵。例如，王原祁《仿大痴九峰雪霁意》跋云："画中雪景，唐以前但取形似而已，气韵生动自摩诘开之，至宋李营丘画法大备，雪景之能事备矣。"⑤ 康熙四十九年（1710），他对弟子王敬铭说：

> 画道至董巨而一变。以六法中气运生动至董巨而始纯也。⑥

① 《麓台题画稿·画家总论题画呈八叔》。

② 两则资料分别见《石渠宝笈》卷三十五《富春山图》、《宝迂阁书画录》卷二《丹阳舟中仿梅道人山水轴》。

③ 《王原祁精品集》第156—163页《仿古山水图屏》图录。

④ 陆时化《吴越所见书画录》卷六《仿大痴山水图轴》。

⑤ 《麓台题画稿·仿大痴九峰雪霁意》。

⑥ 《麓台题画稿·题仿范华原》。

针对不同的言说对象，他使用了"气韵生动"和"气运生动"。在王原祁的语言系统中，两者有细微差别，"气运生动"强调元气流行的发动状态。两者都显示了他以"审其纯驳"①辨别画学元气性质的重要规定性。王原祁友人归允肃认为，好文章的标准是："理欲其明，气欲其厚，法欲其正，词欲其醇。"②由此观之，王原祁的画学元气观与当时的文学元气观具有密切关系。

以此画学元气观为基础，王原祁对画品、画法和画理等的阐述也就具有了独特性。

就画品而言，依据元气之"纯""厚"特征，他区分了平淡天真和刚健婀娜两类作品，区别在于画家创作时用意、介于用意与不用意之间的不同心态。其中，刚健婀娜之品以董源、巨然为代表，此为神品。如董源《夏景山口待渡图》："用浅绛色而墨妙愈显，刚健婀娜隐跃行间墨里。"③这类作品相比于南宋院画家马远、夏圭等人惊心炫目、刻画精巧之作，阳刚之气扑面而来；与"作意生淡又失之偏枯"④有"伧夫气"⑤的作品相比，它凛然有正人君子之概。而平淡天真之品始于王维，在米芾、倪云林那里得到了丰富和发展，此为逸品。这类作品最明显的特征是画面的丰神气韵"全在心目之间取气候神"。⑥可以说，画面元气纯正者，多表现为笔墨间的虚实取韵特征；画面元气浑厚者，常有重视章法开合取势的特点。

就画法和画理而言，他以"用笔位置，惟气与神"为主要创作原则，以写充满人文精神的理趣之境为最高的审美追求。总体而言，"用笔位置，惟气与神"的意思是：文人画创作当以结构位置、笔墨设色为要点，二者归于以元气取神理；前者以开合起伏取势得位置结构之神理，后者以虚和取韵得笔墨设色之神理。这里所指的神理，是基于宋元三昧而又蕴含画家自己的精神理致，是借宋元经典真迹的笔墨语言发古人未发之言。问题是，如何得文人画的神理？王原祁说：

---

① 《麓台题画稿·仿梅道人（司民求）》。

② 归允肃《归宫詹集》卷二《王子静制艺序（丁巳）》。

③ 《麓台题画稿·烟峦秋爽仿荆关（金明吉求）》。

④ 《麓台题画稿·题仿淡墨云林》。

⑤ 《雨窗漫笔》。

⑥ 《山水正宗》上卷第104页《仿倪黄山水轴》图录。

理以机运，神以气全。^①

"机"即"几"，指契机、机趣。由"近于起伏、转折处，忽会以眼光迎机之用"^②可知，它以得气势的开合起伏、承接转折等方法为基础。"气"是气韵。王原祁认为，宋元各家于实处取气，惟米氏父子于虚中取气。康熙四十七年（1708），他在《神完气足图》中进一步指出了取气候神之法：一在章法得势，二为皴染得宜。也就是说，气势主要关乎形式布置章法，神韵则主要出于笔墨的多次渲染。两者相互补充。因为章法不透则气不昌；渲染未化则神不出。这与王原祁友人归允肃"文以理为主。理足则气昌，气昌则神完，神完则养到，养到故法备"之论具有一致性。当他以"山无定形，画不问树。高卑定位而机趣生，皴染合宜而精神现"教导扬州画家轮美时，又显示出文人画因过于重视画理、忽视观照客观事物而具有的局限性。

二、王原祁画学的理学特征

明末董其昌以"南北宗"论对中国古代绘画进行了一次梳理和建构：以王维为首的南宗画派代表文人画正脉，追随李思训的传派被划入北宗画工画系统；南宗文人画以"气韵生动"为宗风，同时他以"势"把握中国书画的精神命脉，一再抬高气势的地位。由此，如何理解"气韵"与"气势"的关系问题，成为清初画坛面临的重要问题。

为了解决这一时代问题，王原祁借鉴朱熹及其传派的理气关系框架，对以上问题进行了系统阐释。为什么他会借鉴理学框架建构画学理论？史料显示，这一举措有其理学复兴的时代背景：在清初统治者的大力倡导下，程朱理学获得了短暂的复兴，程朱理学受到众多学者推崇，部分理学之士由此得名，如王原祁的同年陆陇其、李光地。此外，王原祁从小就受到太仓理学名士陆世仪、盛敬、陈瑚等的影响^③，一生遵奉盛敬的谨言慎行之教。

---

① 《古缘萃录》卷十《王麓台仿倪黄小景轴》。

② 《石渠宝笈续编·秋山图轴》。

③ 陆世仪《赠王茂京进士（原祁）》中有"犹记牵衣索马骑"。

当然，王原祁如何借鉴程朱传派的理气框架阐释南宗文人画"气韵生动"命题，是本小节尝试解答的主要问题。

（一）以"气韵"为文人画之理

王原祁诗文、画跋中的"理"字有多层含义：以"静理"讨论阴阳之气的性质，用"慧理"定性伦理道德之理。康熙五十三年（1714），他阐释画理时写道：

> 余于笔墨一道，少成若天性，本无师承。诵读之暇，日侍先大父赠公，得闻绪论。久之于宋元传授贯穿处，胸中如有所据。发之以学文，推之以观物，皆用其理。每至无可用心处，间一挥洒，成片幅便面。无求知于人之心，人亦不吾知也。①

对于文中"宋元传授贯穿处"之理，我们可以做以下分析：用来学文之理，可以从文之根源条理上着眼。观物之理，可称之为物理。无可用心之时以作画自娱，他颐养的是性情之理。由此可见，作为统一于文理、物理和画理的"宋元传授贯穿处"之理，主要有道理、原则的意思。陈来指出，理学中所说的"理"，其中最主要的意义是指事物的规律和道德的原则。在理学看来，理虽然可以主要分析为这样两种不同的意义，而这两者在本质上是统一的，即道德原则实质上是宇宙普遍法则在人类社会的特殊表现而已。②从这个角度看，王原祁以条理、物理、情理统一于"宋元传授贯穿处"之理的说法，显示了他的理学修养。

除了"宋元传授贯穿处"，王原祁还用"宋元三昧"阐释画理：

> 作画以理、气、趣兼到为重，非是三者不入精妙神逸之品。故必于平中求奇、绵里有针、虚实相生。古来作家相见彼此合法，稍无言外意便云有伧夫气。学者如已入门，务求竿头日进，必于行间墨里能

---

① 《麓台题画稿·大横批仿设色大痴为明凯功作》。

② 陈来《宋明理学》，华东师范大学出版社，2008年版，第126页。

人之所不能，不能人之所能，方具宋元三昧。①

> 画法要兼宋元三昧。元季四家学董巨，又各自成家，山樵尤从中变化，莫可端倪。所为（谓）冰寒于水者也。学者体认神逸之韵，穷究向上之理，虽未能登堂入室，亦不无小补云。②

如何理解"宋元三昧"？"三昧"本是佛教用语，指称排除一切杂念使心神平静的修行方法。有时也指事物的精窍、要诀。康熙二十七年（1688），王士祯刊刻《唐贤三昧集》，欲令世人识取开元、天宝间诗歌的本来面目。这是在"本来真面目"的意义上使用"三昧"一词。一年后，黄与坚以"笔参三昧"题王原祁《仿黄公望山水》卷首，称他"能于画理伐毛洗键得其神奇"。③据此可知，王原祁时代的"三昧"主要有本来面目、精华等意思。资料显示，自从康熙四十四年（1705）参与编撰《佩文帝书画谱》后，王原祁常用"三昧"印章表达自己的画学追求。凡是钤有"三昧"印章作品的跋文多有以下相关描述：藏锋不露、觚棱转折处不为笔使；心闲身逸、兴会甚合；不脱不粘、沉著痛快。结合上文我们可以断定：王原祁的"三昧"有基于真面目而求其精华的意思；"宋元三昧"主要指依托南宗宋元经典真迹而得宋法、元趣之精华；得宋元三昧的途径在"行间墨里能人之所不能（理气趣兼到），不能人之所能（无言外意，有伧夫气）"，它以宋法元趣（如董巨代表宋法类型，王蒙代表元趣类型）为基本内容。可以看出，"宋元三昧"是"宋元传授贯穿处"的另一种说法。

"宋元传授贯穿处"之理作为道理和原则，最主要的特征是一以贯之，贯穿宋元绘画经典之精华。而王原祁认为，文人画中"气韵"也是一以贯之的画学传统。他说：

> 画中山水六法，以气韵生动为主。晋唐以来，惟王右丞独阐其秘，而备于董、巨。故宋元诸大家中推为画圣，而四家继之。渊源的派，

---

① 《雨窗漫笔》。

② 《故宫藏画大系十五·仿王蒙笔意》，第41页。

③ 《山水正宗》上卷《仿黄公望山水》图录，第54—56页。

为南宗正传。李范、荆关、高米、三赵皆一家眷属也。①

　　画法气韵生动摩诘创其宗，至北苑而宏开堂奥，……无所不该备。②

　　六法中气韵生动，至北苑而神逸兼到。……开以后诸家法门。③

　　黄鹤山樵元四家中为空前绝后之笔。……从右丞辋川粉本得来，后从董、巨发出笔墨大源头。乃一变本家法，出没变化莫可端倪。不过以右丞之体，推董、巨之用。④

以上跋文都在强调，"气韵"是南宗文人画一以贯之的画学传统。具体而言，王维创立了文人画的气韵生动之体；经过董源、巨然的进一步发挥，气韵表现方法的生动性变得更为完备；元四家从不同的角度加以继承和丰富发展，自成面貌。如吴镇得宋法的"精深流溢之致"⑤（笔墨设色和造型结构富于笔力感、质感和人文精神）。据此我们可以断言：王原祁的"气韵"即"宋元传授贯穿处"之理，以宋元三昧为内核。此外，他对王蒙"以右丞之体，推董、巨之用"的理论分析，再一次显示了理学对其画学的影响。

　　综上所述，王原祁以"气韵"为文人画之理。它贯穿于宋元绘画类型的经典真迹之中，以宋元经典真迹之精华为主要内容，有体有用。

（二）"理正气清"

　　王原祁"理正气清"画学命题的提出，与清初理学的特殊表现形式、明中期以来的辨体思潮等关系密切。

　　康熙朝的理学思想有两点特殊：理学家追求理学之正，倡言所谓"理学之正，有体有用"⑥；从性与理的关系上强调"存诚"功夫。所谓"存诚"功夫，就是去善恶之分，还原本然天性。就大臣而言，这种"存诚"功夫主要表现为"恭敬""勿欺"。⑦王原祁一生信奉理学名士盛敬、陆世仪的

---

① 庞元济《虚斋名画录》卷十四《王麓台仿古山水册》，第 85 页。

② 《山水正宗》上卷第 142 页《竹溪渔浦松岭云岩卷》图录。

③ 《王司农题画录》卷下《液萃》。

④ 《麓台题画稿·仿黄鹤山樵巨幅山水》。

⑤ 《麓台题画稿·仿梅道人（司民求）》。

⑥ 王原《西亭文钞》卷二《与张恕斋中丞书》，光绪十七年刻本。

⑦ 董讷《柳村诗集》卷一《御赐存诚匾书》。

谨言慎行之教，又从地方县令升至侍郎之职，当他以理学之"存诚"思路转论画理时，自然而然地重视画家的人格德性问题，由此产生了画学"理正气清"命题。此外，明中期以来学术界兴起了辨体思潮。辨体，意在辨伪存真以得正体、传正脉。至明清之际这种影响依然存在，并转向了书画、戏曲等领域，如李渔说："新之有道，异之有方，不失情理之正。"① 王原祁《罨画集》中"推原时代风骚客，商确源流正变分"的说法显然与之相关。

雍正十年（1732），王昱追述老师王原祁的教诲时说：

> 画中"理""气"二字人所共知，亦人所共忽。其要在修养心性，则理正气清，胸中自发浩荡之思，腕底乃生奇逸之趣。②

这段文字中，修养心性功夫、去邪气得正气立场成为画学"理正气清"的基础。这种说法把心性修养表现背后的人格德性问题提到了极其重要的位置。正如王昱在《东庄论画》中所言："学画者先贵立品。立品之人，笔墨外自有一种正大光明之概。否则，画虽可观，却有一种不正之气隐跃毫端。"③ 何谓画中正气？就是画面有阳刚之气、正大光明之概。以南宗文人画经典真迹中的古法气韵为主要评价标准，这类作品有诸如笔力直透纸背、形貌古朴、神采焕发等特征。与之相反，那些诡僻狂怪、惊心炫目之作，画面多有邪气。画家得正气之途在读书以明理、游览以广识、苦心探索以得宋元三昧，三者相辅相成。

王原祁和王昱师徒主张画以理为主，理正气清。理正，意味着根源宋元经典真迹之气韵精华，取法宋元经典真迹之气势法则。气清，是指画家通过心性修养功夫，去邪俗，养正气、清气、逸气。其中，气韵是性理基础，气势提供创作规范。与之相比，董其昌和石涛对画学理气关系等有着不同的理解。

董其昌谈论画理时，多论及画之气机，主张合读书明理与妙悟化机为一体。他在《画禅室随笔》中写道：

---

① 李渔卒于康熙十九年。他的思想显示了明清之际尚奇、求正体的特点。李砚祖《生活的逸致与闲情〈闲情偶寄〉设计思想研究》，《美术与设计》，2009年第6期。

② 王昱《东庄论画》，美术丛书本，江苏古籍出版社，1997年版，第75页。

③ 王昱《东庄论画》，美术丛书本，江苏古籍出版社，1997年版，第75页。

其奇，取之于机；其正，取之于理。……何谓理？《论语》是也。何谓机？《易》是也。《易》阐造化之机，故半明半晦，以无方为神。①

这段话的核心是：画以理为主，理正气奇。此"理"蕴含在《论语》之中，以仁道为核心（己所不欲，勿施于人），有生发的功能。"机"，即"几"。所谓"《易》阐造化之机"，是说《周易》之"易"主"变易"，重视"几"。牟宗三先生强调，《易经》的占卜观念是一个 Actualization（缘起）的观念，不是 Time（时间）的观念。一件事在宇宙间发生，即有其一个地位，与其前后周围形成一个关系。《周易》之"几"是指一个事件发动就是生起，一发动就一定有一个后果。"几"是动态的，属于造化之妙的气化层次。②文中"其奇，取之于机"意在指出画家要重视取势过程中的动态把握，以此得山水画之奇。理论上气机"以无方为神"，落实到画面上就是气势开合、起伏等变化之奇。而且，此"机"虽居"奇"之位，有"正"的价值。这是董其昌以奇为正画学思想的基本结论，即理正气奇。这一理论在董其昌晚年作品中（见图4-1），常常具体化为以下画面特征：山石三四开合确立山水画的空间；山石呈扭曲的形势上下、左右呼应，形成强烈的动势；点缀几棵弯曲程度不一的树、灵动的苔点，整个画面奇特，却又有章可循。在他那里，作画如作文，以理为主。

图 4-1　董其昌《仿古山水册·仿李伯时山庄图》

---

① 《画禅室随笔》卷三。

② 牟宗三《周易哲学演讲录》，华东师范大学出版社，2007 年版，第 8—11 页。

石涛深厚的禅学功底使他更关注对画学理法、理气关系等的超越性理解。首先，他将画理分为常理和至理，至理是我们不能用理性的语言来把握和描述的对象。康熙三十年（1691），石涛跋《古木垂阴图轴》云："画有至理，不存肤廓。萃天云于一室，缩长江于寸流，收万仞于拳石。其危峰驻日，古木垂阴，皆于纤细中作卷舒派，不使此理了然于心，终成鼓粥饭气耳。"①《石涛画语录》中，他称至理为"鸿蒙之理"，认为画家若能深谙此理，就能自由运用笔墨呈现宇宙生机。其次，他认为至理生于无法，而非生于有法。他解释说："理尽法无尽，法尽理生矣。理法本无传，古人不得已。吾写此纸时，心入春江水。江花随我开，江月随我起。把卷坐江楼，高呼曰子美。一笑水云低，开图幻神髓。"② 正是通过对画理等的超越性理解，石涛将画家的个性表达和创新性探索放在了艺术创作的首位。

可以认为，如何继承和发展董其昌的"理正气奇"命题，王原祁时代出现了两大路向：一是正向继承，吸收其中的理性因素，降低为奇而奇这一尚奇因素的地位。以此为基础就形成了王原祁的"理正气清"命题；另一种是逆向继承，否认理性的主宰地位，将感性提升到至高处，由此将画家的创造性表达视为画学至理，代表人物是石涛。总体看，重视继承传统和执着于自我创新作为一组相对的原则，在不同历史时期、个人的不同发展阶段都发挥着重要的作用，各有所长，相互补充。

王原祁晚年以"画本心学"为"理正气清"命题提供了补充论证。

对于画理与画家知识、心态等的关系，他在《雨窗漫笔》中解释说："今人不知画理，但取形似。笔肥墨浓者，谓之浑厚；笔瘦墨淡者，谓之高逸；色绝笔嫩者，谓之明秀，而抑知皆非也。总之，古人位置紧而笔墨松，今人位置懈而笔墨结。于此留心则甜邪、俗赖不去而自去矣。"综观《雨窗漫笔》，他的论证思路是这样的：今人不知画理，学古人但知形似古人；知画理意味着，画家能识别画中真正的浑厚、高逸、明秀，由此知学古人须神似古人；欲神似古人，须知古人作画位置紧、笔墨松的原则；位置紧指笔墨元素之间有理性秩序感，笔墨松指笔墨元素和造型多有言外之意、味

① 汪世清《石涛诗录》《石涛东下后的艺术活动年表》，河北教育出版社，2006年版，第210页。

② 石涛著、朱良志辑注《石涛诗文集》卷一《题春江图》，北京大学出版社，2017年版，第27页。

外之味，即有趣味；笔墨的理性秩序感可以从气势的开合起伏中寻求，笔墨趣味可以通过虚实相生、绵里有针等方法获得。前者为得气势之法，后者生于气韵。总体而言，气韵生气势；气韵为本体，气势为气韵本体的具体化。这就是画理。由此可见，在整个环节中，画家知画理的能力至关重要。

画家在知画理（认知）过程中，什么因素起决定性的作用？王原祁的答案是人之心。如果把人之心视为一面反映外界事物的镜子，这一答案强调心之纯净状态；如果主张人之心具有能动性，这一答案指出心之纯净状态能达到德性的至高点。人心之纯净程度决定人生境界之高低，当它凭借笔墨、音声等外化时，作品就具有了相应的艺术品格。据此，他提出了"画本心学"的命题：

画本心学。仿摩古人必须以神遇，以气合。虚机实理，油然而生。[①]

这一命题强调创作主体的"存诚"工夫，倡导学习者通过悉心揣摩，以己之神明灵觉遭遇古人之神，并以己之正气、清气、逸气等合古人之气。简单地说，"画本心学"命题核心是用画家的神气合古人的神气以传画学气韵正脉，以及读书养浩然之气以提升人品和画品。后者是前者的基础。正是出于对提升德性品格的重视，王昱追忆师训云："学画者先贵立品。"王原祁友人陈奕禧强调其画品之"神韵生动"[②]源于其人品高洁。作为画坛领袖，王原祁一生没卖过一张画，每年秋冬之交多赠画给门客以为制裘之需，地位低微的落魄戏子陈七也曾得到过接济性质的赠画。[③]清初笪重光也以"格因品殊"强调人品高与画体正之间的必然联系。可以说，王原祁的"理正气清"和"画本心学"命题，一方面继承了北宋郭若虚以来的人品高气韵至、颜真卿"心正笔正"等书画传统，同时也给出了视董、巨"犹吾儒之有孔、颜"，以及"从有画看到无画为成性，存诚宗旨董、巨得其全"[④]这一

① 《中国古代书画图目 16》鲁 5-103《为拱辰作山水》图录。

② 《中国古代书画图目 16》鲁 5-103《为拱辰作山水》陈奕禧跋。

③ 张庚《国朝画征录·王原祁传》、《麓台题画稿·题仿梅道人（与陈七）》。

④ 《麓台题画稿·题仿董巨笔》。

理学框架下的新阐释。

图 4-2　董其昌作品局部　　　　图 4-3　王原祁作品局部

　　需要强调的是，"理正气清"对董其昌以来"理正气奇"的修正主要体现在两个方面：一是以"宋元三昧"替代董其昌的"皴法三昧"。这是将取法古人的着眼点从皴法扩大至整个精华，而且董其昌的皴法三昧经过他的改良，从独具趣味的审美个体转变为笔墨造型的通用方法。也就是说，赵孟𫖯以来皴法与笔法紧密结合以表达物象质感的传统，在书画家董其昌那里发挥到了极致，物象形体塑造服从于皴法之美的展现（见图 4-2）。他曾在画跋上写道："久不作雨淋墙头皴，忽于笔端涌出。画家皴法如禅家宗纲，解者稀有。"① 如果创作《雨淋墙头皴山水图》的冲动来自呈现皴法之美，则物象就成了呈现皴法之美的载体。当然，王原祁对董其昌皴法三昧的改造，主要靠弱化皴法中对书法性线条之美的追求，强化宋人晕染法的功能，从而将皴法成塑造形体质感的辅助手法（见图 4-3）。二是对宋元绘画类型经典真迹中何谓奇、何谓正重新做了解释，由此将董其昌的"理正气奇"转化为"理正气清"。如他将董其昌的画学奇正说解释为山水画体裁之奇正，声称王蒙笔墨先奇后正、黄公望笔墨先正后奇，两人变化虽异而源流则一。② 在他看来，理正气清则体裁合于晋唐以来经典中的古法规范，笔墨渲染之泼墨、积墨都能有生动之韵，而不在皴法出奇。

　　"理正气清"也意味着文人画家创作时，可以依据气韵画理进行自由创

　　① 转引自薛永年《画家皴法如禅家宗纲——董其昌〈雨淋墙头皴山水图〉及其皴法观》，《文物》，1919 年第 9 期。

　　② 薛永年等编《王原祁精品集·山水图册》，人民美术出版社，2000 年版，第 245 页。

作，不必依据客观自然中的好景。这就将画家的视野局限在取法古人，忽视了外师造化。

三、写山水理趣

写山水理趣与宋法元趣、画学龙脉是王原祁提出的一组富于理论价值的概念，三者分别讨论南宗文人画的审美追求、取法策略以及造境原则和方法。

《说文解字》和《释名疏证》释"趣"皆以疾行取义。王原祁诗文中的"趣"主要指笔墨趣味。他以"真趣""元趣"概括元人对宋法"搜抉其义蕴，洗发其精神"[1]后形成实处转松、奇中有淡的笔墨趣味。其他有"意趣""笔趣""墨趣""机趣""逸趣""理趣"等。王原祁有时还以"趣"与"势"对举，相对于理与气、意与笔。相比较而言，"趣"多指画外的笔墨韵味，"势"表现为笔墨开合、起伏等形式张力；"趣"有意外之韵，"势"富于笔墨力量。两者皆根植于理。在画论中，王原祁将"气中发趣"视为获得六法气韵的主要途径。康熙五十三年（1714），王原祁说：

> 六法之妙，一曰气韵，二曰位置。若能气中发趣，虽位置稍有未当，亦不落于俗笔也。[2]

这段画跋有三个要点：（1）"气韵"与"位置"是理解文人画六法画道的关键词。"气韵"是文人画之理（本体），也是他梳理晋唐以来文人画发展脉络的主要线索。经营位置是气韵本体在画面气势结构形式方面的具体呈现。以宋儒理气框架建构画学气韵本体与气势位置的关系，是王原祁的独创。（2）"气中发趣"是指以气韵之理生发笔墨趣味、开合转折之势。他很重视以笔墨、结构创造画面的平淡天真或阳刚之美，并将其视为画学气韵本体的势能状态。在《雨窗漫笔》中，他以画学"龙脉""用龙脉"解

---

① 《麓台题画稿·仿黄大痴长卷（为郑年上作）》。
② 邵松年《古缘萃录》卷十《王麓台仿大痴山水轴》，光绪三十年石印本。

释了气韵之理生发气势的具体方法①，并给出了理、气、趣兼到的结论。（3）"气中发趣"作为文人画的主要创作原则和评价标准，高于气势位置。也就是说，"气中发趣"之作即使造型结构存在问题（位置不稳），因有文气或清气，格调高雅，仍不失为一件有价值的文人画。反之，不过是以笔墨功力造出奇幻之境的俗画。在他看来，画以气韵胜者（如荒率苍莽），或由于画家流露了真性情，或因画面充溢书卷气，传达了文人画的所思、所寄、所乐等人文精神。

王原祁《秋山图》的创作过程显示了"气中发趣"的重要性和气韵画理的根源性。《秋山图》跋云：

> 余丁亥即作此图，于经营位置粗成，偶思大痴秋山之妙，兴与趣无相合处，庋阁累年。近于起伏、转折处，忽会以眼光迎机之用。因出此图，随手点染。从前之促处、重处，由淡入浓，因地删改，而秋山意自出。所谓气以导机、机以达意，不专以能事为工。②

王原祁认为，知画理的文人画家与以能事为工的画匠相比，两者对于画面的关注点和笔墨、结构等的处理方式差异很大。他在创作《秋山图》时，关注的是如何传达或借鉴大痴《秋山图》的妙处，而不是从自然秋山中获得灵感。当他在宣纸上简单勾勒山、水、树石后，因画面无动人之处便索然搁笔。再次提笔，源于他在笔墨元素的起伏、转折处找到了生发点。这意味着，经营位置方面的起伏、转折、开合等关系的处理，是他作画过程中的主要生发处和兴趣点（见图4-4）。而气势开合、转折起伏等的生发性，根源于其背后的画理。此外，修改时或由淡入浓，或由促入缓，或由重入稳，最初围绕黄公望《秋山图》展开，最后却导出了王原祁自己的《秋山图》。可以认为，"气中发趣"的重要性在于，它为画家借鉴晋唐以来画学经典进行艺术创作提供了一条重要的指导原则；而画面气势能生发出笔墨趣味，还在于文人画的气韵画理。

---

① 蒋志琴《从〈雨窗漫笔〉的结构看王原祁的画学观》,《书画世界》,2010年第3期,第45—47页。

② 《石渠宝笈续编·秋山图轴》。

图 4-4　王原祁　　　　　图 4-5　王原祁　　　　　图 4-6　王原祁
《仿王蒙山水》　　　　　《河岳凝辉》　　　　　　《乔松窠石图》

综上所述，"气中发趣"所生发的是理趣。在具体的绘画作品中，凡是浑厚之元气所发之理趣有苍茫浑厚感，有刚健婀娜之致，黄公望是其中的代表，此为神品（见图 4-5）；凡是清纯之元气所发之理趣有平淡天真之美，富含悠远之思，以倪云林为主要代表，此为逸品（见图 4-6）。王原祁所谓的合倪黄为一，即以造神逸之境为目标。康熙四十七年（1708），王原祁说：

　　倪、黄笔墨借色显真。虽妙处不专在此，而理趣愈出。

上文已经指出，文人画当以写山水理趣为最高目标，而山水理趣的表达主要有笔墨设色、位置结构两个层面。这里的"借色显真"显然是就笔墨设色层面而言的。王昱在《东庄论画》中也以"气韵"与"位置"为标准区分出了两类画境：一类作品初入眼时粗服乱头似不守绳墨，细视之则气韵生动，韵味无穷，作品有清水出芙蓉、天然去雕饰的特质。另一类作品位置高华，气味荒寒，运笔浑化，具有绚烂之极复归平淡的特点。王昱解释说："尝闻夫子（王原祁）有言：'奇者，不在位置，而在气韵之间；不在有形处，而在无形处。……位置落墨时，能于不画煞处忽转出别意来，每多奇趣。'"① 关键问题是，如何依据气韵之画理从画面无形处"转出别意来"？虚实相生作为一条主要原则毋庸置疑。它可以具体化为藏锋取气、色中取气、墨中取气等具体方法。

"藏锋"一词原指书写时笔锋不显露。王原祁的藏锋取气之法主要突出画家以藏锋笔法得文字、线条、图像的浑厚感，以及对虚（藏）实（露）关系处理的重视。它是画面磅礴元气呈现的笔法基础之一。他说：

> 古人用笔意在笔先，然妙处在藏锋不露。元之四家化浑厚为潇洒，变刚劲为和柔，正藏锋之意也。子久尤得其要，可及可到处，正不可及不可到之处。②

> 营邱烟景，藏锋敛锷。董、巨、赵、黄皆于其中变化。元人笔兼宋法，不出于此。③

在这里，他将藏锋用笔视为宋法、元笔中一脉相承处。"化浑厚为潇洒，变刚劲为和柔"正是藏锋用笔的妙处。可以说，藏锋取气显示了文人画写山水理趣时对藏锋笔法、虚实相生原则等的重视。实践中，他尝试写"布楷山水法"。吴璟这样写道：

> 今（康熙四十四年）十月二十日，……蛮布楷成着色山（王麓台学士论布楷山水法）。画省扫空供奉迹，碧霄添诸谪仙班。清溪六曲屏风影，都在孤臣涕泪间（是日命画《清溪书屋》屏风）。④

结合文内图文资料可知，我们可以从两方面理解他的"布楷山水法"：一是侧面取势。这是王原祁绘画作品中山体常见造型（见图4-4）。二是以藏锋取气，关注点画之间的转折、勾连等关系（见图4-6）。当然，画家能藏锋取气，在于对宋元绘画传统有深刻的体认，如知仿元笔须透宋法。在这意义上可以说，藏锋取气是笔墨问题，主要是画理问题。

---

① 《东庄论画》，美术丛书本，江苏古籍出版社，1997年版，第75页。
② 《麓台题画稿·题仿大痴笔（己丑年二月十一日画，归缪文子）》。
③ 《石渠宝笈初编》卷四十《远岫归云图轴》，《清王原祁画山水画轴特展》第100页图录。
④ 吴璟《西斋集》卷十《畅春园东书房即事》。

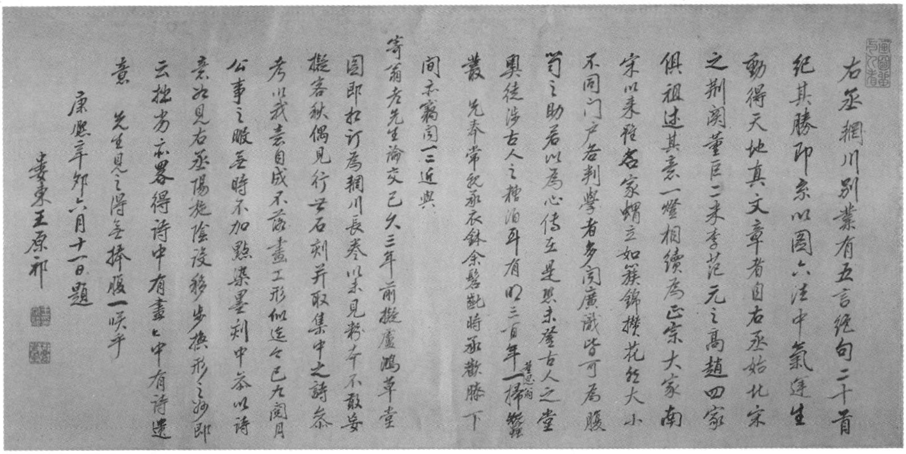

图 4-7　王原祁《辋川图跋》

　　总之，文人画写山水理趣，首先要以南宗文人画经典真迹的气韵精华为画理，同时要以得鱼忘筌立场，在仿古中求脱古和化古。因为"画须自成一家，仿古皆借境耳"。[①] 其次，画家要在悉心揣摩、取法古人的过程中，以古人为人生楷模，不断提高自己的心性修养。在他看来，画家基于经史的史识可以转化为画识，揣摩古人真迹可以提高眼识，由此得画学正见；只有以知性之识与感性直觉合一，画家才能真正地理解古人和古法。因此读圣贤之书，养浩然之气，熟练运用龙脉开合、起伏古法等都是文人画写山水理趣的途径。

结论

　　王原祁之前，董其昌援禅学和文学入画学，为明清之际画学的仿古创新提供了新思路。尤其是他以开合论气势、以气势论画法的做法，促使其后画家将注意力转向笔墨语言的巧妙组织和夸张变形。人物画领域陈洪绶和崔子忠的高古奇崛面貌，山水画领域龚贤重视积墨法所形成的黑白新风格，都与之密切相关。董其昌是王原祁祖父的老师，其书法深受康熙帝的喜爱。如何借鉴吸收董其昌以来的画学成果、消除其所带来的不良影响，如何确立文人画在新朝的正统地位，如何把文人画推向新的高潮，是王原

---

① 《王司农题画录》卷上《仿设色大痴为赵尧曰》。

祁想要解决的重要问题。

受自身学问（理学、《春秋》等）、性情（重逻辑理性）、侍郎身份以及清初理学复兴的时代环境等因素的影响，王原祁在解决这些问题时，自觉地引理学入画学，以宋儒的理气关系框架梳理董其昌的南宗文人画传统，以此对传统的"气韵生动"命题做了新阐释：他将"气韵生动"解读为"气韵""气韵生动"（气运而生动）两个层次，以"气韵"为文人画之理，以"气势"为"气韵"本体的现象呈现；气韵生气势，理正气清；文人画以写山水理趣为画学宗旨和审美追求。可以说，它体现了以画学元气观为基础，巧妙综合运用晋唐以来南宗经典真迹之笔墨、结构等为手段，以画学"气韵"的丰富呈现为核心，以写山水理趣为宗旨的文人画新风貌，体现了理学对清初画学的深刻影响。

总体而言，王原祁以理学论画学的意义在于：首先，他以气韵为本体、以气韵生动形成的气势为其妙用的理论阐述，增加了谢赫以来"气韵生动"命题的理论维度，并使"气韵生知"命题获得了新的阐释，即气韵作为画学本体，画家不能对它做功夫，而以读万卷书、行万里路的知行合一方式提升画家的人格境界，能更好地理解气韵。其次，他将气势视为气韵之妙用，由此将董其昌以来重"势"的画学思想纳入了文人画的发展体系，解决了如何阐释气韵与气势关系的时代问题，也确立了董氏气势论在形式章法上的理论地位。此外，他以"厚""纯"为画学元气的特征，并以此区分浑厚之神品与清空之逸品，为清除董其昌后学纤弱媚俗的伪文人画风，以及倡导刚健婀娜和平淡天真的神逸之品提供了理论基础，也为清代文人画的发展奠定了理论基础。

总之，王原祁和董其昌以各自的理论和实践拓展了文人画的表现空间，使文人画成为综合文、史、哲以表达生命感、历史感、宇宙感的重要途径，也使画学走上了体系化、抽象化发展之路。这就为乾隆以后的画家更好地借鉴书学（以篆隶为主）、印学等提供了理论基础。

附录五 论王原祁的印学修养对其绘画的影响

——兼论明清之际画学借鉴印学的途径

一、王原祁的印学修养

（一）王原祁家族的印学渊源

王原祁（1642—1715）字茂京，号麓台，明代画家王时敏（1592—1680）长孙。太仓王氏家族自内阁首辅王锡爵（1534—1611）后，《春秋》学就成了家学。约万历年间（1573—1620），王锡爵延请弟子董其昌（1555—1636）传授其孙王时敏画法，于是王时敏之后，《春秋》学和画学成为太仓王氏的世学。① 论及王氏家族与印学的关联，家仆何通是一位必须提及的人物。

何通（1571—？）字不违、不韦，江苏太仓人，善治印。天启三年（1623），他以自刻印成《印史》六卷。② 受王时敏之父王衡友人篆刻家朱简（1570—？）的影响，何通的印作多取法汉铸印，风格雄浑朴厚。③

图 5-1　李子云（何通，3.1cm×3.1cm）　图 5-2　米万钟印（朱简，3.8cm×4cm）

印学史上以"印史"命名印谱者有共四部。其中，元代赵孟頫《印史》为摹古印谱。此谱不但为元代印学指明了"汉、魏而下典型质朴"④的发展方向，也为明代以文彭为首的文人印的兴起奠定了基础。明万历四十三年（1615），鉴于当时印人竞相师法木刻本《印薮》而产生的"滞"⑤

---

① 《（民国）太仓州志》卷二十七《杂记上》载："太原王氏自文肃公（王锡爵）后，以《春秋》为世学，而其源出于潘子禄。子禄居昆山，徙太仓，精《春秋》，中嘉靖甲午（嘉靖十三年，1543）乡试，一时治《春秋》者争师之，文肃其入室弟子。"王原祁叔侄中精通《春秋》学者众多，如王时敏长子王挺、八子王掞、长孙王原祁等。王时敏之后，王氏家族以画名世者甚众，如王时敏子王撰、孙王原祁和王遵宸等。载蒋志琴《王原祁"龙脉"说研究》，江苏人民出版社，2012年版，第149—158页。

② 韩天衡编订《中国历代印学年表》，上海书画出版社，1993年版，第13页。

③ 黄惇《篆刻教程》，西南师范大学出版社，2005年版，第58—59页。

④ 赵孟頫《印史序》，黄惇编著《中国印论类编》，荣宝斋出版社，2010年版，第830页。

⑤ 王稚登《金一甫印谱序》："《印薮》未出，而刻者拘今；《印薮》既出，而刻者泥古。拘今之病病俗，泥古之病病滞。"韩天衡编订《历代印学论文选》，西泠印社，1999年版，第459页。

"拘"①等流弊，郭宗昌以古印真迹钤拓成集古印谱《松谈阁印史》。天启元年（1621），邵潜《皇明印史》成，它与何通《印史》一样，是取名人人名为篆刻内容的创作印谱。两者的差异在于，《皇明印史》专取明代名人，《印史》则采集秦朝至元代名人若干。就何通《印史》的体例而言——创作历代名人人名成印谱并系以文字小传的做法，与万历三十年（1602）顾炳摹辑古今名画成《顾氏画谱》的体例相近，显示了当时画学师法、传播方式等对印学的影响。虽然何通《印史》的内容、篆刻水平等受到了《四库提要》阁臣的批评和质疑②，但从陈继儒《皇明印史序》可知，何通、邵潜之类的篆刻爱好者之所以喜欢取前辈名人人名（上至公侯、下至布衣）"各刊一印，以寄微尚"③，意在"发泄其奇气"④，尚友先贤古圣。

从这四部《印史》体例、内容等的变化可知，从元至明，印章的艺术欣赏功能逐渐增强。至明代中后期，随着出版印刷业的高度成熟和市民经济的快速发展，印章与书法、绘画、戏曲、小说等逐渐成为人们传情、表意的工具。正如明代篆刻家周应愿在《印说》中所强调：

> 文也，诗也，书也，画也，与印一也。⑤

这个"一"，有"同一""综合"的意思，可以理解为诗文、书画与印章在表达功能上的相近、不同而相通的特性。也就是说，印学所蕴含的特殊的审美方式能与书法、绘画、文学等相互渗透、相互影响。正是这种诗文、书画和印章相互融合风气的影响，治《春秋》学和画学的王氏家族中，才有可能产生一位以印章名世的家仆。换句话说，只有在一个热衷于印章、书画、诗文等的家族文化氛围里，才有可能出现这样的情况。

王原祁曾祖王衡的印学修养也很高，他在《题彭兴祖篆刻后》中说：

---

① 王稚登《古今印则跋》："《印薮》未出，坏于俗法；《印薮》既出，坏于古法。徇俗虽陋，泥古亦拘。"郁重今编纂《历代印谱序跋汇编》，西泠印社，2008 年版，第 70 页。

② 《四库总目提要·印史》："是书……其印欲仿汉刻，而多违汉法……大抵拘于俗工之配合，而全未考古耳。"永瑢《四库全书·总目（子部）》卷一百十四，《四库全书》册 3，台湾商务印书馆，1986 年影印本，第 480 页。

③ 陈继儒《皇明印史序》，韩天衡编订《历代印学论文选》，西泠印社，1999 年版，第 486 页。

④ 苏宣《印史序》，韩天衡编订《历代印学论文选》，西泠印社，1999 年版，第 489 页。

⑤ 周应愿《印说》，黄惇编著《中国印论类编》，第 851 页。

余不知篆法，往往穷古今印章心仪之。古法圆，今法方；古用笔因字势，今用刀因印地；古寓齐于不齐，今寓不齐于齐；古取雅而得媚，今讳媚而失雅。[①]

虽然王衡的篆书作品未见传世，但能从笔法、刀法、章法以及审美等角度概括古今印章的差异，证明他知"篆法"。或许源于王衡曾究心篆法，其子王时敏在作画之余亦喜作篆隶，并取得了一定的成就。

此外，清初篆刻家林皋与王时敏关系密切，常为其刻制印章。从王原祁叔父王掞、王撝、王抑等为林皋所作《宝研斋印谱序》可知，林皋与王氏子弟交谊深厚。

（二）王原祁的印学修养

记载王原祁印学修养的相关资料，较早见于《麓台题画稿·仿大痴》：

犹忆甲寅秋，步月虎丘，与云美相遇，谈心甚洽，嘱留塔影园一日，以二章易余便面。[②]

《仿大痴》约作于康熙四十五年（1706），王原祁时以翰林院侍读学士身份参与纂辑《佩文斋书画谱》。受赠者为篆刻家顾苓的弟子顾天山。跋文中的"甲寅"为康熙十三年（1674），此时王原祁三十三岁。顾苓（1609—?）为明代遗民篆刻家。画跋中，王原祁回忆了与顾苓在苏州虎丘偶遇、顾苓以两枚印章相赠等事。从王原祁宝惜印章三十余年的事实可知，此事对他的影响很大。

王原祁为龚秉直所作《意止斋图卷》跋文中，记载了他本人的印学实践经历：

余性不求适，然意之所之，罔不适也。家茜溪之阳，地僻隘，老

① 王衡《题彭兴祖篆刻后》，黄惇编著《中国印论类编》，第 881 页。
② 《麓台题画稿·仿大痴（为顾天山作，号南原）》。

屋数椽，仅蔽风雨，其为余读书、吟啸之地，才两楹耳，往往多为之名。曰"韦斋"，以寓园夫子赠歌有云"柔克韦在编"也。曰"余斋"，取三余意也。斋面东，颇疏快，前辟小圃，溪光竹影中老梅数株，兀奡可喜，故取陶杜诗及古乐府句，名之曰"静寄"、曰"颇宜"、曰"悟香"。余素有山水癖，披地志得石帆、浮玉之胜，心向往之，曰"石帆山房"，又曰"浮玉山房"。余性疏慵，简酬接，忆"习静宜秋"之句，曰"宜秋书屋"。余雅好金石之学，拟一名，必刻一印以实之，曰"印斋"。然是数者，皆以意设之，而叩其地仅二楹而已，故统名之曰"意设斋"。今夫为亭台、池馆之胜者，必度地鸠工、征材辇石，阅岁月而后成。或非意所适，则又撤而更者比比也。而予直取材于文史，丹臒于笔墨，心为之匠而神为之游，视世之斤斤焉求适其适者，其劳逸相去何如哉？ ①

从跋文中"余雅好金石之学，拟一名，必刻一印以实之，曰'印斋'……予直取材于文史，丹臒于笔墨"可知，王原祁会刻印，有印学修养。笔者并未在王原祁的传世作品中找到韦斋、悟香、宜秋书屋、石帆山房等印章的具体使用情况，或许与《意止斋图卷》受赠者龚秉直的一些行为有关。龚秉直是王原祁八叔王摅的弟子，与王氏家族比邻而居。② 龚秉直学问或优，人品一般，曾以好画为名，多次向王原祁索画③，后以王原祁所刻印章"悟香""石帆"为号。④

此外，王原祁传世书画作品中所钤"麓台""我心写兮""王原祁印"

---

① 陆时化《吴越所见书画录》卷六《意止斋图卷》，《续修四库全书》册1068，第326页。

② 《(嘉庆)直隶太仓州志》卷三十六《人物》，《续修四库全书》册697，第566—567页。

③ 从《吴越所见书画录》卷六《王司农意止斋图卷》前按："(此图)为龚石帆作。石帆名秉直，字敬立，乃吾乡之耆旧名宿。修《镇洋县志》，《儒林》《文学》《耆硕》中俱不载，是何意也"（第325页），以及康熙四十年（1701）十二月王原祁《为石帆表叔作仿古山水》六帧拖尾跋文："东坡《宝绘堂记》云：'君子寓意于物而不可留意于物。'画亦物也，为嗜好耽玩所拘，则留矣。石帆表叔箧中有残楮数幅，余偶戏为试笔。石帆每日携之至寓，暇时辄促点染，遂成六帧。余不过自适己意，而表叔留之成迹，反为累矣"（《王原祁精品集》第124—137页图录）等资料可知，龚秉直学问或优，人品一般。

④ 从《意止斋图卷》跋文宋大业"为悟香先生题《意止斋图》并正"、王时鸿"题石帆学长兄《意止斋图》即和原韵"可知，王原祁所刻印章中的"悟香""石帆"，龚秉直已用为己号。

等印，存在几种面貌，有的水平高，有的水平低。结合本文"附 王原祁常用印简列"的分析可知，清初画家王原祁虽然没有留下印谱，但肯定是一位印学爱好者，有一定的印学实践，富于印学修养。

二、从印学与画学的关系看王原祁时代印学修养的基本内涵

（一）明代印学与画学知识、技能传播的共同特征

与画学相比，明代印学起步较晚。至明万历时期（1573—1620），随着雕版印刷术的成熟，印学与画学出版物的传播保持了相近的快速发展趋势。以下两张图表可以证明这一点。

比较图 5-3、图 5-4 可知：万历年间，以书籍为媒介，文人传播画学、印学的理论观点和画家、篆刻家传播绘画、篆刻的知识技巧成为画坛和印坛的两大特色。这也促使当时的艺术发展呈现出一些新的特点。

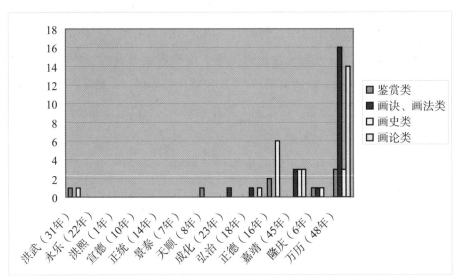

图 5-3 明洪武至万历时期画学书籍出版统计表

（资料采自《中国画学著作考录》）

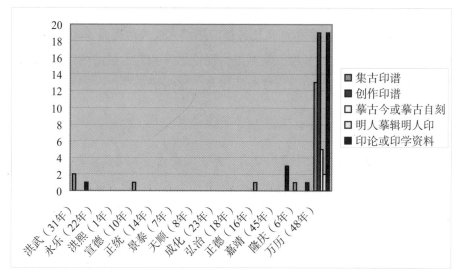

图 5-4　明代洪武至万历时期印谱出版统计表（资料采自《中国印论类编》《中国印
学年表》《历代印学论文选》《历代印谱序跋汇编》）

　　首先，依托成熟的雕版印刷技术，各类印谱、印学资料和画谱、画学
资料等得以大量刊行，使普通百姓无须拜师学艺，通过书籍可以自学成
才[1]，这在无形中颠覆了传统的师道观念。如印人吴正旸在《印可自序》中
自豪地宣称："余无所师授，以古为摹，融会诸家，独摅心得。"[2]吴正旸
所谓的"无所师承"，主要指没有老师面授指导，是自学成才。就印风而言，
他主要通过学习何震等当代名家的摹古印谱而上追秦汉。

　　其次，出版传播的兴盛，为一些画家、篆刻家或印人的知识技能转化
为金钱财富提供了有效的途径，也为他们完成向士绅阶层的身份转换创造
了可能性。[3]如《桃花扇》第二十九出《逮杜》中，孔尚任借明代金陵书商
蔡益所之口，道出了这种转变："你看十三经、廿一史、九流三教、诸子百
家、腐烂时文、新奇小说，……俺蔡益所既射了贸易诗书之利，又收了流

---

　　① 在出版印刷业兴盛之前，知识技术未能通过大量转化为书籍的形式得以广泛传播，许多知识
技术仅是地方性的学问，需要拜师学艺。明中期出版业兴盛之后，个人的经验知识以书籍文字的形
式转化为集体性记忆，不但便于知识的保存和获取（如自学），无形中也降低了教师的地位、拜师
学艺的必要性。因为只要具备基本的阅读能力，人们可以凭借自己对书籍的领悟，获得新知识和新
技能。

　　② 吴正旸《印可自序》，韩天衡编订《历代印学论文选》，西泠印社，1999 年版，第 490 页。

　　③ 卜正民《纵乐的困惑：明代的商业与文化》，生活·读书·新知三联书店，2004 年版，第
245 页。

传文字之功；凭他进士举人，见俺作揖拱手，好不体面。"①

可以说，这个艺术图像和文化传播的热潮，极大地提高了文人、画家、篆刻家甚至普通印人对书画、篆刻进行理论思考和艺术总结的热情；也导致了书画、篆刻等艺术知识、技能的普及。这些情形在以下资料中可略见一斑：

> 夫摹印之学，至今日而最盛，学士大夫亡不人人能言之。②
>
> 印章至今日，滥觞极矣。乳臭子目不识斯、籀之文，手不习篆隶之迹，操刀而割，强作解事，姗笑殊甚。③
>
> （古人）只一印终身用之，所以示信也。今人乃攻柔石，方圆钜细、斋馆亭台多至百方，夸多斗靡。是故，印章莫盛于今日，亦莫滥觞于今日耳尔。④
>
> 家摹人范，以汉为师。⑤

以上四则资料显示，在这股篆刻学习的热潮中，热衷者既有文化人（学士大夫），也有文化程度较低的普通百姓（乳臭子目不识斯、籀之文，不习篆隶之迹者），而篆刻艺术的消费者似乎更多、更投入。这些学习者"或摹古式（师古），或采今瑜（师今），或自运杼柚（师心）"⑥，以丰富多彩的篆刻面目，共同构建了明代印学蓬勃发展的繁荣局面。

明代书画家董其昌认为，按照自然规律，盛乃衰之始。他说："吾松顾氏《印薮》出，其印学盛衰之繇乎？何言乎盛？三家之村，不能见秦、汉之制，得一《印薮》，遂可按籍洞然。漆书点画易摹也，铁笔锋稜易衷也，覆钮位置易循也。五十年来，承用之途渐广，而习者之门亦六通四辟。峋嵝、石鼓，可鞭棰驱矣，故曰盛。虽然，雕叶耳，如画家之论形模，禅家

---

①　孔尚任《桃花扇传奇（卷下）》，《续修四库全书》册 1776，第 97 页。

②　刘世教《研宝斋遗稿》卷七《吴元定印谱序》，天启六年刻本。

③　姚士慎《苏氏印略序》，韩天衡编订《历代印学论文选》，西泠印社，1999 年版，第 472 页。

④　徐渤《红雨楼题跋》卷上《题陈氏印谱》，《续修四库全书》册 923，第 15 页。

⑤　祝世禄《梁千秋印隽序》，黄惇编著《中国印论类编》，第 866 页。

⑥　周应麟《印问自序》，韩天衡编订《历代印学论文选》，西泠印社，1999 年版，第 484 页。

之参死句。吾见狸德之执饱，何取鹜鸟之成行？今之盛，不为衰之端乎？"①
这里，董其昌提出了画学与印学发展共同面临的问题：如何得古人（古法）
之神？

（二）明代印学与画学师法对象、学习方法的共性

明代印学主流主张以秦汉为师，如：

> 今夫学士大夫，谈印便称慕秦汉印。
>
> 自三桥而下，无不人人斯籀，字字秦汉，猗欤盛哉？
>
> 云间顾氏……名《顾氏印薮》，家摹人范，以汉为师。大都《印薮》
> 未出之时，刻者病鄙俗而乏古雅；既出之后，刻者病泥迹而失神情。②

从以上三则资料可知：明代印学主流盛行师法秦汉；《印薮》等印谱是印人
学习印章的主要范本；篆刻家一直在努力探索如何突破《印薮》类摹古印
谱的局限。

为何要以秦汉为师？因为从审美上看，以秦汉为师，可得印学"源
头"③，能得正体，免为下品。篆刻家甘旸的概括最为简明，他说：

> 古之印章，各有其体，故得称佳。勿妄自作巧弄奇，以涉于俗而失规
> 矩。如诗之宗唐，字之宗晋，谓得其正也。印如宗汉，则不失其正矣。④

这与周铭《赖古堂印谱小引》的观点具有一致性，即"学印者不宗秦、汉，
非俗则诬"。⑤ 就印章的字法而言，"诸艺悉可自创机局，独古篆之法，虽有
绝代神智，必遵古人"。⑥ 这是因为篆刻（尤其是秦汉印）印面文字是由古
圣贤创造的，汉人去古未远，犹存古风、古法。此外，从印章创作的角度

---

① 董其昌《容台集》文集卷三《贺千秋印衡题词三则》，明董庭刻本。
② 祝世禄《梁千秋印隽序》，黄惇编著《中国印论类编》，第 866 页。
③ 无名氏《印学正源·论阴阳文》，黄惇编著《中国印论类编》，第 835 页。
④ 甘旸《印证附说·印体》，黄惇编著《中国印论类编》，第 831 页。
⑤ 周铭《赖古堂印谱小引》，黄惇编著《中国印论类编》，第 836 页。
⑥ 屠隆《程彦明印则序》，黄惇编著《中国印论类编》，第 830 页。

看，秦汉印作为印章经典，蕴含了无尽的生发性。如韩霖《朱修能菌阁藏印序》云："苏长公尝教人作诗曰：'熟读《国风》与《离骚》，曲折尽在是矣。'……盖印中有商周、秦汉，亦诗中之《国风》《离骚》也。"①

正是出于对经典的推崇，明代印学、画学、书学、文学等领域，逐渐形成了一股以仿古、拟古手法学习古人（古法），进而以仿古模式进行艺术创作的风潮。

如何以秦汉为师？明代印人主要做了以下努力。

（1）在集古印谱与摹古印谱、明人创作印谱的比较中，有见识的文人、篆刻家开始倡导以秦汉印章真迹、秦汉文字刻石遗存等为师法对象，反对对木刻本《印薮》《印统》等摹本印谱的学习。理由是："《印统》视《印薮》益工且详矣……虽刻画精工不差铢黍，而于古人精微奥渺之处，恐有描摹所不能尽传者，不若即以原印成谱之不失真。"② 而这一追求，不但导致了印人对师法对象——秦汉印章真迹、秦汉刻石等的重视，也扩大了印学的师法范围。

（2）从初期的得古人之形（形似）向得古人之神（神似）的推进过程中，明代文人与印人一起逐步完备了印学的字法、章法、刀法等理论。部分文人、篆刻家开始整理印学资料（如编撰篆刻字典）、总结印学理论。其中，如何得古人之神是印学发展过程中的关键问题。在印学理论上，明代王琪强调书法笔法对用刀的主导作用。他说："论印不于刀而于书，犹论字不以锋而以骨。刀非无妙，然必胸中先有书法，乃能迎刃而解。"③ 在印学实践中，篆刻家朱简不但"创以短刀碎切刀法，使每一笔画的完成经过刀刃的多次连续切削"来表现线条的质感、苍茫感，而且"阐述了关于印章以刀法表现书法美的'笔意表现论'"④。我们知道，追求以刀法传书法的笔意，必然促使印人追求印章文字线条之美；而探索如何创造美的线条的过程，又必然导致各种刀法的创新。在这种相互促进的发展过程中，印面文字的线条将逐渐获得独立的审美价值，线条关系（字法、章法）的处理必将成

① 韩霖《朱修能菌阁藏印序》，韩天衡编订《历代印学论文选》，西泠印社，1999年版，第493页。

② 倪涛撰《六艺之一录》卷二十五《稽古斋印谱凡例》。即使以秦汉原印钤拓而成的集古印谱也存在失真的情况，例如质感（触觉）的缺失、二维与三维的区别等。

③ 王琪《题菌阁藏印》，黄惇编著《中国印论类编》，第1012页。

④ 黄惇《篆刻教程》，西南师范大学出版社，2005年版，第60页。

为印人关注的重要内容。

（3）形成"学不师古，如夜行无火"①、仿古当始于摹拟终于变化等共识——即师古而不泥古，师古人、古法之变动不拘处。因为摹拟是手段，不是目的；摹拟最终追求的是能"取古法而神明之"②。正如篆刻家苏宣《苏氏印略自序》所言："诗非不法魏、晋也，而非复魏、晋；书非不法钟、王也，而非复钟、王。始于摹拟，终于变化。变者愈变，化者愈化，而所谓摹拟者，逾工巧焉。"③

绘画领域是否也存在类似的情况？答案是肯定的。

万历三十年，画家顾炳以是否流传有序（即是否被载入《宣和画谱》或《图绘宝鉴》）和自己对作品的感觉为标准，精择谨摹古今名画真迹成《顾氏画谱》。其友全天叙在《顾氏画谱序》中说：

> （画）自宣和集古极盛，已仅识秦、汉姓名，罕睹真迹，其的存真迹者，才昉（周昉）、顾（顾恺之）、陆（陆探微）诸人耳。……计名笔之存，远逮今日者，若唐、若五代寥寥，寓内慕等瑞符。……其为赝者，始锐于淆乱真者，而画家初学，益鲜窥古作者之真，而日堕恶道。于是焉，有复古救时之虑者。为之象其模范，而设其典刑（型），此吾友顾炳氏《画谱》所由辑也。……则古今名画，其真者既得显呈其迹，以益永其传；而赝者当前，亦足以验若掺券，洞若燃犀而不吾眩。即其下焉，而目力苦短，梦寐古人……尚得逡巡于方册，仿佛于形影，而心慕手追，以渐次领悟于笔墨蹊径之外。④

这段话中可以看出，当时一些画学有识之士倡导以古今传世名画经典为师法对象的特点。我们知道，秦汉古印章可以通过原印钤拓的方式传其真面目，而绘画只能通过下真迹一等的摹本或《顾氏画谱》那样的白描摹本，为古今名画经典传形留影，以求达到传神的目的。问题是：如何可能？全

① 陆时化《吴越所见书画录》卷六《又王司农仿古巨册》，《续修四库全书》册1068，第323页。

② 冯泌《印学集成》，黄惇编著《中国印论类编》，第884页。

③ 苏宣《苏氏印略自序》，韩天衡编订《历代印学论文选》，西泠印社，1999年版，第470—471页。

④ 顾炳摹辑《顾氏画谱序（全天叙）·顾氏画谱》，金城出版社，2013年版，第2—8页。

天叙在跋文中论证说：

> 余常与炳（顾炳）论书与画等耳。画之远止于唐，书之传乃上溯秦汉，非假临摹镌搨（拓），岂诚尽见古人手泽哉？今天下恕求书于刻，而独绳画以真，是必有神物呵护，以坚画之质，而超于金石之上，然后可以焕发旧观而罔憾。度不易得，莫若仿书与器之刻，而广诸画，使鼎立阁本诸帖、博古诸图而为三，则古今名画，其真者既得显呈其迹，以益永其传，……顾无奈世之揶揄者何而曰："古人神也，斯迹耳。"解嘲安出？余曰："子将应之曰，毋轻言迹哉。夫神在名物，古笔载焉，迹也；神在古笔，兹刻载焉，亦迹也。尝试求之：临池学书家，将从真迹求神耶？抑从摹刻求迹耶？知神之未始离乎迹也，则虽以是刻之迹，佐画之力、之穷而维其神，以并永金石，奚不可之有？"[1]

全天叙以"书与画等"为论证起点，以世人学书主要通过刻本为依据，推出《顾氏画谱》也可以成为世人学画、知画的结论。将《顾氏画谱》与所摹传世真迹相比，我们可以发现：（1）历代名作真迹中丰富的晕染、皴擦等被翻刻成粗细、长短等变化丰富的白描线条后，趣味发生了变化，线条之美（质感、量感）得到彰显；（2）线条之间的聚散、穿插等章法布局被强化，意境的表达大大弱化。总体而言，作品的视觉性得到彰显，思想性被大大减弱了。[2]

综上所述，明代印学与画学在师法对象、学习方法等方面保持了发展的一致性。至明清之际，这种一致性表现得更为明显，由此也为两者之间的相互借鉴提供了理论和实践基础。

（三）王原祁时代印学修养的基本内涵

王原祁生于崇祯十五年（1642），卒于康熙五十四年（1715）。在他的时代，一些明代重要的印学观点已成为士人的共识：

---

① 顾炳摹辑《顾氏画谱序（全天叙）·顾氏画谱》，第5—11页。

② 蒋志琴《论明代画学仿古模式形成的图像条件——以〈顾氏画谱〉为例》，载《文艺研究》，2017年第9期，第126页。

论书法必宗钟、王，论印法必宗秦、汉。学书者不宗钟、王，非佻则野，学印者不宗秦、汉，非俗则诬。①

今考其点画运腕与刀之意，真与书法相切磨。②

夫镌篆其小技乎？其中有书法，有章法，有刀法，三者不可不讲也。③

（林皋）且告余曰："技虽小道也，然别之以正体，审之以善其势，离之以发其韵，合之以完其神，纵之以欲其肆，收之以欲其藏，开之合之而不悖乎理，变之化之而不诡乎道，非是不足语于斯也。"④

根据以上四则资料可知：当时士人首先明确将秦汉印视为主要师法对象，有强烈的崇古倾向；其次是将印学与书学紧密联系，明中期以来朱简倡导的以刀法传笔法的观点成为共识；此外，当时印学除了重视表现书法笔意外，章法处理问题成为关键。如何理解林皋所言"别之以正体，审之以善其势，离之以发其韵，合之以完其神，纵之以欲其肆，收之以欲其藏，开之合之而不悖乎理，变之化之而不诡乎道"？借助王原祁对画学龙脉的阐释，我们可以得到一些启发：

画中龙脉、开合、起伏，古法虽备，未经标出。石谷阐明，后学知所秅式。然愚意以为，不参体、用二字，学者终无入手处。龙脉为画中气势源头，有斜有正、有浑有碎、有断有续、有隐有现，谓之体也。开合从高至下，宾主历然，有时结聚，有时淡荡，峰回路转、云合水分，俱从此出。起伏由近及远，向背分明，有时高耸，有时平修敧侧，照应山头、山腹、山足，铢两悉称者，谓之用也。若知有龙脉而不辨开合、起伏，必至拘索失势；知有开合、起伏而不本龙脉，是谓顾子失母。故强扭龙脉则生病；开合逼塞、浅露则生病；起伏呆重、漏缺则生病。且通幅有开合，分股中亦有开合；通幅有起伏，分股中有起伏。⑤

---

① 周铭《赖古堂印谱·小引》，韩天衡编订《历代印学论文选》，第519页。

② 吴观均《稽古斋印谱自序》，韩天衡编订《历代印学论文选》，第532页。

③ 王撰《宝研斋印谱序》，韩天衡编订《历代印学论文选》，第534页。

④ 吴璟《宝研斋印谱序》，黄惇编著《中国印论类编》，第860页。

⑤ 《雨窗漫笔》。

将两段文字相参，可以看出篆刻家林皋与画家王原祁之间的一些共识：对古法的推崇；以斜正、聚散、开合等手法处理结构章法；这些变化体现了画学和印学领域的取"势"之法，最终的目标是合乎道、合乎理，即合乎画学、印学的根本规律。

因此，王原祁时代印学修养的内涵可以理解为：以师古为方向；重视线条之美以及线条在印面方寸之内的平奇、虚实、开合、起伏等章法变化；有追求高古之美的倾向。

三、王原祁的印学修养对其绘画的影响

（一）王原祁的印学修养对其绘画理论的影响

崇祯七年（1634），吴日章摹《印薮》成印谱《翰苑印林》，友人吴继仕序之曰：

> 母之体一，而子之用数千百。同文之化，当遍于海内矣。[1]

这段文字中，摹古印谱《印薮》被视为"母"，印人临摹《印薮》而成的各种印谱被视为"子"。母生子，子生孙，生生不息。以母子关系理解艺术的发展，它假设了艺术发展中存在一个封闭的环境，不受外来因素的影响。在这个封闭的系统内，母体作为最高的艺术典范，如同古琴减字谱，演奏者可以依据它演奏出曲调相近、节奏和风格不同的作品。这种注重对经典阐释的思维方式必然导致以下行为：（1）对母体候选者经典资格的辨析（辨体）；（2）对母体经典基本元素、形式章法的分析；（3）寻求模仿母体经典作品的方法。

在画学领域，王原祁是否思考了与此相类似的问题？

王原祁说："龙脉为画中气势源头，……若知有龙脉而不辨开合、起伏，必至拘索失势；知有开合、起伏而不本龙脉，是谓顾子失母。"这段话显示，他将画中"龙脉"视为母体，画中龙脉之用被视为子系。这个母

---

① 吴继仕《翰苑印林》，黄惇编著《中国印论类编》，第 503—504 页。

体系统中有晋唐、宋元等名家，即："画家自晋唐……右丞始发其蕴。至宋有董、巨，……如南宋之刘、李、马、夏，非不惊心炫目，有刻画精巧处，与董巨、米老之元气磅礴，则大、小不觉径庭矣。元季赵吴兴发藻丽于浑厚之中，高房山示变化于笔墨之表，与董、巨、米家精神为一家眷属，以后黄、王、倪、吴阐发其旨，各有言外意，吴兴、房山之学方见祖述不虚，董、巨、二米之传益信渊源有自矣。八叔父问南宗正派，敢以是对，并写四家大意汇为一轴以作证明。"① 其中，南宗正派与南宋炫目之学是相对而言的，当他在《雨窗漫笔》中指出"明末画中有习气恶派，以浙派为最。……广陵、白下，其恶习与浙派无异。有志笔墨者切须戒之"时，我们看到了一个完整的、南宗文人画的辨体行为。

康熙三十六年（1697）至康熙三十八年（1699）间，王原祁在太仓丁忧，这期间看望了云间的大收藏家王鸿绪，观其所藏黄公望《富春山居图》真迹后，他写下了这样的诗句：

> 取胜不独在纤巧，平中求奇神骨高。南宋工妍尽排扫，逼塞夷旷两天然。②

在南宗文人画的辨体过程中，王原祁除了指出南宗文人画的师法对象（如王维、董巨）外，也指出了平中求奇、虚实相生、开合起伏等具体的师学方法。这样一来，他就将山水画的母体题材与母体表现方法（即山石、树木、皴法等笔墨技巧）之间建立了紧密的联系。

关于画学母体（古法）的形式分析，王原祁较有代表性的说法是：

> 临画不如看画。遇古人真本，面上研求。视其定意若何、结构若何、出入若何、偏正若何、安放若何、用笔若何、积墨若何。必于我有一出头地处，久之自与吻合矣。古人南宋、北宋各分眷属，然一家眷属内，有各用龙脉处，有各用开合、起伏处，是其气味得力关头也，不可不细心揣摩。如董巨全体浑沦，元气磅礴，令人莫可端倪。元季

---

① 《麓台题画稿·画家总论题画呈八叔》。

② 《王麓台司农诗集·云间访家俨斋总宪观大痴富春长卷歌》。

四家俱私淑之。山樵用龙脉多蜿蜒之致。仲圭以直笔出，各有分合，须探索其配搭处。子久则不脱不粘、用而不用、不用而用，与两家较有别致。云林纤尘不染，平易中有矜贵，简略中有精彩，又在章法、笔法之外，为四家第一逸品。①

为什么"临画不如看画"？因为看画（读画）时需要更多、更深入的思考：作品中山、石、树木、屋宇等基本元素的特点是什么？基本元素之间的关系是如何处理的？南宋、北宋绘画的区别和联系到底在哪里？如何集古画（古法）之大成而自成一家之体？对于最后一个问题，王原祁根据自己的绘画实践经验总结说：

图 5-5　王原祁《仿大痴山水图轴》

① 《雨窗漫笔》。

意在笔先为画中要诀。……看高下、审左右、幅内、幅外、来路、去路，胸有成竹，然后濡毫吮墨。先定气势，次分间架，次布疏密，次别浓淡，转换敲击，东呼西应，自然水到渠成……古人位置紧而笔墨松，今人位置懈而笔墨结。①

作画但须顾气势轮廓，不必求好景，亦不必拘旧稿。若于开合、起伏处得法，轮廓气势已合，则脉络顿挫、转折处，天然妙景自出，暗合古法矣。画树亦有章法，成林亦然。②

书法史上，（传）晋王羲之提出书写要"意在笔前"③，即先预想字形，令筋脉相连，反对盲目书写。与之类似，如果以"意在笔先"为画中要诀，这就意味着画家在作画前要分析树石、溪流等画面基本元素的造型特点，思考元素之间产生筋脉相连的多种可能性。而王原祁的"看高下、审左右、幅内、幅外、来路、去路，胸有成竹，然后濡毫吮墨。先定气势，次分间架，次布疏密，次别浓淡，转换敲击，东呼西应"，正是指出了作画过程中具体的"筋脉相连"之法。

明代篆刻家徐上达《印法参同》中说："篆刻之道，譬之其犹大匠造屋者也。先会主人之意，随酌地势之宜，画图象，立间架，胸中业已有全屋，然后量材料，审措置，校尺寸，定准绳，慎雕斫，稳结构，屋如斯完矣。且复从而润色之，由是观厥成者，无不称赏。"④ 这与王原祁的"世人论画以笔墨，而用笔用墨必须辨其次第，审其纯驳。从气势而定位置，从位置而加皴染。略一任意，便疥癞满纸"⑤ 的说法，显示了思路的一致性。

关键问题是，如何综合经典古法进行艺术创作？

在亲友眼中，王原祁主要使用"伐毛洗髓"⑥法，即"细剔毫毛精抉

---

① 《雨窗漫笔》。

② 《雨窗漫笔》。

③ 韦续《墨薮·用笔阵图法第九》，《四库全书》册812，第394页。

④ 徐上达《印法参同·语言类》，韩天衡编订《历代印学论文选》，第105页。

⑤ 《麓台题画稿·仿梅道人笔（司民求）》。

⑥ 黄与坚《王麓台仿古山水卷跋》，庞元济撰《虚斋名画录》卷五，《续修四库全书》册1090，第431页。

髓"①。这是一种集取古人精萃之法,更是一种摹古出新的艺术创作手法。它首先"于宋元诸家冥心默契"②,得其精华,融会贯通,然后得心应手,进行艺术创作。具体而言:

> 余向欲采取二轴(黄公望《浮峦暖翠》《夏山图》)运以体裁,汇成结构。③
>
> 余见其《秋山萧寺》《丹台春晓》《林泉清集》《夏日山居》诸图,机生笔,笔生墨,墨又生笔。以意运气,以气全神。想其挥毫时,通身入山水中,与之俱化,位置、点染皆借境也。余以四图意参用一卷。拙笔钝资,妄希效颦。每日清晨悉心体认,然后落笔,积之既久,渐觉有生动意。向来惨淡经营,此卷似有入门处。④
>
> 元季四家俱宗北宋,以大痴之笔、用山樵之格,便是荆关遗意。⑤

通过以上对印学和画学的师法对象、艺术创作手法、审美追求等方面的分析可知,王原祁的印学修养对其画学理论产生了重要的影响。

(二)王原祁的印学修养对其绘画创作的影响

上文已经指出,印学修养对于王原祁画学理论的影响主要表现在思维方式上。当这种思维方式运用于具体创作时,便使王原祁的作品表现出与历代经典作品具有高度的相似性。这也是他受到陈独秀等人严厉批判的重要原因之一。

王原祁时代,程邃(1606—1692)是一位书、画、印皆擅长的艺术家。他的印章和绘画作品的线条趣味、虚实关系、整体美感等非常相近。它显示了画家的印学修养通常会从绘画作品的线条、章法、意境等方面流露出

---

① 陆时化《吴越所见书画录》卷六《王司农仿黄大痴秋山立轴》,《续修四库全书》册1068,第318页。

② 王撰《王麓台仿古山水卷跋》,庞元济撰《虚斋名画录》卷五,《续修四库全书》册1090,第431页。

③ 《麓台题画稿·题仿大痴巨幅(为李宪臣作)》。

④ 邵松年《古缘萃录》卷十《王麓台仿黄鹤山樵山水卷》,光绪甲辰澄兰室石印本。

⑤ 《麓台题画稿·烟峦秋爽仿荆关(金明吉求)》。

来。明代画家陈洪绶（1599—1652）所刻博古叶子与绘画作品之间也存在类似的紧密联系。

图 5-6　玉立氏（程邃 3.4cm×3.4cm）

图 5-7　程邃《秋岩耸翠图卷（局部）》

　　王原祁之前，董其昌比较画法与印法的关系时指出："山欲高，水欲远，画之不为高远，须在有意无意之间。如三代尊彝款识、小篆，变动不拘，是为妙手。"① "有意无意之间"与"著迹太甚"②（刻意）相对，"变动不拘"可以理解为找出其中的变化规律，即哪些可以变，哪些不可以变，关键是探索变与不变之间微妙的处理手法。就篆刻而言，印面文字通过笔画的增减、挪移、屈曲等手法，对文字各部分做不同方式的组合，产生不同的文字形态③，如"杨九逵印"（见图 5-8）、"杨德之印"（见图 5-9）、"杨志"（见

① 董其昌《论印一则》，黄惇编著《中国印论类编》，第 471 页。
② 冯泌《印学集成》，黄惇编著《中国印论类编》，第 884 页。
③ 此处受到祝竹先生《汉印技法解析》第三章《汉印篆法解析》的启发，在此表示感谢。

图 5-10）、"杨蒲私印"（见图 5-11），这些"杨"字的笔画基本相同，没有什么简省（如减少笔画）和简化（如化曲为直），仅通过改变各部分的组合，或挪移某些笔画的位置，便创造出不同的字形意象和美感。

图 5-8　杨九逵印　　图 5-9　杨德之印　　图 5-10　杨志　　图 5-11　杨蒲私印

　　秦汉印章中的这种变化手法也常见于王原祁的绘画作品中。关于这一特点，本文尝试以王原祁仿元四家为例，从具体仿作和技法角度进行分析。

　　先看王原祁仿黄公望的作品。

　　在世人眼中，黄公望之画峰峦浑厚、草木华滋。王原祁却指出黄氏之画"经营位置可学，其荒率苍莽不可学而至"①，其画"于林下水边、沙碛木末，极闲中辄加留意，归于无笔不灵，无笔不趣"②，而"无笔不灵，无笔不趣"之美感的获得，在于黄公望以篆法作画，由此开宋法之生面。③ 王原祁仿黄公望的作品较多，如康熙三十二年（1693）《富春山图轴》、康熙三十五年（1696）《仿大痴山水图轴》、康熙四十二年（1703）《仿黄公望山水图轴》等。在这些作品中，我们都能见到与黄公望《富春山居图》相似的山头、曲折相近的山体、相似的起手处等。尤其是康熙四十三年（1704）王原祁所作《仿黄公望山水图卷》，其山头、山体、山脚等的造型组合、腾挪变化，与黄公望传世作品关系密切。由此也能看出王原祁早年从师法黄公望的作品（相似性）到晚年师法黄公望作品蕴含的创造性（相关性）这一变化过程。

---

　　① 陆时化《吴越所见书画录》卷六《又王司农仿古巨册》，《续修四库全书》册 1068，第 324 页。

　　② 《麓台题画稿·为凯功掌宪写元季四家》。

　　③ 《麓台题画稿·为凯功掌宪写元季四家·题仿子久》。

图 5-12　王原祁《富春山图轴》　　图 5-13　王原祁《仿黄公望山水图卷》局部

　　比较这些作品可以发现，在王原祁看来，黄公望的画风作为一种绘画类型，有固定的山头、环抱式的山体、长条状的山石等基本造型，他所做的是以理趣为核心，以开合、起伏取势等为方法，重新将其组合或予以腾挪变化。

　　康熙十六年（1677）年，王原祁祖父王时敏以《小中见大》册相授，供其临摹。[①] 其后四十多年间，《小中见大》册成为其画学领域的"葵花宝典"，随身携带。他有这样一段记载：

　　　余见其（王蒙）《秋山萧寺》《丹台春晓》《林泉清集》《夏日山居》诸图……想其挥毫时，通身入山水中，与之俱化，位置、点染皆借境也……每日清晨悉心体认，然后落笔，积之既久，渐觉有生动意。[②]

　　可以看出，王原祁对古代画家风格的理解主要建立在具体的真迹作品分析之上。依据目见王蒙真迹，他将王蒙的绘画特征概括为：牛毛皴、《夏日山居图》或《青卞隐居图》等式样的山头，块状的山石，连绵动荡、向西北方倾斜的山体，画面下方的长松等。然后他根据想

---

① 《王司农题画录》卷上《仿设色大痴巨幅李匡吉求赠》。

② 邵松年《古缘萃录》卷十《王麓台仿黄鹤山樵山水卷》，光绪甲辰澄兰室石印本。

要表达的意境，对王蒙作品中基本造型元素进行组合、增减、挪移、变化。从康熙三十三年（1694）王原祁临王蒙《夏日山居图》成《仿王蒙〈夏日山居图〉》[①]中，我们能看出这些手法的具体运用。这是一种以摹古为基础的仿古创新艺术手法。

图 5-14　王蒙《青卞隐居图》　　图 5-15　王原祁《仿王蒙山水图》

在王原祁仿吴镇、仿倪瓒的作品中，都有标志性的元素造型和相对固定的元素组合方法。而这些元素造型和元素组合法，都能从他们传世的真迹或被王原祁视为真迹的作品中找到原型。例如，王原祁仿吴镇的画中，画面起手处会有一棵低垂的树；仿倪瓒的作品中，房屋与屋后的竹子，一河两岸的结构等，都是相对固定而略有变化的。

从绘画技法上看，与同时代画家相比，王原祁特别重视画面的藏锋取气、虚实相生等手法的运用（这种运用明显地表现在画水的方法上）。明人沈野《印谈》和清人吴奇《书胡曰从印存后》中这样写道：

---

① 图见《清王原祁画山水画轴特展》第 1 页，《石渠宝笈续编》第二十二册著录。

图 5-16　王原祁《仿吴镇山水》　　　图 5-17　王原祁《仿吴镇山水》

图 5-18　王原祁《仿古山水册·仿倪瓒山水》　图 5-19　王原祁《仿倪瓒山水图》

藏锋敛锷，其不可及处，全在精神，此汉印之妙也。①

---

① 沈野《印谈》，黄惇编著《中国印论类编》，第 891 页。

使转二字，印之绛雪、玄霜，成则后天而老，倘不能转，则神明必不能现，总之出自天然，非关人力……虽物小不及一指，大不盈一寸，其中段落结构，豪宕纵横，实具一篇好文字。至于闲神静气，忽龙忽蛇，又不应作文字观。[1]

以"藏锋敛锷""使转""不应作文字观"讨论篆法，显示了印学重笔意论的发展倾向。为什么说汉印之妙在藏锋敛锷？因为汉印朱文、白文或白朱文的观看方法是阴阳相辅的，印面点画的粗细、增减、疏密、穿插等产生的虚实关系，突显为印面的红白联系和张力，实中有虚，虚中有实。藏锋敛锷、使转等作为点画起止、转折处的处理手法，最终会呈现汉印雄伟、平正、庄重之美。基于这样的认识，王原祁在跋文中写道：

宋元各家俱于实处取气，惟米家于虚中取气。然虚中之实，节节有呼吸、有照应，灵机活泼，全要于笔墨之外有余不尽方无罣碍。至色随气转，阴晴、显晦全从眼光体认而出，最忌执一之见、粗豪之笔。[2]

康熙四十三年（1615），王原祁《仿古山水册·写曹云西笔》成。这是他的得意之作，作为标识，上面钤有椭圆朱文印"我心写兮"。[3]从线条的虚实、藏露、使转等方面看，我们都能感觉画面如印印泥，如锥画沙，沉著痛快。获得这种感觉的关键，是对虚处的重视和对虚处的巧妙处理。而在绘画作品中，虚处主要在水、云、远山等交接处。画面虚处处理得巧妙，实处就会产生浑厚之美。

四、明清之际画学借鉴印学的途径

诗文、书画、篆刻作为我们理解和表达的工具，具有同一性，相互产

---

① 吴奇《书胡曰从印存后》，黄惇编著《中国印论类编》，第 892 页。

② 《麓台题画稿·仿设色小米》。

③ 笔者所见王原祁钤有"我心写兮"印章的作品有五件。此印始于康熙四十年（1701）四月，终于康熙四十四年（1705）。

生影响。各自特质的差异性，则导致相互产生影响的方式略有不同。就明清之际印学与画学的关系而言，画学对印学的影响主要表现为印面文字的如画感（有画意），而印学对画学的影响则体现在画面的如印感（如沉著痛快），或可理解为"如印印泥"（用笔的肯定性）、"如锥画沙"（中锋感与浑厚苍茫感）。在一些能书善画、兼能刻印的艺术家的作品中，这种相互间的影响更为明显。例如，吴昌硕、赵之谦等艺术家的书画作品富含印学的形式美感，齐白石的篆刻作品多画意，等等。

我们知道，在传统绘画领域，无论是写意、工笔还是兼工带写，都以师法自然为最高目标。区别在于各自所理解的"自然"内涵的差异：或是客观自然，或是胸中自然，或是其他。它总有一个客观的、确定的最终模仿对象，而且这个对象一定是非文字性的。与之相比，篆刻领域主要取法秦汉古印章，辅之以当时的古文字。从这个角度看，绘画与篆刻的差异在于是师法客观自然，还是师法古人创造的古文字。由此将导致两种不同的表达，即文字抽象性的表达与绘画具象性的表达。而在古代，文字与图像（绘画）一起，构成了先民理解和表达的一整套认识工具（左图右史、左图右文），即"索象于图，索理于书"。① 因此，当明代绘画中模拟物象出现从具象走向抽象之时，画学借鉴印学的基础就奠定了。

具体而言，画学对印学的借鉴，主要表现在章法布置、摹古出新等艺术创作手法，以及求古雅趣味等方面。

明代士人评价篆刻常以笔法、刀法、章法、古意等为标准。在印章笔法与刀法的关系中，特别关注印面文字点画线条的传真或传美方法。虽然以刀法传笔法观念的形成，体现了印人对书法的重视（它促进了清代印学的飞跃式发展，体现了书法对印学的影响），客观上它使线条获得了相对独立的审美价值——线条自身的质感、立体感等被提到很高的地位。印学的章法问题，可以理解为印面文字点画线条在一个固定的印面环境内，获得点、线等元素之间的平正、和谐等布局规律问题。与绘画相比，因为印面尺寸较小，所以布局中的阴阳、虚实、动静、转折等关系问题，成为印人在学习和创作中必须解决的关键。在中国古代绘画中，阴阳关系主要考察物象与光线的位置关系（受光、背光），皴染是一个重要的表现手法。而印

---

① 郑樵《通志》卷七二《图谱略第一·索象》，《四库全书》册 374，第 494 页。

章中的阴阳可以理解为一种篆刻技法或线条的呈现方式。它通过剔除或保留印稿线条得以呈现，表现为印面的虚实关系。当这种虚实关系落实到具体的印面文字中，就表现为对有无、动静、疏密等关系的深究细讨，印面中无（空白）的重要性就得到了极大的提升。正是对这些关键问题的不断探索，印学逐渐形成了重视点画线条的质量、关注线条关系的处理等特点，由此获得了诸多关于形式章法（尤其是对虚实关系、红之白处与白之红处的关系探讨）的理论成果。

可以认为，篆刻因自身尺寸的限制，在有限空间（印面环境）内特别注重印面文字的线条质量，以及线条之间虚实、有无、动静等关系的艺术处理，这就使印章具有了体积小而韵味无穷的艺术魅力。尤其是在红白关系中所表现出的质感、张力，以及总体的沉著痛快感，足以成为画家处理物象关系时的绝佳取法对象。相比于文学理论的玄虚，它更具有直观性，感染力更强。而从笔墨语言体系化、抽象化的发展趋势看[①]，借鉴印学章法、美感等方面取得的理论和实践成果，成为画学发展的必然趋势。

此外，印章以师古为主，以古意[②]、古雅、高古等为评价标准，以"取古法而神明之"[③]为创新手法。这是一种借鉴印学经典元素（如字形），依据经典元素进行组合（如移位、变形等）的摹古出新的艺术创新手法。它对后世绘画产生了深刻的影响，在一定程度上，被清代以来画家视为继承传统的主要手法。

结论

清初画家王原祁之所以能以印学滋养画学，其绘画作品呈现出一种"取古法而神明之"的新面貌，与其学问、性情、时代环境等有关。王原祁家族的《春秋》学、理学素养强化了王原祁天性中的理性思维，形成了他对绘画经典作品进行分析和综合的偏好；而他的印学实践，则促使他对印学

① 蒋志琴《论明代画学仿古模式形成的图像条件——以〈顾氏画谱〉为例》，第 118 页。

② 在明代篆刻家杨士修看来，印章的古意有别于古貌（残损）、古体（古篆特征）者，是因为"意在篆与刀之间者也，刀笔崚嶒曰高古，气味潇洒曰清古，绝少尘俗曰古雅，绝少常态曰古怪。此不但纤利之手绝不可到，即质朴者，亦终于颓拙而已"。杨士修《印母·古》，黄惇编著《中国印论类编》，第 882 页。

③ 冯泌《印学集成》，黄惇编著《中国印论类编》，第 884 页。

特殊的观看方式、形式章法、高古趣味等表现出异乎寻常的热爱。

虽然书法与印章的艺术特色相近,都重视点画线条的质感、节奏、韵味,但因印面尺寸小,印面环境有限,所以印面文字点画线条的独特韵致的传达、线条关系的无限变化可能性、小中如何见大等问题,成为印人关注的核心。而文字点画的变与不变、增加与删减,文字线条的虚实、动静、穿插、疏密等一系列的艺术实践,形成了明清之际印学重视"美的线条"①、关注形式章法的诸多变化(尤其是虚实关系、红白关系),以及追求与古人、古法合一的艺术趣味等,都成为绘画发展中可借鉴的重要资源。

王原祁晚年作为画坛领袖,面临着如何带领画坛在仿古风尚中开创新局面的重大问题。为了解决这一时代问题,他必然走上综合印学、书学等发展传统画学之路。也就是说,王原祁的学问、性情、时代环境等因素,使他选择了走综合创新之路,即综合诗、书、画、印,从各自的艺术领域探索可借鉴的内容、方法、途径。而且这条综合创新之路,在其后的书画家吴昌硕、赵之谦、齐白石等艺术家那里得到了很好的继承和发展。

附:王原祁常用印简列

图 5-20 康熙十年,《仿子久山水图》局部

---

① 蒋志琴《"画者画也"——中国古代文人画发展脉络论析》,《社会科学战线》,2017 年第 2 期,第 181 页。

图 5-21　康熙二十年,《仿黄公望山水图扇》局部

图 5-22　康熙二十七年,《仿大痴富春图》局部

图 5-23　康熙三十年,《仿子久山水图扇》局部

图 5-24　康熙三十二年,《大痴富春大岭图》局部

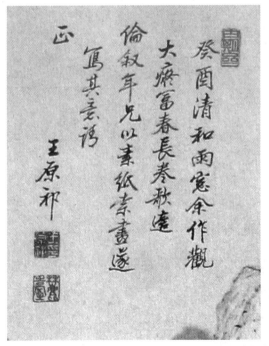

图 5-25　康熙三十二年,《富春山图》局部

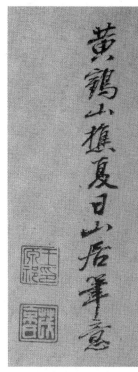

黄鹤山樵夏日山居筆意

图 5-26　康熙三十二年至康熙三十五年间，《小中见大册·仿王蒙夏日山居》局部

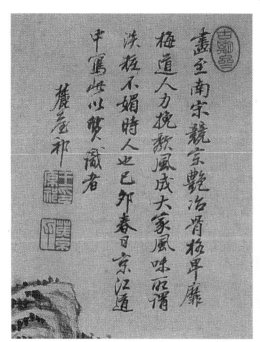

画至南宋竞宗艳冶眉柜早靡
梅道人力挽颓风成大家风味可谓
洗桩不媚時人也已卯春日京江道
中寫此以贻藏者
　　麓臺祁

图 5-27　康熙三十八年，《仿吴镇山水图》局部

图 5-28　康熙四十年，《为石帆表叔作仿古山水·仿梅道人》局部

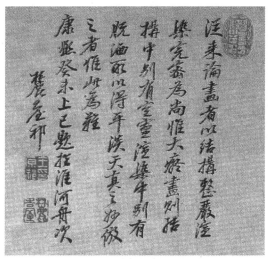

图 5-29　康熙四十二年，《仿黄公望山水》局部

图 5-30　康熙四十三年，《仿古山水册·写曹云西笔》局部

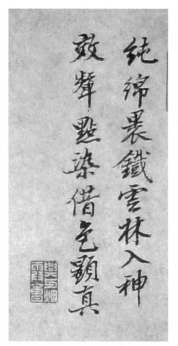

图 5-31　康熙四十三年，《仿古山水条屏·仿云林》局部

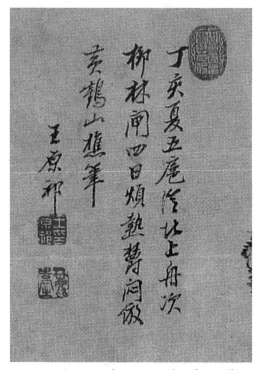

图 5-32　康熙四十六年，《仿王蒙山水图》局部

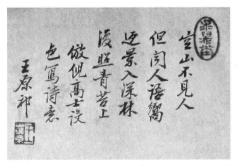

图5-33　康熙四十九年,《仿古山水册·仿云林》局部

由以上图例可知:

（1）本附录收录"王原祁印"（白文正方）7枚,即图5-20、图5-21、图5-22、图5-24、图5-25、图5-29、图5-32,其中字形相近而点画位置略有不同者,约5枚。结合王原祁所言"余雅好金石之学,拟一名,必刻一印以实之"可推知:这些印很有可能是王原祁不同时期的自刻印。

（2）"王原祁印"（朱文正方）即图5-26,与"我心写兮"（椭圆朱文）即图5-30,为印章中水平较高者。从它们的字法、章法等方面看,不是王原祁所刻。

（3）"麓台"（朱文正方）5枚,即图5-22、图5-24、图5-25、图5-30、图5-32,其中点画相近而略有不同者,约3枚以上。这些也可能是王原祁的自刻印。

也许,我们可以反驳说,这些印章的真伪存疑,但从跋文书体之间的一致性上,我们又不得不相信,这些印章的真伪问题不大。至此,我们可以得出这样的结论:虽然王原祁没有印谱传世,不以印章名世,但他在一生中常为自己刻印。从这个角度来看,王原祁富于印学修养,没有问题。

主要参考文献

一、古籍

（清）陈奕禧《春蔼堂集》，康熙刻本。

（清）陈奕禧《隐绿轩题识》，民国刻本。

（清）汪天与《萱圃录》，康熙五十年（1711）刻本。

（清）董闻京《复园文集》，康熙刻本。

（清）吕履恒《梦月岩诗集》，雍正刻本。

（清）缪沅《余园诗钞》，乾隆刻本。

（清）励廷仪《双清阁诗稿》，乾隆刻本。

（清）归允肃《归宫詹集》，嘉庆十年（1805）刻本。

（清）顾陈垿《洗桐轩文集》，嘉庆刻本。

（清）王宝仁编《奉常公年谱》，道光十八年（1838）刻本。

（清）恽寿平撰《清晖堂同人尺牍汇存》，咸丰七年（1857）刻本。

（清）瞿镛撰《铁琴铜剑楼藏书目录》，咸丰刻本。

（清）李佐贤撰《书画鉴影》，同治十年（1871）刻本。

（清）邵松年撰《古缘萃录》，光绪三十年（1904）石印本。

（清）李佳继昌撰《左庵一得初录》，光绪三十四年（1908）铅印本。

（清）李桓撰《国朝耆献类征初编》，光绪刻本。

（清）葛金烺撰《爱日吟庐书画补录》，宣统二年（1910）刻本。

（清）葛金烺撰《爱日吟庐书画录》，《历代书画录辑刊》本。

（清）周亮工等撰《清晖阁赠贻尺牍》，宣统三年（1911）铅印本。

（清）徐永宣撰《清晖赠言》，宣统三年（1911）铅印本。

（清）胡积堂撰《笔啸轩书画录》，清刻本。

（清）王时敏，邹登泰辑《王烟客先生集》，民国五年刻本。

（清）王时敏《王奉常烟客题跋》，宣统二年（1910）刻本。

（清）韩泰华撰《玉雨堂书画记》，民国七年刻本。

（清）卞永誉撰《式古堂书画考》，民国八年影印本。

（清）陈夒麟撰《宝迂阁书画录》，民国石印本。

（清）叶燮《巳畦集》，民国刻本。

（清）汪曾武《外家纪闻》，民国刻本。

（清）汪曾武《娄东书画见闻录》，国家图书馆藏抄本。

（清）黄与坚，吴伟业选撰《忍庵集》，《太仓十子诗选》，民国刻本。

（清）王揆，吴伟业选撰《芝廛集》，《太仓十子诗选》，民国刻本。

（清）王撰，吴伟业选撰《三余集》，《太仓十子诗选》，民国刻本。

（清）王摅，吴伟业选撰《步檐集》，《太仓十子诗选》，民国刻本。

（清）王摅《芦中集》，上海古籍出版社，1981年版。

（清）关冕钧撰《三秋阁书画录》，民国十七年刻本。

（清）吴璟《西斋集》，民国二十三年刻本。

（清）王保譿撰《王司农题画录》，甲戌丛编本册2，民国二十三年铅印本。

（清）王奕清、王奕鸿《颛庵府君行述》，南京图书馆藏抄本。

（清）姜宁撰《国朝画传编韵》，国家图书馆藏抄本。

（清）陆陇其《四书讲义困勉录》，文渊阁《四库全书》册72，上海商务印书馆，1987年版。

（清）陆陇其《陆清献公日记》，道光刻本。

（清）王士祯《居易录》，文渊阁《四库全书》册288，上海商务印书馆，1987年版。

（清）王士祯《香祖笔记》，文渊阁《四库全书》册870，上海商务印书馆，1987年版。

（清）王士祯《池北偶谈》，中华书局，1997年版。

（清）王士祯《带经堂诗话》，人民文学出版社，1998年版。

（清）王士祯《渔洋山人自撰年谱》，光绪十七年版刻本。

（清）陈廷敬《午亭文编》，文渊阁《四库全书》册438，上海商务印书馆，1987年版。

（清）汪琬《尧峰文集》，文渊阁《四库全书》册439，上海商务印书馆，1987年版。

（清）汤右曾《怀清堂集》，文渊阁《四库全书》册442，上海商务印书馆，1987年版。

（清）朱彝尊《曝书亭集》，文渊阁《四库全书》册1317-18，上海商务印书馆，1987年版。

（清）魏象枢《寒松堂全集》，《四库全书存目丛书》集213，齐鲁书社，

1997 年版。

（清）李念慈《谷口山房诗集》，《四库全书存目丛书》集 232，齐鲁书社，1997 年版。

（清）董讷《柳村诗集》，《四库全书存目丛书》集 242，齐鲁书社，1997 年版。

（清）姜宸英《苇间诗集》，民国刻本。

（清）姜宸英《湛园未定稿》，《四库全书存目丛书》集 261，齐鲁书社，1997 年版。

（清）张庚《强恕斋诗钞》，《四库全书存目丛书》集 282，齐鲁书社，1997 年版。

（清）王顼龄《世恩堂诗集》，《四库全书存目丛书补编》册 5，齐鲁书社，2001 年版。

（清）储方庆《储遁庵文集》，《四库未收书辑刊》7 辑册 26，北京出版社，2000 年版。

（清）揆叙《益戒堂诗后集》，《四库未收书辑刊》8 辑册 20，北京出版社，2000 年版。

（清）王抃《巢松集》，《四库未收书辑刊》8 辑册 22，北京出版社，2000 年版。

（清）张毛健《鹤汀集》，《四库未收书辑刊》8 辑册 22，北京出版社，2000 年版。

（清）毛师柱《端峰诗选》，《四库未收书辑刊》8 辑册 22，北京出版社，2000 年版。

（清）毛师柱《端峰诗续选》，《四库未收书辑刊》8 辑册 22，北京出版社，2000 年版。

（清）博尔都《问亭诗集》，《四库未收书辑刊》8 辑册 23，北京出版社，2000 年版。

（清）王晦《御赐齐年堂文集》，《四库未收书辑刊》8 辑册 25，北京出版社，2000 年版。

（清）沈起元《敬亭诗草》，《四库未收书辑刊》8 辑册 26，北京出版社，2000 年版。

（清）王原祁《王麓台司农诗集》，国家图书馆藏抄本。

（清）王原祁《王麓台司农诗集》，南京图书馆藏抄本。

（清）王原祁《麓台题画稿》，《续修四库全书》册1066，上海古籍出版社，2002年版。

（清）王原祁《雨窗漫笔》，《中国书画全书》册8，上海书画出版社，1994年版。

（清）王原祁等撰《万寿盛典初集》，文渊阁《四库全书》册653—654，上海商务印书馆，1987年版。

（清）王原祁等撰《佩文斋书画谱》，文渊阁《四库全书》册819—823，上海商务印书馆，1987年版。

（清）王原祁著、毛小庆点校《王原祁集》，西泠印社，2018年版。

（清）李元度撰《国朝先正事略》，《续修四库全书》册539，上海古籍出版社，2002年版。

（清）李佐贤撰《书画鉴影》，《续修四库全书》册1085，上海古籍出版社，2002年版。

（清）王昶《春融堂集》，《续修四库全书》册1437-38，上海古籍出版社，2002年版。

（清）王昶等纂《直隶太仓州志》，《续修四库全书》册697—698，上海古籍出版社，2002年版。

（清）查慎行《人海记》，北京古籍出版社，1989年版。

（清）查慎行《敬业堂诗集》，上海古籍出版社，1986年版。

（清）李光地《榕村语录、榕村续语录》，中华书局，1995年版。

（清）魏裔介《兼济堂文集》，中华书局，2007年版。

（清）李渔《闲情偶寄》，中华书局，2007年版。

（清）唐孙华《东江诗钞》，上海古籍出版社，1979年版。

（清）黄本骥撰《历代职官表》，上海古籍出版社，1980年版。

（清）吴伟业《吴梅村全集》，上海古籍出版社，1990年版。

（清）周亮工《读画录》，《丛书集成初编》，商务印书馆，1936年版。

（清）周亮工《尺牍新钞》十二卷，《丛书集成初编》，商务印书馆，1936年版。

（清）周亮工《赖古堂集》，上海古籍出版社，1979年版。

（清）韩泰华撰《瓯钵罗室书画过目考》，《丛书集成续编》册84，上海书店出版社，1994年版。

（清）唐岱《绘事发微》，上海人民美术出版社，1987年版。

（清）张照等撰《石渠宝笈》，（台北）台湾商务印书馆，1983年版。

（清）李桓撰《国朝耆献类征》初编，（台北）文海出版社，1966年版。

（清）秦炳文撰《曝画纪余》，北京图书馆出版社，2007年版。

（清）金瑗撰《十百斋书画录》，故宫珍本丛刊，海南出版社，2001年版。

（清）杜瑞联撰《古芬阁书画记》，中国大百科全书出版社，1997年版。

（清）王昱《东庄论画》，美术丛书本，江苏古籍出版社，1997年版。

（清）宫鸿历《恕堂诗》，国家图书馆藏（缩微品）。

二、近现代书籍

张伟仁主编《明清档案》，（台北）"中央研究院"历史语言研究所，1995年版。

中国第一历史档案馆编《康熙起居注》，中华书局，1984年版。

王祖畬等编《太仓州志》，（台北）成文出版社，1975年版。

徐邦达编《改订历代流传绘画编年表》，人民美术出版社，1994年版。

徐邦达编《重订清故宫旧藏书画录》，人民美术出版社，1997年版。

上海博物馆编《中国书画家印鉴款识》，文物出版社，1990年版。

刘九庵编《宋元明清书画家传世作品年表》，上海书画出版社，1997年版。

张慧剑编《江苏明清文人年表》，人民文学出版社，2008年版。

黄宾虹等编《美术丛书》，江苏古籍出版社，1997年版。

朱良志《石涛研究》，北京大学出版社，2005年版。

蒋寅《王渔洋事迹征略》，人民文学出版社，2001年版。

蒋志琴《王原祁"龙脉"说研究》，江苏人民文学出版社，2012年版。

温肇桐《清初六大画家》，世界书局，1945年版。

温肇桐《王原祁》，上海人民美术出版社，1980年版。

郭继生《王原祁研究》，（台北）故宫博物院，1981年版。

朵云编辑部编《清初四王画派研究论文集》，上海书画出版社，1993年版。

汪世清《石涛诗录》，河北教育出版社，2006年版。

三、画册

中国古代书画鉴定组编《中国古代书画图目》，文物出版社，1999年版。

中国古代书画鉴定组编《中国绘画全集》，文物出版社，2000年版。

（日）铃木敬主编《中国绘画总合图录》，东京大学出版会，1982—1996年版。

陈履生、李十老编《王原祁画集》，人民美术出版社，1995年版。

聂崇正编《王翚精品集》，人民美术出版社，1999年版。

聂崇正编《王原祁精品集》，人民美术出版社，2000年版。

肖燕翼编《王时敏精品集》，人民美术出版社，2005年版。

肖燕翼编《四王吴恽》，上海科技出版社，2000年版。

何平华编《王原祁山水精品选》，江西美术出版社，2003年版。

王之海编《石涛书画全书》，天津人民美术出版社，1995年版。

徐湖平编《明代山水画集——南京博物院藏》，天津人民美术出版社，2000年版。

徐湖平编《清代山水画集——南京博物院藏》，天津人民美术出版社，2000年版。

郭学是编《四王画集》，天津人民美术出版社，2007年版。

张苏矛编《上海博物院藏画》，上海人民美术出版社，1999年版。

单国强编《金陵诸家绘画》，上海科技出版社，2000年版。

林树中等编《海外藏中国历代名画》，湖南美术出版社，1998年版。

杨永胜编《王原祁画集》，中国民族摄影出版社，2003年版。

天津人民美术出版社编《四僧画集》，天津人民美术出版社，1997年版

故宫博物院编《故宫博物院藏品大系·绘画编》，紫禁城出版社，2008年版。